ヘレネのはじめての恋

主要登場人物

ヘレン・レイヴネル……………………レイヴネル家の長女
リース・ウィンターボーン……………百貨店経営者
パンドラ・レイヴネル…………………ヘレンの妹
カサンドラ・レイヴネル………………ヘレンの妹。パンドラと双子
ケイトリン・レイヴネル………………ヘレンの義妹
デヴォン・レイヴネル…………………ヘレンのいとこ。トレニア伯爵
ウェストン（ウェスト）・レイヴネル……デヴォンの弟
レディ・バーウィック…………………伯爵夫人。ケイトリンの養育者
ガレット・ギブソン……………………医師
トム・セヴェリン………………………リースの友人。鉄道会社経営者

1

「ミスター・ウィンターボーン、ご婦人のお客様がいらしています」

リースは眉間にしわを寄せ、机上に積み上げられた手紙の山から目を上げた。

個人秘書のミセス・ファーンズビーが、丸眼鏡の奥で鋭い目を光らせて専用執務室の入り口に立っている。こざっぱりとした雌鶏《めんどり》を思わせる、太りぎみの中年女性だ。

「この時間帯は訪問者を受け入れないと知っているだろう」朝はまず半時間、ひとり静かに手紙を読んでから仕事を始めるのがリースの日課だった。

「ええ、ですがお見えになっているのは貴婦人のお客様でして、その方は――」

「たとえ女王だろうと関係ない」リースははねつけた。「追いかえせ」

ミセス・ファーンズビーは不服そうに口を引き結び、銃声のように歯切れのいい足音を響かせてすみやかに去っていった。

リースは目の前の手紙に注意を戻した。普段なら落ち着きを保っていられるのに、この一週間というもの、なにをしていても機嫌が悪く憂鬱で、誰彼かまわずあたり散らしたい気分だった。

すべての原因は、身の程知らずにも求めてしまった、ひとりの女性だ。
レディ・ヘレン・レイヴネル……純真で内気な、洗練された貴族の女性。自分とはなにもかもが違う。

ヘレンとは婚約していたが、わずか一週間で破談になった。悪いのは自分だった。最後に会ったとき、気持ちを抑えきれずに、ずっと望んでいた情熱的な口づけをしてしまったのだ。腕のなかでヘレンは身を硬くして拒んだ。軽蔑されていることは、これ以上ないほど明らかだった。相手は涙を流し、自分は怒りを覚えて、その日は幕を閉じた。

翌日、トレニア伯爵だったヘレンの兄と結婚し、現在は寡婦であるケイトリンがやってきて、義妹は心労のあまり片頭痛で寝こんでいると告げた。

「あなたとはもう会いたくないそうよ」ケイトリンはきっぱりと言った。

ヘレンが婚約を破棄したのも無理はない。どう見ても自分たちは不釣り合いだった。イングランドで爵位を持つ一族の娘を自分が妻にもらうなど、本来ならありえないことだ。莫大《ばくだい》な財産を持ってはいても、紳士としての作法や教養を身につけているわけではない。見た目にも紳士らしいところはなく、黒髪に浅黒い肌で、労働者特有のたくましい筋肉質の体つきだ。

三〇歳になるころには、リースは父親がハイ・ストリートで営んでいた小さな店を世界最大の百貨店にまで育て上げていた。工場、倉庫、農地、厩舎《きゅうしゃ》、洗濯場、住宅を所有し、船舶会社や鉄道会社の役員も務めている。だが、どれほどの成功を収めようと、ウェールズ人の

食料雑貨店主の息子という出自では、どうしても越えられない壁がある。

またドアを叩《たた》く音がして、リースの物思いは中断された。けげんな表情を浮かべて顔を上げると、ふたたびミセス・ファーンズビーが執務室へ入ってきた。

「どうした」リースはたずねた。

秘書は眼鏡の位置を直し、毅然《きぜん》として答えた。「力ずくでも追いかえせとおっしゃるなら話は別ですが、お客様は社長と話をするまで帰らないと言い張っています」

リースのいらだちは当惑に変わった。どんな身分であれ、そこまで図々しい女性の知り合いはいない。「名前は？」

「おっしゃらないのです」

リースは信じがたい思いで頭を振った。その訪問者はどうやって受付を突破したのだろうか。こうした邪魔が入らないように、ちょっとした数の人を雇っているのだが。ふいに、突拍子もない考えが頭に浮かんだ。それはすぐに打ち消したものの、胸が高鳴った。

「見た目は？」思いきって訊いた。

「喪服を着て、顔にはヴェールをかけていらっしゃいます。ほっそりとした体形で、やわらかな話し方をされます」ミセス・ファーンズビーは一瞬ためらってから、さりげない口調でつけ足した。「アクセントはまぎれもなく上流階級の方のものです」

もしやと思ったとたん、リースは切望の痛みを胸の奥で感じた。「まさか《アル・ズイウ》」彼はつぶやいた。ヘレンが会いに来るなんてありえない。しかしどういうわけか、彼女が来たにちがいな

いと思った。骨の髄まで確信していた。それ以上なにも言わずに立ち上がり、ミセス・ファーンズビーの横を猛然と通り過ぎた。

「ミスター・ウィンターボーン」秘書はあとを追い、大声で呼びかけた。「シャツ姿のままでいらっしゃいます。上着を――」

リースはその言葉をほとんど聞かず、奥まったところにある、つづき部屋になった執務室を出て、革張りの椅子が並ぶ控えの間《ホワイエ》へ入っていった。

訪問者の姿を目にした瞬間、はっと息をのんで足を止めた。

完璧な姿勢、しなやかで華奢《きゃしゃ》な体形。モーニング・ヴェールで顔が隠されていても、ヘレンだとわかった。

リースは勇気を出して近づき、ひと言も発することができないまま、ヘレンの前に立った。腹立たしさで息ができなくなりそうだ。にもかかわらず、救いがたいほど貪欲に彼女の甘い香りを吸いこんでいた。ヘレンの存在を意識したことで、リースの肉体はたちまち興奮して熱くなり、強烈な速さで心臓が早鐘を打った。

静まりかえったホワイエとつながった部屋のひとつから、タイプライターのキーボードを叩く音だけが響いてくる。

つき添いもなしにヘレンがここへ来るなど、常識はずれもいいところだ。誰かに身元が知られれば、彼女の評判は地に堕《お》ちてしまう。そうなる前にこの場所から立ち去らせ、家へ帰さなくては。

けれどもまずは用件を聞く必要がある。温室育ちで世間知らずとはいえ、ヘレンは愚かではない。これほど大きな危険を冒すからには、よほどの事情があるのだろう。

リースはミセス・ファーンズビーに目を向けた。「客人はすぐにお帰りになる。それまでは邪魔が入らないようにしてくれ」

「承知しました」

リースはヘレンに視線を戻した。

「こっちだ」リースはぶっきらぼうに声をかけ、自分の執務室へ彼女を案内した。

ヘレンは黙ってついてきた。廊下の両壁にスカートが触れるたび、衣《きぬ》ずれの音がする。流行遅れで少しくたびれた服だ。落ちぶれた貴族に見える。それがここへ来た理由だろうか。レイヴネル家の財政が逼迫《ひっぱく》しているので気が変わり、身分の低い男の妻になることにしたのだろうか。

婚約解消をなかったことにしてほしいと頼みこまれれば、さぞかし気分が晴れるだろう、とリースは意地の悪い期待を抱いた。もちろんよりを戻すつもりはないが、この一週間自分が耐えてきた苦しみを相手にも味わわせてやる。リースは自分を怒らせた者を許したりあわれんだりしたことは一度もなかった。

ふたりは広くて静かな執務室へ入った。幅広の窓は二重ガラスになっていて、床には厚手のやわらかい絨毯《じゅうたん》が敷かれている。部屋の中央に置かれたくるみ材の袖机の上には、手紙や書類挟みが山積みだ。

リースはドアを閉めてから机に歩み寄り、わざとらしい動作で砂時計を持ち上げてひっくりかえした。砂が落ちきるまで、きっかり一五分。ふたりはいま、リース・ウィンターボーンの世界にいる。ここでは時間を無駄にできない。そして主導権を握っているのは自分だ、と彼は主張したかった。

ヘレンに向かって、あざけるように両眉を上げた。「先週聞かされた話によると、きみは――」

しかしその声は、ヘレンがヴェールを上げて彼を見つめたとたん、次第に消えていった。初めて見たときから魅了された、辛抱強くて優しい、真剣なまなざし。月光のなかをただよう雲を思わせる、銀色がかった青い瞳。ごく淡い金色の、細くてまっすぐな髪は引っつめて後ろでひとつにまとめてあるが、黒玉《ジェット》の櫛《くし》から滑り落ちたひと房が左耳の前に垂れてきらりと輝いている。

くそっ、この女はなんて美しいんだ。

「ごめんなさい」ヘレンはリースから目をそらさずに謝った。「いままで会いに来られなくて」

「きみはここに来てはいけない」

「あなたと話し合うことがあるの」ヘレンはすぐそばの椅子を遠慮がちにちらりと見た。

「どうか、もし迷惑でなければ……」

「ああ、座《アイ》ってくれ」リースはそう言いながらも、ヘレンに手を差しのべようとはしなかっ

た。こちらを紳士と見なさない相手に対して、紳士の真似などするものか。机の端に浅く腰かけるように寄りかかり、胸の前で腕を組んだ。「時間はあまり取れない」冷たく告げ、砂時計をあごで示した。「有効に使うんだな」

ヘレンは椅子に座り、スカートを整え、指先をすっすっと引っ張って手袋を脱いだ。

黒い手袋から現れたヘレンの繊細な指が目に飛びこんできたとたん、リースの口のなかは乾いていった。レイヴネル家の屋敷、エヴァースビー・プライオリーでヘレンがピアノを弾いてくれた記憶がよみがえる。あのときはヘレンの両手の敏捷《びんしょう》さに魅せられた。すばやく動いて鍵盤に舞い降りるさまは、白い小鳥のようだった。どういうわけか、ヘレンはリースが贈った婚約指輪をいまなおはめていて、完璧なローズカットのダイヤモンドが手袋に一瞬引っかかった。

押し戻したヴェールが黒い霞《かすみ》のように背中にかかると、ヘレンは緊張した面持ちでリースの目をしばし見つめた。頰がほんのりと染まっていく。「ミスター・ウインターボーン、先週義姉があなたを訪ねたのは、わたしが頼んだことではないわ。わたしはそのころ、気分がすぐれなかったの。だけど、もし義姉がなにをするつもりか知っていたら――」

「きみは具合が悪かったと聞いている」

「頭痛がしていただけ――」

「ぼくが原因だったらしい」

「義姉は大げさに言いすぎ――」

「ぼくとはもう会いたくないときみは言ったそうだ」

紅潮した頰が鮮やかな薔薇《ばら》色になった。「あなたには黙っておいてほしかったのに」困ったような、恥ずかしそうな顔をして、ヘレンは声をあげた。「本気で言ったわけじゃないわ。頭が割れそうに痛かったせいよ。前日のことを理解しようとしていたの。あなたがいらしたとき――」ヘレンがリースから目をそらして膝に視線を落とすと、窓から差しこんだ光が彼女の髪をするりと滑った。壊れやすいものを包みこんでいるかのように、ヘレンはわずかに丸みを作って両手を強く握り合わせていた。「あのときのことについて話し合わないと」小さな声だった。「どうしても……あなたと折り合いをつけたいの」

その言葉を聞いて、リースのなかでなにかがついえた。これまで彼のもとには、多くの人が金を求めてやってきた。それゆえ、この話の行き着く先はすぐに見当がついた。ヘレンもほかの人間とまったく同じで、なんらかの利益を彼から得ようとしているのだ。だからといってヘレンを責めることはできないが、どんな理由を考えてきたにせよ、こういうわけでいくら払えと彼女の口から聞かされるのは耐えられない。それならむしろ、さっさと金を渡して終わりにするほうがましだ。

いったいどうして、ヘレンから金銭以外のものを求められているのかもしれないなどと愚かにも淡い期待を抱いたのだろう？　これが世の常ではないか。男は美しい女を求め、女は美しさと引き換えに富を得る。自分より下等な男に品位を傷つけられたとして、ヘレンは賠償を求めるつもりなのだ。

リースは机の反対側にまわりこみ、引き出しから私用口座の小切手帳を出してペンを取り、一万ポンドと書きこんだ。自分が後日参照できるように左側の余白に内容を控えてから机の前へ戻り、切り取った小切手をヘレンに渡した。

「出所については他言無用だ」リースは事務的な口調で告げた。「銀行口座を持っていないのであれば、きみのために開設するよう取りはからおう」女性が自分で口座を開ける銀行はないはずだ。「必ず慎重に処理させる」

ヘレンは当惑してリースを見つめたあと、小切手を一瞥《いちべつ》した。「どうしてこんな――」書かれた額を見て息をのみ、即座に驚愕《きょうがく》のまなざしをリースに向けた。「どういうこと？」狼狽《ろうばい》して勢いよくたずねた。

リースはヘレンの反応にとまどい、眉をひそめた。「折り合いをつけたいときみは言った。つまり、そういうことだろう？」

「いいえ、わたしが……わたしが言いたかったのは、お互いに理解し合いたいということよ」ヘレンはぎこちない手つきで小切手をびりびりと破いた。「お金なんていらないわ。たとえ必要だったとしても、あなたに頼んだりしない」細切れになった紙が、雪片のようにはらはらと舞った。

手渡したばかりの大金をヘレンがいとも簡単に無に帰すさまを、リースはあっけにとられて眺めた。相手を誤解していたことに気づき、いらだちと決まり悪さでいっぱいになった。

彼女はいったいぼくになにを求めているんだ？　なんの用があってここにいる？

ヘレンは二度深呼吸をして落ち着きを徐々に取り戻し、立ち上がってリースに歩み寄った。

「わが家の領地で……ちょっとした……予定外の収入が得られることになったの。わたしも妹たちも、持参金を持たせてもらえるのよ」

リースは硬い表情を浮かべてヘレンを見つめる一方、頭のなかでは彼女の話を必死で理解しようとしていた。ヘレンは近寄りすぎている。リースが息を吸うたび、バニラとランのほのかな香りが肺に入りこみ、熱が体を駆け抜けた。彼女を机の上に押し倒したい――。

頭に浮かんだ生々しい光景を無理矢理振り払った。仕事のための環境であるこの執務室で、洗練された服に磨き上げた靴という装いで、けだもののような気分になったのは初めてだった。どうにかしてヘレンとのあいだに少しでも距離を置こうとあとずさり、机の端にぶつかった。リースは浅く腰かける姿勢に戻るほかなかったが、ヘレンは前進しつづけ、やがてスカートが彼の両膝をかすめた。

ウェールズのおとぎ話に出てくる、湖から立ちのぼる霧から生まれた妖精だと言われても不思議はなかった。白磁のような肌のきめ細やかさや、まつ毛と眉は黒に近いのに髪は銀色がかった金色という印象的な対比には、この世のものとは思えない風情がある。濃いまつ毛に縁取られた、透明感のある涼しげな瞳にも。

いまヘレンは、予定外の収入が得られるとか言った。なんのことだ？　予期せぬ遺産か？　贈与金か？　ひょっとすると、実入りのいい投資かもしれない。レイヴネル家の財政管理能力のなさが悪名高いことを考慮すれば、その可能性は低いが。予定外の収入というのがなん

にしろ、ヘレンは家族の金銭問題が解決したと信じているらしい。もしそれが本当なら、ロンドンじゅうの男を自由に選べるということだ。

ひとりでここへ来たことで、ヘレンは将来を棒に振る恐れがある。彼女の評判は危機に瀕《ひん》している。この場で純潔を力ずくで奪われてもおかしくないうえ、もしそんな事態が起こっても、誰にも助けてもらえそうにない状況にいるのだから。ヘレンが身の安全を保っていられるのは、これほど可憐《かれん》な女性を破滅させたくないとリースが思っているからにすぎない。

ヘレンのために、できる限りすみやかに目立たないようウィンターボーン百貨店から出ていかせなくては。リースは強いてヘレンの頭越しに、羽目板張りの壁の一点を見つめた。

「従業員出入り口を通って建物の外まで送ろう」つぶやくように言った。「きみは誰にも気づかれずに家へ帰れる」

「あなたとの婚約は解消しないわ」ヘレンは穏やかに告げた。

リースは瞬時に視線を戻してヘレンの目を見つめた。鋭く突き刺すような痛みをふたたび胸に感じる。ヘレンはまばたきすらせず、リースの返答をひたすらじっと待っていた。

「お嬢様、あなたにとってぼくは最も結婚したくない男でしょう。嫌悪されていることくらい、ぼくだって最初からわかっていた」

「嫌悪ですって?」

驚いたふりをしているな。そう思ったリースはばかにされた気分になり、口調を荒らげた。

「触れられそうになると、手を引っこめる。夕食の席で話しかけてこない。ほとんどいつも、

こちらを見ようともしない。おまけに先週キスをしたら、身を引き離して突然泣きだした」

相手は事実を突きつけられて恥じ入るだろうとリースは思った。しかしヘレンはうろたえてロを開きつつも、真剣なまなざしでリースを見つめ、ようやく「お願い」と言葉を発した。

「どうか許して。わたし、内気すぎるみたい。もっと努力して克服しないとだめね。そんなふうにわたしがふるまうのは、あなたを嫌悪しているからではないの。じつは、緊張しているせいなのよ。だって……」ドレスの高い襟の上から髪の生え際までが真っ赤に染まっていく。「だって、あなたはとても魅力的なんですもの」ヘレンは気まずそうにつづけた。「それに世慣れているようだから、物知らずと思われたくなかった。先日のことについては、あれは……あれは、生まれて初めてのキスだったから。どうすればいいのかわからなくて、わたし……すっかり圧倒されてしまったの」

混乱した頭のどこかで、机に寄りかかっていてよかったとリースは考えた。そうでなかったら、立っていられなかったはずだ。見下されていると受け止めていた行為は、じつは内気さの表れだったのか。軽蔑されたとばかり思っていたが、無垢《むく》であるがゆえの反応にすぎなかったのか。リースは自分がばらばらになりそうな感覚に襲われた。まるで鋭い音をたてて、心が開かれていくかのようだった。自分の心はなんてあっさりとヘレンにくつがえされたのだろう。わずかな言葉を聞かされただけで、いまにも彼女の前でくずおれそうだ。

生まれて初めてのキス。それなのに断りもなく奪ってしまった。

これまで、言葉巧みに女性を誘惑する必要に迫られたことは一度もなかった。女性たちは

いつも簡単に手に入り、ベッドでなにをされようと喜んでいるように見えた。なかには貴婦人もいた。外交官の妻、夫が大陸へ旅行中の伯爵夫人。皆、リースの精力や持久力や男の証《あかし》の大きさをほめたたえ、それ以上のことはなにも求めなかった。

自分は心身ともに、生まれ故郷サンベリスの山、エリディア・ヴァウルの山腹から掘り出した粘板岩のように屈強な男だ。洗練された立ち居ふるまいや正しい礼儀作法についてはなにも知らない。長年、木箱を組み立てて商品を荷車に積んでいたため、両手には永遠に消えないたこができている。体重は優にヘレンの二倍はあり、雄牛に匹敵するほど筋骨たくましい。ほかの女性にしてきたようにヘレンをベッドで抱けば、あっという間に引き裂いてしまうだろう。

とんでもないことだ。そもそもなにを考えていたのだろう？　ヘレンとの結婚など、考えることさえすべきではなかったのに。自分自身の野心に、そしてヘレンの愛らしさと繊細な美しさに目がくらんで、相手の身になにが起こるかを充分に考慮できなくなっていた。

おのれのいたらなさを苦々しく思いつつ、リースは低い声で言った。「もう過ぎたことだ。じきに初めての社交シーズンを迎えて、ふさわしい男と出会える。間違いなくそれはぼくではない」

リースは机から体を離しかけた。ところがヘレンはさらに歩み寄り、彼の開いた脚のあいだに立った。ヘレンの片手がためらいがちにリースの胸に押しあてられると、欲望が轟音《ごうおん》をたてて彼の体を駆けめぐった。リースはわずかに机にもたれ、崩れかけている自制心を保つ

ことに全神経を集中させた。ヘレンを床に押し倒したい、むさぼるように味わいたいという衝動を、かろうじて抑えていた。

「もう一度……もう一度キスしてくださる？」ヘレンは問いかけた。

リースは目を閉じた。心臓が激しく鼓動している。ヘレンに腹が立っていた。運命はなんという悪ふざけをするのだろう。このか細い女性が人生に現れたのは、分不相応な地位を得ようとしたことへの罰だ。おまえには絶対になれないものがある、と思い出させるためなのだ。

「ぼくは紳士にはなれない」声がかすれた。「きみのためであっても」

「紳士になんてならなくていいの。ただ優しくして」

そんなことを頼まれたのは初めてだった。自分のなかに優しさがないことに気づいて、リースは落胆した。ひび割れそうになるまで机の端を両手で握りしめた。

「いとしい人《カリアド》……きみを優しく求めることなどできない」愛情を込めた呼びかけが自分の口から出たことに驚いた。いままで誰にも使ったことがなかったのに。

あごにヘレンの手が伸びてきた。彼女の指先がかすかに触れた部分に、冷たい炎がともる。すべての筋肉が動かなくなり、リースの体は鋼のように硬くなった。

「やってみて」ヘレンのささやきが聞こえた。「わたしのために」

そしてリースの唇に、やわらかな唇が重ねられた。

2

ヘレンは唇でウィンターボーンの唇をこわごわとかすめ、相手から反応を引き出そうとした。けれどもキスは返ってこなかった。勇気づけられることはなにひとつ起こらなかった。しばらくして、不安げに身を引いた。

ウィンターボーンは不規則に呼吸しながら、無愛想な顔で用心深い視線を向けてきた。ヘレンは胃が沈むような絶望感を覚え、このあとはどうすればいいのだろうと思った。

男性について知っていることはほとんどない。皆無と言っていいほどだ。双子の妹パンドラとカサンドラと一緒に、幼いころから一族の田舎屋敷で世間から離れて暮らしてきたのだから。三姉妹に対し、エヴァースビー・プライオリーの男性使用人たちは常に慇懃《いんぎん》な態度を崩さず、小作人や町の商人たちは伯爵家に敬意を表して距離を置いていた。

両親にはかまってもらえず、短い人生の大半を寄宿学校やロンドンで過ごした兄のテオには無視されていたため、ヘレンは本や空想の世界をよりどころにしてきた。恋の相手はロミオやヒースクリフ、ミスター・ダーシー、エドワード・ロチェスター、サー・ランスロット、シドニー・カートン、そしておとぎ話に登場する金髪の王子たち。

架空の人物ではなく現実の男性に求愛されることなど、永遠になさそうだった。ところが一カ月半前、トレニア伯爵位を継承したばかりのいとこのデヴォン・レイヴネルが、友人のリース・ウィンターボーンをクリスマスに屋敷へ招き――すべてが変わった。

ヘレンが初めてウィンターボーンと会ったのは、彼が脚を骨折して屋敷へ運ばれてきた日だった。デヴォンとウィンターボーンの乗った、ロンドンからハンプシャーへ向かう列車が、砂利を積んだ荷馬車と衝突するという衝撃的な事故が発生したからだ。ふたりとも奇跡的に命を落とさずにすんだとはいえ、それぞれに怪我《けが》を負った。

その結果、短い休暇を過ごしに来たはずのウィンターボーンは、ロンドンへ戻れる程度に回復するまで三週間近くもエヴァースビー・プライオリーに滞在することになった。負傷しているにもかかわらず、強い意志をみなぎらせ、ヘレンの心を落ち着かなくさせた。ヘレンはあらゆる礼節に反してウィンターボーンの看病を手伝った。それぱかりか、どうしても彼の世話をすると言い張った。単なる同情からの行動を装っていたものの、それだけが動機ではない。本当は、粗削りな音楽に似た訛りで話すこの黒髪の大柄な客人に、これまで出会った誰よりも惹《ひ》かれていた。

体が回復してくると、ウィンターボーンはヘレンに話し相手として何時間も本を読ませたり話をさせたりした。ヘレンがあれほど人から関心を持たれたのは、生まれて初めてだった。

ウィンターボーンはとびきりの美男だ。おとぎ話に出てくる王子のような風貌ではないが、きりっとした男らしさが備わっていて、ヘレンはそばへ行くたび、一気に緊張してしまう。

彫りの深い顔立ちに、しっかりした鼻、肉感的でくっきりした唇。肌は上流階級の男性のように青白くなく、濃く艶のある黄褐色で、髪は真っ黒。貴族特有のくつろいだ態度や、物憂げな優雅さはかけらもない。洗練されていて、きわめて知的でありながら、どこか完全に文明社会に溶けこんでいない感じがする。少し危険な香りがして、ひそかにくすぶる火を思わせる。

ウィンターボーンがハンプシャーからいなくなったあと、屋敷は静かで退屈になり、単調な日々がつづいた。ヘレンはウィンターボーンのことばかり考えていた……頑固そうな見た目に隠されている魅力……めったに見られないけれど、まぶしいほどの笑顔。

残念なことに、向こうはよりを戻す気などいっさいないようだ。無神経に拒絶されたと感じて自尊心が傷ついたらしい。ヘレンはその傷をどうしても癒やしたかった。もしレイヴネル・ハウスでキスされた日に戻れるなら、まったく違う対応をするのに。あのときはすっかり怖気《おじけ》づいてしまっただけだ。両手で体をつかまれてキスをされ、びっくりして取り乱した。ウィンターボーンは辛辣な言葉をいくつか口にしたのち、立ち去った。以来いままで、ヘレンがウィンターボーンの姿を目にすることはなかった。

男の子から一、二度こっそりキスされるといった、異性との恋愛ごっこを少女時代に少しでも経験していたのであれば、ウィンターボーンに口づけされてもあれほど驚くことはなかったかもしれない。しかしヘレンにはなんの経験もなかった。そしてウィンターボーンは無邪気な少年ではなく、血気盛んな大人の男性だった。

ヘレンは誰にも言わず秘密にしていたが、奇妙なことに、あの日の出来事に悩まされていたにもかかわらず、ウィンターボーンに何度も激しく口づけされてうっとりする夢を毎晩見るようになっていた。もっと強引で力強いキスを受けながらドレスを脱がされはじめ、謎に包まれた結末へと向かっていく夢を見ることもあった。目覚めると息を切らして興奮していて、恥ずかしさで体がほてっていた。

ウィンターボーンを見上げると、そのときの動揺が腹の底で一瞬よみがえった。「どんなふうにキスすればいいの？」声が少しだけ震えた。「どうすればあなたを喜ばせることができるのか、教えて」

驚いたことに、ウィンターボーンはさげすむように片方の口角を上げた。「両賭けするつもりだな？」

意味がわからず、ヘレンは相手を見つめた。「両……」

「トレニアに予定外の収入が入ると確信できるまで、ぼくをつなぎとめておきたいわけだ」

あざけりのにじむウィンターボーンの口調にヘレンはとまどい、傷ついた。「どうしてお金以外の理由でわたしがあなたと結婚したがっていることを信じてくれないの？」

「持参金さえあれば、きみはぼくなど受け入れなかったからだ」

「それは違うわ――」

ヘレンの言葉が聞こえなかったかのようにウィンターボーンはつづけた。「ご自分と同じ種類の人間と結婚しなくてはいけませんよ、お嬢様。行儀がよくて立派な血統の男と。そい

つはきみの扱い方を心得ているはずだ。田舎の屋敷にきみを住まわせ、ランの世話や読書をさせてくれて――」

「そんなの、わたしの望みとまったく逆よ」ヘレンは急に大きな声でさえぎった。衝動的に話すなど普段ならありえないが、あまりにも必死で、気にする余裕はなかった。どうやら相手はこちらを追いかえそうとしているらしい。彼を心から求めていることを、どうすればわかってもらえるのだろう？

「これまでずっと、他人の人生の話を読んで過ごしてきたわ」ヘレンはつづけた。「わたしの世界は……とても小さいの。みんなわたしを、世間から隔離されて守られていなければ生きていけないと思っている。温室育ちの花みたいに。あなたが言ったように自分と同じ種類の人と結婚したら、誰にもありのままのわたしを見てもらえない。こうあるべきだと周囲が望む姿でしか見てもらえないわ」

「なぜぼくなら違うと思う？」

「現に違うからよ」

一瞬、興味を示すまなざしを向けられ、ヘレンはきらりと光るナイフの刃を思い出した。妙に緊張感のある沈黙のあと、ウィンターボーンはそっけなく言った。「きみは男を知らなすぎる。家に帰るんだ、ヘレン。今度の社交シーズン中に誰か相手が見つかる。そしてぼくと結婚しなかったことを、ひざまずいて神に感謝するはずだ」

ヘレンの目に涙が込み上げてきた。どうしてこんなに早くすべてがだめになってしまった

の？　どうしてこんなにあっけなくこの人を失ってしまったの？　ヘレンは後悔と悲嘆で気分が悪くなった。「義姉がわたしに代わってあなたと話したりしなければよかったのに。わたしを守るつもりだったとはいえ――」

「実際、きみはお義姉さんに守られていた」

「あなたを遠ざけてほしくはなかったわ」どうにかして気を静めたいが、難しい。砂地を走ろうとして足を取られたときと似ている。ヘレンは次々と変化する感情を抑えられなかった。悔しいことに、涙があふれて嗚咽《おえつ》までもれた。「たった一日、片頭痛で寝こんだだけなのに」ヘレンはつづけた。「翌朝起きたら婚約が破棄されていて、あなたをう、失って、そのうえ――」

「ヘレン、やめるんだ」

「ただの誤解だと思っていたの。あなたと直接話せば、なにもかも、か、解決すると――」

また嗚咽が込み上げ、ヘレンは声を詰まらせた。感情にのみこまれているせいで、自分の周りをウィンターボーンがうろうろして、両手を伸ばしたり引っこめたりしていることにも、ぼんやりとしか気づかなかった。

「やめてくれ。泣くんじゃない。頼むから、ヘレン――」

「あなたを避けるつもりなんてなかった。どうしていいかわからなかったの。どうすれば、もう一度わたしを欲しいと思ってもらえるの？」どうせ意地悪な返事を聞かされるのだろうとヘレンは思った。あるいは、あわれみさえ込められているかもしれない。震える声でつぶ

やきが返ってくるとは、夢にも思わなかった。

「いまも欲しいさ、カリアド。たまらなくきみが欲しい」ヘレンはウィンターボーンを見て目をぱちくりさせた。当惑して視界がぼやけている。子どものようにしゃっくりまで出て、恥ずかしい。次の瞬間、しっかりと抱き寄せられた。

「さあ、静かに」一オクターヴ低くなった、なめらかで深い声が耳をくすぐった。「泣きやんでくれ、かわいい人《バハン》。かわいい、かわいい人。きみの涙にふさわしいものなどない」

「あるわ。あなたよ」

ウィンターボーンはじっと動かなくなった。しばらくして片手をヘレンのあごに添え、親指で涙の跡をぬぐった。彼のシャツの袖は大工や農夫のように肘までまくり上げられていた。上腕は厚い筋肉と体毛に覆われ、手首も太い。たくましい体に包みこまれていると、ヘレンは意外なほど安心感を覚えた。糊《のり》のきいたシャツ、清潔な男性の肌、ひげ剃《そ》り用石鹸の匂いが混じり合った、さわやかな匂いがただよってくる。

顔をそっと上向かされた。頬にかかったウィンターボーンの息は、ペパーミントの香りがした。相手の意図に気づいて目を閉じると、足元から床が消え去ったかのように胃がふわりと浮かんだ。

上唇をかすめる、ウィンターボーンの唇の熱が伝わってくる。ほとんど感じられないほど優しい触れ方だ。次に彼の唇は敏感な口の端に触れ、それから下唇へ移って、そっと吸った。

ウィンターボーンは空いているほうの手を、垂れ下がったヴェールの下に滑りこませ、や

わらかなうなじを支えた。ふたたび唇を重ね、絹のような感触を残す短い口づけをしたあと、そのキスをすりこむようにヘレンのふっくらした下唇を親指の腹でなでた。硬いたこが唇に触れたとたん、ヘレンの体は敏感さを増し、隅々まで刺激された。突然めまいがして、まともに息も吸えなくなった。

ウィンターボーンがまた唇を近づけてきたので、ヘレンは上を向いた。もっと激しく、もっと長く口づけてほしくてたまらない。夢のなかでしてくれたように。ヘレンの思いを理解したらしく、ウィンターボーンは唇を開かせた。ヘレンは震えながら彼の舌を受け入れ、そのガラスのようなめらかさを無我夢中で味わった。ミントの香り。熱くもあり、冷たくもある。ウィンターボーンがヘレンの唇をゆっくりむさぼりはじめたとたん、彼女の全身の感覚が解き放たれた。ヘレンはウィンターボーンの首に両腕をまわし、豊かな黒髪に両手を差し入れた。指に髪がそっとからみついてくる。そうよ、これこそわたしが求めていたものだわ。これでもかというほど強く抱きしめられながら、この人に唇を奪われたかった。

いままで想像したこともない、吸いこまれそうな、詩の文句のような、蜂蜜を舐《な》め取るかのようなキス。ウィンターボーンはヘレンの頭に両手を添えて後ろに傾けると、開いた唇を首の片側に這《は》わせ、鼻をすり寄せてやわらかな肌を味わった。感じやすいところを探りあてられ、ヘレンは息をのんだ。膝の力が抜けて、ほとんど立っていられない。ウィンターボーンはヘレンをさらにきつく抱き寄せ、またしても飢えたようにキスを始めた。思考も意志も消え去り、暗闇と欲望だけがなまめかしくもつれあっている。彼の魂に呼び寄せられている

ような気がするほど、盲目的で貪欲な、激しいキスだった。

そして、終わった。ウィンターボーンは驚くほどぶっきらぼうに唇を離し、ヘレンの腕を首から引きはがした。ヘレンの喉から抗議の声がもれたが、ウィンターボーンは必要以上の力を込めて彼女を脇へ押しやった。窓辺へ向かう彼の姿をヘレンはとまどいながら見つめた。列車事故で負った怪我から驚くべき速さで回復しつつあるとはいえ、まだわずかに足を引きずって歩いている。ウィンターボーンはヘレンに背を向けたまま、窓の向こうに見える、草木に覆われたハイド・パークに視線をそそいだ。彼が片手を握りしめて窓枠に置いたとき、そのこぶしが震えていることにヘレンは気がついた。

やがてウィンターボーンは荒々しく息をついた。「こんなことをするべきではなかった」

「わたしはしてほしかったわ」ヘレンは自分の大胆さに頬を赤らめた。「初めてのときが……こんなふうだったらよかったのに」

ウィンターボーンはなにも言わず、いらだたしげにシャツの硬い襟を引っ張った。

砂時計の砂が全部落ちているのを見て、ヘレンは机に歩み寄って逆さにした。「もっとあなたに心を開くべきだったわ」一秒ずつ時を刻んで落ちてゆく砂を眺めた。「でもわたしは自分の思いや考えを話すのが苦手なの。それに義姉があなたのことを……その、わたしを賞品としてしか見ていないと言うものだから、不安だった。義姉の言うとおりかもしれないと思って」

ウィンターボーンは振りかえって壁を背にし、胸の前で腕を組んだ。「きみのお義姉さん

の言うとおりだ」ヘレンは驚いた。ウィンターボーンは皮肉っぽい笑みを浮かべた。「きみは月光のようにきれいだ、カリア《ァィ》ド。そしてぼくは高潔な人間ではない。北ウェールズ出身の、高級品を好む大男だ。そうさ、きみはぼくにとって賞品だった。いつまでもそう思っていたはずだ。でもきみを欲しいと思った理由はそれだけではなかった」

ほめられたうれしさでヘレンの頰に差していた赤みは、ウィンターボーンが話し終えるころには消えていた。「どうして過去形なの？」ヘレンはまばたきしながら問いかけた。「まだ……まだわたしを欲しいと思ってくれているのでしょう？」

「ぼくがなにを欲しがろうと、トレニアはもう二度とこの縁談を承諾しない」

「最初にこの縁談を持ちかけてきたのはデヴォンなのよ。あなたとの結婚を心から望んでいるとわたしがはっきり言えば、きっと賛成してくれるわ」

不可解な長い沈黙。「では、誰からも聞かされていないわけだ」

なんの話かとヘレンは目顔で問いかけた。

ウィンターボーンは両手をポケットに突っこんだ。「きみのお義姉さんが訪ねてきた日、ぼくはまずいことをした。ぼくとはもう会いたくないときみが言ったと聞かされて――」そこで話すのをやめ、険しい表情を浮かべて口を結んだ。

「なにをしたの？」ヘレンは眉根を寄せてたずねた。

「大したことではない。きみのお義姉さんを連れ戻しに来たトレニアが割りこんで、危うく殴り合いになるところだったんだ」

「割りこむって、なにに？　あなたはなにをしたの？」

ウィンターボーンはあごを引きつらせて顔をそむけた。「侮辱した。きみの代わりになるかと言って」

ヘレンは目を見開いた。「本気だったの？」

「本気なものか」ウィンターボーンはぞんざいな口調で返した。「きみのお義姉さんには指一本触れていない。ぼくが欲しかったのはきみだ。あの小さながみがみ女に興味はない。余計な首を突っこまれて腹が立っただけだ」

ヘレンはとがめるようにウィンターボーンを見た。「それでもあなたは義姉に謝らなくてはいけないわ」

「謝るべきは向こうだ」ウィンターボーンは反論した。「ぼくから妻を奪ったのだから」

その理屈はおかしいとヘレンは指摘したくなったが、我慢した。気性が激しくて頑固なことで悪名高い一族のなかで育ったため、人に自らの誤りに気づかせるには、時を選ぶことが大切だとわかっていた。いまのウィンターボーンは激情に駆られるあまり、自分の犯した間違いを認められないのだ。

けれども彼はたしかにまずいことをした。たとえケイトリンが許しても、デヴォンはけっして許さないだろう。

デヴォンはケイトリンを熱愛している。レイヴネル一族は代々、嫉妬と独占欲に悩まされてきた。過去数代の伯爵たちに比べればデヴォンはいくらか理性的なほうとはいえ、さほど

の差はない。ケイトリンに恐怖や不快感を抱かせた者への怒りはいつまでもつづくはずだ。

どうりでデヴォンが婚約の承諾をすぐに取り消したわけだわ。ヘレンは納得しながらも、彼からもケイトリンからもこの件に関してなにも教えてもらえなかったことに腹を立てていた。まったくもう、いつまでわたしを子ども扱いするつもりかしら。

「駆け落ちすればいいわ」名案とは思えなかったが、しかたなく言った。

ウィンターボーンは顔をしかめた。「教会で式を挙げるのでなくてはいやだ。駆け落ちなどしたら、きみが自ら進んでぼくと一緒になったとは誰も思わない。花嫁を誘拐しないと結婚できなかったと言われてはたまらん」

「ほかに方法がないわ」

しばらく沈黙がつづき、ヘレンはいやな予感がした。袖のなかで両腕の産毛が逆立ち、ちくちくする。

「方法はある」

ウィンターボーンの表情が変化していた。計算高い、捕食者のまなざし。ヘレンは瞬時にして悟った——これこそ、大実業家の仮面をかぶった海賊、人々に恐怖と畏敬の念を抱かれているウィンターボーンの顔なのだ。

「その方法とは」彼は言った。「ぼくたちがベッドをともにすることだ」

3

頭のなかが大混乱している。執務室の隅にはめこまれた書棚のひとつへ、ヘレンは逃げるように歩み寄った。

「どういうことかしら」そう言いながらも、とても残念なことに、どういう意味かはわかっていた。

ウィンターボーンはゆっくりあとを追ってきた。「きみの純潔が汚されたとわかれば、トレニアはあきらめるはずだ」

「わたしは汚されたくないわ」息をするのがどんどん難しくなってきた。嚙《か》み砕かれそうなほどコルセットがきつい。

「だがきみはぼくと結婚したいと思っている」ウィンターボーンは片手を書棚に置き、ヘレンを囲いこんだ。「そうなんだろう?」

道徳上、結婚していない男女が肉体関係を持つのは神の掟《おきて》にそむく行為だ。実際には、彼とベッドに入ることにははかり知れない危険がある。

ヘレンは恐ろしい考えが頭に浮かび、顔から血の気が引いていった。ベッドをともにした

あとで結婚を拒まれたら？　わたしを辱めて捨てることでこの人が復讐《ふくしゅう》するつもりなのだとしたら？　そうなれば、ヘレンに結婚を申しこむ紳士はいなくなる。自分の家庭と家族を手に入れたいという希望はいっさい断たれる。親族のお荷物になり、わが身を恥じながら人にすがる人生を余儀なくされる。妊娠でもしたら、母子ともども社会ののけ者にされてしまう。たとえ妊娠しなかったとしても、家名に泥を塗って妹たちの結婚を妨げることになる。

「ベッドをともにしたあと、あなたに裏切られることはないという保証はあって？」ヘレンはたずねた。

ウィンターボーンは顔を曇らせた。「ぼくの品性はさておき、そんなことをした男をトレニアがどのくらい生かしておくと思う？　話を知ったその日のうちに、鹿を狩るようにぼくをつかまえて息の根を止めるさ」

「あなたが裏切らなかったとしても、そうなるかもしれないわ」ヘレンは暗い顔で告げた。

ウィンターボーンはそれに対してなにも言わなかった。「ぼくがきみを捨てることは絶対にない。ベッドをともにすれば、きみはぼくのものになる。ふたりで誓いの石に誓うのと同じくらい確実に」

「誓いの石に誓う？」

「ウェールズの、ぼくが生まれ育った地域の結婚の儀式だ。つないだ手のあいだに石を挟んで男女が誓いを交わす。式のあと、ふたりで湖へ行ってその石を投げ入れたら、大地が誓いの一部となり、以後ふたりは世界がつづく限り結ばれる」ウィンターボーンは揺るぎないま

なざしをヘレンに向けた。「ぼくの求めに応じてくれ。そうすればきみにはなにひとつ不自由させない」

ヘレンはまたしても彼に圧倒されかけていた。頭のてっぺんからつま先まで、うっすらと汗が噴き出てくる。「考える時間が必要だわ」

ウィンターボーンはヘレンが悩んでいるのを見て、さらに決意を固めたようだ。「きみ自身の財産が持てるようにしよう。サラブレッドと厩舎も。城と市場町と忠実な使用人も。いくらかかってもかまわない。きみはぼくのベッドへ来るだけでいい」

ヘレンはずきずきするこめかみをさすった。また片頭痛が始まりませんように。「純潔を失ったと告げるだけではだめかしら。デヴォンはわたしの言葉を信じるわ」

ウィンターボーンはヘレンが言い終える前に首を振った。「手付金が必要だ。商取引とはそういうものだ」

「これは商談じゃないわ」ヘレンは反論した。

ウィンターボーンは譲らない。「婚姻前にきみの気が変わった場合に備えて保険が欲しい」

「気を変えたりなんてしない。わたしを信じてくれないの？」

「信じるさ。だがベッドをともにすればもっと信じられる」

なんて人なの。ヘレンは必死で別の解決策を考えようとした。ウィンターボーンに対抗できる、なんらかの手段を。しかし、時間が経《た》つにつれて相手がますます強情になっていくのがわかった。

「これはあなたの自尊心の問題なのね」ヘレンは頭に来て言った。「わたしに拒まれたと思って、あなたは傷ついて腹を立てた。そしていま、わたしに罰を与えたいのよ。たとえわたしのせいではなかったとしても」

「罰？」ウィンターボーンは黒い眉をおもしろがるように上げた。「熱心にキスをせがまれてから五分も経っていないがね」

「あなたの提案はキスをはるかに超えているわ」

「提案ではない」ウィンターボーンの口調は淡々としていた。「最後通牒《つうちょう》だ」

ヘレンは信じられない思いで彼を見つめた。

断るしかない。いつか、家族が認めるふさわしい男性と出会うはずだ。地主階級の一員で、穏やかで控えめで、やたらと額が広い人。自分と同じ意見を持ち、同じことを願うようヘレンに期待する人。ヘレンの人生は綿密に計画され、最期まで毎年同じことをくりかえす。

一方、ウィンターボーンと結婚したら……。

彼についてはまだ知らないことだらけだった。世界最大の百貨店を経営する夫を持つ女性には、なにが求められるのだろう？　どんな人々と知り合い、どんな毎日を送るのだろう？　幾度も世間に逆らい、何事も容赦してこなかった人ならではの表情をたびたび浮かべるウィンターボーン……彼の妻として生きるのはどんな感じだろう？　ヘレンは彼のあまりにも広大な人生のなかで、迷子になる自分をたやすく想像できた。

どんな表情の変化も見逃すまいとじっと見つめられているのに気づいて、ヘレンはウィン

ターボーンに背を向けた。目の前に本や目録、手引書、帳簿がずらりと並んでいる。けれども下のほうに視線を下ろすと、実用本位の書物に混じって、植物書とおぼしき一群があった。ヘレンはまばたきして、さらに近づいた――『ブロメリア』、『温室の管理について』、『ラン科の属と種　有名なランの一覧』、『ランの栽培』。

ランにまつわるこうした本がウィンターボーンの執務室にあるのは偶然ではない。

およそ二〇〇鉢のランを残して母親が亡くなった五年前から、ヘレンは趣味としてラン栽培に打ちこんできた。ほかの家族は誰も世話をしたがらなかったため、ヘレンが引き受けたのだ。ランは扱いの難しい、手のかかる植物で、品種ごとに独自の性質を持っている。最初のうち、ヘレンは自ら背負った責任になんの楽しみも見出せなかった。だが月日が経つにつれ、ランに夢中になっていった。

以前ケイトリンに話したように、人は時に、まだ好きになれないものでも愛さなくてはいけないのだ。

金箔《きんぱく》の装飾が施された本の表紙にためらいがちに指先で触れ、手描きの花の縁をなぞった。

「いつ手に入れたの？」ヘレンはたずねた。

すぐ背後からウィンターボーンの声が聞こえた。「きみが鉢植えのランをくれたあとだ。育て方を知る必要があったから」

数週間前、夕食に招かれてレイヴネル・ハウスを訪れたウィンターボーンに、ヘレンは衝動的にランを贈った。それはヘレンが最も珍重している気難しい植物、青紫色の翡翠蘭《ブルー・バンダ》だっ

た。取り立てて喜んではいなかったものの、ウィンターボーンは礼儀正しくありがとうと言って受け取ってくれた。なのに婚約が破棄されたとたん、ヘレンのもとへ返却してきた。

驚いたことに、ウィンターボーンの手にゆだねていたその繊細な植物は元気に育っていた。

「じゃあ、自分で世話をしてくれていたのね」ヘレンは言った。「そのことが気になっていたの」

「もちろん自分で世話したさ。きみの試験に落とされないように」

「試験じゃないわ。贈り物よ」

「きみがそう言うなら」

ヘレンはむっとして振り向いた。「きっと枯らしてしまうだろうと思っていたのよ。それでもあなたと結婚するつもりだったわ」

ウィンターボーンは口元をゆがめた。「だがぼくは枯らさなかった」

ヘレンはなにも言わず、人生で最も難しい決断をする前に、心を静めて頭を働かせようとした。でも、これは本当にそこまでややこしい話なのだろうか。結婚はいつだって賭けだ。

結婚相手がどんな夫になるかは誰にもわからない。

最後にもう一度、ヘレンはここから去るほうを選んだらどうなるか考えた。執務室を出てレイヴネル家の馬車に乗りこみ、サウス・オードリーのレイヴネル・ハウスへ帰るところを想像する。それで完全にふたりの関係は終わるはずだ。ヘレンの将来は同じ階級の娘たちと寸分たがわぬものになる。ロンドンで社交シーズンを過ごし、数々のダンスや晩餐《ばんさん》を礼儀正

しい求婚者たちとともにする。そしてやがて、互いに同じくらい理解し合えることはけっしてない男性と結婚する。いまこの瞬間を振りかえり、もしあのときイエスと答えていたらどうなっていただろう、どんな自分になっていただろうと考えないよう精一杯努力して。

今朝、屋敷を出る前に家政婦のミセス・アボットと交わした会話を思いかえした。彼女はぽっちゃりした銀髪の女性で、レイヴネル家に四〇年間仕えている。つき添いなしでヘレンが昼間に出かけると聞いて猛反対し、「わたしたちの多くが旦那様に暇を出されてしまいます」と大声をあげた。

「トレニア卿には、誰にも知られずこっそり抜け出したと話すわ」ヘレンはミセス・アボットをなだめた。「御者にはウィンターボーン百貨店に連れていかないなら歩いていくと脅して、選択の余地を与えなかったともね」

「お嬢様、そんな危険を冒したってなんの得にもなりませんよ！」

ところが、婚約破棄を取り消したくてリース・ウィンターボーンを訪ねるつもりだと説明すると、家政婦は考えなおしたらしかった。

「それなら、しかたありませんね」ミセス・アボットは認めた。「あれほどの殿方ですもの……」

ヘレンは家政婦をまじまじと見つめた。表情をやわらげ、夢見るようにぼんやりしている。

「じゃあ、あなたはミスター・ウィンターボーンを尊敬しているの？」

「もちろんです、お嬢様。あ、上流社会の方々には成り上がり者と呼ばれてらっしゃるそう

ですね。でも本当のロンドン人――来る日も来る日も働いて、どうにかぎりぎりの生活をしている何十万という人間ですよ――にとって、ウィンターボーンといえば伝説の人です。ほとんどの人が夢にも見ないことをやってのけたんですから。小さな店の店員だったのに、いまや女王様からその辺の物乞いまで、その名を知らぬ者はなし。おかげでみんな、自分たちもいまの境遇から這い上がれるかもしれないと希望を持てるんです」ミセス・アボットはわずかにほほえんでつけ加えた。「それにロマ（ヨーロッパを中心に、世界各地で生活する少数民族。ジプシー）のような褐色の肌をしてらっしゃいますけど、誰もが認めるほど美男で筋骨たくましくて。貴賤《きせん》を問わず、どんな女も心奪われてしまいますよ」

たしかにヘレンも、結婚相手として考えるうえで、ウィンターボーンの肉体的な美しさに注目していることは否定できない。男盛りの彼が発する卓越した精気、一種の動物的な生命力に、ヘレンは恐れと同時に抵抗しがたい魅力も感じていた。

とはいえ、ウィンターボーンにはそれ以外にもなにかがある……ほかのなににも増して引きつけられるものが。めったに見せない優しさを彼に示された瞬間、まるで心の奥の、悲しみを閉じこめた場所がいまにもこじ開けられるかのような感覚におちいる。その隠し場所に近づいた人間はこれまでウィンターボーンだけだ。彼なら、ヘレンの心に常に居座ってきた孤独感を、いつの日か完全に消し去ってくれるかもしれない。

ウィンターボーンと結婚しても、後悔する可能性はある。けれどもこの機会を逃した場合の後悔に比べれば、微々たるものだろう。

ほとんど奇跡のように、頭のなかですべての考えがまとまった。すっかり心が落ち着き、目の前に道が開けた。

深呼吸をひとつして、ヘレンはウィンターボーンを見上げた。「いいわ」彼女は言った。「あなたの最後通牒を受け入れます」

4

数秒間、リースは返事ができなかった。ヘレンは自分がなにを言っているかわかっていないのではないか。それとも自分の聞き違いか。

「いまここで」リースは真偽を確かめようとした。「きみはぼくに——」適切な言葉を探した。「——わが身を差し出すことになる」さらにつづけた。「妻が夫にするように」

「ええ」ヘレンが落ち着き払って答えたので、リースはまた仰天した。顔を見ると、真っ青になりながらも頬骨の部分が赤く染まっている。だが躊躇している様子はない。本気だ。

これでは事がうまく運びすぎる。あとで落とし穴に気づくはずだが、どんな落とし穴か、いまはわからない。ヘレンはイエスと言った。数分もしないうちに、彼女とベッドに入るのだ。裸で。そう考えたとたん、体じゅうのリズムがおかしくなった。胸のなかで心臓と肺が苦しそうに暴れている。

リースはふと、この状況では普段どおり旺盛な性欲を発揮するわけにはいかないのだと気がついた。ヘレンは傷つきやすい無垢な女性だ。ただ交わるのではなく、愛を交わさなくてはいけない。

愛を交わすことについて、リースはなにも知らなかった。なんてことだ。

めったにない機会だったが、以前、ある高貴な身分の女性が身を許してきたことがある。そのとき相手は、優しさを持たないただの野獣さながらに手荒くされることを望み、一方でリースは、愛情を示すふりをせずにすんでありがたく思った。自分はロマン派詩人のバイロンではない。言葉で女性をうっとりさせる、誘惑の専門家ではない。精力旺盛なウェールズの男だ。口説きの技術や色恋に関しては、フランス人にでもまかせておくに限る。

しかしヘレンは処女だ。血が出る。痛い思いをする。涙も流すだろう。もし充分に優しくしてやれなかったら？　もしヘレンがあまりにも緊張したら？　もし――。

「条件がふたつあるの」ヘレンは意を決したように口を開いた。「まず、夕食の時間の前に家へ帰らせて。それから……」顔を赤らめた。「この指輪を、別の指輪に交換していただきたいの」

リースはヘレンの左手に視線を落とした。結婚を申しこんだ夜、うずらの卵ほどの大きさがある、傷ひとつないローズカットのダイヤモンドの指輪を贈った。きわめて貴重なその石は南アフリカのキンバリー鉱山から発掘され、パリの著名な宝石鑑定士の手で研磨され、ウインターボーン百貨店の最上級宝石職人、ポール・ソヴテールによって、精巧な細工を施したプラチナ台にはめこまれていた。

リースの当惑した表情を見て、ヘレンは恥ずかしそうに説明した。「気に入っていないの」

「受け取ったときは、気に入ったと言っていたじゃないか」

「正確には、気に入ったと口にしたわけではないわ。嫌いと言わなかっただけ。でもこれからは、あなたには遠慮せず正直な気持ちを伝えることにしたの。あとで誤解されないように」

せっかく選んだ指輪が気に入られていなかったとわかり、リースは落胆した。けれどもヘレンが彼に対して一生懸命率直になろうとしていることは理解した。

これまでヘレンの家族は彼女の意見を無視したりないがしろにしたりしてきた。たぶん自分も同じことをしていたのだろう、とリースはわが身を振りかえった。こちらの好みを押しつけるのではなく、どんな石や台がいいかとヘレンにたずねればよかった。

リースはヘレンの手を取り、きらきらと輝く指輪を自分の顔に近づけて見つめた。「クリスマス・プディング並みに大きなダイヤモンドを買おう」

「まあ、だめよ」ヘレンはあわてて言い、またしてもリースを驚かせた。「その逆にして。これはわたしの指には大きすぎるでしょう？　左右に滑って、ピアノを弾いたり手紙を書いたりしづらいの。もっと小さい石のほうがいいわ」そこでひと呼吸置いた。「ダイヤモンド以外の」

「なぜダイヤモンド以外なんだ？」

「じつは好みじゃないの。雨粒や星屑《ほしくず》みたいに小さなダイヤモンドならいいけれど、大きいのは冷たくて硬い感じがするから」

「ああ、ダイヤモンドだからな」リースは皮肉めいた視線をヘレンに向けた。「トレーに指輪を並べて持ってこさせよう」

ヘレンはにっこり笑って顔を輝かせた。「ありがとう」

「ほかに欲しいものは？」リースは問いかけた。「四頭立ての馬車？　ネックレス？　毛皮？」

ヘレンは首を振った。

「なにかあるだろう」豪華な贈り物を山ほど与えることで、ヘレンのためならなんでもするつもりだとわからせたい。

「なにも思いつかないわ」

「ピアノは？」ヘレンの手に無意識に力が入ったことに気づき、リースはたたみかけた。「高性能アクションを備えた、ブリンズミード社製大型グランドピアノ。外装はマホガニー、チッペンデール様式で」

ヘレンは息をはずませて笑った。「あなたって、なんて細かいところまで思いつくのかしら。ええ、ピアノならぜひ欲しいわ。結婚したら、あなたの望むときにいつでも弾いてあげる」

リースは思わずその光景を想像した。夜、ピアノを弾くヘレンをくつろぎながら眺める。その後彼女を自室へ連れていって、ゆっくりと服を脱がせ、体じゅうにキスを浴びせる――そこまで考えたところで、この月光と音楽の化身が本当に自分のものになるなど、ありえな

いことのような気がした。いつの間にか、強い恐怖に襲われかけていた。ヘレンを奪われないようにしなくては。

リースはヘレンの指からダイヤモンドの指輪をそっとはずし、かすかに残った指輪の痕を親指でなでた。彼女に触れるのはたまらなく心地いい。ヘレンのやわらかさ、優しさが全身に伝わってくる。リースは手を離した。この執務室でヘレンを無理矢理奪ってしまう前に。彼には考えることがあった。準備することもあった。

「御者をどこに待たせてある？」リースはたずねた。

「百貨店の裏の馬屋に」

「紋章のついていない馬車か？」

「いいえ、わが家の馬車よ」無邪気な答えが返ってきた。

やはり慎重さに欠けている。リースは肩を落とし、身振りでヘレンを机へ促した。「御者に手紙を。ぼくが届けさせる」

リースが椅子を引くと、ヘレンは座った。「いつ戻ってこさせようかしら」

「今日はもう戻ってこなくていいと伝えるんだ。ぼくが責任を持ってきみを家まで無事に送る」

「心配させないように、留守番している妹たちにも書いてよくて？」

「ああ。ふたりはきみがどこへ行ったか知っているのか？」

「ええ、とても喜んでいたわ。ふたりともあなたを気に入っているから」

「というか、うちの百貨店を」

ヘレンは無理に笑みを浮かべ、銀のトレーから便箋を一枚取り出した。

リースに招待されて、レイヴネル家は営業時間後に夜のウィンターボーン百貨店を訪れたことがある。まだ先代伯爵の喪に服しているため、公での活動は自粛すべきだからだ。そのとき過ごした二時間で、双子のカサンドラとパンドラは広大な範囲を見てまわった。最新のとびきりおしゃれな商品の展示、装飾品や化粧品や服の縁飾りでいっぱいのガラスケースやカウンターに興奮し、われを忘れていた。

ヘレンが机の上の万年筆を困ったように見つめていることに、リースは気がついた。

「インク入りの容器がペン軸に内蔵されているんだ」机をまわってヘレンのそばへ行った。

「ペン先を軽く押しながら書いてごらん」

ヘレンはこわごわとペンを手に持ち、試してみた。そしてなめらかな線をペンが紙に描くのを見て、驚いて手を止めた。

「初めて見たのか?」リースは問いかけた。

ヘレンはうなずいた。「デヴォンは普通のペンとインク壺《つぼ》を好むの。この手のペンはもれやすいと言うのよ」

「たしかにそれはよくあることだ」リースは認めた。「しかしこれは新しい構造で、インクの流れを調節する針が入っている」

リースはヘレンが注意深く名前を書く様子を見守った。彼女は書き終えるとしばらくそれ

を凝視し、線を引いて姓を消した。背後から覆いかぶさるようにしてヘレンの両側にリースが手を置くと、彼女はまた書きはじめた。ふたりは一緒に便箋を見下ろした。

レディ・ヘレン・ウィンターボーン

「素敵な名前」ヘレンがつぶやくのが聞こえた。

「レイヴネルほどの高貴さはないがね」

ヘレンは座ったまま体をひねってリースを見上げた。「これがわたしの名前になるなんて、光栄に思うわ」

リースは常日ごろ、彼からなにかを得ようとするおおぜいの人にお世辞を聞かされていた。いつもなら、あたかも相手の頭上に書かれているかのごとく簡単に動機を見破ることができる。ところがヘレンの澄みきった瞳は、口先だけではないことを物語っていた。彼女は世間のことも、自分にふさわしい結婚相手についても、なにひとつわかっていない。もう取りかえしがつかなくなったときに初めて自らの過ちに気づくのだ。もしリースにいくばくかの良識があれば、いまこの瞬間にもヘレンを家へ送りかえすはずだった。

しかしリースは、便箋に書かれた名前に目を落とした……レディ・ヘレン・ウィンターボーン……これでヘレンの運命が決まった。

「盛大な結婚式を挙げよう」リースは言った。「ロンドンじゅうに知れ渡るほどの」

ヘレンはその考えにさして惹かれないようだったが、反論はしなかった。

リースは便箋に書かれた名前を相変わらずぼんやりと見つめたまま、片手の指先でヘレンの頰をそっとなでた。「ぼくたちの子どもについて考えてごらん、カリアド。レイヴネルの血が流れる、たくましいウェールズ人。その子たちが世界を征服するんだ」

「子どもたちより先に、あなたが征服しそうだわ」ヘレンはもう一枚便箋を手に取った。

ヘレンが二通の手紙を書き終えて封をすると、リースはそれを持って執務室の入り口へ向かい、ミセス・ファーンズビーを呼んだ。

秘書はいつにない速さで姿を現した。普段どおり仕事に徹した態度でありながらも、丸眼鏡の奥で薄茶色の瞳を好奇心に輝かせている。部屋のなかへちらりと視線を走らせたものの、リースの肩にさえぎられてしまった。

「お呼びでしょうか、ミスター・ウィンターボーン」

リースは手紙を渡した。「これを馬屋へ。レイヴネル家の馬車の御者に届けてくれ。直接手渡してほしい」

レイヴネル家の名前が出たとたん、ミセス・ファーンズビーはまばたきを二回した。「では、あの方はレディ・ヘレンですか」

リースは目を細めた。「口外禁止だ」

「もちろん心得ております。ほかにご用は？」

「これを宝石職人のところへ」秘書が差し出した片手に、リースはダイヤモンドの指輪を落

とした。

ミセス・ファーンズビーは手のひらで豊かな輝きを放つ指輪に息をのんだ。「んまあ。最上級宝石職人のミスター・ソヴテールのところへですね？」

「ああ、このサイズの指輪をトレーに並べて持ってくるよう伝えてくれ。婚約指輪にふさわしいものを。半時間以内に来てほしい」

「ミスター・ソヴテールがすぐにつかまらない場合、別の――」

「ソヴテールを呼んでくれ」リースはくりかえした。「この執務室へ、半時間以内にだ」

ミセス・ファーンズビーは上の空でうなずいた。思慮深い彼女の頭が状況を把握しようと高速で回転しているさまが、リースは手に取るようにわかった。

「それから、ぼくの今日の予定をすべて取り消すように」

秘書の目はリースに釘づけになった。どんな理由であれ、彼がそんな要求をしたことはこれまで一度もなかった。「丸一日ですか？ お相手にはどうご説明しましょう？」

リースはじれったそうに肩をすくめた。「なにか考えつくだろう。あと、午後は客人と静かに過ごすつもりだと屋敷の使用人たちにことづけておいてくれ。呼び鈴を鳴らさない限り、姿を見せるなとな」そこで言葉を切り、鋭い目で秘書を一瞥した。「事務員たちには、万が一この件についてうわさをする者がいれば、弁解の余地を与えず暇をやるとわからせておけ」

「その際はわたくし自らが解雇いたします」ミセス・ファーンズビーは請け合った。大半の

事務員の面接と採用を担当しているため、自分が選んだ人間の有能さに誇りを持っているのだ。「もっとも、事務員たちの口の堅さは折り紙つきですが」指輪を握り、探るようにリースを見た。「お茶を持ってまいりましょうか。レディ・ヘレンは少々か弱い方のようにお見受けします。宝石職人をお待ちになるあいだ、なにか召し上がってひと息つかれるとよろしいかと」

リースは眉根を寄せた。「うっかりしていた」

ミセス・ファーンズビーは得意顔を抑えきれなかった。「大丈夫です、ミスター・ウィンターボーン。そのためにわたくしが雇われているのですから」

去っていく秘書を眺めながら、彼女がちょっとうぬぼれていることくらい、いくらでも許そうとリースは思った。ミセス・ファーンズビーは間違いなくロンドン一の個人秘書だ。どんな男性秘書をもしのぐ能率のよさで仕事をこなしてくれる。

彼女を雇い入れる際、リースの立場にいる男には男性秘書のほうがふさわしいと勧めてくる人間が何人もいた。しかしこういった問題においてリースは自分の直感を信じている。欲望、意志、活力――店員から実業界の有力者になるまでの長く険しい山道を登ってきた原動力と同じ資質を、他人のなかに嗅ぎ分けることができるのだ。リースにしてみれば、生まれ育ちや信条、文化、性別は、人を雇う際になんの関係もない。大切なのは、有能であることだけだ。

百貨店内のレストランから届けられた紅茶のトレーを持って、ミセス・ファーンズビーは

すぐに戻ってきた。目立たないよう努めながら、小さな円テーブルに秘書がトレーを置くと、ヘレンが優しく話しかけた。

「ありがとう、ミセス・ファーンズビー」

秘書はうれしい驚きとともにヘレンに顔を向けた。「恐れ入ります、お嬢様。ほかになにか必要なものは？」

ヘレンはほほえんだ。「いいえ、これで充分よ」

秘書は執務室でぐずぐずしていた。まるで女王に給仕しているかのように、ヘレンの皿に軽食を取り分けると言い張り、白いリボンで飾った小型のバスケットから、銀のトングを使って小さなサンドイッチとケーキを皿に移した。

「もうけっこうだ、ファーンズビー」リースは言った。「ほかに仕事があるだろう」

「はい、ミスター・ウィンターボーン」秘書は控えめながらもなにかを訴えかける視線をリースに送り、トングを脇に置いた。

リースはドアへ向かうミセス・ファーンズビーについていった。入り口を出たところで立ち止まると、ふたりは誰にも聞こえないよう低い声で話しはじめた。

「ずいぶんとご執心だな」リースはからかった。

秘書の顔におもしろがる様子はいっさいなかった。「ふたりきりで数時間お過ごしになれば、レディ・ヘレンの評判に傷がつきます。その場合はあとで評判を回復させると、いまわたくしにお約束ください」

リースは平然としていたが、彼女がそんな要求をしてきたことに内心驚いた。ミセス・ファーンズビーはリースにとって最も忠実な部下であり、彼の過去の放蕩《ほうとう》には常に見ざる聞かざるを通してきたからだ。「これまで家に連れこんだ婦人たちのことはなにも言わなかっただろう」冷静な口調を保った。「なぜ急に良心のとがめを感じた？」

「レディ・ヘレンは貴婦人です。無垢でいらっしゃいます。あの方を汚す片棒を担ぐ気はありません」

リースは秘書をじろりと一瞥した。「婚約指輪をトレーに並べて運ばせるよう頼んだはずだ」そっけなく告げた。「評判を回復させる前に、まず傷をつけなくては。仕事に戻ってくれ」

ミセス・ファーンズビーは攻撃的な雌鶏そっくりに首から腰までを一直線に伸ばし、明らかな疑念を込めた目でリースを見つづけた。「承知しました」

リースはドアを閉めてヘレンに向きなおった。彼女は紅茶をそそいでいた。避雷針のように背筋をまっすぐにして椅子の端に腰かけている。

「あなたもいかが？」ヘレンは問いかけた。

リースは首を振り、ヘレンを一心に見つめた。ミセス・ファーンズビーの言うとおりだ。記憶していた以上にヘレンはか弱く見える。カメオを思わせる白い手首はあまりに細く、ティーポットの重さにさえ耐えかねて折れそうだ。温室の花扱いされるのは不本意なのかもしれないが、それを上回る強さを備えているようにはほとんど見えない。

やれやれ、あれでどうやってこちらの求めに応えるつもりなのだろう？

だがそのとき、リースはヘレンの揺るぎないまなざしにとらえられた。はかなげな印象が消えていく。ヘレンにどう思われているにしろ、怖がられてはいない。彼女は意志の力と、思いも寄らない大胆さを発揮し、ここまでやってきてリースを捜し出したのだ。

ヘレンに突きつけた最後通牒が破廉恥で、自分の望みとことごとく矛盾していることは承知している。しかし、それがなんだというのか。ヘレンを自分のものにできると確信するには、これが唯一の方法だ。さもないと途中で婚約を取り消されるかもしれない。ふたたび彼女を失えば自分がどうなってしまうかについては、考えたくもない。

ヘレンは角砂糖をひとつ紅茶に入れた。「ミセス・ファーンズビーはどのくらいあなたの下で働いているの？」

「寡婦になって以来、五年間だ。夫は消耗性疾患で亡くなったらしい」

繊細な顔が悲しみと心配に曇った。「お気の毒に。どういういきさつでいまのお仕事を？」

普段なら部下の身の上話をするのは気が進まないが、ヘレンの関心に応えたくてリースは話をつづけた。「靴下や手袋を売る夫の店を手伝っていたおかげで、ファーンズビーは小売業をしっかり理解していた。夫を亡くしたあと、うちの職に応募してきてね。宣伝部長の秘書の仕事だったんだが、当の宣伝部長は女にそんな責任は負えないと面接を拒否した」

ヘレンの表情は、驚いているようにも反対意見を抱いているようにも見えない。大半の女性と同じく、ビジネスの世界では男性優位が当然という考え方を受け入れるように育てられ

たのだ。

「ところが」リースは言った。「ファーンズビーはぼくと直接話をさせろと採用担当者に食ってかかった。即刻追い払われたがね。ぼくは翌日その話を聞いてファーンズビーに手紙を送り、じきじきに面接をした。そして勇気と熱意が気に入り、その場で自分の個人秘書として雇い入れた」リースはにやりと笑ってつけ加えた。「以来、ファーンズビーは宣伝部に対して大きな顔をしている」

サンドイッチや薄く切ったサリー・ラン・バン（口当たりの軽い丸いパン）、シロップ漬けのさくらんぼがひとつのった小さなタルトを口にしながら、ヘレンはいまの話をじっくり考えているようだ。「ビジネスの場で女の人が男の人に交じって働くという考え方にはなじみがないの」彼女は正直に話した。「女の頭は専門的な仕事に向かない、と父がいつも言っていたから」

「だったらきみは、ファーンズビーが秘書になろうとしたことに反対なのか？」

「心から賛成よ」ヘレンはためらいなく答えた。「女には結婚するか家族と暮らすか以外の道もあってしかるべきだわ」

おそらくヘレンは嫌みを言ったわけではなかったのだろう。だがリースはちくりと心が痛み、暗いまなざしを彼女に向けた。「きみには結婚を申しこむ代わりに、役員秘書と並ぶような職を提示したほうがよかったのかもしれないな」

ヘレンはティーカップを口元へ運ぶ手を止めた。「わたしはあなたと結婚するほうがいいわ。冒険できるはずだもの」

その言葉に少し慰められ、リースは片手で椅子を取ってヘレンのそばに据えた。「ぼくがきみなら、実家を出て冒険できるとはあまり思わない。きみのことはぼくが面倒を見て守る」

ヘレンはカップの縁越しにリースをちらりと見た。瞳に笑みが浮かんでいる。「わたしが言いたかったのは、あなたといるだけでわくわくするということ」

リースの鼓動が乱れた。彼はいつも、差し出されたものを味見する程度の気楽さで女性たちとの関係を楽しんできた。この痛いほどの渇望はそのうちの誰にも感じたことがない。心の奥へ入りこんできたヘレンに呼び覚まされたらしい。なんてことだ。こちらを支配する力があることを当人に知られないようにしなくては。さもなくばヘレンの言いなりになってしまう。

数分後、宝石職人のソヴテールが執務室へ入ってきた。片手に黒革の大きなケース、もう片方の手に小さな折りたたみ式テーブルを持っている。ソヴテールは小柄なやせ型の男で、若くして髪の生え際が後退しつつあり、射貫くような鋭い目の持ち主だ。フランスで生まれたものの、二歳からロンドンに住んでいるのでまったく訛りのない英語を話す。成功したガラス工芸家である父親に芸術的才能をあと押しされ、やがて金細工職人のもとで見習いをした。最終的にパリの美術学校へ入学すると、卒業後もパリにとどまって〈カルティエ〉や〈ブシュロン〉でデザイナーとして働いた。

功名心に燃える青年だったソヴテールは、ウィンターボーン百貨店の最上級宝石職人にな

る機会が来ると飛びついた。彼には豊富な技術と、自らの傑出した才能に対する自信がある。それと同様に重要なのは、口が堅いということだ。優れた宝石職人は顧客の秘密を守るものであり、ソヴテールはたくさんの秘密を知っていた。

ソヴテールは如才なくおじぎをした。「お嬢様」革製のケースを床に置き、折りたたみ式テーブルをヘレンの前に広げ、ケースから指輪用トレーを出した。「婚約指輪をお選びになりたいそうですね。あのダイヤモンドはお好みに合いませんでしたか？」

「もっと小さいもののほうがいいの」ヘレンは答えた。「縫い物やピアノの演奏の邪魔にならない指輪よ」

値がつけられないほど貴重なダイヤモンドを邪魔だと言われても、ソヴテールは顔色ひとつ変えなかった。「お嬢様、ぜひともご満足いただけるものを見つけましょう。見つからなかったとしても、お望みのものをなんでもお作りできます。特にこれという宝石は？」

ヘレンは首を振った。黒いベルベットの畝に並んだきらめく指輪を、畏敬の念に打たれたまなざしで眺めている。

「お好みの色は？」ソヴテールは促した。

「青よ」返答しながらおそるおそる目を向けてきたヘレンに、なんでも好きなものを選べばいいとリースは軽くうなずいた。

ソヴテールは身をかがめてケースのなかを探り、別のトレーにてきぱきと指輪を並べはじめた。「サファイア……アクアマリン……オパール……アレキサンドライト……ああ、こち

らはロシアのウラル山脈から発掘された、きわめて貴重なブルートパーズでして……」

少なくとも半時間にわたり、ソヴテールはヘレンのかたわらに座ってさまざまな指輪を見せ、それぞれの石や台の美点について語った。打ち解けてきたのか、ヘレンはソヴテールに自由に意見を言うようになった。それればかりか芸術や音楽について語り、ソヴテールのパリでの仕事についてたずねて、積極的に会話をはずませた。

おそらく、これまでリースと交わしたどのやり取りよりもくつろいでいる。

リースは胸に釘を打たれるような嫉妬を覚え、自分の机に大股で歩み寄り、ペパーミントクリームの入ったガラス瓶に手を伸ばした。週に一度中身を補充するこの瓶は、常に机の隅に置いている。軽くて白い粒をひとつ口のなかへ放りこみ、リースは窓の外をにらんだ。卵白と粉砂糖とペパーミント・エッセンスでできた砂糖菓子が舌の上でしゅわっと溶けて、ミントのさわやかさが広がっていく。

「これはなに？」ヘレンが宝石職人に問いかける声が聞こえた。

「ダイヤモンドで囲んだ月長石《ムーンストーン》です」

「なんて美しいのかしら。この石はどうしてこんなふうに輝くの？」

「それは青色閃光《せんこう》効果といいます、お嬢様。ムーンストーンはもともと二種類の長石が層を構成していて光を屈折させるため、内側から輝いているように見えるのです」

その指輪をヘレンが気に入ったとわかり、リースは見に行った。ヘレンから指輪を手渡され、じっくり調べた。カボションカットの、つるりとした楕円《だえん》形の半貴石。なんとも言えな

い曖昧な色をしている。リースはさまざまな角度からそれを眺めた。外から光を受けるたび、青白い内奥から熱くて冷たい青色がきらりと輝く。

美しい指輪だが、周囲をダイヤモンドに囲まれていてさえ、中央の石は最初にリースが贈ったものとは比べものにならないほど質素だ。ウィンターボーン家の妻にはふさわしくない。そもそもこれほど地味な指輪を持ってくるとは何事だ、とリースは心のなかでソヴテールをののしった。

「ヘレン」ぶっきらぼうに呼んだ。「ほかのものも見たほうがいい。これはこのなかで最も価値の低い指輪だ」

「わたしにとっては最も価値が高いの」ヘレンは朗らかに応じた。「ものの価値は値段じゃないわ」

「すばらしい意見だ」リースは百貨店経営者として胸に痛みを覚えた。「しかしこれはきみには不充分だ」

ソヴテールが愛想よく申し出た。「よろしければ、周りのダイヤモンドをもっと大きくして、指輪の幅を広くすることも――」

「いまのままがいちばんよ」ヘレンは言い張った。

「これは半貴石だ」リースは腹が立った。過去の愛人たちなら目もくれなかったはずだ。

張りつめた沈黙をソヴテールが破った。「ミスター・ウィンターボーン、この品質の石はおそらくお考えになっている以上の価値があります。たとえば二級品のサファイアやルビー

よりも――」

「妻には自分にふさわしい指輪をはめてもらいたい」リースははねつけた。

ヘレンはまばたきもせず彼を見つめた。「でも、わたしはその指輪が欲しいの」声は優しく、表情は穏やかだった。こちらの意見を押しとおすのはたやすいはずだ――とりわけ、自分がなにを求めているのかを彼女が理解していないのは明らかなのだから。

リースは反論しようとしたものの、ヘレンのまなざしのなにかが引っかかった。ヘレンはぼくに怖気づくまいとしているのだ、と彼は気づいた。

まったく、なんてことだ。これではヘレンの言うことを聞かざるをえない。

指輪をぎゅっと握りしめ、あとでどうなるか覚えておけと言わんばかりの目で宝石職人をにらむと、「これにしよう」とぞんざいに告げた。

たくさんの指輪がきらめきを放つトレーをソヴテールがケースのなかへしまうあいだ、リースはウェールズ語の悪態を低い声でつぶやいた。賢明にも、ソヴテールもヘレンも意味をたずねなかった。

ソヴテールは革製のケースを閉じたあと、ヘレンの差し出した片手を取ってうやうやしくおじぎをした。「お嬢様、ご婚約のお祝いを述べさせてください。どうか――」

「もう出ていってくれ」リースはすげなくさえぎってソヴテールをドアのほうへ追い立てた。

「まだテーブルを――」ソヴテールは抗議した。

「あとで取りに来ればいい」

ソヴテールは肩越しに一生懸命ヘレンを振りかえろうとした。「ほかにお役に立てることがありましたらなんでも――」

「もう充分役に立った」リースは部屋の外へソヴテールを押し出し、ばたんとドアを閉めた。

「ありがとう」ヘレンは静かに礼を言った。「あなたならその指輪は選ばないでしょうけど、わたしはうれしいわ」

ヘレンは愛らしく目尻にしわを寄せて、これまでとは違う笑顔をリースに向けた。

なぜダイヤモンドをムーンストーンと交換してヘレンがうれしいと思うのか、リースには理解できなかった。唯一わかるのは、ヘレン自身の純真さから彼女を守ってやる必要があるということだ。「ヘレン」リースはぶっきらぼうに言った。「自分が優位に立っているときは、それを簡単に手放してはいけない」

なんの話かとヘレンは目で問いかけてきた。

「きみは高価な指輪を、その何分の一かしか価値のないものと交換してしまった」リースは説明した。「それは損な取引だ。ふたつの差を埋めるものを別に要求するべきだ。ネックレスとか、ティアラとか」

「ティアラなんて必要ないわ」

「相手に譲歩させる必要はある」リースは言い張った。「収支の釣り合いを取るために」

「結婚に収支なんてないわ」

「収支はなんにでもある」

リースはヘレンの表情を見て、賛同していないことを悟った。けれどもヘレンは反論せず、ペパーミントクリームの瓶に歩み寄ってふたを上げ、さわやかな香りを嗅いだ。

「これだったのね」ヘレンは言った。「あなたの息から香りがすると思っていたの」

「子どものころからずっと好きなんだ」リースは認めた。「街角の菓子屋へ配達に行っていたときから。欠けたやつを店の主人がよくくれてね」一瞬ためらってから、不安げに訊いた。

「嫌いかな?」

ヘレンはにっこり笑って瓶を見下ろした。「ちっとも。とても……いい香り。ひとついただいてもいいかしら」

「もちろん」

ヘレンははにかみつつ白い粒をひとつつまみ、そっと口へ入れた。たちまち菓子が溶けてミントの香りが強烈に広がり、彼女は驚いた。「まあ、これって――」咳《せ》きこんで笑うと、冬の青空を思わせる瞳が少しうるんだ。「刺激が強いのね」

「水を一杯飲むかい?」リースは愉快そうにたずねた。「いらない? だったら、ほら――これをきみに贈らせてくれ」ヘレンの左手を取り、ムーンストーンの指輪を指にはめかけて躊躇した。「最初に結婚を申しこんだとき、ぼくはなんて言った?」断られるかもしれないと緊張していたせいで、自分がなにを話したのかほとんど覚えていない。

ヘレンは笑いをこらえるように口を引き結んだ。「結婚して双方が得られる利点を次々に挙げてくれたわ。お互いの将来の目標を両立させる手段の説明もしてくれた」

リースは悔しい思いでその言葉を受け止めた。「ロマンティストと言われたことは一度もないからな」残念そうに認めた。

「もしあなたがロマンティストだったら、どんなふうに申しこんでくださる?」

リースはしばらく考えた。「まずはウェールズの、ある言葉を教える。ヒーライス。これと同じ意味の言葉は英語にはない」

「ヒーライス」ヘレンはリースに倣い、Rを発音するときに歯茎を舌ではじいた。

「そうさ。失われたもの、あるいは一度も存在しなかったものを切望する気持ちだ。人や場所や、人生の一時期に対して抱く……魂の悲しみ。ヒーライスによって、ウェールズ人はあと一歩で幸せに手が届くときでさえ、自分には足りないものがあることを思い出す」

ヘレンは心配そうに眉根を寄せた。「あなたもそんなふうに感じているの?」

「生まれた日からずっと」リースは愛らしい小さな顔を見下ろした。「だがきみといるときは違う。だからこそきみと結婚したいんだ」

ヘレンはほほえみ、リースのうなじを片手でなでた。薄絹が肌を滑るように、そっと。つま先立って、リースを下向かせ、口づけをした。ヘレンの唇は花びらよりなめらかで、まとわりつく絹を思わせ、やわらかくしっとりしていた。リースは不思議な感覚におちいった——すべてをゆだね、えもいわれぬ優しさに包まれて、体のなかが作り変えられていく。

突然、ヘレンはキスを中断してかかとを下ろした。「前回より素敵な申しこまれ方だわ」

そう言って差し出された左手に、リースは不器用な手つきで指輪をはめた。

5

ヘレンはリースに手を握られたまま執務室のドアを出ると、画廊のように窓が並ぶ渡り廊下を通って、彼が住む建物の上階へといざなわれた。

今日はもう何度も、現実のことではないような気分になっていた。自分がしていることにかなり驚いている。古い人生から一歩一歩離れ、もうあと戻りはできない。これは双子の妹たちの突拍子もない行動とはわけが違う。結果を変えられない重大な決断だ。

リースの肩は廊下をふさぐほど広く見える。左右を壁に囲まれた階段室へ導かれ、小さな踊り場まで来たところで、光沢のある黒塗りの立派なドアを目前に足を止めた。リースがドアの鍵を開け、ふたりでなかへ入った。そこは広くて静かな屋敷で、中央広間と大階段を取り巻くように五つの階が配されていた。使用人の姿は見えない。とても清潔で、塗りたてのペンキやニス、木材の艶出し剤といった、新築らしい匂いがする。けれども装飾がなく、家具もわずかなせいで、冷たく味気ない印象だ。

エヴァースビー・プライオリーと比較せずにはいられない。あの屋敷は古びてはいるが居心地がよく、生花や美術品であふれ、床には模様入りのすり切れた絨毯が敷かれている。テ

ーブルには本が積まれ、サイドボードにはクリスタルガラスや磁器や銀食器が並び、ナポレオンとジョゼフィーヌという名の二匹の黒いスパニエル犬が、傘に縁飾りのついたランプが照らすいくつもの部屋を自由にうろついている。午後にはいつもジャムや蜂蜜を添えた焼きたてのパンとともにお茶の時間を過ごし、夜には音楽を演奏したりゲームをしたり、菓子を食べたりマルドワイン（砂糖や香辛料などを加えて温めた赤ワイン）を飲んだりして、椅子でゆったりくつろぎながら長々と会話を楽しむ。太陽と川と牧草地に囲まれたハンプシャー以外の場所でヘレンが暮らしたことは一度もなかった。

ロンドンの中心ではまったく別の生活が待っているはずだ。静まりかえった殺風景な周囲に視線を走らせ、ヘレンはこの屋敷が、彩られるのを待っている真っ白なキャンバスだと想像してみた。次に、高い天井まで届く、ぴかぴかに磨かれた窓の列を眺めた。

「素敵」

「ここにはやわらかい雰囲気が必要だ」リースは率直に言った。「しかしぼくはほとんどの時間を百貨店で過ごしているのでね」

ヘレンは彼に連れられて長い廊下を進み、やがてつづき部屋に到着した。家具のない控えの間を通り過ぎると、四角形の大きな寝室が現れた。天井は高く、壁はクリーム色に塗られている。心拍数が高まり、かすかにめまいがしはじめた。

少なくともこの部屋には、人が住んでいる感じがある。ほのかにただよっているのは、ろうそくの蠟《ろう》、シーダー材の家具、暖炉の灰の匂いだ。一方の壁は、長くて背の低い衣装だん

ている。

すで占められていて、その上には木彫りの箱と、懐中時計やブラシや櫛といったさまざまなものが置かれたトレーがひとつ。床には黄色と赤の色合いで織られたトルコ絨毯が敷きつめられ、支柱に彫刻の入ったマホガニーの大きなベッドが、奥の壁の中央を背にして据えられている。

ヘレンは暖炉へ歩み寄り、炉棚に置かれた物をじっくりと見た。時計、燭台《しょくだい》一対、つけ木が入った緑色のガラス容器。炉床には火が燃えていた。リースが前もって使用人に知らせておいたのだろうか。昼日なかに主人がここにいることは屋敷じゅうの者が知っているにちがいない。それに秘書のミセス・ファーンズビーは、なにが起こっているかをはっきり把握しているはずだ。

自分がいかに無謀なことをしようとしているかを思い、ヘレンは脚が震えそうになった。けれどもこれは自分の選択。後ろを振りかえりはしない。そうしたいとも思わない。それにこの状況は、冷静に考えてみれば――ヘレンは一生懸命、そうしようとしていた――遅かれ早かれ受け入れなくてはならないのだ。花嫁の誰もがするように。

リースは窓辺のカーテンを閉め、部屋を暗くした。

ぱちぱちと音をたてて躍る炎を見つめながら、ヘレンは声がうわずらないよう気をつけて話しかけた。「なにを……なにをどうするのか、あなたに教えてもらわなくては」ヘレンは震える手で長いピンを髪から引き抜いて帽子をはずし、小さなつばにヴェールをゆるく巻きつけた。

背後からリースが近づいてくるのがわかった。彼はヘレンの肩に両手を置き、肘へ下ろした。ふたたび肩へ戻すとまた下ろし、ヘレンを落ち着かせようと何度もなでた。ヘレンはためらいがちにリースの胸にもたれかかった。

「ぼくたちは前にもベッドをともにした」ささやき声が聞こえた。「覚えているかい？」つかの間、ヘレンはとまどった。「エヴァースビー・プライオリーであなたが具合を悪くしていたときのことね？」赤面しながら確認した。「でもあれは、ベッドをともにしたとは言わないわ」

「ぼくは高熱を出していた。そのうえ片脚には激痛が走っていた。するときみの声が聞こえて、ひんやりする手が頭に置かれた。そしてなにか甘いものを、きみが飲ませてくれた」

「ランのお茶よ」ヘレンは母親がつけていた大量の観察記録を熟読し、ランの薬効について多くを学んでいた。

「そのときみは、ここに頭をもたれさせてくれた」リースは片手をヘレンの体の前にまわし、胸の上部に滑らせた。

ヘレンはぎこちなく息を吸った。「覚えているとは思わなかったわ。とてもつらそうだったから」

「死ぬまで忘れないさ」胸のふくらみに手のひらが優しく這い、やがて乳首がつんと立った。ヘレンは手の感覚を失い、帽子を落とした。驚きのあまりぴくりとも動けずにいると、ささやき声がした。「あのときほど眠りたくないと思ったことはなかった。きみの腕のなかで目

を覚ましていようとした。どんな夢もかなわないほど心地よかった」リースは身をかがめてヘレンの首の片側にキスをした。「なぜ誰もきみを止めなかった？」

温かな唇が欲望をそそるようにそっと肌に触れるのを感じ、ヘレンは身を震わせた。「あなたのお世話をすることを？」ぼうっとしてたずねた。

「そうさ。荒っぽいよそ者で、平民で、おまけに半分しか服を着ていない。誰にも気づかれずにきみに危害を加える可能性だってあった」

「あなたはよそ者ではなく、わが家のお友達だったわ。それに誰かに危害を加えられるような状態ではなかったもの」

「きみはぼくに近づくべきではなかった」リースは言い張った。

「あなたには手を貸す人が必要だった」ヘレンは現実的な話をした。「なのに家の者はみんなすでにあなたを怖がっていたのよ」

「では、きみはあえてライオンのねぐらに入りこんだわけだ」

ヘレンは彼女を熱く見つめる黒褐色の瞳を見上げてほほえんだ。「いざふたを開けてみれば、危険なんてまったくなかったわ」

「まったく？」リースは優しくからかった。「どこに目をつけているんだ。ぼくの寝室でドレスを脱ぎかけているくせに」

「ドレスを脱ぎかけてなんて――」ヘレンは言いかけたところで絶句した。ドレスの前身ごろがすべてゆるみ、重いオーバースカートに引っ張られている。「まあ」ヘレンは急に心細

くなった。ふたりで話しているうちにボタンをはずされていたのだ。ずり落ちないよう生地をつかみ、全身が熱くなると同時に冷えるのを感じた。

「初めに、これからどういうことが起こるのかを話そう」リースは唇でヘレンの頬を愛撫《あいぶ》した。「だがお互いにくつろいだほうがいい」

「わたしはもうくつろいでいるわ」ヘレンはそう言ったものの、心のなかはねじを巻きすぎた時計のように張りつめていた。

リースはヘレンを前から抱き寄せ、コルセットをつけた背中に片手を滑らせた。「このおかしな装置をつけているのに？」鯨のひげの入った畝をなぞって問いかけた。「あるいはこれをつけているのに？」腰あて《バッスル》の、馬の毛で織った小さなパッドに手をあてた。「これほど多くの装置をつけて気楽でいられる婦人がいるとは思えない」つづいて、バッスルを結びつけている紐《ひも》をほどいた。「それに、流行に敏感なご婦人方はもうバッスルをつけていない」

「ど、どうしてそれを知っているの？」バッスルが音をたてて床に落ちたので、ヘレンはぎくりとした。

リースは大きな秘密を明かすかのようにヘレンの耳元でささやいた。「下着とストッキングは二階の二三番売り場だ。売り場責任者の最新報告によれば、うちではもう仕入れないらしい」

ふたりで下着の話をしていることと、リースの両手がドレスのなかを自由に這っていることと、ヘレンはどちらの事実にも同じくらい衝撃を受けていた。ほどなくして、ペチコートと

コルセットカバーもバッスル同様、床に落とされた。

「百貨店で衣類を買ったことはないの」ヘレンはやっとのことで口を開いた。「知らない人が作ったものを身につけるのは、変な感じがして」

「縫っているのは自分や家族の生活を支えている婦人たちだ」リースがヘレンの両腕を袖から引き抜くと、ドレスは床に落ちて影のような塊になった。

ヘレンは鳥肌の立ったむき出しの両腕をさすった。「お針子たちはあなたの百貨店で作業をしているの？」

「いや、いま買収交渉中の工場でだ」

「どうして――」コルセットの前の、いちばん下の留め具をはずされ、ヘレンは言葉を失ってあとずさった。「ああ、お願い、やめて」

リースは手を止め、ヘレンの緊張した面持ちを探るように見た。「この行為は服を脱いでするものだとわかっているかい？」穏やかにたずねた。

「せめてシュミーズは着たままでもかまわない？」

「ああ、そのほうが気が楽なら」

リースは手際よく紐を引っ張ってコルセットをはずしていった。ヘレンはどきどきしながら待つあいだ、なにかほかのことに意識を集中させようとした。しかしそんなことは不可能だと気づくとリースを見上げ、「とても慣れた手つきだわ」と話しかけた。「よく女の人の服を脱がせているの？　つまり……あなたには愛人がたくさんいらしたのではないかしら」

リースはかすかに微笑を浮かべた。「一度に複数いたことはない。なぜ愛人のことなど知っている？」

「兄のテオにひとりいたから。兄と父が言い争っているのを妹たちが盗み聞きして、あとで教えてくれたの。どうやら父は兄の愛人はお金がかかりすぎると言っていたみたい」

「愛人というのはたいていそうだ」

「妻よりもお金がかかるの？」

リースはヘレンの左手をちらりと見た。その手はシャツの前身ごろにおずおずと添えられていた。薬指のムーンストーンが内側から光を放っているように見える。「ぼくの妻よりはかかるだろう」リースは皮肉っぽく言った。後頭部でまとめた髪に彼の手が伸び、ジェットの櫛を引き抜いたとたん、細い髪がいくつもの束になってヘレンの肩と背中へ落ちた。ヘレンが震えていることに気づいたリースは、なだめるように背筋をすっとなでた。「優しくするよ、カリアド。痛みはできる限り少なくすると約束する」

「痛み？」ヘレンは身を引いてリースから離れた。「なんの痛みなの？」

「処女でなくなるときの痛みだ」リースは用心深いまなざしでヘレンを見た。「知らないのか？」

ヘレンは緊張した面持ちでうなずいた。

リースは困った顔をした。「大騒ぎするほどのことではないそうだ。聞くところでは……くそっ、女同士でそういう話をしないのか？　しない？　初めて月のものがあったときは？

どんな説明を聞かされた?」

「母はなにも教えてくれなかったの。まったく予期せぬ出来事だった。あのときは……不安だったわ」

「不安だった?」リースはつっけんどんにヘレンの言葉をくりかえした。「怖くてたまらなかっただろうに」意外にもヘレンを硬い胸にゆっくり引き寄せて抱きしめ、彼女の頭を肩にもたれさせた。そこまで親しげに扱われることに慣れていないヘレンは、リースの腕に抱かれながらもまだ緊張していた。「そのとき、きみはどうした?」問いかける声が聞こえた。

「そんな――あなたには話せないわ」

「なぜ?」

「非常識だもの」

「ヘレン」ややあってからリースは語りかけた。「ぼくは世の中の現実をよく知っている。女性の体の基本的な仕組みについてもだ。きっと紳士ならこんなことを訊かないだろう。でもぼくは気にしない。きみもわかっているはずだ」彼はヘレンの耳のすぐ下のやわらかな場所に口づけた。「なにがあったのか、話してくれ」

ヘレンは相手が折れそうにないことを悟り、勇気を出して話しはじめた。「ある朝目を覚ましたら……ナイトドレスとシーツにしみがついていて、おなかがひどく痛かったの。出血が止まらないとわかったときは本当に怖かったわ。死んでしまうんだと思って。読書室へ行って隅に隠れていたら、兄に見つかった。普段なら兄は寄宿学校にいて屋敷にはいなかった

のだけど、休暇で帰っていたの。どうして泣いているんだと訊かれたから、わけを話したわ」ヘレンは亡くなった兄を懐かしさと悲しみが入り混じった気持ちで思い出し、言葉を切った。「兄はほとんどいつもよそよそしかった。でもその日はとても優しかったの。ハンカチを差し出してくれた……必要なところにあてるようにって。わたしの腰に巻く膝掛けを見つけてきて、部屋へ戻るのも手伝ってくれた。そのあと、兄が寄越したメイドが説明してくれたわ。これはどういうことなのか、そしてどうやって――」恥ずかしくて言葉を詰まらせた。

「生理用品を使うのかを？」リースは促した。

ヘレンはベストに顔を伏せたまま、くぐもった声で恥ずかしそうにたずねた。「どうして知っているの？」

リースがほほえみを浮かべて耳元に鼻をすり寄せてくるのがわかった。「うちの百貨店の薬売り場で扱っているからだ。ほかにどんなことをメイドから聞いた？」

緊張しながらも、リースの腕のなかでヘレンはくつろぎを感じた。感じないわけにはいかなかった。彼の体はとても大きくて温かく、ペパーミントとひげ剃り用石鹸、そして伐採したての木材を思わせる爽快な樹脂の匂いが一緒になった、なんともいい香りをまとっているのだから。興奮をかきたてると同時になぜだか心なごませる、どこまでも男らしい香りだ。

「いつか結婚して夫とベッドをともにすれば、しばらくのあいだ血は出なくなって、赤ちゃんが育つと聞いたわ」

「だが、そもそもどうやって赤ん坊ができるのかについてはなにも聞かなかったわけだ？」

ヘレンはうなずいた。「乳母がいつも話していたのと違って、赤ちゃんはグーズベリーの茂みの下で見つかるわけではないということ以外は」

リースは思いやりと怒りがないまぜになった顔でヘレンを見下ろした。「こういうことに関して、上流階級のお嬢さんはみんなそんなに無知なのか？」

「たいていはそうね」ヘレンは認めた。「花嫁になにを教えるか判断して、結婚初夜に手ほどきするのは夫の役目なの」

「やれやれ。花嫁と花婿、どっちが気の毒だかわからん」

「花嫁よ」ヘレンは躊躇なく言った。

それを聞いてリースはなぜかくっくっと笑った。ヘレンが体をこわばらせると、彼はぎゅっと抱きしめた。「違うんだ、いとしい人、きみを笑ったわけじゃない。ぼくはこれまで誰かに性行為について説明したことがないし……その魅力を伝える方法など思いもつかないから、つい笑ってしまった」

「まあ、怖いわ」ヘレンは小さく声をあげた。

「怖がらなくても大丈夫だ。約束する。気に入るところだってあるかもしれない」リースはヘレンの頭のてっぺんに頬を押しあて、なだめるように優しく話した。「たぶん実際に進めながら説明するのがいちばんだ、そうだろう？」彼は辛抱強く待ち、ついにヘレンはゆっくりとうなずいた。「ではベッドへ行こう」

いやがりはしないものの気乗りしないまま、ヘレンはリースと一緒にベッドへ向かった。両脚にまるで力が入らなくなっている。さっさとベッドへ上がって、上掛けの下にもぐりこもうとした。

「待つんだ」リースはヘレンの片方の足首をつかみ、ベッドのかたわらに立ったまま巧みに引き寄せた。

ヘレンはおびえて真っ赤になった。身につけているのは、ストッキングとキャンブリック地のシュミーズ、股の部分が縫い合わされていないドロワーズだけ。

ストッキングに包まれた足首を持ちながら、リースはヘレンのすねに片手をそろそろと滑らせた。ニットの木綿地に何カ所か繕った跡があるのを見て、眉間にしわを寄せた。「目が粗くてみすぼらしいストッキングだ」彼はつぶやいた。「こんなにきれいな脚なのに」彼の手は上へ向かい、太腿に巻かれたガーターに触れた。そのメリヤス地のバンドは伸縮性がなくなっていた。これでは脚をきつく締めつけてから留め具をはめなくてはならず、たいてい一日が終わるころには赤くへこんだ跡が皮膚に残ってしまう。

リースは留め具をはずしたあと、ヘレンの肌がすりむけて、太腿を一周する輪ができていることに気がついた。眉間のしわをいっそう深くし、非難めいたため息をついた。

「まったく《ウーフトウ》」

ヘレンは以前にもリースがそのウェールズ語を口にするのを聞いたことがあった。彼がなにかで不愉快になったときだった。リースは脱がせたストッキングを伸ばしてから、気に食

わない様子で投げ捨てると、もう片方を脱がせにかかった。

「そのストッキングはあとで必要なのよ」ヘレンは持ち物をぞんざいに扱われたことにとまどい、抗議した。

「新しいのと交換してあげよう。それによく合う、まともなガーターも」

「わたしのストッキングもガーターも充分役に立っているわ」

「これのせいできみの脚には跡がついている」リースはもう片方のストッキングを器用に結んで丸め、上半身をひねるとそれを火格子へ放り投げた。ストッキングは見事に火のなかへ着地し、鮮やかな黄色い炎がぼっと上がった。

「どうして燃やしてしまったの？」ヘレンの心に怒りがわいてきた。

「あれはきみにふさわしくなかった」

「わたしのものだったのに！」

いまいましいことに、リースはまったく後悔していないようだ。「きみがここを出る前に、ぼくから一ダースのストッキングを贈ろう。それなら満足だろう？」

「いいえ」ヘレンは眉根を寄せて顔をそむけた。

「あれは価値のない木綿のストッキングだった」リースは冷ややかに笑って言った。「繕った跡が何カ所もあった。うちの厨房《ちゅうぼう》にいる流し場のメイドのほうがましなものを履いているはずだ」

激しやすいレイヴネル家の取りなし役として、ヘレンは辛抱を長年学んできた。だからい

ったん口をつぐみ、言いかえす前に心の内で一〇を二回数えた。「ストッキングはほんの少ししか持っていないの」彼女はリースに語りかけた。「新しいのを買わずに古いストッキングを繕って、お小遣いを本の購入にまわすことにしたから。あれはあなたにとってなんの価値もない布切れだったのでしょうけど、わたしにとっては違ったのよ」

リースは眉根を寄せて黙りこんだ。さらなる反論をする気でいるのだろう。そう思ったヘレンは、相手が静かにこう言ったとき、大いに驚いた。「すまない、ヘレン。ぼくは考えなしだった。きみの持ち物を燃やす権利などなかった」

リースは謝罪することにも謙虚になることにも慣れていない男性だ。ヘレンはそれを知っている。心のなかのいらだちが消えていった。「あなたを許すわ」

「今後はきみの持ち物に敬意を払う」

ヘレンは苦笑した。「同居するときにわたしが持ちこむ物はあまりないわ。二〇〇鉢のランくらいよ」

リースはヘレンの肩へ両手を伸ばし、シュミーズの紐をもてあそんだ。「二〇〇の鉢すべてをハンプシャーから持ってきたいのか？」

「すべてを置く場所はないでしょうね」

「きみがここで世話できるようにしよう」

ヘレンは目を丸くした。「できるの？」

「もちろんだ」リースの指先がヘレンの肩の曲線をうっとりするほど優しくなぞった。「き

みが幸せでいるために必要なものはなんでも手に入れてあげよう。ランでも……本でも……きみのストッキング専用の絹工場でも」

ヘレンの喉元まで笑いが込み上げた。ゆっくりと愛撫され、鼓動が高まっていく。「お願いだから、わたしのために絹工場を買わないでね」

「じつはすでにひとつ所有している。ウィットチャーチに」リースは身をかがめてヘレンのなだらかな白い肩に口づけた。彼の唇は陽光のように温かく、触れていないかのように肌を軽くかすめた。「よかったらそのうち連れていくよ。見事な光景なんだ。ずらりと並んだ巨大な機械が、生糸をきみの髪の毛より細い糸にしていく」

「見てみたいわ」ヘレンが関心を示して声をあげると、リースはほほえんだ。

「では見せてあげよう」彼はほどけた金髪を指で梳《す》いた。「きみのためにリボンやストッキングをたっぷり取っておくよ、カリアド」ヘレンをそっとベッドに横たわらせ、シュミーズの下に手を入れてドロワーズのウエストに手をかけた。

ヘレンは身をこわばらせてリースの両手をつかみ、「とても恥ずかしいわ」とささやいた。

リースの唇がそろりと耳元に近づいた。「恥ずかしがり屋さんのドロワーズを脱がすにはどちらのほうがいい？　すばやく、それともゆっくりと？」

「すばやく……かしら」

ヘレンが二回息をするより速く、ドロワーズが引き下ろされて手際よく取り払われ、あらわになった太腿に鳥肌が立った。

リースは立ち上がってネクタイを解きはじめた。ヘレンは目の前でリースが服を脱ぐつもりであることに気づき、シーツと、ケワタガモの羽毛入りキルトの下に滑りこんで鎖骨の位置まで引き上げた。ベッドはやわらかく清潔で、洗濯ソーダで洗って乾かしたシーツの独特の匂いがした。エヴァースビー・プライオリーを思い出す、心地いい匂い。ヘレンは視界の端で動くリースを意識しながら、暖炉をじっと見つめた。彼は襟とカフスをはずし、すぐにベストとシャツを脱ぎ捨てた。

「こっちを見てもいいんだよ」さりげなく声をかけてきた。「きみと違ってぼくは恥ずかしくない」

ヘレンは首が隠れるまでシーツを引き上げ、勇気を出して遠慮がちにリースをちらりと見た……そして、目が離せなくなった。

見事な眺めだった。リースはズボンだけの姿で、引きしまった太腿にズボンつりがだらりと垂れていた。上半身は非常に頑丈そうに見え、鋼鉄の糸で骨に縫いつけてあるのかと思うほどだ。半裸の状態でくつろいだ様子のリースは、ベッドの端に腰を下ろして靴を脱ぎはじめた。背中は厚い筋肉で覆われていて輪郭がくっきりと浮かび上がり、黄褐色の肌が、磨いたかのように光っている。リースが立ち上がってこちらを向いたとたん、ヘレンは広い胸板にまったく毛が生えていないことに気づいて驚き、目をしばたたいた。

兄のテオは生前、エヴァースビー・プライオリーをガウン姿で平然とうろつき、硬そうな縮れ毛が生えた胸の上部を襟元からのぞかせていた。また、デヴォンの弟のウェストンが昨

年の列車事故で兄を川から引き上げたあと、体を極度に冷やしてベッドに寝かされていたとき、彼の胸も毛に覆われていることにヘレンは気がついた。それで、男性は皆そういうふうにできているのだろうと考えていたのだ。

「あなたの胸……毛がないわ」ヘレンは顔を赤くして言った。

リースはかすかに笑みを浮かべた。「ウィンターボーン家の特徴だ。父もおじたちも同じだった」彼がズボンを脱ぎはじめたので、ヘレンはあわてて目をそらした。「一〇代のころは悩みの種だったよ」リースは悲しげにつづけた。「同い年のやつらにはたっぷり毛が生えてきているのに、自分は小さな子ども並みにつるりとした胸だったから。もちろん友人たちには散々からかわれた。しばらくのあいだ〝穴熊〟と呼ばれていたな」

「穴熊？」ヘレンは当惑して訊いた。

「〝穴熊の尻みたいにつるつる〟という言いまわしを聞いたことは？　ない？　ひげ剃り用ブラシには、穴熊の尻尾の周辺に生える毛が使われていてね。イングランドのほとんどの穴熊は尻の毛をむしられて皮膚がむき出しになっているという笑い話があるんだ」

「お友達はずいぶん意地悪だったのね」ヘレンは怒って言った。

リースは含み笑いをもらした。「男の子なんてそんなものだ。本当さ、ぼくだって似たようなことをしていた。ぼくがそいつらのほとんどをぶちのめせるくらいでかくなったら、なにも言われなくなったよ」

リースがベッドに上がってきて、マットレスが沈んだ。ああ、どうしよう。いよいよだわ。

ヘレンはわが身をぎゅっと抱きしめ、羊の毛のようにつま先を丸めた。ここまで他人の手に自分をゆだねるのは初めてだ。

「気を楽に」不安をやわらげようとする声がした。「怖がらないでほしい。さあ、抱きしめさせてくれ」緊張で凝り固まっていたヘレンの体は、くるりと向きを変えられて豊かな筋肉と熱い肌に抱き寄せられた。氷のように冷たい足が、リースの脚のごわごわした毛に触れた。背中に片手がまわされ、さらに引き寄せられた。部屋の向こう側で炉火が躍っている。リースの体温が伝わるにつれ、ヘレンの体から余分な力が徐々に抜けていった。

シュミーズ越しに片手で触れられた。片方の乳房が包みこまれ、やがて手のひらの熱を感じて先端が硬くなった。リースは息づかいを荒くし、ヘレンの唇をそっと噛んで戯れ、互いの唇をこすり合わせたあと、ついばむようなキスをした。ヘレンはおぼつかなげに応え、口を軽く開いてキスを受け止めようとした。リースの唇は優しく愛撫しては性急にヘレンの唇を吸い、彼女を興奮させた。襟ぐりにギャザーを寄せている紐がつかまれ、決然とした手つきで引っ張られると、シュミーズの前がはらりと開いた。

「まあ」ヘレンはうろたえた。垂れ下がった生地に片手を伸ばしかけたものの、温かい手にしっかりとつかまれた。「ああ、お願い……」

けれどもリースはヘレンの手を放さず、あらわになったばかりの肌に、白いふくらみに、その中心を彩る淡いピンクの輪に、鼻をすり寄せた。荒々しい吐息をひとつもらしてから、薔薇色の先端に熱い舌先を何度も這わせ、やがてそれを口に含むと、痛いほど張りつめるま

で舌ではじき、その後もう一方の乳房へ移った。ヘレンはみだらな喜びにぼうぜんとし、リースと、彼のしていることにすっかり心奪われて徐々に体を近づけた。もっとそばへ行きたい、もっと……〝なにか〟が欲しい……しかしそのとき、薄いシュミーズ越しに予期せぬものが突いてくるのを感じた。ふくれ上がったような長いものが。ヘレンはびっくりして身を引いた。

リースは顔を上げた。濡れた下唇が暖炉の残り火に照らされて光っている。「だめだ、離れないでくれ」声がかすれていた。リースはヘレンのヒップに片手を滑らせ、優しく引き戻した。「これは――」ヘレンの腰がためらいがちに寄りかかると、彼は不規則な呼吸をした。「ぼくがきみを求めているときに起こることだ。ほら、硬くなっている……これがきみのなかへ入るんだよ」こんなふうに、と示すかのように、リースはそれでヘレンの骨盤の中心あたりを軽く突いた。「わかるかい？」

ヘレンは凍りついた。

なんてこと。

性行為がこれほど秘密にされているのも無理はない。もしあらかじめ知っていれば、女性たちはけっして同意しないはずだ。

ヘレンは驚愕を悟られまいとした。が、いくらか顔に出てしまったにちがいない。残念そうな、それでいておもしろがるような視線を向けられたからだ。

「聞いて想像するよりいいものだよ」彼は弁解するように言った。

ヘレンは答えを聞くのが怖いと思いながらも、勇気を出しておそるおそるたずねた。「どこから入るの?」

答える代わりにリースはヘレンの手足を広げながら覆いかぶさってきた。恥じらうヘレンの体に片手を這わせ、太腿の内側をなでてそっと開かせた。シュミーズの裾からなかへ手が入ってくると、ヘレンはほとんど息ができなくなった。彼の指先は脚のあいだに一度軽く触れたあと、秘めやかな茂みを探りはじめた。

ヘレンは奇妙な感覚に襲われて身を硬くした。円を描く指が穴の入り口を見つけ、なかに押し入ってくる。信じがたいことに、体が受け入れた。小さく蛇行しつつ滑りこむ、しっとり濡れた指を……だめ、こんなことはありえない。

「ここからだ」リースは静かに告げ、墨色のまつ毛の下からヘレンを見つめた。

ヘレンはとまどって声をもらし、身をよじって侵入から逃れようとしたものの、しっかりと体をつかまれた。

「ぼくが入ってくると――」リースは指を第一関節まで沈め、少し後退させて、また滑りこませた。「きみは最初、痛みを感じる」彼の指はヘレンがいま初めて存在を知った場所を、巧みに優しく触っていた。「でも次からは二度と痛くない」

ヘレンは目を閉じた。自分のなかで呼び覚まされた不思議な感覚に気を取られていた。ひっそりした部屋に残るほのかな香りを思わせる、はかなくてとらえどころがない感覚。

「ぼくはこんなふうに動く」繊細な愛撫にリズムが加わった。彼の指が何度もしなやかに軽

く突き入れられるたび、ヘレンの内側はさらになめらかになり、滑りがよくなっていった。

「――きみのなかで果てるまで」

「果てる？」ヘレンは乾いた唇を動かして訊いた。

「解き放つ瞬間のことだ……まずは心臓が激しく鳴りだして、完全には手の届かないものに向かって全身でもがく。拷問のようだが、途中でやめるくらいなら死んだほうがましだろう」リースは相変わらずからかうような愛撫をつづけながら、深紅に染まった耳に唇を寄せてささやいた。「そのままリズムに身をまかせてしがみつく。なぜならもうすぐ世界が終わろうとしているのがわかるからだ。そして、本当に終わる」

「あまり楽ではなさそうね」ヘレンはかろうじてそう述べた。いけないことをしているような、そわそわした妙な気分で全身が熱い。

低い笑い声が耳の奥をくすぐった。「たしかに楽ではないな。だが罪深いほどの喜びを感じられる」

リースは指を引き抜き、そっと閉じられている割れ目をなぞった。彼がそのやわらかな割れ目を開いてピンクのひだをもてあそびはじめ、きわめて感じやすい場所に触れたとたん、ヘレンの全身がびくんと震えた。

「痛かったかい、カリアド？」

「いいえ、でも……」体には、存在を認めることができないほど恥ずべき場所があり、洗うとき以外に触るなどとんでもない。そうしつけられたことをリースに伝えるのは、あまりに

も常識はずれに思えた。それは太った乳母に教えこまれたたくさんの決まり事のひとつで、彼女は聞き分けのない子どもの手のひらを、赤くなってひりひりするまで物差しで叩くのが好きだった。そんなふうに教えられたことは、けっして忘れ去ることができない。「そこは……恥ずべき場所だわ」ついにヘレンは息を切らして告げた。

リースは即座に否定した。「いや、そんなことはない」

「あるわ」リースが首を振っても、ヘレンは譲らなかった。「絶対にそうだと教えられたんだもの」

リースは皮肉っぽい表情を浮かべた。「赤ん坊はグーズベリーの茂みの下で見つかるときみに教えた人にか？」

その点については認めざるをえず、ヘレンは凛《りん》とした態度で沈黙した。少なくとも、この状況のなかで可能な限りの凛とした態度で。

「自分の欲望を恥じている人は多い」リースは言った。「ぼくはそのうちのひとりではないし、きみにも恥じてもらいたくない」片方の手のひらをヘレンの胸の中央に軽くあて、そのまま彼女の体に沿わせてそろそろと下げていった。「きみは喜びを味わうために作られたんだ、カリアド。恥ずべきところなんてひとつもない」太腿のあいだまで手が下りてきてヘレンが身を硬くしたことに、リースは気づいていないらしい。「特にこのかわいいところは恥じてはいけない……ああ、きみのここはとてもきれいだ。きみのランに似ている」

「なんですって？」ヘレンは弱々しく訊いた。からかわれているのだろうか。「そんなわけ

ないわ」

「きみのここは花びらのような形なんだよ」リースは一本の指の先で外側のひだをなぞった。ヘレンが必死になってリースの手首を引っ張っても彼は引かず、彼女の大切な場所を押し広げた。薔薇色をした内側のひだを親指と人差し指でそっとつまみ、このうえなく優しくこすった。「それにここは萼片《がくへん》……だろう？」

そこではたと、リースの言わんとすることをヘレンは理解した。的を射たたとえだ。体じゅうが真っ赤になった。恥ずかしさで気絶することがありうるなら、していたはずだ。

リースの唇にちらりと笑みが浮かんだ。「どうして気づかなかった？」

「いままで一度も見たことがないんですもの！」

くるくると変化するヘレンの表情にリースはすっかり心奪われた様子で、円を描く指先を花びらのいちばん上まで移動させた。親指で覆いを押し上げ、その下の小さな蕾《つぼみ》の周辺をくすぐった。「これの名前を教えてくれ。花の内側にある突起の先端」

ヘレンはリースの腕のなかで身をよじり、あえぎながら「葯《やく》」と答えた。彼女になにかが起こっていた。炎が両脚の裏をじりじりとのぼって腹部に集まり、あらゆる感覚が熱の海へそそぎこまれている。

リースの指がふたたびヘレンのなかへ差し入れられた。そこは深くなって液体をたたえていた。どういうこと？　どうして――体がリースの指をつかんで放さず、内側へ引っ張っている。自分では制御できない。リースは絹のような唇でヘレンの唇を何度もかすめ、とらえ

ようとした。まるで壊れやすいカップに口をつけているかのようだ。敏感な突起に彼の親指の先端が触れると、驚くほどのしびれがさざ波となって全身に広がり、ただならぬ波が近づいてきた……あまりにも強烈な感覚……ほとんど痛みに近い。ヘレンは低い声をあげ、リースの体の下から抜け出して腹這いになった。胸の鼓動が激しすぎて息が苦しい。

すぐにリースの存在を背中に感じた。震える四肢を両手でなだめている。

深みのあるなめらかな声が耳元でからかい半分に叱った。「カリアド、逃げてはいけないよ。これは痛くないんだ。約束する。仰向けになってくれ」

ヘレンは動かなかった。苦しいほど押し寄せる快感にのみこまれはじめ、ぼうぜんとしていた。心臓が止まりそうだ。

リースはもつれあった髪をよけてヘレンのうなじにキスをした。「きみはこういう妻になるのか？　夫に逆らうようになるには早すぎる」

唇が腫れているのを感じながら、ヘレンはどうにか返事をした。「わたしたちはまだ結婚していないわ」

「ああ、ぼくがきちんときみの体面を汚さない限り、結婚することはない」リースはヘレンのむき出しになったヒップに片手を置いて優しく揉んだ。「仰向けになるんだ、ヘレン」

ヘレンが従うと、リースは猫が喉を鳴らすのに近い満足げな声をもらした。見下ろしてくる彼の瞳は、真夜中の海面に映る星々に負けないほど輝いている。リースは残酷なまでに美しかった。不運な人間の乙女ヘレネを気まぐれに破滅させる、神話に出てくる移り気な神の

ように。

しかも、彼はヘレンのものだった。

「あなたのものがどんな感じか知りたいわ」ヘレンはそうささやいたことに自分で驚いた。ヘしなやかで筋肉質な体にヘレンが手を伸ばすと、リースは息をのんでまつ毛を伏せた。ヘレンは震える片手で、そそり立つ太いものを包んだ。その皮膚は薄く、驚くほどなめらかで、手をそのまますするすると滑らせることができた。それを軽く握ってみた。とても熱い。中身がぎゅっと詰まっていて、不可解なほど脈動している。思いきってもう少し下のほうまで触れることにした。熱くもなく、張りつめてもいないものを、手のひらにのせてそっと揺すった。するとリースは言葉にならない声をあげた。呼吸もままならないようだ。いまだけはいつもの立場が入れ替わって、こちらが彼を圧倒しているらしい。

次の瞬間、色気を放つ大きな裸体にヘレンは押さえこまれていた。リースは飢えたようなキスで彼女の胸と肩を覆い尽くし、両手で乳房を包みこんで持ち上げ、それぞれの先端をくわえた。小さなうなり声とともに、わしづかみにしたシュミーズの裾をウエストまで引き上げた。のしかかってきたリースのすばらしい素肌の質感と、やわらかな熱い茂みに押しつけられたものの硬さを、ヘレンは震えながら感じた。

リースは力ずくでヘレンの唇を奪ったあと、両方の乳房にキスをして唇を下へ移動させていった。ウエストまで来たところでシュミーズを両手でつかみ、レース紙でできているかのようにふたつに引き裂いた。荒々しく腕を払うと、破れたシュミーズがくるりと弧を描いて

宙を舞った。リースはまた下へ進み、ヘレンのへそを舐めた。蛇に這われているみたい。ヘレンはくすぐったさに声をもらした。みだらなキスは湿った茂みの端までつづき、内腿の隙間へ入った。

リースはヘレンの脚を開いて下から腕を差し入れ、マットレスに肘をついて肩に担いだ。舌先で花弁を押し開き、欲望をかきたてる動きで敏感な蕾の周りをなぞっていく。ヘレンが狼狽《ろうばい》しながらすすり泣きに似た声をあげたとたん、彼は容赦しなくなり、ふくらんだ蕾を口に含んで吸い、脈打つごとに何度も舌でなぶった。やがてヘレンは体のなかからじわじわと圧迫してくる熱を感じた。自分ではどうしようもなくなってきた。強くて恐ろしいなにかが近づいている。それは食い止めようとすればするほど大きくなり、とうとうヘレンは快感に打ち負かされて体を激しくけいれんさせた。こわばった体のあらゆる筋肉が収縮しては弛緩《しかん》し、手足の先まで震えが走る。その感覚がようやく静まると、疲れ果ててぐったりした。刺激を受けた場所は、ごく軽く触れられただけでも痛いほど敏感になっていた。

ヘレンは支離滅裂な抗議の声をあげ、リースの頭と肩を押しのけようとした。しかし彼は岩のように硬くてびくともしない。リースの舌は下へ向かい、探るように舐めたのち、小刻みに震える入り口へ押し入った。ヘレンははっと目を見開き、ゆらゆらと躍る炉火が作り出す、リースの頭の形をした黒い影を見つめた。

「お願い」うわずった声で口にしたものの、なにを頼んでいるのか自分でもよくわからない。

リースは両手を近づけてヘレンの花弁をそっと開き、小さな蕾を左右の親指で交互にはじ

いた。彼の舌が突き入れられるたび、放さないとばかりに自分の内側がぎゅっと締まり、ヘレンは恥ずかしさと驚きを覚えた。

知らぬ間にふたたび解放感の波がやってきた。ヘレンはベッドにかかとを沈め、力を入れて腰を突き上げた。熱い波が次から次へと全身を駆けめぐる。リースは巧みにすばやく、猫のように舌を動かし、ヘレンにその感覚をはっきりと味わわせながら、彼女の喜びを高めていった。

息を切らして朦朧《もうろう》としたまま、ヘレンは全身の力を抜いてベッドに背中を下ろした。リースが覆いかぶさってきても、なんの抵抗もしなかった。なめらかで硬いものが、太腿のあいだのぬるりとした場所を軽く突いた。リースは自分のものに手を添えて先端を入り口にあて、小さく円を描いてからぐいと突き入れた。とたんに焼き焦がされるような感覚に包まれ、ヘレンは思わず身を引きそうになった。けれども押し入ってきたものは頑として譲らない。彼女は弱々しく声をもらした。炎さながらに熱いものが侵入してきて、自分の内側が広げられ、脈動している。彼はさらに深く入ってきた。ありえないくらい深く。とうとう互いの腰が合わさるところまできて、ヘレンのなかは完全に満たされた。満たされすぎて、刺すような痛みから逃れるすべがなかった。

リースはヘレンの頭を両手で包みこみ、彼女の瞳を上からのぞきこんだ。彼の目は焦点が合っていないようだ。「痛い思いをさせてすまない、かわいい人」リースは不規則に呼吸しながら声をかけた。「ぼくを受け入れてくれ」

ヘレンは静かに横たわった状態で体の力を抜こうとした。リースが彼女の頭を抱えたまま唇を肩に押しあて、それから喉に移動させると、不快な痛みは少しやわらいだ。

「そうさ」リースはささやいた。「それでいい」

秘めやかな狭い場所の、筋肉のわずかなゆるみがリースに伝わっているとわかり、ヘレンは一瞬恥ずかしくなった。両腕を上げ、たくましい背中に手を置くと、驚いたことに彼の筋肉は鋼鉄のように硬くなった。軽く触れただけなのに……その反応に興味をそそられたヘレンはリースの肩から腰に向かってそろそろと指を這わせ、楕円形の爪の先端で背中のくぼみをそっと引っかいた。

彼はうめき声をあげて自制心を失い、先ほどのヘレン同様に激しく身を震わせた。この人も解放感に包まれているのだわ、とヘレンは悟った。不思議なほど守ってあげたい気分になり、リースの背中にきつく腕をまわした。しばらくして、リースは低い声をもらしながら自分のものを引き抜き、ヘレンを押しつぶさないよう気をつけて横向きに寝転んだ。

挿入されていたものが引き抜かれると同時に、ヘレンの太腿のあいだから不可解な熱いものが滴った。なかが空っぽになった妙なさびしさとともに、閉じた内側がひりひりと痛む。とはいえ、ヘレンは満ち足りた気分だった。体は心地よく力が抜けてけだるい。彼の荒々しさ、力強さ、なめらかさを自分のなかで感じるのは最高だった。彼女は残りの力を振り絞って横向きになり、リースの肩に頭をもたせた。

なにか考えが浮かんでも、つかまえようとしたとたん霧散していく。まるで深夜のように

感じるとはいえ、まだ昼間だ。すぐに服を着て、明るくて寒い外へ出ていかなくては。なのにいまはただ、この安全で暖かな暗闇のなかで、こんこんと眠っていたかった。

リースは上掛けをつかもうとしたところで手を止め、ヘレンの体に半分敷かれているものを引っ張った。それはシュミーズの残骸だった。どうやってシュミーズなしで家へ帰ればいいのだろう?――心配するべきだとわかっていても、くたびれていたヘレンには、大した問題ではないように思えた。

「きみの持ち物には敬意を払うつもりだったのに」リースの口調には後悔がにじんでいた。

「別のことに気を取られていたのね」ヘレンは眠気をこらえてささやいた。

リースの声はややおもしろがっているようだった。「〝平常心を失っていた〟というほうが正しいな」引き裂かれたシュミーズでヘレンの太腿のあいだをぬぐってから、それを投げ捨て、なだめるように片手ですっと彼女の頭を包みこんだ。「おやすみ、カリアド。少ししたらすぐに起こしてあげるよ」

少ししたらすぐに《ナウ・イン・ア・ミニット》……前にも彼が口にしていた、ウェールズ人独特の言いまわし。取り立てて急いではいないときに、〝あとで〟の意味で使っているようだ。

ヘレンは大きな力に屈したかのようにほっとして身震いし、手招きしてくる闇へと沈んでいった。そして生まれて初めて、男性の腕のなかで眠りに落ちた。

かれこれ一時間以上、リースはひたすらヘレンを抱いていた。満足感にぼうっと酔いしれ

ていた。

どれほど長くヘレンを眺めていても飽き足りなかった。彼女の細部のひとつひとつを見るたびに、新鮮な喜びを感じた。しなやかな体の線、きれいな乳房の曲線。流れる液体のように光りながら彼の前腕にこぼれ落ちる、白っぽい金髪。それになにより、普段の澄ました仮面を脱いで無邪気に眠る顔。物言いたげなやわらかい唇には、ひと目で心を射抜かれた。これほどしっかり抱いていながらまだ彼女を求めているとは、どういうことだろうか。

ヘレンはただ静かに眠っているわけではなかった。時折、まつ毛が震え、唇を開いて不安定な呼吸をし、手の指やつま先が無意識にぴくりと動いた。彼女の眠りが浅くなるたび、リースはなでたり、そっと抱きしめたりした。ヘレンは赤子の手をひねるように、あるものをリースから引き出した。それは彼がいままで誰にも示したことのない優しさだった。考えうる限りのあらゆる方法で女性を喜ばせ、うっとりさせたことならある。けれどもたったいましたように、本当の意味で誰かと愛を交わしたことはなかった。まるで相手の皮膚から、指で快感を吸い取っているかのようだった。

ヘレンが上掛けの下で完全に横向きになり、ほっそりとした片方の太腿をリースの脚にからませてくると、彼のものは激しく反応した。もう一度、いますぐにヘレンが欲しい。彼女はまだ回復していないのに。純潔を失った際の血も、彼の種も、洗い流していないのに。どうにも、ヘレンはここまで完全に譲歩しながら、なぜか優位な立場に立っているようだ。リースにはまだその謎を解明することができなかった。

ヘレンを組み敷いて無防備な体に自分のものを突き入れないよう、歯を食いしばって耐えなくてはいけない。代わりにリースは、ぴたりと寄り添う彼女の感触を味わった。

暖炉で薪《まき》が鋭い音をたてて爆《は》ぜ、炎が赤い光を放って部屋を照らした。その光がヘレンの象牙色の肌を覆い、黄金色に輝かせる。美しい曲線を描く彼女の肩に、リースはとても優しく触れた。通常なら忙しく働いている時間帯に、これほど完全に満ち足りた気分でここに寝転んでいるというのはなんと不思議なことだろう。この真っ昼間でさえ、ヘレンを腕に抱いているだけで何時間でも横になっていられそうだ。

最後にこの時間にベッドにいたのはいつだったか、リースは思い出せなかった。列車事故に巻きこまれ、体が回復するまでエヴァースビー・プライオリーで過ごした三週間を別にすればの話だが。

あの事故に遭うまで、病気になったことは一度もなかった。そして他人に無防備な姿をさらすことをなによりも恐れていた。ところがあのとき、熱と痛みで重苦しい空気に包まれるなか、若い女性のひんやりした手と、慰めに満ちた声に気がついた。彼女は氷で冷やした布でリースの顔と首をぬぐい、甘いお茶を飲ませてくれた。繊細さ、バニラの甘い香り、やわらかな話し方——彼女のすべてに心がなだめられた。

熱に侵された頭を抱きかかえられ、彼女が語る神話とランの話に耳を傾けていたわずかな時間、リースはそれまでの人生で最も心満たされていた。いつかこの世を去る日まで、あの記憶をなによりも頻繁に思いかえすはずだ。あのとき初めて、誰にもうらやましさを感じな

かった。なぜなら幸福に近いなにかを感じていたから。それは腹を空かせた犬のように追いつめてむさぼり食う必要のないもの……優しく辛抱強く、スプーンですくって口へ運んでもらうようなもの。見返りをいっさい求めない思いやりだった。リースはそれが欲しくてたまらなかった……彼女が欲しくてたまらなかった……あれ以来ずっと。

金色の繊細な髪がヘレンの鼻にかかり、やわらかな息が吐かれるたびにはためいた。リースは輝く毛束を後ろへのけてやり、黒に近いほっそりした眉を親指でなぞった。なにに惹かれてヘレンが自分のところへ来たのか、彼はまだ理解できずにいる。金目当てだろうと思いこんでいたが、そうではないらしい。学者肌や優れた血筋にも魅力を感じていないのは間違いない。リースはそのどちらでもないからだ。

ヘレンは冒険を求めていると口にしていた。しかし冒険はいずれ退屈になるものだ。そのときにはすべてが新鮮みを失い、ありふれたものとなる。彼女が元の生活に戻りたくなり、それが不可能だと気づいたとき、どうなるのだろうか。

リースは不安を感じ、抱きしめていた腕をほどいてヘレンに上掛けをかけなおした。ベッドを出て、寝室のさわやかな空気のなかで服を着ると、いつもの明敏な頭脳が戻ってきた。ボードゲームのソリティアの盤にビー玉を並べるように、必要なものや予定を頭のなかに書き出していく。

まったく、さっき自分はなにを考えていた？　盛大な結婚式を挙げて高貴な血筋の花嫁を見せびらかす……そんなことはどうだっていいではないか。リースは嫌気が差し、愚か者め

と心中でおのれに言い放った。何日も霧のなかで過ごしたあと、ようやく思考がはっきりし

てきた気分だった。

もうヘレンは自分のものだ。返せと言われても返せない。結婚式までの短期間であろうと

も。彼女を手元に置いておかなくては。デヴォンのもとへなど返すものか。ヘレンが心から

自分と結婚したがっていることは確信しているが、彼女はまだあまりにも世間知らずで従順

だ。家族がヘレンをこちらの手が届かないところへやってしまうかもしれない。

ありがたいことに、自らの過ちを正す時間はまだある。リースはつづき部屋になった寝室

をつかつかと出ていき、書斎に入って呼び鈴を鳴らした。

従僕が書斎に到着したときには、一覧表を作って封をし、宛名に個人秘書の名前を書き終

えていた。

「お呼びでしょうか、ミスター・ウィンターボーン」ジョージはやる気に満ちた若い従僕だ。

充分な訓練を受け、ロンドンに住む貴族の家庭から評価の高い推薦状をもらっていた。その

上流階級の家族にとっては不運なことだが、リースにとってはじつに幸運なことに、一家は

先ごろ倹約の必要に迫られ、雇っている使用人の数を減らさざるをえなくなった。最近では

窮状に立たされる貴族の家庭が多いため、リースは彼らが給料を支払えなくなった使用人を

雇える。若手でも古株でも、有能な使用人をいくらでも選ぶことができるのだ。

リースは机まで来いと身振りで従僕を呼び寄せた。「ジョージ、この一覧表をぼくの執務

室へ持っていってファーンズビーに渡してくれ。頼んだ品物をファーンズビーが集めるあい

だ、そこで待機し、半時間以内にすべてをここへ持ってくるように」

「かしこまりました」従僕はあっという間に立ち去った。

リースは若者のすばやさに一瞬にやりとした。家でも職場でも、命令が迅速かつ熱心に遂行されるのを彼が好むことを、皆知っているのだ。

頼んだ品すべてがクリーム色の箱に詰められて届いたころ、すでにリースはヘレンのために風呂に湯を溜め、散らばった彼女の服や櫛を拾い集めていた。

ベッドの端に腰かけると、手を伸ばしてヘレンの頬をなでた。

まだ目覚めたくなさそうな様子を見て、ふとかわいそうになって胸が痛んだ。苦しいほどの痛みだった。ヘレンは目を開け、ここはどこだろう、なぜ彼がいるのだろうという顔で一瞬うろたえた。記憶をよみがえらせながら不安げにこちらを見上げたかと思うと、うれしいことに、恥ずかしそうにほほえんだ。

リースはヘレンを抱き寄せて唇を重ねた。背筋に沿って素肌をなでたとたん、そこに鳥肌が立った。

「風呂に入るかい？」リースはささやいた。

「入れるの？」

「用意してある」リースはベッドの足側に置いておいた、着物風に身ごろを体の前で交差させて巻きつけるガウンを手に取った。ヘレンはベッドからするりと出て、体を見せないようにしながらリースの手を借りてガウンを着た。リースは彼女の慎み深さに魅了されつつウエ

ストに紐を締め、袖を折りかえしてやった。彼のガウンはヘレンよりふたまわり大きいので、裾が床にたっぷり余っている。「恥ずかしがってはいけないよ」リースはヘレンに言い聞かせた。「服を着ていないきみを見られるなら、ぼくは魂を差し出してもいい」

「そんなことを冗談にしないで」

「きみの裸を見ること？　冗談を言っているわけじゃない」

「あなたの魂のことよ」ヘレンは真剣だった。「あまりにも大切なものだから」

リースは笑みを浮かべ、またキスをした。

ヘレンの手を取り、浴室へいざなった。床には白い縞瑪瑙《しまめのう》のタイルが敷かれ、壁の上半分にはマホガニーの羽目板が張られている。フランス式の左右対称の浴槽は、横から見ると、底辺の短い台形状に両端が広がっているため、ゆったりと背をもたれさせて入浴できる。すぐそばにはガラス扉のついたはめこみ式の棚があり、なかには白いタオルが積んである。

浴槽のかたわらに据えられたマホガニーの小さな台を手で示して、リースは言った。「百貨店から少し持ってこさせた」

ヘレンは台へ歩み寄り、上に置かれた物をしげしげと見た。容器に入ったヘアピン、黒い櫛一式、背面にエナメル加工が施されたヘアブラシ、手描きの包み紙に覆われたさまざまな石鹸、選りすぐりの香油。

「いつもはメイドが入浴につき添っているだろう？」ヘレンが髪をねじり上げて固定するのを眺めながら、リースは問いかけた。

「ひとりで大丈夫よ」ヘレンは浴槽の縁の高さに目をやり、頬をほんのりピンクに染めた。「でも浴槽の出入りには手助けが必要かもしれないわ」

「なんなりとご用命を」リースはすかさず言った。

ヘレンは頬を紅潮させたままリースに背を向け、ガウンを肩から滑らせて脱いだ。リースは彼女の背後からガウンを引き抜きながら、華奢な背中と完璧なハート形の尻が視界に飛びこんできたせいで、危うく落としそうになった。ヘレンに触れたくてたまらず、文字どおり手が震える。ガウンを片方の腕にかけ、空いているほうの手を伸ばした。ヘレンはその手を取って浴槽に足を入れた。ひとつひとつの動きが優雅で慎重で、でこぼこした地面を苦労して進む猫のようだ。湯のなかに身を沈めたとたん、先ほどの親密な営みによる痛みがよみがえったのか、顔をゆがめた。

「痛むんだな」リースはヘレンがどれほど繊細で締まっていたかを思い出し、心配そうに声をかけた。

「少しだけ」ヘレンはまつ毛を上げた。「石鹸を取ってくださる?」

リースは包みを開けてから蜂蜜入りの石鹸をスポンジと一緒に手渡し、湯のなかでピンク色に揺らめく肢体から目が離せなくなった。ヘレンはスポンジに石鹸をこすりつけ、肩と喉から洗いはじめた。

「ほっとしているの」ヘレンは言った。「わたしたちの進む方向が定まったから」

リースははめこみ式の棚の隣に置かれたマホガニーの椅子に座り、「そういえば話し合い

たいことがあってね」とさりげない口調で切り出した。「きみが眠っているあいだにこの状況をじっくり検討し、ぼくたちの取り決めについて考えなおしたんだ。つまり――」リースははたと言葉を止めた。顔を蒼白《そうはく》にしたヘレンが、怒りをにじませた目を大きく見開いている。誤解されていることに気づいたリースは二歩で彼女のもとへ行き、浴槽のかたわらにしゃがんだ。「違う――違うんだ、そうじゃない――」シャツの袖とベストが湯に浸《つ》かるのもかまわず、あわててヘレンの体をつかんだ。「きみはぼくのものだ、カリアド。そしてぼくはきみのものだ。ぼくは絶対に――くそっ、そんなふうに見ないでくれ」ヘレンを浴槽の片側へ引き寄せ、甘美な濡れた肌にキスの雨を降らせた。「ぼくが言いたかったのは、きみとの結婚を待っていられないということだ。駆け落ちしよう。最初からぼくがそう言えばよかったんだが、思考が鈍っていたんだ」張りつめた唇を奪い、ヘレンの体から余計な力が抜けたとわかるまで口づけをした。

ヘレンは身を引いて、驚いた目でリースを見つめた。揺らぐ水面が反射して頬にまだら模様の影ができ、まつ毛は濡れて束になっている。「今日?」

「そうさ。ぼくが手配する。きみはなにも心配いらない。きみの荷物はファーンズビーに言って小型の旅行かばんに詰めさせる。ぼくが所有している専用客車に乗ってふたりでグラスゴーまで行くんだ。大きなベッドつきの寝室があって――」

「リース」ヘレンは石鹸の香りがする指をリースの唇にあて、気を静めようと多めに息を吸った。「予定を変更する必要なんてないわ。なにも変わっていないもの」

「すべてが変わったさ」少々強すぎる口調でリースは否定した。ごくりと唾をのみ、穏やかな口調に変えた。「今日の午後のうちに旅立とう。こうしたほうがずっと現実的だ。あとで起こりうる複数の問題が解決する」

ヘレンはかぶりを振った。「妹たちをふたりきりでロンドンに置き去りにできないわ」

「屋敷には使用人がいくらでもいるじゃないか。トレニアもすぐに戻ってくるんだろう？」

「ええ、明日にはね。でも、それまでふたりを放っておくわけにはいかないの。どういう子たちか、あなたも知っているでしょう！」

たしかにパンドラとカサンドラはおてんば娘たちだ。それは否定できない。ふたりとも、いたずらと空想ばかりしている。生まれてからずっとハンプシャーの閑静な土地で育ってきたふたりは、ロンドンを巨大な遊び場だと思っているのだ。この街で自分たちに危険が降りかかる可能性があるとは夢にも思っていない。

「ふたりも一緒に連れていこう」リースはしぶしぶ言った。

ヘレンは両眉を上げた。「それで、ハンプシャーから戻ったデヴォンとお義姉様に、あなたにレイヴネル家の三姉妹を誘拐されたと思わせるわけね？」

「いいかい、あの子たちはできるだけ早く家へ帰すつもりだ」

「駆け落ちする必要があるとは思えないわ。いまさらわたしたちの結婚を認めない人なんていないはずよ」

立ちのぼる湯気が、きらめくヴェールのように白い肌にまとわりついている。石鹸の泡の

塊が片方の乳房の斜面をのろのろと滑り下り、やがてやわらかな淡いピンクの先端にとどまる様子にリースは気を取られた。たまらず手を伸ばして乳房を包みこみ、親指で泡を払いのけた。乳首に優しく円を描き、美しい蕾へと張りつめていくのを見守った。

「赤ん坊ができているかもしれない」リースは告げた。

ヘレンはリースの手から人魚のようにするりと逃げた。「そうなの？」スポンジをぎゅっとつかむ指のあいだから、湯がぼとぼとと落ちている。

「月のものが来なければ、はっきりする」

ヘレンはさらに石鹸をスポンジにこすりつけ、入浴をつづけた。「もしそうなったら、駆け落ちする必要が出てくるかもしれないわね。でもそれまでは――」

「いますぐにするんだ」リースはじれったそうに言った。「子どもの誕生が早すぎるという醜聞を少しでも招かないために」湯に浸かったベストとシャツが冷たくなって肌にへばりついている。彼は立ち上がって脱ぎはじめた。「ぺらぺら喋《しゃべ》りたてる連中にうわさの種をまくのはごめんだ。わが子を巻きこみたくない」

「駆け落ちだって、赤ちゃんが早く生まれるのと同じくらいうわさになるわ。しかも、わたしの家族はもっとあなたのことを認めなくなってしまう」

リースはなにか言いたげにヘレンを見た。

「家族を敵にまわしたくないわ」

脱いだベストを床に落とすと、びしゃっという音が響いた。「ぼくはきみの家族にどう思

われようとかまわない」

「でも、わたしの気持ちは大切にしてくれる……でしょう？」

「ああ」リースは濡れたカフスをはずしながら、つぶやくように言った。

「わたしは結婚式を挙げたいわ。それまでのあいだ、わたしも含めてみんなが、新しい状況になじむ時間を持てるはずよ」

「ぼくはすでになじんでいる」

ヘレンの唇がこわばった。思わず笑みが浮かびそうになるのをこらえているようだ。「ほとんどの人はあなたと同じ速さで生きていないのよ。レイヴネル家でさえね。辛抱していただけないかしら」

「辛抱する必要があるときはする。だがこの場合は必要ない」

「あると思うわ。いまは認めないでしょうけど、あなたは盛大な結婚式をまだ望んでいるのではないかしら」

「まったく、あんなことを言わなければよかった」リースはいらだった。「結婚式なんて教会で挙げようと、登録事務所でしようと、どうだっていい。北ウェールズの荒れ地で、雄鹿の枝角をかぶった呪術師《シャーマン》に頼んでもいい。できるだけ早くきみをぼくのものにしたいんだ」

ヘレンは興味深そうに目を見開いた。シャーマンや雄鹿の枝角の話をもっと聞きたいらしい。けれどもいまは我慢することにしたようだ。「わたしは教会で結婚したいわ」

リースは黙々とシャツの襟を開き、前開きのボタンをはずしはじめた。これは自業自得な

のだと思い、心のなかで自分をののしった。まさか自分の自尊心と野心のせいで、ヘレンとすぐに結婚できないとは。もはや待つしかなさそうだ。本来なら彼女と毎晩ベッドをともにできるはずなのに。

ヘレンは真面目な顔でリースを見据え、しばらくしてから口を開いた。「約束は守ってもらわないと」

リースは戦いに敗れていらいらしながら、濡れたシャツを脱いだ。どうやらヘレンは思っていたほど従順ではないらしい。「六週間したら結婚しよう。それ以上は一日も待てない」

「それではとても時間が足りないわ」ヘレンは抗議した。「たとえわたしに限りない資力があったとしても、式の計画を立てたり花嫁衣装を注文したり、荷物を運んだりするにはもっと時間がかかるはず――」

「ぼくには限りない資力がある。きみが望むものはなんでも、ネズミが排水管をのぼってくるより速くここに届く」

「それだけじゃないわ。兄のテオが亡くなってからまだ一年経っていないの。家族とわたしの喪が明けるのは六月の初めよ。兄への敬意を表して、それまで待ちたいわ」

リースはヘレンをじっと見つめた。いま聞いた言葉で頭がくらくらしている。

それまで待つ？……六月まで？

「四カ月も先じゃないか」ぼんやりと言った。

ヘレンはリースを見つめかえした。自分の発言は理にかなっていると信じているようだ。

「だめだ」リースは怒って却下した。

「どうして？」

自分がなにかを求める正当な理由を人からたずねられるのは、何年、いや何十年ぶりかのことだった。求めているという事実さえあれば、いつもはそれで充分なのだ。

「そもそも最初に婚約したとき、そういう予定だったでしょう」ヘレンは指摘した。

なぜそんな予定に同意したのか、あるいは辛抱して待てそうだと思ったのか、リースにはわからなかった。おそらくヘレンと結婚が決まって有頂天になり、結婚式の日取りについてとやかく言う気にならなかったのだろう。しかし、いまとなってはどう考えても四日ですら長すぎて待てない。四週間ともなれば苦痛を感じる。

四カ月なんて論外だ。

「喪が明ける前にきみが結婚しても、お兄さんは知ることも気にすることもない」リースは説得を試みた。「生きていたら、妹に夫が見つかって喜ばれたことだろう」

「たったひとりの兄なの。可能な限り、伝統にのっとって一年間喪に服すことで敬いたいわ」

「ぼくには不可能だ」

ヘレンはけげんそうにリースを見た。

リースは浴槽の両側をつかんでヘレンのほうへ身をかがめた。「ヘレン、男にはどうしようもないときがあって——欲求が満たされない場合——」次第に暗さを増していく彼の顔に、

湯から熱気がただよってきた。「ぼくはそんなに長くきみなしでやっていけない。男の自然な欲求として――」リースは気まずくなって言葉をのみこんだ。「くそっ！　男は女から安らぎを得られない場合、自慰の衝動に駆られるんだ。わかるかい？」

ヘレンは当惑した様子で首を振った。

「ヘレン」リースはいらだちをさらに抑えて話した。「ぼくは一二歳から、禁欲したことがない。いまになってしようものなら、一週間と経たないうちに頭がおかしくなって、誰かの命を奪ってしまうだろう」

ヘレンはとまどって額にしわを寄せた。「最初に婚約したときは……どう対処するつもりだったの？　もしかして……わたしと結婚するまで、ほかの女の人と関係を持つ気でいたのかしら」

「そんなことは考えていなかった」最初に婚約した時点では、もしかするとそういう可能性もあったかもしれない。だがいまは……ほかの誰かをヘレンの代わりにすることを考えただけでぞっとするのに気づき、リースはがくぜんとした。ちくしょう、これはどうしたことだ。「きみでないとだめなんだ。ぼくたちはもう離れられない」

ヘレンはあらわになったリースの上半身に恥ずかしそうに視線を走らせた。ふたたび彼の顔を見たときには、赤面して小さく震えていた。みぞおちがぎゅっと熱くなると同時に、リースは相手がこちらに興奮していることを悟った。

「きみだって同じはずだ」声がかすれた。「ぼくが与えた快感を思い出し、もっと欲しくな

る」

ヘレンは目をそらして返答した。「申し訳ないけれど、喪に服しているあいだは結婚しないほうがいいと思うの」

穏やかな口調ではあったものの、その言葉の奥には強情さが潜んでいた。交渉に明け暮れる人生を送ってきたリースは、相手側がこれ以上譲歩しないところに達したときを見極めることができた。

「ぼくは六週間後にきみと結婚するつもりだ」必死さを悟られないよう冷淡な声で告げた。「それがどれほど高くつこうとも。欲しいものを言ってくれ。ぼくに言うだけできみのものになる」

「あいにくだけど、わたしを買収することはできないわ」ヘレンは心から申し訳なさそうな顔をして言い添えた。「ピアノはすでに約束ずみだもの」

6

紋章のない美しい馬車が、レイヴネル・ハウスの前廊《ポルチコ》つき通用口の前に停《と》まった。二月の空から午後の雨が降るなか、凍《い》てつく風がロンドンの通りをひゅうと吹き抜けていく。コーク・ストリートからサウス・オードリーまで馬車に揺られ、窓の日よけの隙間からヘレンが外をのぞいたとき、通行人たちはウールのコートやケープをきつく体に巻きつけて店の軒下へ向かい、肩を寄せ合って雨宿りしていた。降りそそぐ雨粒はこれからさらに天気が悪くなることを告げながら、路上を黒くきらめかせていた。

けれどもここから見えるレイヴネル・ハウスのドアにはめられたガラスからは、温かな黄色い光がもれている。あのドアの先は、マホガニーの書架と大量の蔵書、詰め物のたっぷり入った椅子が並ぶ、ふた部屋つづきの広い図書室だ。居心地のよいわが家に戻ってきたと思うと、ヘレンは期待に打ち震えた。

リースは、手袋をしたヘレンの両手に片手を滑らせ、軽く握った。「明日の夜、婚約の話をしにトレニアを訪問する」

「納得してくれないかもしれないわ」

「しないさ」リースは感情を表さずに言った。「だがぼくにまかせてくれ」

それでもヘレンはデヴォンの反応が心配だった。「あさってまで待つほうがいいかもしれないわ」彼女は提案した。「デヴォンとケイトリンは移動でくたびれているはずよ。ひと晩ぐっすり寝たあとのほうが、話を受け入れやすいと思うの。それにわたしが――」従僕が馬車の扉を開けかけたので、ヘレンは言葉を止めた。

リースは従僕をちらりと見やり、不愛想に声をかけた。「もう少し待ってくれ」

「かしこまりました」扉はすぐに閉められた。

リースは座ったまま体の向きを変えてヘレンのほうへ身をかがめ、ヴェールのひだをもてあそんだ。「つづけて」

「わたしが先にデヴォンに説明してもいいわ。あなたが来る前に地固めをしておくの」

リースは首を振った。「もしトレニアがかっとなった場合、きみを矢面に立たせたくはない。ぼくから話をさせてくれ」

「でもデヴォンがわたしを傷つけることはけっして――」

「わかっている。それでも言い争いにはなるはずだ。トレニアの相手はきみではなく、ぼくがする」めくれ上がっていたヘレンの襟の端を、リースはそっと直した。「ぼくたちふたりのために、明日の夜までにこの話を解決したいんだ。それ以上は待てない。それまでのあいだ、この件についてはなにも言わず、ぼくにまかせてくれないか？」その口調に押しつけがましさはなく、むしろヘレンの身を案じ、守ろうとしている気持ちがにじんでいた。リース

は言葉が喉に詰まりかけたかのように一瞬黙ったあと、ぶっきらぼうな声で不承不承こう言った。「頼む」

ヘレンはコーヒー色の黒い瞳を見つめた。大切にされ、求められているというこの感覚は、初めて味わうものだった。それは細い巻きひげのように広がって、ヘレンを内側からさわさわとくすぐるように思えた。

ヘレンは相手が返事を待っていることに気づき、少し茶目っ気を込めて答えた。「いい《アイ》さ」

リースは驚いてまばたきをひとつしてから、ヘレンを膝の上に引っ張り上げた。彼の瞳はおもしろそうに輝いていた。「ぼくの訛りを真似てからかっているんだな?」

「違うわ」思わずヘレンは声を殺して笑った。「気に入っているの。とっても」

「では、ぼくにまかせてくれるね?」リースは真剣な口調になった。「そろそろきみを家のなかへ入れなくては。キスしてくれ、カリアド。今夜一緒に過ごせたなら、きみからもらえたキスの代わりに」

ヘレンが口づけするとリースは唇を開き、やや誘惑するように口のなかを探らせた。主導権をゆだねられていることに気づいたヘレンはリースの唇を舌でそっと押し広げた。彼の口のなかは、ぴんと張った絹の感触に似ている。ためらいがちに顔の角度を変えたところ、互いの口がぴたりと合わさり、なんとも甘美なキスの味わいに唇を離せなくなった。永遠にこうしていたい。幾重にも生地を重ねたスカートを広げて彼の膝に挟まれ、たくましい太腿のあいだに腰を沈めて。ヘレンはリースの両肩をつかみ、強固な肉体にさらにぴったり身を寄

せた。

リースは一、二度荒く息をし、暖炉に使うふいごのポンプのように胸を動かしたかと思うと、喉の奥から低い声をもらしながらキスを中断した。ヘレンがなおも口のなかを探索しつづけると、彼は声を震わせて笑った。「だめだ──ヘレン──ああ、きみはなんて素敵なんだ──もうやめないと」リースはヘレンと額を触れ合わせた。「この馬車のなかできみを奪ってしまう前に」

わけがわからず、ヘレンはたずねた。「馬車のなかでできるの？」

リースは顔を赤らめ、つかの間目を閉じた。なにかを無理に我慢しているかのようだ。

「そうさ」

「でもどうやって──」

「説明させないでくれ。実際にやってみせることになりかねない」リースはぎこちない手つきで隣の席にヘレンをもたれさせ、身を乗り出して馬車の扉を叩いた。

従僕が現れ、まず石の敷かれた地面に踏み台を置き、次に手袋をした手をヘレンに差しのべ、馬車を降りる手助けをした。屋敷の両開きのドアへヘレンが歩いていくと、ガラスの向こうで双子が待ち構えていた。ふたりの細い体から、早く話を聞きたくてたまらない、とうずうずしていることが伝わってくる。

「お嬢様、こちらをなかまでお運びしましょうか」

ヘレンは従僕が抱えているクリーム色の箱を一瞥した。ディナー皿ほどの大きさで、箱に

よく似合う細いサテンのリボンが結ばれている。箱の中身が百貨店から選び抜かれたストッキングであることに気づき、「ここで受け取るわ」と応じた。「ありがとう」そしてリースが従僕をなんと呼んでいたかを思い出そうとした。「ジョージ、だったわね？」

従僕は笑みを浮かべてドアを開けた。「はい、お嬢様」

ヘレンは屋敷に入ったとたん、興奮して踊る双子に取り囲まれた。

最後に一度だけガラス越しに扉の外へ目を向け、走り去る馬車を見送った。

「おかえりなさい！」パンドラが大声で言った。「遅かったのね！　どうしてこんなに長くかかったの？　ほとんど丸一日お出かけだったわ！」

「もうすぐお茶の時間よ」カサンドラが同調した。

ヘレンはふたりの遠慮のなさに閉口しながら、ほほえんだ。

双子は現在一九歳。もうじき二〇歳を迎えるというのに、実年齢より子どもっぽく見える。ほぼ放任されて育ち、自分たちで作った遊び以外ほとんど気晴らしがない状態で田舎の屋敷を自由に走りまわってきた。両親は大半の時間をロンドンの社交界で過ごし、娘たちの世話は使用人や家庭教師にまかせていた。父も母も、娘たちに毅然とした態度で接することができず、そうするつもりもなかった。

とはいえパンドラもカサンドラも、おてんばではあるが心優しく、知性もあり、愛らしい。異教の女神を思わせる美しさと長い手足を持ち、健康に輝いている。パンドラはいつも身なりが乱れていて、元気いっぱいだ。木々のなかを走り抜けてきたばかりのように、黒褐色の

髪がピンからこぼれ落ちている。金色の髪を持つカサンドラのほうは、パンドラより素直で夢見がちな性格。規則に従順な傾向もある。

「どうだったの？」カサンドラがたずねた。「ミスター・ウィンターボーンはなんて？」

ヘレンはクリーム色の箱を脇に置き、黒い手袋を脱いでから左手をふたりのほうへ差し出した。

双子は驚きに目を丸くして近づいた。

ムーンストーンが光に照らされ、緑、青、銀色のきらめきを放っているように見える。

「新しい指輪だわ」パンドラが言った。

「新しい婚約指輪よ」ヘレンは伝えた。

「でも、同じ婚約者ね？」カサンドラが陽気に問いかけた。

ヘレンは声をあげて笑った。「婚約は買い物とはわけが違うのよ。ええ、同じ婚約者よ」

その言葉を聞いて双子はふたたびわっと熱狂し、思いきり歓声をあげて跳びはねた。

落ち着かせようとしても無駄ね。ヘレンは黙ってふたりを見ていた。廊下側の入り口に誰かの気配を感じて振りかえると、家政婦が待機していた。

ミセス・アボットは首を傾け、待ちかねていたようにヘレンを見つめて無言で問いかけた。

ヘレンはにっこりほほえみ、うなずいた。

家政婦は安堵とも不安とも受け取れるため息をついた。「ヘレン様、帽子と手袋をこちらへ」

ヘレンはそのふたつを渡してから、静かに言った。「わたしが外出した結果について、あなたたちは一瞬たりとも心配しないでちょうだい。すべてわたしの責任よ。明日トレニア卿とレディ・トレニアが戻ったとき、なにも言わずにいてくれさえすればいいの」

「みんな口をつぐんで、いつもどおり仕事をこなします」

「ありがとう」ヘレンは思わずミセス・アボットの肩に触れ、そっと叩いた。「わたし、いままでいちばん幸せよ」

「お嬢様ほど幸せになるべき方はいらっしゃいません」ミセス・アボットは穏やかに言った。「ミスター・ウィンターボーンがお嬢様にふさわしい方であることを願っております」

家政婦は大きいほうの図書室を通り抜けて立ち去り、ヘレンは妹たちのところへ戻った。ふたりは革張りの長椅子に腰かけ、ヘレンを熱心に見つめている。

「なにもかも話してちょうだい」カサンドラが急《せ》かした。「お姉様が訪ねていったら、ミスター・ウィンターボーンは面食らった？　怒っていた？」

「こ、こ、こまどっていた？」新しい言葉を考えつくのが好きなパンドラがたずねた。

ヘレンは笑い声をあげた。「じつを言うと、ミスター・ウィンターボーンはとてもこまどっていたわ。でも、わたしが心からあの人の妻になりたいことをわかってくれてからは、とってもうれしそうだった」

「キスはされたの？」カサンドラが熱っぽくたずねた。「唇に」

一瞬ためらってから、ええ、とヘレンが答えると、双子は甲高い声を同時にあげた。一方

は興奮し、もう一方は嫌悪感を示している。

「まあよかった、よかったわね、お姉様」カサンドラが叫んだ。

「全然よくないわ」パンドラがずけずけと口を挟んだ。「誰かと唇をくっつけるのを想像してごらんなさいよ――相手の息が臭かったり、嗅ぎ煙草《たばこ》が頬についていたりしたらどうする？　あごひげにパンくずがついていたら？」

「ミスター・ウィンターボーンはあごひげを生やしていないわ」カサンドラが反論した。「嗅ぎ煙草もやらないし」

「それでも、唇同士のキスなんてぞっとするわ」

カサンドラはとても心配そうにヘレンを見た。「ぞっとしたの、お姉様？」

「いいえ」ヘレンは真っ赤になって答えた。「ちっとも」

「どんな感じだった？」

「両手で頬を包まれたわ」そう言ってヘレンは思い出した。力強くて優しい手の感触や、どんなふうにささやかれたかを……〝きみはぼくのものだ、カリアド〟「あの人の唇は温かくてやわらかかった」夢見るような口調でつづけた。「息はペパーミントのさわやかな香りがしたわ。すばらしい気分だった。ほほえむことを別にすれば、キスは唇がするいちばん素敵なことよ」

カサンドラは椅子の上で膝を抱え、声高に言った。「わたしもいつかキスされたい」

「わたしはされたくないわ」パンドラが割りこんだ。「キスよりましなことが一〇〇は思い

つくもの。クリスマスの飾りつけ、犬をなでること、バターを多めにのせたクランペット、背中の手が届かないところを誰かに掻《か》いてもらうこと――」

「キスしたことないくせに」カサンドラが指摘した。「好きになるかもしれないわ。お姉様が気に入ったんだもの」

「お姉様は芽キャベツだって好きなのよ。そんな人の意見を誰が信じるっていうの？」パンドラは長椅子の隅で丸くなり、ヘレンに鋭い視線を送った。「デヴォンとケイトリンお義姉様の前で、わたしたちが口を滑らせる心配はいらないわ。秘密を守るのは得意なんだから。でも使用人たちは全員、お姉様がどこかへ行っていたことを知っているはずよ」

「みんな黙っていてくれるとミセス・アボットが約束したわ」

パンドラは片方の口角を上げてカサンドラに問いかけた。「どうしてみんなお姉様の秘密は守るのに、わたしたちの秘密は守ってくれないのかしら」

「お姉様はいつもいい子だからよ」

「今日はあまりいい子じゃなかったわ」ヘレンはそう口にしたあと、言ったことを後悔した。パンドラが興味津々のまなざしを向けてきた。「どういう意味？」

ヘレンは話題を変えようと、クリーム色の箱を取り出してふたりに手渡した。「開けてみて」ヘレンがかたわらの椅子に座ってほほえむと、双子はリボンをほどいてふたを開けた。

なかには、折りたたまれた絹のストッキングが三列になってボンボン菓子のように並んでいた……ピンク、黄色、白、ラベンダー、クリーム色、どれも縁は伸縮性のあるレースでで

きている。

「一二足あるの」ヘレンは妹たちの感嘆した表情を見てうれしくなった。

「三人で平等に分けましょう」

「わあ、なんてきれいなの!!」レースの縁の手前に小さく刺繍《ししゅう》された忘れな草に、カサンドラが人差し指で触れた。「いま履いてもいい、お姉様？」

「ええ、ただし誰にも見られないように気をつけて」

「これなら、唇同士でキスする価値はあるかもしれないわね」ストッキングを見たパンドラが認め、数を数えてからいぶかしげにヘレンを一瞥した。「一一足しかないわ」

うまいごまかし方が思い浮かばず、ヘレンはやむをえず正直に話した。「一足は、いまわたしが履いているの」

パンドラは探るようにヘレンを見て、にやりとした。「たしかに今日はいい子じゃなかったみたいね」

7

翌朝リースが目覚めたとき、真っ先に視界に飛びこんできたのは、白いシーツの上で小さな細い影のように見える黒い物体だった。

暖炉に放りこまなかったほうの、ヘレンの黒い木綿のストッキングだ。朝起きて、すべてが夢だったのではと不安にならないように、あえて枕の隣に残しておいたのだった。

リースは片手を伸ばしてそれをつかみ、ベッドや風呂のなかにいたヘレンの姿を思いかえした。ヘレンを家へ送る前、暖炉のそばで彼女に服を着せた。百貨店から届けさせた箱のなかから真新しいストッキングを選び、彼女の前にひざまずいて、すらりとした脚に一枚ずつ履かせた。絹で編まれたストッキングを太腿の真んなかまで引き上げたあと、ピンクの小さな薔薇が刺繍された、伸縮性のあるサテンのガーターでレースの縁を留めた。自分の顔のすぐそばにヘレンの裸身がある。そう思うと、たまらず太腿のあいだに口と鼻をうずめた。金色のなめらかな茂みはまだ湿っていて、浴用石鹸の花の香りがした。

むき出しのヒップをリースが両手で包みこみ、やわらかな巻き毛のあいだに舌を遊ばせたとたん、ヘレンははっと息をのんだ。「お願い」彼女は懇願した。「やめて、お願い。立って

いられなくなるわ。あなたもそんなふうにひざまずいていると……脚がこわばってしまうでしょう……」

脚よりもはるかに危険なほどこわばっている部分がある、と示したくなったものの、リースは折れてヘレンを自由にした。引きつづき着替えを手伝ってやり、結婚指輪のなかを通り抜けられそうなほどやわらかな絹のドロワーズをはかせ、蜘蛛《くも》の巣のように繊細な手製のレースで縁取られた、そろいのキャミソールを着せた。新型の丈の長いコルセットも用意していたが、ヘレンは断った。旧型のコルセットとバッスルを着用しなくてはドレスがきちんと体に沿わないからと言って。

リースはしぶしぶ一枚ずつ衣類を重ね、重苦しい黒の喪服でヘレンの体を覆った。けれども自分が贈ったものを彼女が肌にまとっているのだと思うと、満足感でいっぱいになった。

いま、ベッドの上で伸びをして仰向けになったリースは、拝借した木綿のストッキングをぼんやりともてあそび、小さな繕い跡を親指の腹でこすった。履き口に指を一本差し入れてから、もう一本入れ、やわらかな生地を伸ばした。

四カ月先まで結婚はしないとヘレンが言い張っていたことを思い出し、眉間にしわを寄せた。ヘレンを誘拐し、スコットランド行きの専用客車のなかで無理矢理奪いたくなった。

だが、そんなふうに結婚生活を始めるのは賢明ではないだろう。

親指以外の指をすべてストッキングに入れ、ヘレンの香りがしないかと鼻と口にあてた。

今夜レイヴネル・ハウスへ行き、デヴォンに結婚の承諾を求めよう。拒まれるに決まって

いるから、ヘレンの体面を汚したことを打ち明けるしかない。

相手は獰猛《どうもう》な肉食獣さながら襲いかかってくるはずだ。自分の身を守れる自信は充分にあるとはいえ、激高したレイヴネル家の人間とのけんかは、まともな男なら可能な限り避けたいことだった。

デヴォンが最近思いがけない幸運を得たという話について、リースは考えはじめた。ヘレンによれば、約八〇平方キロメートルある領地の採掘権に関係しているという。その土地の一部は、デヴォンとリースの共通の友人、トム・セヴェリンに貸し出されたばかり。鉄道界の有力者であるセヴェリンは、そこに線路を敷くつもりなのだ。

朝の店内巡回を終えたら、セヴェリンを訪ねてもっと話を聞き出そう、とリースは決めた。

ストッキングに唇をつけたまま、生地にそっと息を吹きかけた。目を半分閉じると、ヘレンが唇を開いてキスを受け入れてくれたこと、握った両手に彼女の細い髪がからみついたことが思い起こされた。彼のすべてを離すまいとするかのように締まっていた、秘めやかな場所の感触も。

やはり誘拐もありうる、と欲望に朦朧としながら思った。


リースはセヴェリンの執務室で彼と会って話したあと、昼食をとりにふたりで行きつけのフライド・フィッシュの店へ歩いていった。リースもセヴェリンも、平日の真っ昼間に長々とのんびり食事をするより、ロンドンのどこにでもあるような軽食店ですませるほうが好み

だった。そういう店には裕福な紳士も一般の労働者も同様によく出入りし、客はハムや牛肉にカニやロブスターのサラダといった料理を半時間で食べ終えることができる。通りには、ゆで卵、ハムのサンドイッチ、バッター・プディング、茹《ゆ》でたグリーンピースなどを売る屋台が並んでいるが、おいそれと手を出すわけにはいかない。どんな混ぜ物が入っているか、知れたものではないからだ。

隅のテーブル席に腰を下ろし、ふたり分のフライド・フィッシュとエールを注文したあと、リースはデヴォン・レイヴネルの領地に関する話をどう切り出そうかと思案した。

「赤鉄鉱さ」こちらからひと言も発しないうちにセヴェリンが言った。リースがいぶかしげに目を向けると、セヴェリンは気さくな笑みを浮かべた。「訊かれるんじゃないかと思ってね。ロンドンじゅうの誰もが探り出そうとしているからな」

「頭がよすぎるのも考えもの」という言いまわしは、実際にはほとんどあてはまらない人々に対してやたらと使われる。リースにしてみれば、トム・セヴェリンこそ、これまでに出会ったなかで本当に頭がよすぎる唯一の人物だ。セヴェリンは会話や会合のあいだ、たいてい悠長にかまえているように見えるが、あとになってほぼ完璧な正確さで内容を事細かに思い出すことができる。抜け目がなく、自らの考えを明確に表現でき、剃刀《かみそり》の刃のように鋭い知性を自負しているくせに、自嘲することも多い。

厳格で真面目すぎる両親に育てられたリースは、セヴェリンのようなふてぶてしい性格の人間にいつも好感を抱いてきた。ふたりは同世代で、ともに低い地位から身を起こし、成功

への意欲も同じくらい強い。主な違いは、セヴェリンのほうは高い教育を受けているという点だが、それに関してリースがセヴェリンをうらやんだことはなかった。ビジネスにおいては、直感が知性と同じくらい、時にはそれ以上に役立つからだ。セヴェリンが頭で考えて時折自ら間違ったほうへ向かう一方で、リースは本能の声を信じていた。

「トレニアの領地で赤鉄鉱が見つかったのか？」リースはたずねた。「そのことにどんな意味がある？　どこにでもある鉱物だろう？」

セヴェリンは水を得た魚のように説明しはじめた。「あの赤鉄鉱は並はずれて高品位で、良質なんだ。鉄分が豊富なうえ、シリカがわずかしかない。精錬する必要すらないくらいさ。カンブリア地方の南部でもあれほどのものは埋まっていない」皮肉っぽく口元をゆがめた。「トレニアにとってはさらに好都合なことに、あの地域にはすでにうちが線路を敷く計画を立てている。向こうはただ鉄鉱石を採掘してホッパー貨車に積みこみ、圧延工場まで運ぶだけでいい。鋼鉄の需要は高いから、トレニアの手元にはひと財産あるわけだ。いや、正確には足元か。こっちで派遣した測量技師たちによれば、少なくとも八万平方メートルにわたって、高品位の鉱石の試料を削岩機で採取していたらしい。五〇万ポンド以上になるかもな」

その身にふさわしい幸運をデヴォンが思いがけず得たとわかり、リースはうれしく思った。かつての気ままな放蕩者はこの数カ月間、望みも予想もしなかった重責を背負ってきたのだから。

「当然ながら」セヴェリンはつづけた。「ぼくはトレニアに知られる前に採掘権を得ようと

全力を尽くした。だがあいつはとんでもない頑固者だ。賃貸交渉の終わり間近になって、とうとうこっちが折れるしかなくなった」

リースはけげんな顔でセヴェリンを見た。「赤鉄鉱鉱床の存在を知りながらトレニアに黙っていたのか？」

「あの赤鉄鉱が必要だったからな。金が足りんのだよ」

「トレニアはきみより必要としていた。財政が破綻する寸前の領地を継承したんだぞ。きみはトレニアに教えてやるべきだったんだ！」

セヴェリンは肩をすくめた。「ぼくより先に気づかん程度の頭の持ち主だったら、手に入れる資格はなかった」

「やれやれ《イエシ・マウル》」リースはジョッキを持ち上げて中身のエールをごくごくと半分飲んだ。「われわれはひどいふたり組だ。きみはトレニアをだまそうとし、ぼくはトレニアの愛する婦人に誘いをかけた」なんとも気まずさを感じる。デヴォンは聖人ではないが、これまでずっと信頼できる友人でいてくれた。こんな仕打ちには値しない。

セヴェリンはいま聞いた話に興味をそそられ、おもしろがっている様子だ。黒髪に白い肌、引きしまった鋭角的な顔立ち、相手を射すくめるような鋭い眼光の持ち主。目は青いものの、珍しいことに、緑色の不ぞろいな筋が瞳孔から虹彩《こうさい》の縁に向けて何本も入っている。右目のほうが緑の色みが強いので、光の加減によっては左右の瞳の色が完全に違って見える。

「どこの婦人だ？」セヴェリンは問いかけた。「なぜ誘惑しようとした？」

「相手が誰かは関係ない」リースはつぶやくように言った。「そんなことをした理由は、最悪の気分だったからだ」ケイトリン、つまりレディ・トレニアは悪意もなくリースに告げた。あなたにはヘレンを幸せにすることができない、あなたは彼女にふさわしくない、と。するとと自分でもわけがわからないほど腹が立ち、思わず醜い卑劣な行動に出てしまった。

その結果、ケイトリンの言うとおりだと証明することになった。

くそっ、デヴォンに叩きのめされたとしてもしかたない。

「それはトレニアのいとこがきみとの婚約を破棄したころのことか?」セヴェリンはたずねた。

「ぼくたちはいまも婚約中だ」リースはぶっきらぼうに返した。

「そうなのか?」セヴェリンはいっそう興味を引かれたらしい。「なにがあった?」

「教えてたまるか——このせりふ、きみにはいつ使われるかわかったものじゃないな」

セヴェリンは声をあげて笑った。「きみだって商取引でおおぜいの不運な相手からふんだくっているだろうが」

「友人にはしない」

「ほう。では、友のためなら自分の利益を犠牲にすると言いたいわけか?」

リースはエールをごくりと飲み、思わずにやりとしそうになるのをこらえた。「まだ実行に移したことはないが」正直に言った。「そういうこともありうる」

セヴェリンは鼻で笑った。「そうだろうとも」本心は真逆だと匂わせる口調で応じ、給仕

の娘に身振りでエールのおかわりを注文した。

ふたりはすぐにビジネスの話題に移り、とりわけ、中流階級と低所得層の住宅需要に応えるための建物が最近にわかに建設され、投機の対象になっていることを話し合った。どうやらセヴェリンは、利回りの低い投資先に注ぎこんで債務を負った知り合いを助けようとしているらしい。その男の持つ不動産の一部は競売会社の手に渡り、セヴェリンは男がすっかんかんにならないように残りの抵当不動産を引き受けてやろうと申し出たという。

「親切心からか？」リースは訊いた。

「もちろんそうさ」セヴェリンは退屈そうに答えた。「それに、そのハマースミスの大型物件の所有者はほかに三人いて、四人とも、ぼくが手に入れたい郊外の鉄道敷設計画案の暫定委員会に名を連ねているんだ。友人を窮状から救ってやれば、ぼくの計画を支持しろと三人を説得してもらえる」さりげない口調に変えてさらにこう言った。「友人が売りに出している不動産のひとつに、きみは興味を持つかもしれない。いま話したとおり、現在解体中の共同住宅で、中流階級の家庭三〇〇世帯が住める模範的な住宅になる予定だ」

リースは皮肉っぽい視線をセヴェリンに向けた。「ぼくがそこからどうやって利益を出す？」

「法外な家賃を取るのさ」

リースはあきれたように首を振った。「ハイ・ストリートに住む子どもだったころ、なんの前触れもなく家賃を倍にされて生活できなくなった労働者の家庭を山ほど見た」

「だったら、なおさら買うべきだ」セヴェリンは間髪を入れずに言った。「きみなら三〇〇世帯の家族を法外な家賃から救ってやれる。だが、ほかのごうつくばりの輩《やから》――たとえばぼくだが――には無理だ」

そこでリースはふと、もしその住宅が良質で、配管設備と換気設備が整っているなら、本当に金を出す価値があるかもしれないと思った。自分はおよそ一〇〇〇人の従業員を雇っている。高い給料を支払ってはいるものの、大半の者が都会で住みやすい物件を見つけるのに苦労している。従業員用の住宅としてその不動産を手に入れれば、いくらかの利点がありそうだ。

リースは椅子の背にもたれかかり、大して関心がなさそうなふりをしてたずねた。「建設業者は？」

「ホランド・アンド・ハネン。評判のいい会社だ。その目で見たければ、昼食のあと建設現場へ歩いていってもいい」

リースはなにげないふうに肩をすくめた。「見るだけ見てみよう」

ふたりは食事をすませたあと、キングス・クロスに向かって北へ歩いた。冷え冷えとした外気のなかで、吐く息が幽霊のように浮遊する。正面の壁を装飾的なれんがやテラコッタの羽目板で仕上げた美しい建物の並びが途切れたところで、狭い通路と泥の詰まった側溝で区切られた煤《すす》色の共同住宅が現れた。窓はガラスの代わりに紙で覆われ、折れた櫂《かい》や竿《さお》に干された洗濯物で雑然としている。ドアのない住まいもあり、まるで建物が自らの崩れかけた状

態にあんぐりと口を開けているかのようだ。

「大通りのほうを行こう」あたりにただよう硫黄臭に気づき、セヴェリンは鼻にしわを寄せて提案した。「この悪臭を吸ってまで近道することはない」

「ここで暮らしている貧しい連中は四六時中吸わざるをえないんだ」リースは言った。「きみもぼくも一〇分くらい耐えられる」

セヴェリンはからかうように横目でリースを見た。「改革者になろうっていうんじゃないだろうな？」

リースは肩をすくめた。「こういう通りを歩けば、改革主義者の考え方に共感もするさ。真面目に働く人間がみじめな生活を強いられるなんてばかげている」

腐食して黒ずんだ建物の正面をふたりはいくつも通り過ぎ、狭い通りを歩きつづけた。陰気な雰囲気の料理屋、酒場、闘鶏売りますと書かれた塗装看板を掲げた小屋があった。

角を曲がり、広くて水はけのよい車道に出て、建設現場が見えてくるとほっとした。解体途中の住宅が並んでいる。三階建ての建物を作業員たちが手際よく解体している現場は、騒がしいながらも統制が取れていた。解体は危険で困難な作業だ。大きな建造物は、建てるよりもばらすほうが技術を要する。車輪を取りつけた一対の移動式蒸気クレーンが、ごろごろ、ひゅーひゅー、かたかたと音をたてながら空気を汚染していた。ずっしりと重い蒸気ボイラーと腕とが釣り合いを保っているので、クレーンは非常に安定している。

リースとセヴェリンは、焚《た》きつけに加工するための廃材を積んだ荷馬車の列の後ろを歩い

た。つるはしやシャベルを運んだり、手押し車を押したりしている男たちがそこらじゅうにいる一方で、再利用できるれんがをれんが工たちが選り分けている。

次に解体する並びの建物から立ち退かされている住人たちを目にし、リースは眉間にしわを寄せた。反抗する者もいれば、泣き叫ぶ者もいる。住人たちは家財道具を外に運び出して道端に積み重ねていた。この貧しい人々は気の毒にも、真冬に路上へ放り出されるのだ。

取り乱している住人たちを見つめるリースの視線を追い、セヴェリンは一瞬険しい顔をした。「全員、退去通告を受けてから猶予期間を与えられていたんだ」彼は説明した。「この建物はどのみち使用禁止になっていたはずだ。それでも一部の住人が居座った。いつものことさ」

「あの住人たちはいったいどこへ行くんだ」リースは大げさな口調で問いかけた。

「神のみぞ知る、だ。しかし、むき出しの汚物溜めに囲まれた生活をさせておいたところでしかたない」

つかの間、リースはひとりの少年に目を留めた。九歳か一〇歳だろう。椅子、フライパン、汚れた寝具といった家財道具の小さな山の真んなかにひとり座っている。誰かが戻ってくるのを待ちながら、家財道具を守っているようだ。たぶん母親か父親が宿泊先を探しに出かけているのだろう。

「ここの計画書をちらっと見たことがある」セヴェリンが言った。「新しい建物は五階建てで水道管が通っているうえ、各階にひとつ、水洗便所つきだ。ぼくの知るところでは、地下

に共用の台所と洗濯場、乾燥室もある。建物の正面には鉄柵を設置して、子どもが安全に遊べる場所にする。建築計画の写しを見るか？」

「ああ。それから捺印《なついん》証書、売渡証、建築協定書、抵当証書、すべての請負業者と下請け業者の一覧表も」

「そう来ると思ったよ」リースはつづけた。「きみのハマースミスの鉄道株も一部もらおう」

「ただし条件がある」セヴェリンは満足そうだ。

セヴェリンの得意顔がすっと消えた。「いいか、この盗人野郎、鉄道株まで差し出してこの契約に色をつける気はない。建物はぼくの所有ですらないんだ。こっちはただ、きみに見せてやっているだけだ！」

リースはにやりと笑った。「だが誰かに買ってもらいたいのはたしかだろう。ロンドンの安い未開発の土地に、そう多くの買い手候補は見つからないはずだ」

「もしきみが――」

そのあとのセヴェリンのせりふは、不吉な鋭い亀裂音、耳をつんざくような轟音、そして、危ない、と叫ぶ声にかき消された。ふたりがそろって振りかえると、使用が禁止された建物のうち、ひと棟の上部が崩れはじめていた。朽ちかけた梁《はり》や木材が落下しかけている。屋根のスレートがいくつも滑り落ち、軒から飛び出した。

降りそそぐ凶器の真下には、家財道具の山に腰かけていた先ほどの少年がいる。

なにも考えることなく、リースは少年めがけて走り出した。急ぐあまり、事故で傷めた片

脚がこわばっているのも忘れていた。身を投げ出して少年に覆いかぶさり、盾となった直後、肩と背中に強烈な打撃を受けた。全身の骨にしびれが走る。頭のなかで白い火花が散った。同時に、どこか遠くで、これはかなりひどくやられた、相当な損傷を負うはずだ、と冷静に判断している自分がいた。そして、すべてが闇に包まれた。

8

「ウィンターボーン。ウィンターボーン。おい、目を開け──そうだ、いいぞ。ぼくを見ろ」

リースは目をしばたたき、徐々に意識を取り戻した。凍えるような寒さのなかで地面に横たわっていることに気づいて、とまどった。周囲には多くの人がいて、大声を出したり、質問したり、助言を叫んだりしている。セヴェリンはリースの上に身をかがめていた。

突然、リースは痛みに圧倒された。これまで経験した最悪の痛みというほどではないが、それでもかなりのものだ。体を動かすのは難しい。はっきりしているのは、なにか重大な異常があるせいで、左腕が麻痺《まひ》してぴくりともしないということだった。

「あの少年は──」屋根が崩れ、木材やスレートが転がり落ちてきたことを思い出してリースは口を開いた。

「無事だ。きみのポケットを探ろうとしていたから、追い払った」セヴェリンはからかうようなまなざしをリースに向けた。「他人のために命を危険にさらすなら、宿なしの悪ガキではなく、社会の役に立つ人間のためにするんだな」彼はリースを起き上がらせようと片手を差しのべた。

「片腕が動かないんだ」

「どっちだ？　左か。折れているのかもしれん。余計なことを言うようだが、建物が崩れ落ちてきたときは、走って逃げるんだ。向かっていくのではなくてな」

そのとき、群衆の声や蒸気エンジンの耳障りな音を突き破るような、威厳のある女性の声がした。「通して！　道を空けてちょうだい。どいて」

黒い服に身を包み、首元に粋な緑のスカーフを蝶結《ちょう》びにした女性が、決然とした様子で人だかりをきびきび押し分けてやってきた。柄の曲がった杖《つえ》を巧みに使い、動きの鈍い見物人たちをつついている。査定するようなまなざしでリースを見つめ、泥だらけの地面も気にせず、そばに膝をついた。

「お嬢さん」セヴェリンがかすかにいらだちをにじませて声をかけた。「手を貸そうとしているようだが――」

「わたしは医師です」女性はそっけなく告げた。

「看護師だと言いたいのかな？」セヴェリンがたずねた。

女性はセヴェリンを無視してリースに問いかけた。「いちばん痛みを感じるのはどこですか」

「肩だ」

「指を動かしてみてください」彼女はリースが従うのを見守った。「この腕は麻痺したような感じ？　それともびりびりする感じ？」

「麻痺だ」リースは歯を食いしばりながら相手を見上げた。若い女性だ。まだ二〇代だろう。茶色の髪に緑色の大きな瞳で、かわいらしい。細い体つきに美しい顔立ちをしているにもかかわらず、丈夫そうに見える。彼女はリースの左腕と肘をつかみ、ごくそっと、さまざまな方向に動かした。突き刺すような激しい痛みが左肩を貫き、リースはうめき声をあげた。女性はリースの腹の上に腕を慎重に戻し、「失礼」と小声で言うと、彼の上着のなかへ手を入れ、左肩を触って調べた。冷たくて熱い火花が、リースの視界いっぱいに飛び散った。

「うあああっ」

「骨折はしていないでしょう」女性は上着のなかから手を抜いた。

「もうけっこう」セヴェリンが怒って言った。「きみのせいで怪我が悪化してしまう。必要なのは医者なんだ。どこぞの――」

「わたしは医学の学位を取得しています。あなたのご友人は肩を脱臼しているんです」女性は結び目をほどいて首元の緑のスカーフをはずした。「あなたのネクタイも貸してください。わたしたちでこの人を運ぶ前に、腕を固定しなくてはいけません」

「運ぶって、どこへ？」セヴェリンがたずねた。

「通りをふたつ行ったところにわたしの診療所があります。どうかネクタイを」

「しかし――」

「ネクタイを渡してくれ」リースはいらだった声でさえぎった。故障した左腕が燃えるように痛い。

セヴェリンはぼやきながら従った。

女性は緑のスカーフで間に合わせの三角巾を器用に作り、リースの鎖骨の高さで結んで彼の腕をつった。次にセヴェリンの手を借りながら、麻痺した腕の上からリースの腹にネクタイを巻き、体にぴたりと固定した。

「わたしたちが手を貸すので、立ち上がってください」彼女はリースに言った。「それほど遠くまで歩く必要はありません。うちにはあなたの肩を治療するためのきちんとした設備と医療品がそろっています」

セヴェリンが眉をひそめた。「お嬢さん、それには賛成できな――」

「ドクター・ギブソンです」彼女はきっぱりと言った。

「ドクター・ギブソン」セヴェリンはあからさまに失礼な響きを込めて「ドクター」を強調した。「こちらはミスター・ウィンターボーン、かの百貨店の経営者だ。彼の治療にあたるのは、正式な訓練を積んだ経験豊富な本物の医者でなくてはいけない。そして言うまでもなく必要なのは――」

「ペニス？」女性はとげとげしく訊いた。「残念ながらそれは持ち合わせていません。医学の学位には必要ありませんから。わたしは正真正銘の医師です。わたしが肩を治療するのが早ければ早いほど、ミスター・ウィンターボーンのためになるんですよ」なおもためらうセヴェリンに彼女はたたみかけた。「肩の後方回旋の制限、上肢挙上困難、烏口《うこう》突起の突出。どれも後方脱臼の症状です。したがって、上肢の神経と血管へのさらなる損傷を防ぐには、

「一刻も早く関節を正常な位置に戻さなくてはいけません」

あまりにも激しい苦痛に見舞われていたため、リースはセヴェリンのあぜんとした顔を楽しめなかった。

「彼を起こすのを手伝おう」セヴェリンがぼそっと言った。

短いながらも、リースにとっては拷問のような距離を歩くあいだ、セヴェリンは女性にしつこく質問しつづけ、相手は見事なほど辛抱強く答えた。彼女の名前はガレット・ギブソン。イースト・ロンドン生まれ。地元の病院で見習い看護師をしながら、同じ病院に付属する医学校で授業を受けはじめた。三年前、パリ大学で医学の学位を取得したのち、ロンドンへ戻ってきたという。ほかの医師と同じく自宅の一部を診療所にしたが、彼女の場合、そこは寡夫である父親が所有する住居なのだそうだ。

三人は三階建ての家にたどり着いた。ジョージ王朝様式で赤れんが造りの、暮らし向きの悪くない中流階級向けテラスハウスが並ぶうちの一軒だ。この種の建物は決まって、各階に正面側と裏側の部屋がひと部屋ずつあり、片側に廊下と階段が配置されている。

メイドが玄関のドアを開け、三人を迎え入れた。ドクター・ギブソンは裏側の部屋へリースとセヴェリンを案内した。隅々まで清潔そうな診療室で、診察台、長椅子、机が据えられ、壁際にはマホガニーの戸棚が並んでいる。ドクター・ギブソンがリースを座らせた診察台は、戸棚になった土台の上に、詰め物が入った革張りの天板が設置されていた。天板は蝶番《ちょうつがい》のついたいくつもの部分に分かれていて、それぞれ頭部や上半身や足の位置を高くできる。

ドクター・ギブソンはコートと帽子をすばやく脱いでメイドに手渡したあと、リースに歩み寄り、間に合わせの三角巾をそっとはずした。「ミスター・ウィンターボーン、横になっていただく前に、わたしたちはあなたの上着を脱がせなくてはいけません」

リースはうなずいた。冷や汗が顔を伝っていく。

「どうすればいいんだ?」セヴェリンがたずねた。

「負傷していないほうの腕を先に脱がせてください。反対側はわたしがします。どうか必要以上に腕を押さないよう気をつけて」

ふたりはきわめて慎重に上着を脱がせたものの、リースは顔をゆがめてうめいた。座ったまま目を閉じると、くらりとした。

セヴェリンが即座に、無事なほうの肩に手を添えて支えてくれた。「シャツとベストは切り離したほうがいいんじゃないか」彼は提案した。

「そのとおりです」ドクター・ギブソンが言った。「わたしがやりますから、そのあいだこの人を支えていてください」

リースは目を見開いてまばたきした。非常に鋭い刃がすっすっと数回滑り、上半身の衣類が取り除かれていく。ひとつたしかなのは、この女性が刃物の扱いを心得ているということだ。ドクター・ギブソンの小さくて冷静な顔をちらりと見て、男性専門とされる業界で居場所を得るために、彼女はどんな苦労をしたのだろうかとリースは考えた。

「これはひどい」負傷した背中と肩を目にするなり、セヴェリンがつぶやいた。「ここまで

してあの悪ガキを助けた甲斐があったらいいんだがな、ウィンターボーン」

「もちろんありました」壁の戸棚をごそごそ探っていたドクター・ギブソンが口を挟んだ。「ミスター・ウィンターボーンはあの少年の命を救ったのですから。子どもは将来どんな人になるかわからない存在です」

「あれは絶対に犯罪者になるさ」セヴェリンが言った。

「その可能性はあるでしょう」ドクター・ギブソンは琥珀《こはく》色の液体を満たした小さなグラスを手に戻ってきた。「でも絶対ではありません」彼女はグラスをリースに手渡した。「どうぞ、ミスター・ウィンターボーン」

「これは？」怪我をしていないほうの手で受け取りながら、リースは用心して訊いた。

「気を楽にするためのものです」

リースは試しに少し口をつけた。「ウィスキーか」驚くとともに感謝した。なかなかの年代物だ。ふた口で飲み干し、もっとくれとグラスを差し出した。「気を楽にするには一杯では足りない」ドクター・ギブソンが疑わしげなまなざしを向けてきたので、こう説明した。「ウェールズ人なものでね」

ドクター・ギブソンは緑色の瞳をきらめかせながら、しぶしぶ笑みを浮かべ、もう一杯注いだ。

「こっちも気を楽にさせてくれ」セヴェリンがドクター・ギブソンに言った。

彼女はおかしそうな顔をした。「残念ながらあなたを酔わせるわけにはいきません。治療

を手伝っていただく必要がありますから」空になったグラスを受け取り、脇に置くと、ドクター・ギブソンはしっかりした片腕をリースの背中にあてた。「ミスター・ウィンターボーン、わたしたちが手を貸すので横になって。さあ、ゆっくりと。ミスター・セヴェリン、足を持ち上げてくださるかしら……」

リースはウェールズ語でいくつか悪態をつきながら、革張りの天板にそっと仰向けになった。絶え間なく釘を打ちつけられるような激しい苦痛が全身に広がる。

ドクター・ギブソンは片足でペダルを何度か踏んで診察台を高くし、負傷した腕のそばへ移動した。「ミスター・セヴェリン、反対側に立ってください。そちらからこちらの胸郭の側面に片手をまわして、この人の体が動かないように腕で押さえてほしいんです。ええ、そうです」

セヴェリンはにやりと笑ってリースを見下ろし、医師の指示に従った。「いまやきみの運命はぼく次第だ。ハマースミスの株をあきらめる気になったか？」

「いまでも欲しいさ」リースはやっとの思いで言った。

「ミスター・ウィンターボーン、これは不要かもしれませんが」ドクター・ギブソンがリースの口元に革帯をあてた。「用心のためにお勧めします」ためらうリースを見て、彼女は安心させようとした。「清潔です。うちでは医療品の使いまわしはしませんから」

リースは上下の歯のあいだに革帯を挟んだ。

「骨を元の位置に戻せるだけの腕力がきみにあるのか？」セヴェリンは疑わしげにドクタ

ー・ギブソンに問いかけた。

「腕相撲しましょうか」彼女があまりにも落ち着き払って申し出たので、リースはおかしくて吹き出した。

「いや」セヴェリンはすぐさま断った。「きみに勝たれてはかなわん」

医師は彼に笑いかけた。「勝てるとは思っていませんわ、ミスター・セヴェリン。でも、苦戦させることくらいはできるはずです」ドクター・ギブソンは右手でリースの手首を、左手で上腕の下をつかみ、「しっかり押さえていてください」とセヴェリンに警告した。ゆっくりとなめらかに腕を引っ張りながら上に押してまわすと、やがて関節がぽんと元の位置に戻った。

突き刺すような苦痛がやわらぎ、リースは安堵の声をもらした。横を向いて革帯を吐き出し、思いきり息を吸った。「恩に着る」

「うまくいきました」ドクター・ギブソンはリースの左肩を触って正常な位置に収まったことを確かめ、満足げに告げた。

「お見事」セヴェリンがほめた。「きみはじつに器用だ、ドクター・ギブソン」

「〝有能〟と言われたいものです」彼女は言った。「でも、ありがとうございます」ペダルを踏んで診察台を低くした。「シャツとベストをだめにしてしまってごめんなさい」診察台と一体になった戸棚のなかから包帯を取り出しながら謝った。

なんでもないことだと言うようにリースは首を振った。

「これから数日にわたって、肩の痛みと腫れは増します」ドクター・ギブソンはつづけた。「ですが、不快感があっても普通に腕を使おうとしてください。でないと筋肉が弱ってしまいますから。今日は一日、三角巾で支えて、激しく動かさないように」彼女はリースが身を起こして座るのを手伝ったあと、慣れた手つきで首から腕を三角巾で包み、端を結んだ。「数日間はよく眠れないかもしれません。寝つきをよくする薬を処方しますので、就寝時にスプーンに一杯飲んでください。それより多くは飲まないで」リースの上着を取り、彼の両肩に慎重にかけた。

「外に出て貸し馬車をつかまえてこよう」セヴェリンが言った。「まぶしい胸板をさらしたウィンターボーンにおもてを歩かせるわけにはいかない。気絶する婦人たちで道がふさがってしまうからな」

セヴェリンが部屋を出ていくと、リースはぎこちない手つきで上着の内ポケットから財布を取り出した。「診察料は?」

「フロリン銀貨一枚でけっこうです」

ウィンターボーン百貨店の産業医、ドクター・ハヴロックなら、その倍の四シリングを請求するはずだ。リースはフロリン銀貨を取り出してドクター・ギブソンに渡した。「きみは非常に有能だ、ドクター・ギブソン」真面目な口調で言った。

ドクター・ギブソンは頬を染めることもほめ言葉を否定することもなく、笑みを浮かべた。リースは彼女を気に入った。この、腕の立つ一風変わった女性を。明らかに見込みが薄いに

もかかわらず、ドクター・ギブソンに医師として成功してほしいと思った。

「ぜひともここを人に勧めよう」リースはつづけた。「それはどうもご親切に、ミスター・ウィンターボーン。ですが、残念ながらこの診療所は今月いっぱいで閉めるんです」口調はさりげなかったものの、瞳には影が差した。

「理由を訊いてもいいかな？」

「患者がめったに来ないので。女には医療を行えるだけの体力も知性の鋭さもないのでは、と世間の人々は考えているんです」ドクター・ギブソンは口元だけでさみしげに微笑した。「女は口をつぐんでいられないから、女の医者は患者の秘密をべらべら喋ると言われたことさえあります」

「ぼくも何度も偏見を持たれてきた」リースは静かに言葉をかけた。「打ち負かされないためには、相手が間違っていることを証明するしかない」

「そうですね」ドクター・ギブソンはそう言いつつもうつろなまなざしをして、トレーの上の医療品を忙しく並べなおしはじめた。

「きみはどの程度優秀なんだ？」リースはたずねた。

ドクター・ギブソンは身をこわばらせ、肩越しにリースを一瞥した。「え？」

「医師としてのきみを、いまぼくに推薦してごらん」リースはわかりやすく言いなおした。

ドクター・ギブソンは眉根を寄せて考えこみながらリースに向きなおった。「セント・トーマス病院で外科の看護師として働きながら個人教授を受け、解剖学、生理学、化学の修了

証書を授与されました。パリ大学では解剖学で二年間優秀な成績を収め、助産術で三年間最優等を得ています。ドクター・ジョゼフ・リスターにも短期間師事し、彼が考案した無菌手術の技術を教わりました。要するに、わたしは非常に優秀です。おおぜいの患者を治療し、さらに……」リースが財布から名刺を取り出すのを見て、ドクター・ギブソンは話すのをやめた。

リースは名刺を彼女に差し出した。「月曜の朝九時きっかりにこれを持ってウィンターボーン百貨店へ。ミセス・ファーンズビーを訪ねるように」

「なんのためにでしょう?」医師は目を丸くした。

「うちでは産業医をひとり雇って従業員一〇〇〇人の健康を管理させている。偏屈だが善良なじいさんだ。きみを雇うにはその医師が同意しなくてはいけない。とはいえ、反対はしないだろう。助産を手伝う人間が特に必要らしい――あれは一度に何時間もかかるから、リウマチ持ちには負担が大きいとこぼしていた。もしきみさえかまわなければ――」

「ええ、やります。ありがとうございます。ぜひ」ドクター・ギブソンは指先に力を込めて名刺を受け取った。「月曜の朝、うかがいます」驚きながらもにっこり笑った。「ミスター・ウィンターボーン、今日はついていない日だったでしょうが、わたしにとってはすばらしい日になりました」

9

「ミスター・ウィンターボーン」執務室に入ってリースの姿を見るなり、ミセス・ファーンズビーは恐ろしそうに声をあげた。彼は汚れていて、殴られたように見え、裸の上半身に上着を羽織っていた。「まあまあ、なにがあったんです？　暴漢に襲われましたの？　泥棒ですか？」

「じつは建物に襲われた」

「なんですって――」

「説明はあとだ、ファーンズビー。いまはシャツが欲しい」リースは不快げに上着のポケットから処方箋を取り出し、秘書に手渡した。「これを薬売り場へ持っていって薬を調合させてくれ。肩を脱臼して、とんでもなく痛むんだ。それから、半時間以内にこの執務室へ来るよう弁護士に伝えてほしい」

「シャツ、薬、弁護士ですね」ミセス・ファーンズビーは復唱して記憶した。「その建物の所有者を訴えるおつもりですか？」

リースは痛みに顔をゆがめながら机に向かって腰を下ろした。「そうじゃない」つぶやく

ように言った。「いますぐに遺言状を書き換える必要があるんだ」

「先にご自宅へ戻ってお体を洗わなくてよろしいのですか?」ミセス・ファーンズビーはたずねた。「すいぶんと……汚れていらっしゃいますが」

「いや、この件はあとまわしにできない。クインシーに湯とタオルを持ってこさせてくれ。汚れはここでできるだけ落とそう。それとお茶を——いや、コーヒーを頼む」

「ドクター・ハヴロックをお呼びしましょうか」

「いや、もうドクター・ギブソンの治療を受けたんだ。ちなみに彼女は月曜九時に面接に来る。ハヴロックの助手として雇うつもりだ」

ミセス・ファーンズビーの両眉が、眼鏡の縁のはるか上までつり上がった。「彼女?」

「婦人のなかにも医師がいるという話は知らないか?」リースはさらりと訊いた。

「話には聞いたように思いますが、会ったことはありません」

「月曜に会える」

「承知しました」ミセス・ファーンズビーは小声で言い、執務室から大急ぎで出ていった。

リースは苦労してペパーミントクリームの瓶に手を伸ばし、ひとつ取って口へ放りこんでから上着を羽織りなおした。

舌の上でミントの味が広がると、ここへ戻るまでの馬車のなかで頭に浮かんだ恐ろしい考えに、勇気を出して向き合った。

さっき自分が死んでいたら、ヘレンはどうなっていただろうか。

リースはこれまでずっと、危険を承知で賭けに出て、なんでも好き勝手なことをして怖いもの知らずに生きてきた。自分が死んでも事業が継続していく日が来ることは、ずいぶん前に受け入れていた。会社のことは、長年かけて増やしてきた、信頼のおける助言者であり友人でもある重役たちにまかせる計画を立ててある。母親については、手厚く老後の面倒を見てもらえるようにしてある。彼女は会社の経営権を握りたいとは思っていないし、その力もない。また、ミセス・ファーンズビーなど特定の従業員には遺産をたっぷり贈与し、遠い親戚たちには金を分配させる。

ところが現時点でヘレンの名前は遺言状に書かれていない。もしあの建物が崩れてきたときにリースが命を落としていたら、彼女にはなにも残されなかった――純潔を失ったうえ、彼の子どもを宿しているかもしれないのに。

ヘレンがいかに弱い立場に置かれているかに気づいて、リースはぞっとした。しかもその責任は自分にある。

頭のなかで血管がどくどくと脈打った。無傷のほうの腕を机の上に伸ばし、肘の内側に額をのせて、乱れる思考をまとめようとした。

ヘレンの将来を守るための行動を早急に取らねばならない。しかしどのようにして彼女を先々まで守るかとなると、問題はさらに複雑だ。

いつもながらリースの使用人は仕事が早くて有能だった。一、二カ月前にデヴォン・レイヴネルの屋敷から引き抜いた初老の従者クインシーが、新しいシャツ、ベスト、湯の入った

容器、身だしなみ用品をのせたトレーを持ってきた。リースの状態を目にしたとたん仰天し、心配そうな顔でぶつぶつ言いながら、主人の顔を洗い、ブラシと櫛で髪を梳かし、髪油をさっと塗ってなでつけて、見苦しくない姿にした。リースが散々な思いをしたのはシャツとベストを着たときで、ドクター・ギブソンの予言どおり、左肩の痛みはひどくなっていた。

処方薬と、コーヒーとブランデーをのせたトレーをミセス・ファーンズビーが運び終えたあと、リースは弁護士を迎えた。

「ウィンターボーン」チャールズ・バージェスは執務室へ入り、茶目っ気と思いやりの入り混じったまなざしをリースに向けた。「ハイ・ストリートのやんちゃ坊主を思い出すなあ」

リースはずんぐりした白髪交じりの弁護士に笑いかけた。かつてバージェスはリースの父親の小さな法律問題を解決してくれた。そしてやがて、リースが食料雑貨店を大規模な商品売買事業へと拡大するにあたって、相談相手のひとりになった。いまやバージェスはこの民間企業の重役のひとりに名を連ねている。緻密な仕事ぶりで、洞察と創意に満ち、北ウェールズの羊が高台の荒野を進むように、法律上の障害をうまく避けてくれる。

「ミセス・ファーンズビーの話では、建設現場で災難に遭ったそうだな」バージェスはそう言って、机を挟んだ向かい側に座り、上着の内側から手帳と鉛筆を取り出した。

「ええ。おかげで、一刻も早く遺言状を書き換えねばと気づきましてね」つづけてリースは最近の出来事のうち不要な内容を慎重に省きつつ、ヘレンとの婚約について説明した。

バージェスはじっと耳を傾け、要点をいくつか手帳に書き留めてから口を開いた。「法律

上の婚姻関係が成立した時点で、将来不慮の出来事が起こった際にレディ・ヘレンが安心して暮らせるようにしたいというわけだね」

「いえ、いまの時点でです。もし結婚前にぼくになにかあっても、レディ・ヘレンが面倒を見てもらえるようにしたい」

「妻にするまでは、きみにはレディ・ヘレンのためになんの備えもする義務はないのだよ」

「いますぐレディ・ヘレンのために五〇〇万ポンドを信託財産にして残したいのです」弁護士が驚愕の表情を浮かべると、リースは率直に伝えた。「子どもがいるかもしれない」

「なるほど」バージェスの鉛筆が手帳の上でせわしく動いた。「きみの死後九カ月以内に赤ん坊が生まれた場合、息子のための備えをしておきたいわけだな？」

「ええ。息子でも娘でも、会社を継がせます。子どもがいない場合はすべてをレディ・ヘレンに」

鉛筆の動きが止まった。「余計な口を挟むようだが、きみはその婦人を一、二カ月しか知らないのだろう？」

「とにかくそうしたいのです」リースは淡々と述べた。

ヘレンはすべてを危険にさらしてぼくに賭けてくれた。無条件に自分を投げ出してくれた。こちらも同じようにするだけだ。

自分がそうすぐに天に召されるとは思えない。健康で、まだ先の長い人生が待っている。けれども先々月の列車事故はもちろんのこと、今日の事故によって、運命の気まぐれな変化

から逃れられる人間などいないと身に染みて理解した。もし自分になにかあったら、ヘレンにすべてを受け取らせたい。ウィンターボーン百貨店を含め、自分が所有するすべてを。

ケイトリンとデヴォンがレイヴネル・ハウスへ帰ってきたのはちょうど、長椅子の前の長くて背の低いテーブルに午後のお茶が用意されたときだった。

ケイトリンは颯爽《さっそう》と部屋へ入ってくるなり、まずヘレンに歩み寄り、心を込めて抱きしめた。まるで、二日間ではなく二カ月間離れていたかのように。ヘレンも負けないくらい強く抱きしめた。ケイトリンはヘレンにとって姉のような存在になっていた。ちょっぴり母親のようなときさえある。ふたりは信頼し合える仲であり、ともにテオの死を悼んできた。ヘレンはケイトリンを、理解ある寛大な友人とも思っていた。

テオがケイトリンと結婚したとき、これで彼も落ち着くだろうと誰もが期待した。レイヴネル家では何世代にもわたって、激しやすい性質が受け継がれている。一〇六六年にノルマン人の征服者たちとともに戦ったとき、一族はこの性質によって戦場でひときわ目立っていたという。残念ながらその後何世紀ものあいだ、レイヴネル一族の好戦的な性格は戦場以外の場所にはそぐわないことがくりかえし証明されてきた。

テオが伯爵位を継承するころには、エヴァースビー・プライオリーは廃墟《はいきょ》となる寸前だった。領主屋敷は朽ちつつあり、小作人たちは飢えに苦しみ、領地は何十年間も改良されず、まともな排水設備もなかった。テオがトレニア伯爵としてどんなことを成し遂げられたのか

は誰にもわからない。彼は結婚式のわずか三日後、頭に血がのぼったまま、馴らされていない馬に乗って背中から放り出され、首の骨を折って亡くなったのだ。

いとこのデヴォンが領地の所有権を得るや、ケイトリンとヘレンと双子は出ていかざるをえないだろうと思っていた。ところが驚いたことにデヴォンは全員をそのまま住まわせてくれたうえ、エヴァースビー・プライオリーを救うために心血をそそいだ。彼は弟のウェストンとともに農業、土地改良、農機具、領地管理について可能な限り学び、現在も領地を再建している。

ケイトリンはヘレンから離れ、双子を抱きしめた。窓の向こうのどんよりした冬空から差しこむ光のなかで、ケイトリンの鳶《とび》色の髪ははっとするほど生き生きした色に見える。彼女は小柄で、琥珀色の瞳が少しつり上がっていて、頬骨が高く、猫を思わせる独特の美しさを持っている。

「あなたたち」ケイトリンが大きな声をあげた。「会いたかったわ――最高の気分なの――話すことがたくさんあるわ！」

「わたしもよ」ヘレンはぎこちなくほほえんだ。

「まずは」ケイトリンは言った。「エヴァースビー・プライオリーから連れてきた仲間と会ってちょうだい」

「ウェストが来ているの？」ヘレンはたずねた。

その瞬間、玄関広間に甲高い鳴き声が響いた。

「ナポレオンとジョゼフィーヌだわ！」パンドラが叫んだ。

「あなたたちを恋しがっていたのよ」ケイトリンが言った。「あの子たちが問題を起こさないよう願いましょう。でないとハンプシャーへ帰らせることになるわ」

部屋に飛びこんできた二匹の黒いコッカースパニエル犬に吠《ほ》えられながら飛びつかれ、双子は床に転がって一緒に遊んだ。パンドラが四つん這いになってナポレオンに跳びかかるふりをすると、犬はうれしそうにばたんと仰向けになって降参した。ケイトリンはやめなさいと言おうとして口を開いたものの、あきらめて首を振った。おてんば娘たちを静かにさせようとしても無駄だと気づいたのだ。

トレニア卿デヴォンは、部屋に入るなり騒ぎを見てにやりとした。「なんとも心なごむ光景だ」誰にともなく述べた。「ドガの絵画のようじゃないか。題して『若い貴婦人たちの午後のお茶』」

伯爵は黒髪に青い瞳の美男子だ。数々の災難を乗り越えてきたのだろうと思わせる物慣れた雰囲気をただよわせている。ケイトリンに目を向けたとたん、心奪われたような熱いまなざしに変わり、生まれて初めて恋に落ちた男性の表情になった。ケイトリンの真後ろに立って華奢な肩に片手を置き、頭の上にピンで留めてある赤褐色の巻き髪にそっとあごをのせた。ヘレンはいままで、デヴォンがここまで堂々と親密そうにケイトリンに触れるのを見たことがなかった。

「みんなおとなしく留守番していたかい？」デヴォンが訊いた。

「三人のうち、ふたりはね」カサンドラがしゃがみこんだまま答えた。

ケイトリンが双子の片割れに目を向けた。「パンドラ、なにをしでかしたの？」

「どうしてわたしだと思うわけ？」パンドラが怒ったふりをして抗議すると、皆笑い声をあげた。パンドラはにっと笑い、顔を舐めに来る犬を制して立ち上がった。「わたしたちにも質問させて。ケイトリンお義姉様、どうして指輪をしているの？」

全員の目がいっせいにケイトリンの左手に向けられた。ケイトリンははにかみつつもうれしそうな顔をして、義妹たちに見えるよう左手を差し出した。カサンドラもジョゼフィーヌを放してさっと立ち上がり、パンドラとヘレンと一緒に近寄って見つめた。「鳩の血の色《ピジョン・ブラッド》」と呼ばれる希少な色のルビーが、黄色みの強い金線細工の台にはめこまれている。

「ハンプシャー行きの列車に乗る前」ケイトリンは打ち明けた。「デヴォンとわたしは登録事務所で結婚したの」

レイヴネル家の三姉妹はわっと喜びの声をあげた。その知らせは必ずしも意外ではなかった。この数カ月というもの、デヴォンとケイトリンがどんどん惹かれ合っていたことには屋敷じゅうの人間が気づいていた。

「なんてすばらしいのかしら」ヘレンはにこにこして言った。「ふたりはお互いのものだとみんなに知ってもらえるなんて」

「まだ喪に服しているのに結婚したことを、あまり悪く思わないでくれるといいのだけど」ケイトリンはもごもごとつぶやいた。あとずさりして、真剣な口調で言葉を継いだ。「あな

たたちには、テオのことを忘れたとも、あの人との思い出を尊重していないとも思われたくないわ。でも知ってのとおり、わたしのなかでデヴォンへの敬意と好意がとても深まって、それでわたしたち――」

「好意だって？」デヴォンが両眉を上げ、さえぎった。もっとも、青い瞳はいたずらっぽく輝いている。ケイトリンは感情をはっきり言葉にすることをよしとしない厳格な家庭で育ったので、デヴォンは彼女の遠まわしな言い方をからかって楽しんでいるのだ。

ケイトリンは恥ずかしそうに小さな声で言った。「愛よ」

デヴォンは首をかしげて聞こえなかったふりをした。「なんだって？」

ケイトリンは赤くなって宣言した。「あなたを愛しているわ。大好きよ。さあ、話をつづけさせてくださる？」

「どうぞ」デヴォンはさらにしっかりとケイトリンを抱き寄せた。

「さっき言いかけたように」ケイトリンはつづけた。「わたしたち、すぐに結婚するのがいちばんだと判断したの」

「これ以上ないくらいうれしいわ」カサンドラが言った。「でも、どうして正式な結婚式を挙げるまで待てなかったの？」

「あとで説明するわ。とりあえず、お茶をいただきましょう」

「お茶を飲みながら説明してちょうだい」パンドラがせがんだ。

「それはふさわしくないわ」ケイトリンは言葉を濁した。

ごく最近の経験のおかげで、ヘレンはぴんときた。ケイトリンは妊娠しているのだ。それなら、あわてて結婚し、一九歳の若い娘に理由を説明できないことに納得がいく。デヴォンとケイトリンは、夫と妻がするようにベッドをともにしたのだわ。そう考えてヘレンはほんのりと頰を染めた。少しどきりとした。

とはいえ、つい昨日リース・ウィンターボーンと同じことをしたばかりでなければ、それほど驚きはしなかったはずだ。

「でも、どうして――」パンドラがしつこく訊こうとした。

「まあ大変」ヘレンは割って入った。「犬たちがティーテーブルの周りで匂いを嗅いでいるわ。さあ、みんな席に着きましょう。わたしがお茶を注ぐから。お義姉様、ウェストは元気？」

ケイトリンはヘレンに感謝のまなざしを向けながら袖椅子に腰かけた。

ヘレンの思惑どおり、双子はウェストンの話題に飛びついた。デヴォンの弟で、ひねくれ者を装っている若い美男子の放蕩者は、双子にとって世界一のお気に入りになっていた。ウエストンは気さくな愛情と好意的な興味を持って、本当の兄より兄らしくふたりに接してくれる。テオは生前、寄宿学校、そして卒業後はロンドンで生活していたため、いつも不在だった。

ほどなくして話題はエヴァースビー・プライオリーへと移った。先日発見された広大な赤鉄鉱鉱床の話を始めたデヴォンは、それを切り出して売る計画が進行中だと説明した。

「うちはいまお金持ちなの？」パンドラがたずねた。

「上品とは言えない質問ね」ティーカップを持ち上げながらケイトリンがたしなめた。しかし口をつける直前、カップの縁越しに片目をつむってささやいた。「でも、答えはイエスよ」

双子はうれしそうに笑い声をあげた。

「ミスター・ウィンターボーンと同じくらい？」カサンドラが訊いた。

「ばかね」パンドラが口を挟んだ。「ミスター・ウィンターボーンほどのお金持ちなんているわけないじゃない」彼女はデヴォンが渋い顔をしはじめるのに気づき、詫《わ》びるように言った。「あら。あの人の名前は出すべきじゃなかったわね」

デヴォンがエヴァースビー・プライオリーに話を戻し、村に駅を建設する計画案について語ると、双子は熱心に耳を傾けた。屋敷からそれほど近くで鉄道を利用できれば、アルトンの駅まで行くより、はるかに便利ですばらしい。その場にいる全員が同じ意見だった。

お茶の時間は、ほかのなにを犠牲にしようともレイヴネル家がずっとなくさずにいた贅沢《ぜいたく》であり、楽しみだ。部屋には花柄の磁器に入った紅茶が、重い銀のトレーで運ばれていた。一緒にやってきた三段重ねのスタンドには、黄金色でさくっとした歯触りのスコーン、ミンスミートパイ、ダムソンスモモの砂糖煮をのせたトースト、バターとからし菜、または卵サラダを挟んだ小さなサンドイッチがのっている。数分ごとに使用人がポットに湯を、あるいは水差しに牛乳やクリームを満たしに来た。

家族が笑い声をあげてお喋りするあいだ、ヘレンは一生懸命その場に参加しようとした。

けれども視線がたびたび炉棚の時計のほうへそれてしまう。いま、五時半。あと一時間半で、訪問に適した時間帯が終わる。スコーンを小さく割り、慎重に少しだけのせた蜂蜜が温まって溶けてから、口のなかへ入れた。おいしいけれど、不安のせいでなかなか喉を通らない。会話が半分しか耳に入らないまま、紅茶に口をつけ、うなずき、笑みを浮かべた。

「ああ楽しかった」とうとうケイトリンが言って、皿の横にナプキンを置いた。「これから休むわ。今日はくたびれたもの。また夕食でね」

デヴォンが反射的に立ち上がり、ケイトリンのそばへ行って手を差しのべた。

「でも、まだ七時になっていないわ」ヘレンは動揺を隠して引き留めた。「どなたかいらっしゃるかも。なんといっても訪問日ですもの」

ケイトリンはいぶかしげにヘレンに笑いかけた。「誰かが訪ねてくるとは思えないわ。デヴォンは留守にしていたし、わたしたち、どなたも招待していないのだから」そこではたと黙り、ヘレンの顔をまじまじと見た。「もしかして……どなたかいらっしゃるの？」

誰もなにも言わず、炉棚の時計の針の音が妙に大きく響いた。

チク、タク、チク、タク。

「ええ」ヘレンは衝動的に答えた。「お客様がいらっしゃるの」

ケイトリンとデヴォンが同時にたずねた。「誰？」

「旦那様」第一従僕が部屋の入り口に現れた。「ミスター・ウィンターボーンが私的なご用件でいらっしゃいました」

チク、タク、チク、タク。

ヘレンはデヴォンに鋭い視線を向けられた。神経がひどく高ぶり、体内を流れる血の勢いがぐんと増した。彼の表情を見た瞬間、心臓が口から飛び出るかと思った。

デヴォンは従僕に視線を戻した。「なかへ入れたのか?」

「はい、旦那様。図書室でお待ちになっています」

「どうかミスター・ウィンターボーンを追いかえさないで」ヘレンは平静を取り繕って頼んだ。

「それは無理な相談だ」デヴォンの声音には相手を安心させるような響きがほとんどなく、それどころか、やんわりと脅しが込められていた。

ケイトリンが夫の腕にそっと触れ、何事かささやいた。

彼女を見下ろすや、デヴォンの瞳から威嚇的な感じがいくぶん消えた。しかしそれでも、いつ暴力を振るうかわからない雰囲気を全身からただよわせている。「ここから動かないでくれ」デヴォンはつぶやくように言い、つかつかと部屋を出ていった。

10

ケイトリンは落ち着き払った顔で布張りの椅子に座った。「ヘレン、もう一杯お茶をいかが？」

「いただくわ」ヘレンはパンドラとカサンドラに懇願のまなざしをさっと向けた。「犬を庭へ連れていってくれるかしら」

双子はすぐに従い、指をぱちんと鳴らしてスパニエル犬たちを呼び寄せた。犬たちは部屋を出ていくふたりのあとを跳びはねながらついていった。

ふたりきりになったところで、ケイトリンは急いでたずねた。「ヘレン、いったいなぜミスター・ウィンターボーンがいらしているの？　そしてどうしてあの人が来ることを知っていたの？」

ヘレンはドレスの高い襟にゆっくりと手を伸ばし、首に結んだ薄い絹のリボンに人差し指を引っかけた。心地よい重みを持つムーンストーンの指輪が、上身ごろのなかで胸の谷間に隠れてぶら下がっている。指輪を引っ張り出し、リボンから引き抜いて指にはめた。

「ミスター・ウィンターボーンのところへ行ったの」ヘレンは端的に言い、ケイトリンの手

に自分の手をそっと重ねてムーンストーンの指輪を見せた。「昨日」

ケイトリンは当惑して指輪をじっと見下ろした。「あなたひとりでミスター・ウィンターボーンに会いに行ったの？」

「ええ」

「ミスター・ウィンターボーンが手配したの？　向こうから誰かをあなたのもとへ送ってきたわけ？　どうやって――」

「ミスター・ウィンターボーンはなにも知らなかったの。わたしが思いついたのよ」

「で、あの人がこの指輪をくれたの？」

「わたしが頼んだの」ヘレンは苦笑した。「というか、要求したわ」手を引っこめて椅子に深く座った。「知ってのとおり、あのダイヤモンドの指輪は好きになれなかったから」

「でもどうして――」ケイトリンは狼狽してヘレンを見つめながら黙りこんだ。

「ミスター・ウィンターボーンと結婚したいの」ヘレンは穏やかに告げた。「お義姉様とデヴォンが心からわたしのためを思ってくれているのはわかっているし、ふたりの判断を信じているわ。けれど婚約が破棄されて以来、わたし、いっときも心穏やかでいられなかった。ミスター・ウィンターボーンに愛情を抱いていることに気づいたの。それで――」

「ヘレン、あなたに知らせていないことがあってね――」

「そのことなら知っているわ。お義姉様に対して粗野で無礼なふるまいをしたと、昨日本人から聞いたから。あの人はとても後悔していて、だからここへ謝りにいらしたのよ。あれは

衝動的に犯した過ちだったの。本心ではなかったことを信じてあげて」

ケイトリンは疲れた様子で両目をこすった。「あのときミスター・ウィンターボーンが心にもないことを言ったのはわかっているわ。問題はね、部屋へ入ってきたデヴォンに聞かれて、激怒させてしまったことなの。デヴォンがあの状況を正しく判断するには、まだ時間が必要よ」

「でも、お義姉様は違うの？」ヘレンは心配そうにたずねた。

「わたしはもちろん、軽率な言葉のひとつやふたつ、理解できるし許せるわ。わたしがミスター・ウィンターボーンとの縁談に反対なのは、あの日のこととは関係ないの。理由はこれまでと同じ。あなたたちには共通するものがないということ。もうすぐ社交界に出れば、おぜいのとっても素敵な紳士と出会えるわ。洗練されていて、教養があって、それに――」

「持参金がなければ、わたしと一緒に過ごそうという人はそのなかにいなかったはずよ。その人たちとミスター・ウィンターボーンを比べる必要はないわ。わたしはほかの誰でもなく、あの人を選ぶから」

ケイトリンは見るからに理解に苦しんでいた。「たった一週間前、あの人にキスされてどんなに怖かったか、あなたは泣きながらわたしに話したじゃない」

「たしかに怖かったわ。でもお義姉様はいつものように完璧な助言をしてくれた。いつかふさわしい殿方とすれば、キスはすばらしいものになるって。そのとおりになったわ」

「ミスター・ウィンターボーンは……あなたはあの人に……」ケイトリンは目を丸くした。

「ミスター・ウィンターボーンに幻想を抱いているわけではないの」ヘレンはつづけた。「あるいは少なくとも、それほど多くは抱いていない。あの人は冷酷で、野心家で、自分の思いどおりにすることに慣れきっているわ。必ずしも正式な意味での紳士ではないかもしれない。でもあの人にはあの人なりの行動規範があるの。それに――」ヘレンは思わず口元をほころばせ、不思議そうな顔をした。「ミスター・ウィンターボーンはわたしに弱いみたい。わたしはあの人の弱みになったのではないかしら。ああいう男の人には、どうしても弱みが少し必要だと思うの」

「昨日、ミスター・ウィンターボーンとどのくらいの時間を過ごしたの？」ケイトリンは気もそぞろにたずねた。「百貨店にいたの、それともあの人の自宅？　あなたたちが一緒にいるところを見た人は？」すでにケイトリンはヘレンの評判についた傷をどうやって最小限に食い止めようかと頭を働かせているらしい。デヴォンの反応も間違いなく同じはずだ。

床入りを先にすませようとリースが言い張ったのは、ずるいけれども理にかなっていたとヘレンは思いはじめていた。このすばらしい武器があれば、何度も言い争いをしなくてすむ。いま使うしかない。

「お義姉様」ヘレンはそっと切り出した。「わたしの体面は傷ついてしまったわ」

「そうとも限らなくてよ。うわさは立つかもしれないけれど――」

「あの人と結婚しないわけにはいかないの」ヘレンは義姉のとまどった顔を見ながら、穏やかに強調して同じせりふをくりかえした。「結婚しないわけにはいかないのよ」

「まあ」ケイトリンは理解したらしく、口ごもった。「あなたたち……」

「そういうことなの」

ケイトリンは驚くべき新事実を理解しようとして黙りこんだ。琥珀色の瞳に心配の色が見え隠れしている。「かわいそうに、ヘレン」彼女はようやく口を開いた。「なにが起こるかわからなかったでしょう。怖かったでしょうに。ねえ、どうか教えて、ミスター・ウィンターボーンはあなたに無理強いしたの、それとも――」

「いいえ、そんなふうではなかったの」ヘレンはあわててさえぎった。「わたしはすっかり乗り気だったのよ。拒否することはいつでもできたわ。ミスター・ウィンターボーンはなにが起こるのか説明してくれたの。ちっともいやじゃなかった。あれは――」視線を落とした。「あれには、喜びを感じたわ」最後は小声で締めくくった。「わたしったら、不道徳よね」

すぐさま、ケイトリンは安心させるようにヘレンの手を叩いた。「不道徳じゃないわ。女はあの行為を楽しむべきじゃないと主張する人もいるけれど、わたしが思うに、喜びを感じたほうがはるかに魅力的な行為になるはずよ」

ヘレンはケイトリンの現実的な性格がこれまでもずっと大好きだったが、この瞬間ほどそう思ったことはなかった。「ミスター・ウィンターボーンとベッドをともにしたこと、お義姉様に非難されると思っていたわ」ほっとして伝えた。

ケイトリンはほほえんだ。「うれしいとまでは言えないわ。でも、あなたを責めることはできない。わたしもまさに同じことをしたんだもの。正直に打ち明けるとね……わたしのお

なかには、デヴォンの子どもがいるの」

「そうなの？」ヘレンは喜んだ。「お義姉様たちがこんなに急いで結婚した理由はそういうことかもしれないと思っていたの」

「そのとおりよ。それに、デヴォンを熱烈に愛しているから」ケイトリンは砂糖入れから中くらいの大きさの角砂糖を取って少しずつかじりだし、ためらいがちに言った。「あなたにこういう知識がどの程度あるのか、見当もつかないわ。殿方とベッドをともにした結果、どんなことが起こりうるか、わかっていて？」

ヘレンはうなずいた。「赤ちゃんができるかもしれない」

「そうよ、ひょっとして相手は……予防手段を取ったの？」ぽかんとしたヘレンの表情を見て、ケイトリンはつづけた。「ねえ、かなり立ち入ったことを訊いてもいいかしら」

ヘレンはおそるおそるうなずいた。

「あの人は……あなたのなかで……果てたの？　最後の瞬間に」

ヘレンはまごついた。「わからないわ」

ケイトリンは当惑するヘレンを見て悲しげな笑みを浮かべた。「あとで話しましょう。ミスター・ウィンターボーンはすべてを説明したわけではないみたいね」首にかけている長い鎖つきの小さな金時計を上の空で取り出し、つるりとした外枠を唇に軽く打ちつけた。「わたしたち、どうするべきかしら」ヘレンにというより、むしろ自分自身に問いかけた。

「わたしはお義姉様とデヴォンに、縁談に反対するのをやめてもらいたかったの」

「わたしはもう反対していないわ」ケイトリンは言った。「じつのところ、こうなった以上、誰も反対なんてできない。それに元はといえば、わたしが余計なおせっかいを焼いてしまったせいだもの、これからは応援するわ。ごめんなさいね、ヘレン。わたし、本当にあなたの力になろうとしていたのよ」

「わかっているわ」ヘレンは安堵した。「もう気にしないで。なにもかもすばらしくうまくいったのだもの」

「そうなの？」ケイトリンは驚いたように笑みを浮かべてヘレンを見つめた。「なんて幸せそうなのかしら。本当にミスター・ウィンターボーンのおかげなのね？」

「ええ」ヘレンは紅潮した頬に両手をあて、息をはずませながら笑い声をあげた。「あの人が階下にいると思うだけで、切なくて胸がどきどきするわ。熱さと冷たさを同時に感じて、ほとんど息もできないの」そしてためらいがちに訊いた。「愛ってこういう感じなの？」

「それはのぼせ上がっている状態ね」ケイトリンは答えた。「息ができるようになったときが愛よ」さまざまな考えで頭がいっぱいらしく、ケイトリンは膝の上で何度もテーブルナプキンをたたんでは広げた。「慎重に事にあたらなくてはいけないわ。デヴォンには、あなたとミスター・ウィンターボーンがベッドをともにしたことを知られないようにしないと。この件に関して、デヴォンはわたしほど物分かりがよくないはずよ。家族の名誉を傷つけられたと見なして――ああ、その先は考えたくないわ。でも、わたしからデヴォンに縁談を受け入れるよう話してみる。何日かかるかもしれないけど――」

「ミスター・ウィンターボーンが今夜デヴォンに話すわ」ケイトリンは警戒のまなざしをヘレンに向け、ナプキンを脇に置いた。「なんですって？あの人は謝罪に来たとあなたに聞いたように思ったけど」

「ええ、でもそのあとでミスター・ウィンターボーンはデヴォンに婚約の承諾を求めるつもりなの。もしデヴォンが断れば、もうわたしは処女ではないから承諾するほかないと話すはずよ」

「なんてことなの」ケイトリンは大声で言い、さっと立ち上がった。「止めなくては」

「もう話してしまったかもしれないわ」ヘレンはうろたえた。

「まだよ」ケイトリンはすたすたと部屋を出ていき、ヘレンも急いであとを追った。「もし話していたら、ここまで聞こえてくるはずだもの。どなり声やら、物が壊れる音やら、それから——」

その瞬間、とんでもない騒音が階下で起こった。まず罵声が聞こえ、衝撃音、亀裂音、がたがたいう音がしたあと、なにかが派手に倒れたらしく、どすんと鈍い音が響き、屋敷じゅうの壁が震えた。

「もうっ」ケイトリンがつぶやいた。「デヴォンに話したんだわ」

ふたりは一緒に階段を駆け下り、玄関広間を横切って全速力で図書室へ走った。たどり着いたときには室内はすでにめちゃくちゃで、小さなテーブルがひっくりかえり、本が床に散乱し、磁器の花瓶が粉々になっていた。攻撃的なうなり声やくぐもった悪態が聞こえる重苦

しい空気のなか、ふたりの男が激しくつかみ合っている。デヴォンがどうにかはずみをつけてリースの体を押し、背中を壁に叩きつけた。

リースはかすれた声をあげてくずおれ、床に両手と両膝をついた。

ヘレンは驚いて叫び声をあげ、ゆっくりと横向きに倒れるリースのそばへ駆け寄った。

「デヴォン」ケイトリンが大声で呼びかけ、急いで夫の行く手をさえぎった。

「どいてくれ」デヴォンが怒り声で言った。敵意に満ちて血に飢えた顔だ。激しく憤っている。なだめようとされれば、かえって腹わたが煮えくりかえるだろう。血のつながった女性が汚され、相手の男を殺すほかないと思っているらしい。この状態のデヴォンに立ち向かえる人間はこの世にふたりしかいない。弟のウェストン、そしてケイトリンだ。

「放っておいてあげて」ケイトリンは夫とリースのあいだに立ちふさがった。「あなたはもうこの人を傷つけたわ」

「まだ足りない」デヴォンはケイトリンを押しのけて進もうとした。

「デヴォン、やめて」ケイトリンは頑として引かず、ふいに片手を腹にあてた。あとになってヘレンは打ち明けられることになる──なかに赤ん坊がいる気配もなく、常にそのことを考えているわけですらないうちに、どうして衝動的に腹を守ったのかわからない、と。

けれどもそのちょっとした無意識の行動だけで、デヴォンの怒りは完全にやわらいだ。彼は瞬時にケイトリンの腹に目を向けて立ち止まり、深呼吸した。

優勢に立ったことに気づいたケイトリンはすかさず言った。「いまのわたしに心労は禁物

よ」

デヴォンは怒りと抗議のまなざしをケイトリンに向けた。「これから九カ月間その手を使う気か？」

「違うわ、あなたったら。あとたった七カ月よ。そのあとは、なにかほかの手を使うわ」ケイトリンはデヴォンに歩み寄り、たくましい体に抱きついた。デヴォンが腕をまわしてくると、彼のうなじに片手を滑らせ、うまくなだめて気を静めさせた。「夕食の前にあなたに人を殺《あや》めさせるわけにはいかないでしょう」ケイトリンはささやいた。「屋敷じゅうのみんなの予定が変わってしまうわ」

リースはあまりの痛みに、ふたりのやり取りに意識を向けることもできないようだ。上体をやや曲げて横向きに寝転がったままで、いつもは健康的な黄褐色の顔から血の気が引いている。

ヘレンはリースのかたわらで床に座り、黒髪の頭をそっと膝にのせた。「どこを怪我したの？」心配そうに問いかけた。「背中？」

「肩だ。脱臼したんだ……今朝」

「お医者様には診てもらったの？」

「ああ」リースはヘレンのスカートから手を離し、指を曲げ伸ばしした。「大丈夫だ」そうつぶやいてぎこちなく体を動かしながら上体を起こしはじめたが、苦痛にうめいてぴたりと止まった。

ヘレンは手を貸そうと、傷めていないほうの腕を下から支えた。リースの体の側面を押さえると、びくんとした。痛む場所をうっかり触ってしまったらしい。「肩だけではないみたい」彼女は心配そうに言った。

リースはかすれた笑い声をもらした。「カリアド、どこもかしこも痛むんだ」彼は苦労して体を起こし、すぐそばの長椅子の端に背をもたせた。目を閉じて震える息を吐き、執拗《しつよう》に攻めてくる多くの痛みを受け入れようとした。

「どうしてほしい？」ヘレンは必死で問いかけた。「わたしにできることは？」リースの額に黒髪が幾束かかかったので、指先で優しくのけてやった。

リースのまつ毛が上がり、ヘレンは黒褐色の熱い瞳をのぞきこんだ。「ぼくと結婚してほしい」

ヘレンは心配しながらも笑みを浮かべ、リースの引きしまった頰に片手を添えた。「もう言ったでしょう、あなたと結婚するって」

いつの間にかヘレンの背後に立っていたデヴォンが、いらだった声で訊いた。「いったいどうしたっていうんだ、ウィンターボーン」

「あなたが壁に叩きつけたんでしょう」ケイトリンが指摘した。

「以前もっと手荒いことをしたことがあるが、この男はけっして倒れなかった」デヴォンとリースは、拳闘とサバットの両方を教えるクラブで日ごろから殴り合い、練習を積んでいる。サバットというのはパリの路上で生まれた格闘術だ。

ヘレンは振りかえってデヴォンとケイトリンに説明した。「ミスター・ウィンターボーンは今朝、肩を脱臼したんですって」

デヴォンは驚いたあとで怒りの表情を浮かべた。「くそっ、なぜ黙っていた?」

リースは目を細めた。「話したところで結果は同じだろう?」

「きみにくだらんことをまくしたてられたのではな!」

「くだらないことって?」ケイトリンは夫の腕をさすりながら、やけに穏やかな口調でたずねた。

「昨日ヘレンが訪ねてきたと言うんだ。たったひとりで。しかもふたりは――」デヴォンは不愉快な話をくりかえしたくないらしく、口をつぐんだ。

「本当のことよ」ヘレンは告げた。

デヴォンがここまで仰天した姿を見せるのは珍しいことだった。彼は昨年何度も驚く目に遭ったので、少しのことでは動じなくなっていた。しかし、いまは旅行かばんのふたのようにあんぐりと口を開けてヘレンを見つめている。

「わたしは汚れているの」ヘレンはつけ加えた。ちょっと声が明るすぎたかもしれない。けれども二一年間、内気で意外性がなく、部屋の隅で静かに座っていたヘレンにとって、人を驚かせるのは思ってもみないほど楽しかった。

水を打ったような静けさのなか、ヘレンはリースに向きなおって彼の絹のネクタイをはずしはじめた。

リースは手を上げてヘレンを制したものの、痛みに思わず顔をしかめた。「カリアド」うなるように言った。「なにをしている？」

ヘレンはリースの上着の折り襟の乱れを直した。「肩を見せてもらうわ」

「ここではだめだ。あとで医者に診せる」

人前で服を脱ぎたくないというリースの気持ちは理解できるが、怪我をして苦しんでいる状態でレイヴネル・ハウスから去らせるわけにはいかない。「また脱臼していないかどうか、確かめないと」

「問題ない」とは言いながら、ヘレンが慎重に上着を脱がせようとすると、リースは痛そうにうめいた。

すぐさまケイトリンが手を貸しに来て、ヘレンの反対側に膝をついた。「動かないで。わたしたちにまかせて」

ヘレンとケイトリンはリースの上着を脱がせにかかった。彼は歯を食いしばったものの、上着を引っ張られるとふたりを押しのけた。「うああっ」

ヘレンは手を止めて不安げにケイトリンを見た。「服を切り離さないといけないわ」

リースは身震いして目を閉じた。

「やれやれ」彼はつぶやいた。「今朝シャツを一枚切り刻ませたところだ。勝手にしてくれ」

ケイトリンは夫に懇願のまなざしを向けた。

デヴォンは大きなため息をつき、図書室のテーブルからなにかを取って戻ってきた。床に

いる三人に歩み寄ると、きらりと光る長い刃のついた銀の折りたたみナイフをひと振りして開いた。

静寂に響いたその音で、リースは反射的にぎくりとして目を開けた。脅威に立ち向かうべく体を動かし、痛みに悪態をついてしっかりと床に座りなおした。

「安心しろ、ばか野郎」デヴォンは冷ややかに言い、リースのかたわらに腰を下ろした。「殺しはしない。あつらえのシャツ二枚と上着一着を主人が一日のうちにだめにしたと知れば、ぼくの代わりにきみの従者が手を下すさ」

「こっちは別に――」

「ウィンターボーン」デヴォンは穏やかな口調で警告した。「きみはわが妻に無礼を働き、いとこを誘惑したうえ、いまはぼくの夕食を遅らせている。口を閉じておくに越したことはないはずだ」

デヴォンが非常に慎重な手つきでナイフを動かすあいだ、リースは眉間にしわを寄せてじっとしていた。刃が縫い目に沿って滑ると、やがてシダレカンバの樹皮のようにリースの体から衣類がはがれはじめた。「レディ・トレニア」リースはケイトリンに呼びかけて一瞬沈黙し、歯を食いしばって息をもらした。「先日のふるまいと言動をお詫びします。本当に――」痛むほうの腕からケイトリンがそっと袖をはがしたので、リースはうめき声をもらした。「申し訳ない」

「わたしも同じくらい悪かったわ」ケイトリンは上着をたたんで脇に置いた。驚くリースの

目を見ながら、決然とつづけた。「衝動的に行動して、誰にとってもややこしい状況を作ってしまったわ。紳士の住まいにひとりで行くべきではないことくらいわかっていたのに、ヘレンが心配で、間違ったことをしたの。あなたの謝罪を受け入れます、ミスター・ウィンターボーン。あなたがわたしの謝罪を受け入れてくださるのなら」

「悪かったのはこちらだ」リースは言い張った。「きみに無礼なことをしたのは間違っていた。心にもないことを口にしてしまった」

「わかっているわ」ケイトリンはきっぱり告げた。

「きみに惹かれたことは一度もない。ぼくには一度に複数の婦人を求めることはできないんだ」

ケイトリンは口元を震わせて笑いをこらえた。「いまのせりふはそっくりそのままお返しするわ、ミスター・ウィンターボーン。いままでのことは水に流して、最初からやりなおさないこと？」

「この男がヘレンにしたことについてはどうなる？」デヴォンが怒りをたぎらせて訊いた。

リースはシャツを切り裂くナイフを用心して見つめた。

「それはわたしの責任よ」ヘレンはあわてて口を挟んだ。「わたしは昨日、招かれてもいないのに百貨店へ行って、ミスター・ウィンターボーンと会わせてほしいと詰め寄ったの。いまも結婚したいことをこの人に話して、指輪を新しいものに交換してもらって、それから――それから、思いを遂げたのよ」どんな意味に聞こえるかに気づいて、ヘレンはしばし沈

黙した。「百貨店のなかでじゃないわ、もちろん」

ケイトリンが真面目ぶった顔で言った。「あらまあ、ミスター・ウィンターボーンにご迷惑がかからなかったことを祈るわ」

デヴォンが妻に皮肉めいた視線を投げかけた。「ケイトリン、きみがそこまで親切なら、サットンにぼくのシャツを持ってこさせてくれ。ゆったりめのものを」

「仰せのとおりに」ケイトリンは立ち上がった。「ひょっとするとシャツだけじゃなくて――」リースのシャツがはがれ落ち、広い胸とひどく変色した左肩があらわになったとたん、彼女は絶句した。見るからに痛そうだ。皮膚の下で筋肉がぎゅっとこわばっているのがわかる。

ヘレンは言葉を失い、苦痛に満ちた表情を浮かべた。リースの手首の関節を優しく握ると、その感触に意識を集中させようとするかのように、彼の体がわずかにこちらに傾いた。

「なにがあってこうなった？」デヴォンが不愛想にたずね、リースの上体をそっと傾けて背中を見た。なめらかな黄褐色の肌に、黒いあざがいくつかできている。

「セヴェリンとキングス・クロス近くの不動産物件を見に行ったんだ」リースはつぶやくように言った。「解体中の建物からがれきが落ちてきた」

デヴォンの眉間のしわが深くなった。「きみはいつからそんなに事故に遭いやすくなったんだ？」

「友人たちと過ごす時間が増えてからだ」リースはつっけんどんに返した。

「セヴェリンにもがれきが落ちたことを願いたいが、それは虫がよすぎるんだろうな？」デヴォンは訊いた。

「セヴェリンはかすり傷ひとつ負っていない」

デヴォンはため息をつき、ケイトリンに向きなおった。「シャツと一緒にブランデーと氷嚢《ひょうのう》も必要だ。それに樟脳《しょうのう》の湿布も。ぼくのあばらにひびが入ったときに使ったような」

ケイトリンはデヴォンにほほえみかけた。「そうだったわね」彼女はつかつかと歩いて勢いよくドアを開けたところで、つと立ち止まった。使用人たちが部屋の入り口で聞き耳を立てている。三人のメイド、従僕、ミセス・アボット、そしてデヴォンの従者。

最初に口を開いたのは家政婦だった。「いまわたしが話していたように」よく通る声だ。「さっさと仕事に取りかかりなさい。余計なお喋りはしないようにね」

ケイトリンは笑いを押し殺そうとするかのように咳《せき》払いをし、「サットン」と従者に呼びかけた。「お客様のためにいくつか持ってきてほしいものがあるの。トレニア卿の言葉ははっきり立ち聞きできたかしら。それともわたしがくりかえしましょうか」

「ブランデー、氷、湿布、シャツですね」従者はにこりともせず答えた。「お客様の腕をつるす三角巾用の布も持ってまいります」

サットンが立ち去ると、ケイトリンは家政婦に近づいた。「ミセス・アボット、磁器の花瓶が偶然ひっくりかえって割れてしまったの」

家政婦が返答するより先に、わたしたちが片づけます、と三人のメイドがいそいそと申し

出た。仕事熱心なのか、それとも上半身裸のウィンターボーンと同じ部屋にいたいのか。その場にいる誰もが疑問に思わずにいられなかった。ウィンターボーンをひと目見ようと首を伸ばしているところを見ると、後者にちがいない。

「わたしがいたします、奥様」家政婦は宣言し、メイドたちを追い払った。「ほうきを持ってすぐに戻ってまいります」

ケイトリンは双子のほうを向いた。ふたりも入り口にいたのだ。「あなたたち、なにか訊きたいことでもあって？」

パンドラが期待を込めた様子でケイトリンを見た。「ミスター・ウィンターボーンに挨拶してもいいかしら」

「あとでね、パンドラ。あの人はいまそれどころではないから」

「建物が崩れ落ちてきたなんてとてもお気の毒だわって、どうか伝えて」カサンドラが頼みこんだ。

ケイトリンは笑みを浮かべて言った。「あなたの優しい言葉は伝えておくわ。さあ、もう行きなさい」

双子は重い足取りでしぶしぶ図書室から立ち去った。

ケイトリンはドアを閉めた。長椅子の三人のもとへ戻る途中、椅子の腕にかかっていた膝掛けを取った。

デヴォンはリースの左肩を調べていた。骨が関節からはずれていないか見極めるため、慎

自宅のベッドにいればいいものを」デヴォンはそっけなく言った。

「ロンドンじゅうをほっつき歩いて、きみに汚された若い婦人たちに結婚を申しこんだりせずにな」

リースは眉根を寄せた。「まず、ぼくはほっつき歩いてはいない。それにヘレンは――くそっ、それは痛いぞ！」疲れ果てたらしく、頭をがっくりと垂れた。

ヘレンは同情を込めてリースを見つめた。自分の思うままにならない状態を彼がどれほど嫌うかは知っていた。リースはいつも洗練された服に身を包み、自分を律している。人々はウィンターボーンの名を聞いただけで、成功、贅沢、優雅という言葉を連想する。打ちのめされて傷つき、強制的に服をはぎ取られて床に座っている彼とはどれひとつ結びつかない。

「それにヘレンは、のつづきは？」口にしかけた言葉をリースに思い出させようと、ヘレンは優しく促した。

「きみは汚れてなんかいない」リースは頭を垂れたままでぶっきらぼうに答えた。「きみは完璧だ」

ヘレンの胸は痛いほどどきゅんとした。彼のつらさをやわらげ、よしよしと抱きしめてあげたくてたまらない。しかしそうする代わりに、黒髪をごくそっとなでて我慢するしかなかった。リースは優しい狼のように頭をすり寄せてきた。ヘレンは手のひらを彼の顔、あご、そして美しい輪郭を描く右肩へと沿わせていった。

「落ち着いたようだな」デヴォンがしゃがみこんだまま言った。「また脱臼したわけではな

さそうだ。ヘレン、ぼくの目の前でこいつをなでつづけるなら、もう片方の肩も脱臼させることになるぞ」

ヘレンはおずおずと手を引っこめた。

リースは頭を上げ、険悪なまなざしをデヴォンに向けた。「今夜ヘレンを連れていく」

デヴォンの表情が険しくなった。「もしきみが――」

「でも、結婚は六月にするほうがいいわ」ヘレンはあわててさえぎった。「それになにより、わたしたちはあなたに祝福してもらいたいの、デヴォン」

「これをどうぞ、ミスター・ウィンターボーン」ケイトリンが明るく声をかけ、前に進み出て黄褐色の肌に膝掛けをかけた。「みんなで手を貸して長椅子に座らせて差し上げましょう。床は冷えるわ」

「手助けは必要ない」リースはぶつぶつと言い、苦労して革張りの長椅子に腰を下ろした。

「ヘレン、荷物をまとめに行くんだ」

ヘレンはすっかりうろたえた。リースに、とりわけ彼が傷ついて弱っているときに、反対する気にはなれない。けれどもこんな状態でレイヴネル・ハウスを出たくなかった。デヴォンには普通では考えられないほど親切にしてもらっている。ほかの人間が同じ立場にいたら平気で追い出したはずなのに、彼はヘレンと双子をエヴァースビー・プライオリーにいさせてくれているのだから。駆け落ちして結婚式に呼ばないことで、家族を分裂させるのはいやだ。

ヘレンはケイトリンをちらりと見て、無言で助けを求めた。

ケイトリンはすぐに理解し、なだめるような口調でリースに話しかけた。「その必要はないわ、ミスター・ウィンターボーン。あなたたちは家族と友人に囲まれて、きちんとした式を挙げるべきよ。あわてておざなりにすませるのではなくね」

「きみとトレニアはおざなりで充分だった」リースは即座に反論した。「トレニアが結婚式を待たずにすんだのに、なぜぼくは待つ必要がある？」

ケイトリンはいったんためらったあと、愉快さと悔しさをにじませて答えた。「わたしたちはこうするしかなかったの」

回転の速いリースの頭脳は、約二秒で言外の意をくみ取った。「子どもができたのか」感情を示さずに言った。「おめでとう」

「教えなくてもよかったのに」デヴォンがつぶやいた。

ケイトリンはデヴォンにほほえんで椅子に腰かけた。「でもあなた、ミスター・ウィンターボーンはもうすぐ家族の一員になるのよ」

その発言で急に頭痛が起こったかのように、デヴォンは片手で顔の上半分をさすった。「間もなくヘレンも同じ状況に身を置くかもしれない」リースはあえてデヴォンの怒りをあおった。「ヘレンにも子どもがいる可能性がある」

「まだわからないわ」ヘレンはそう言ってリースの胸にかけられた膝掛けを整えた。「もしそうだった場合は、もちろん予定を変更しなくてはね。けれど、はっきりするまでわたしは

待ちたいの」

沈黙の下でくすぶる欲望を隠そうともせず、リースはヘレンを見つめた。「ぼくには待てない」

「それでも待つんだ」デヴォンが冷ややかに告げた。「それがぼくの承諾を得るための条件だ。きみはヘレンをチェスの駒みたいに扱って自分に有利な状況に持ちこんだ。もう六月まで待たないわけにはいかないぞ。それくらい経たないと、こっちはきみを見れば首を絞めたくなるからな。さて、ロンドンでレイヴネルの血を騒がせて暴れるのはもう充分だ。わが家の用もすんだことだし、ぼくは家族をハンプシャーに連れて帰る」彼が片方の眉を上げてケイトリンを見ると、彼女は同意のしるしにうなずいた。

と同時に、ふた部屋つづきの図書室の最も遠い入り口から、悲しげな叫び声が聞こえてきた。「そんなのいやーっ！」

ケイトリンは声のしたほうをいぶかしげに見て、「パンドラ」と大きな声で呼びかけた。

「盗み聞きはやめていただけないかしら」

「パンドラじゃないわ」不服そうな返事が返ってきた。「カサンドラよ」

「違うわ」むっとした別の若い声がした。「こっちがカサンドラよ。パンドラはわたしを困らせようとしているの！」

「きみたちはふたりとも困った立場にいる」デヴォンが声を張り上げた。「上へ行きたまえ」

「わたしたち、ロンドンを離れたくないわ」双子のひとりが言うと、もう片方がつけ足した。

「田舎なんて、いらつくほど退屈よ」

デヴォンがケイトリンをちらりと見た次の瞬間、ふたりはにやりとしそうになるのをこらえた。

「ヘレンとはいつ会える？」リースが問いかけた。

デヴォンはかつての友が怒りを抑えている様子を楽しんでいるらしい。「ぼくとしては結婚式の日まで会わせたくない」

リースはヘレンに視線を戻した。「カリアド、やはり荷物を――」

「どうか無理を言わないで」ヘレンは懇願した。「六月に結婚すると前に決めたでしょう。あなたはなにも失っていないわ。わたしたちはまた婚約したわけだし、待てばわたしの家族が応援してくれるのよ」

怒り、自尊心、欲求。リースの顔から、彼がさまざまなものと闘っていることが見て取れた。

「お願い」ヘレンは優しく頼んだ。「待つと言って」

11

三角巾で腕をつり、ゴム製の氷嚢を左肩にあてたウィンターボーンが馬車に乗って帰宅するのを見届けると、レイヴネル一家は夕食をとって早めに寝室に入った。相変わらず腹を立てながらも、しっかり手当てをしたうえでデヴォンが友を帰したことを、ケイトリンは喜んでいた。少しも意外に思わなかった。彼はウィンターボーンに怒り、失望したけれど、許すにちがいない。

ガウンを脱いでベッドへ入ってくるデヴォンをケイトリンは満足げに眺めた。乗馬や拳闘やあらゆる種類のスポーツを愛する夫は筋骨たくましく、見事なほど壮健な男性だ。デヴォンは仰向けになり、気持ちよさそうに息を吐きながら伸びをした。

ケイトリンは片肘をついて身を起こし、デヴォンの胸元の黒い毛にけだるく指先を這わせた。「あと四カ月もふたりを会わせないなんて、ちょっと厳しすぎると思わない？」

「ウィンターボーンがそんなに長くヘレンと離れていられるわけがない」

ケイトリンは笑みを浮かべ、デヴォンのくっきりとした鎖骨をなぞった。「だったら、なぜ会うことを禁じたの？」

「あいつは征服軍みたいに、やりたい放題に生きている——時々無理にでも撤退させないと、ぼくを完全に舐めてかかってくるはずだ。それにぼくはまだ、ヘレンがされたことに関して、ウィンターボーンの息の根を止めてやりたい気分なんだ」デヴォンは小さくため息をついた。

「たとえ一日でもあの子たちだけにしておくべきではないのはわかっていた。だが双子のことが心配だったのに、まさかヘレンが醜聞を求めて出かけるとはね」

「ヘレンは醜聞を求めていたわけじゃないわ」ケイトリンは理性的に反論した。「ヘレンは……その、婚約者を取り戻しに行ったのよ。それに、いろいろな立場に立って考えないと。ミスター・ウィンターボーンに丸ごと責任を負わせるのは不公平よ」

デヴォンの両眉が上がった。「きみはもともとこの縁談に反対だったのに、どうしてウィンターボーンの味方をしているんだ？」

「ヘレンのせいよ」ケイトリンは素直に話した。「ヘレンは家族のためならなんだってしそうだったわ。愛していない男の人との結婚でさえね。しかもミスター・ウィンターボーンに委縮していた。でもいまは違う。ヘレンは本当にあの人を求めているの。もう怖がっていない。今夜、一歩も引かずにミスター・ウィンターボーンに寄り添うヘレンを見て、わたしはこの縁談への意見をすっかり変えたわ。ヘレンがあの人との結婚を望むなら、応援するつもりよ」

「ぼくにはウィンターボーンの行動を見過ごせない」デヴォンは不満そうに言った。「ほかの理由はさておいても、ぼくの手前、こちらの保護下にある若い婦人の純潔を奪ってはいけ

なかった。これは敬意の問題なんだ」

ケイトリンはさらに上体を起こしてデヴォンを真上から見下ろし、青い瞳をのぞきこんだ。

「よくもまあ」優しくからかった。「エヴァースビー・プライオリーのあちこちの部屋や階段や馬具室でわたしを誘惑した人がそんなことを。あのとき、あなたの純潔を重んじる心はどこへ行っていたの？」

デヴォンの眉間のしわが消えた。「それとこれとは別だ」

「なぜ別なのか、教えていただける？」

デヴォンはケイトリンの体をさっとひっくりかえしてふたりの位置を入れ替えた。ふいを突かれたケイトリンはくすくす笑った。「なぜなら」彼はかすれ声で言った。「きみが欲しくてたまらなかったから……」

ナイトドレスのボタンをはずされると、ケイトリンは身をよじって笑い声をあげた。

「……そして荘園《しょうえん》の領主として」デヴォンはナイトドレスを脱がせながらつづけた。「初夜権を行使するときが来たと思ってね」

「まるでわたしが、中世の田舎娘だったみたい」ケイトリンはデヴォンを仰向けにぐいと押し倒してまたがった。

つかまえに来るデヴォンの両手をつかみ、全体重をかけて押さえつけようとした。

深みのある笑い声がデヴォンの口からもれた。「いとしい人、そんなことをしても無駄だ。きみは蝶のように軽い」彼はこの戯れを楽しんでいるらしく、太い手首をつかむ手の力をケ

イトリンが強めても、抵抗せずに横たわっている。「気の強い蝶だ」デヴォンは認めた。ケイトリンを下から見つめ、笑顔が消えたところで、瞳が真剣さと青さを増した。「ぼくは自分勝手なやつだった」声がやわらかくなった。「きみを誘惑してはいけなかったのに」

「わたしはいやじゃなかったわ」ケイトリンははっきりと告げた。デヴォンの後悔の言葉に内心驚いていた。この人は変わりつつある。青天の霹靂《へきれき》で責任を背負わされて以来、瞬く間に成熟してきている。

「いまのぼくなら違うことをしたはずだ。許してほしい」デヴォンは言葉を切り、自分を責めるように眉根を寄せた。「ぼくは高潔であれと教えられて育ったわけじゃないんだ。そうなろうとしてはいるが、とんでもなく難しいよ」

ケイトリンが両手を彼の体に滑らせると、やがてふたりの指がからまった。「許すべきことも後悔すべきこともないわ」

デヴォンは首を振り、ケイトリンの言葉を受け入れなかった。「どうすれば罪滅ぼしができるか教えてくれ」

ケイトリンは身をかがめて唇を一瞬触れ合わせ、「わたしを愛して」とささやいた。

デヴォンは細心の注意を払ってケイトリンを仰向けにし、覆いかぶさった。「いつだって」低くかすれた声で言い、彼女の体をまさぐる一方で唇を奪った。すばらしく巧みに、ゆっくりと愛撫した。ケイトリンに相手を迎え入れる準備ができてからしばらくして、ようやくデヴォンは彼女の太腿を少しずつ広げ、そっとなかに入った。どれほど急かしても、深く

押し入ることをデヴォンが拒むので、ケイトリンはじれったさに身もだえた。

「デヴォン……」かすかにいらだちをにじませて息を吐いた。「もっと欲しいの」

「なにを？」デヴォンの唇が喉元へ向かった。

ケイトリンは眉をひそめて身をくねらせた。「もう、じらされるのは大嫌いよ！」

デヴォンは微笑した。「大好きでもあるくせに」根負けしてわずかに腰を沈めた。

「もっと深く」ケイトリンはあえいだ。「お願い、デヴォン――」

「こうかい？」彼は優しく問いかけた。

ケイトリンが弓なりになり、声を出さずに叫ぶように口を開くと、デヴォンは激しくも優しく、性急に動いて、彼女の身も心も慈しんだ。


「ファーンズビー」リースは渋い顔で机上の書類の束を選り分けながら、大声で呼んだ。

個人秘書はドアを開け放した入り口にすぐさま現れた。「はい、ミスター・ウィンターボーン」

「入ってくれ」リースは書類をきちんと積み重ねて整え、厚紙の書類用封筒に入れなおしてから、付属の紐を留め具に巻きつけて封をした。「セヴェリンの執務室から届いた書類に目を通したところだ」彼はミセス・ファーンズビーに封筒を手渡した。

「キングス・クロス近くの集合住宅に関するものでしょうか」

「そうさ。捺印証書や抵当証書、契約協定書などだ」リースは暗いまなざしを秘書に向けた。

「しかし、どれを見ても、所有者の名前が書かれた紙が一枚もないんだ。ぼくが売り手も知らずに物件を買うと考えるほど、セヴェリンはばかではない」

「所有者の名前は法律で記載が義務づけられていると思っておりましたわ」

「抜け道はいろいろある」ミセス・ファーンズビーが両手で持つ封筒をリースはあごで示した。「抵当証書を見ると、融資元は銀行ではなく、協同組合組織である住宅金融組合だ。捺印証書によれば、株式非公開の投資信託会社がこの不動産の所有者になっている。匿名の関係者から委託されているにちがいない」

「どうして本人名義で購入せずに、わざわざそんな面倒なことをするんでしょう？」

「ぼくも以前、匿名で不動産を購入したことがある。相手がこちらの名前を聞いて提示価格が跳ね上がらないようにするためだ。それに、望むものを与えないことで時々ぼくの鼻を折って楽しもうとする、仕事上の敵対者たちもいる。おそらくこの男の理由も似たようなものだろう。だがぼくは名前を知りたい」

「ミスター・セヴェリンに直接お訊きになれば、教えてくださるのでは？」

リースは首を振った。「話す気があればとっくに話しているはずだ。ぼくに名前が知られれば契約がふいになるという確信があるのかもな」

「缶詰工場の買収に際して調査を依頼した方に、この情報を見せてみましょうか」

「ああ、そうしてくれ」

「ただちに処理します。それから、ドクター・ハヴロックが少し話したいそうでお待ちにな

っています」

リースはじれったげに天を仰いだ。「ぼくの肩のことならもう――」

「おまえさんの肩なぞ気にかけとらん」しゃがれた声が部屋の入り口から聞こえた。「もっと大事な用件で来たんだ」

声の主はドクター・ウィリアム・ハヴロックだ。かつては、ロンドンに住むひと握りの特権階級家庭を対象とするかかりつけ医だった。進歩的な見解を持つ医療記事の執筆者でもあり、救貧法による医療扶助や公衆衛生問題について意見を発表してきた。しまいに彼が政治論争を引き起こすと、富裕層の患者たちは愛想を尽かしてほかのもっとおとなしい開業医に乗り換えてしまった。

リースは一〇年前にコーク・ストリートで百貨店事業を始めて以来、ずっとドクター・ハヴロックを雇っている。産業医を常駐させるのは、従業員の健康と生産性を保つ合理的な手段だ。

この初老の寡夫は、雪のように白いもじゃもじゃの毛を生やし、ライオンのたてがみに似た髪型をした丈夫で壮健な男で、人間を知り尽くしたような瞳をしている。いかつい顔にしわを寄せ、けんか腰になることは日常茶飯事だが、患者といるときは祖父のような優しさをたたえた穏やかな表情に変わり、たちまち相手の信頼を勝ち得る。

「ドクター・ハヴロック」ミセス・ファーンズビーがいらだちぎみに声をかけた。「訪問者用のホワイエで待つようお願いしましたのに」

「ウィンターボーンは平気でこっちの予定を邪魔するんでな」ドクター・ハヴロックは不機嫌そうだ。「だから邪魔しかえしてやることにしたんだ」

ふたりは互いに目を細めて視線を交わした。

ドクター・ハヴロックとミセス・ファーンズビーが、常に反目し合っている裏でひそかに惹かれ合っているのではないか、と憶測している従業員は少なくない。いまこの瞬間のふたりを見て、リースはうわさを信じたくなった。

「おはよう、ハヴロック」リースは話しかけた。「ぼくがどんなふうに予定を邪魔した？」

「少なくとも一ダースの患者を診ねばならん日に、思わぬ訪問者を押しつけただろうが」

リースはミセス・ファーンズビーになんの話かと目顔で問いかけた。

「ドクター・ギブソンのことをおっしゃっているのですわ。社長のご要望どおり、わたくしは面接いたしました。能力があって好感の持てる人だとわかりましたから、ドクター・ハヴロックのもとへ送り出したのです」

ドクター・ハヴロックは無愛想にたずねた。「どうやってあんたにあの婦人の能力がはかれるというんだ、ファーンズビー」

「ドクター・ギブソンは優秀な成績を収め、最優等も獲得して医学の学位を持っています」ミセス・ファーンズビーは鋭く言いかえした。

「フランスで、な」ドクター・ハヴロックの口調にはわずかに冷笑が込められていた。

「英国の医師たちがわたくしの気の毒な夫を救えなかったことを考えれば」ファーンズビー

は食ってかかった。「断然フランスの医師のほうがいいわ」

本格的な口げんかが始まる前に、リースはすみやかに仲裁に入った。「ハヴロック、入ってくれ。ドクター・ギブソンのことを話し合おう」

医師は執務室に足を踏み入れ、秘書の脇を通り過ぎるときにわざとらしく頼んだ。「お茶をもらいたい、ファーンズビー」

「あなたはミセス・ファーンズビーと呼んでください。それに従業員食堂へ行けば、なんでも好きなお茶が飲めますよ」

ドクター・ハヴロックは立ち止まり、むっとしたまなざしをミセス・ファーンズビーに向けた。「なぜウィンターボーンはファーンズビーと呼べるのかね?」

「なぜならこの方はミスター・ウィンターボーンで、あなたは違うからです」ミセス・ファーンズビーはリースをじっと見た。「社長、お茶はいかがでしょうか。もしご所望であれば、ドクター・ハヴロックの分もカップをトレーにのせられるかと」

リースはおもしろがっているのを懸命に隠して淡々と返事をした。「もらおう。ありがとう、ファーンズビー」

秘書が執務室を出てから、リースはドクター・ハヴロックに言った。「ドクター・ギブソンには、あなたの許可が採用の条件だとはっきり伝えてある」

初老の男の額に、しわがぐんと増えた。「あの婦人はわたしに、もう決まったことだと告げたんだぞ。厚かましい小娘め」

「先月、助手が欲しいと言っていただろう？」

「わたしが選んだ助手をな。その男の訓練と指導にあたるのはわたしだからだ」

「ドクター・ギブソンの腕を疑っているのか？」リースはたずねた。

ドクター・ハヴロックはひと言「そうだ」と答えれば、ガレット・ギブソンが新米医師として経験を積む道を断つことができた。しかし真正直な彼にはそうすることができなかった。

「あの能力を持つ男が来たら、その場で採用したはずだ。しかし、女ではな。乗り越えるべき偏見が多すぎる。女の患者でさえ、男の医師を好むんだ」

「最初のうちは、だ。やがて女性医師にも慣れてくる」リースは相手の顔に不賛成の意を読み取り、おもしろがりつつ非難する響きを少し込めてつづけた。「ハヴロック、ぼくが雇う何百人もの婦人はみんな懸命に働いて自分の手腕を発揮している。最近売り子から昇進させた売り場責任者の業績を見ても、同じ立場の男性従業員に引けを取らない。それにファーンズビーがたしかな力量を備えているのは明らかだ。ハヴロック、ぼくは急進主義者ではない。これは事実なんだ。そういうわけで、われわれは分別ある男として、ドクター・ギブソンに自分の能力を証明する機会を与えよう」

ドクター・ハヴロックは気難しげに白髪をひと房引っ張り、この状況について考えた。

「わたしはもう世の中と一生分闘った。女たちと不公平な社会との闘いに加わりたくはないんだ」

リースは断固たるまなざしで微笑した。

医師はうめくようにため息をついた。この件に関して選択の余地はないことを悟ったのだ。
「こんちくしょうめ、ウィンターボーン」

その日は身を切るように寒く、氷の結晶が舞う外気にさらされると、鼻はちくりと痛み、歯はかたかたと鳴った。ヘレンは身を震わせてウールの肩マントをぎゅっと首に巻きつけ、感覚を失った唇を引き結んで温めようとした。

喪中の決まり事によれば、テオが亡くなってから充分な期間が過ぎたいま、帽子やボンネットの後ろからヴェールを垂らしさえすれば、レイヴネル家の姉妹は体裁を気にせず公の場で顔を見せてもよくなった。もうこれまでのように顔を覆う黒いクレープ地越しに目を凝らす必要がなくなって、ヘレンはほっとしていた。

レイヴネル一家とひと握りの使用人は、これからハンプシャー行きの列車に乗ってロンドンを発《た》とうとしているところだった。ウォータールー駅は約四万平方メートルにわたる建造物の集合体で、プラットホームと増築部分がぎっしり詰まって複雑に入り組んでいる。ヘレンには、利用者を目いっぱい混乱させるのにこれ以上完璧な設計はないように思えた。旅客の数が毎年ほぼ二倍に増えているため、その場しのぎの方法で駅を拡張せざるをえないのだ。さらに困ったことに、列車の発着場所について鉄道員たちが伝える情報は矛盾していることが多い。荷物運搬人たちが誤った列車へ旅行かばんを運び、誤った貸し馬車の列や切符売り場へ人々を誘導することもよくある。乗客たちは騒然として不満げに叫び、壁のない構内で

うろうろしていた。

すぐそばで金管楽器の楽団が連隊行進曲をやかましく熱心に演奏しはじめ、ヘレンは驚いて跳び上がった。コールドストリーム近衛歩兵連隊第一大隊がチチェスターから到着したらしい。集まった群衆は喝采を送っている。

デヴォンは騒々しさにいらだちながらケイトリンに告げた。「ぼくたちの乗るいまいまい列車がどこに停まっているのか、探してくる。ぼくが戻るまで一歩も動かないでくれ。従僕にはすでに、きみやあの子たちに近づく男がいればぶちのめせと伝えてある」

ケイトリンはデヴォンを見上げ、根が生えたかのようにしっかり足を踏みしめてみせた。

デヴォンはしぶしぶ笑って首を振った。「きみはちっとも従順そうに見えないから大丈夫だ」手袋をはめた指でケイトリンの頬をなぞった。

「従順そうに見えたほうがよくて？」歩きだしたデヴォンにケイトリンは叫んだ。

「そんなきみを一度でも見てみたいものだな」デヴォンは足を止めることなく、肩越しに切りかえした。

ケイトリンは笑い声をあげてヘレンのかたわらに立った。

金ボタンに飾られた鮮やかな赤のチュニックを着たコールドストリーム連隊の行進を、双子が目を丸くして眺めている一方で、ケイトリンはヘレンの沈んだ表情をいかにも心配そうに見た。「ロンドンを離れなくてはいけなくてごめんなさいね」

「謝ってもらうことなんてなにもないわ」ヘレンは言った。「わたしは心から満足よ」

もちろん嘘だ。ヘレンはこれほど長くリースと離れ離れになるのが不安だった。とりわけ、駆け落ちを断られたことへの彼の怒りを考えれば。リースは待たされることにも、欲しいものを与えられないことにも慣れていない。

リースがレイヴネル・ハウスを去って以来、ヘレンは毎日彼に手紙を書いた。一通目では、リースの怪我の具合についてたずねた。二通目では、一家がハンプシャーへ戻る日の予定を伝えた。三通目を書いたのは不安で自信を失っていたときで、婚約を後悔していないかと思いきって訊いてみた。

最初の二通には、到着後二時間以内に、きわめて正確なカッパープレート書体で書かれた簡潔な返事が届いた。リースは一通目で、肩は瞬く間に回復しつつあるとヘレンを安心させ、二通目で、レイヴネル家の差し迫った出立を知らせてくれたことに感謝していた。

ところが、三通目の手紙の返事は来なかった。

ひょっとすると、リースは婚約を後悔しているのかもしれない。わたしは彼をがっかりさせてしまったのかもしれない。こんなにも早く。

家族をわずらわせないように、ヘレンは落ちこんでいることを必死に隠していた。しかしケイトリンは敏感に察知したようだ。

「時間が経つのなんてあっという間よ」ケイトリンはささやいた。「そのうちわかるわ」

ヘレンはこわばった笑みをどうにか浮かべた。「そうね」

「たとえミスター・ウィンターボーンが関係していなくても、わたしたちは領地へ戻らなく

てはいけなかったはずよ。鉄道と採石場の準備ができたいま、やることがたくさんあるの。ウェストにすべての責任を負わせるわけにはいかないし」

「わかっているわ。ただ……デヴォンがミスター・ウィンターボーンにいつまでもつらくあたらないでくれるといいのだけど」

「すぐに許すわよ」ケイトリンは請け合った。「デヴォンはつらくあたっているんじゃなくて、あなたたち姉妹を自分の保護下に置いておきたいだけなの。あなたのことをとても大事に思っているのよ」ケイトリンは周囲を見まわしてから声を潜め、「デヴォンと話したのだけど」とつづけた。「妻にするつもりでいる婦人の体を殿方が奪っても、罪になることはほとんどないわ。だからデヴォンは認めないわけにはいかなかったの。それでも、ミスター・ウィンターボーンが自分の都合のいいように状況を操ったことが気に入らなかったのよ」

「ふたりはまた友達に戻るかしら」ヘレンは勇気を出してたずねた。

「ふたりはいまも友達よ、ヘレン。ハンプシャーで落ち着いて数週間経ったら、ミスター・ウィンターボーンを招待するよう、わたしからデヴォンを説得するわ」

ヘレンは手袋をはめた両手をぎゅっと握り合わせ、人前で恥をさらす前に興奮を抑えようとした。「そうなったら感謝するわ」

ケイトリンの瞳がきらめいた。「それまでのあいだ、あなたにはやることが充分すぎるほどあるわよ。屋敷をくまなく調べて、ロンドンへ持っていきたいものを選ばないと。私物はもちろん、新居の居心地がよくなりそうな家具や装飾品ならなんでもね」

「それはどうもありがとう――けれど、お義姉様があとで欲しくなるかもしれないものは持っていかないわ」

「エヴァースビー・プライオリーには二〇〇もの部屋があるのよ。そのうちの多くが、誰も使わない家具や、誰も眺めない絵画でいっぱいじゃないの。なんでも好きなものを持っていってちょうだい。これはあなたが生まれながらに持つ権利よ」

最後の言葉を聞いて、ヘレンの顔からほほえみが消えた。

プラットホームの反対側に列車が到着し、その轟音と汽笛にふたりの声はかき消された。金属の匂い、炭塵《たんじん》、蒸気が構内にあふれ出て、足元の木板がじれったそうに震えているように感じられる。機関車が安全に停止したにもかかわらず、ヘレンは本能的に身を縮めた。楽団は演奏をつづけ、兵隊は行進し、人々は歓声をあげていた。車両から乗客たちが降りてくると、手押し車を押す荷物運搬人が出迎えた。呼び声や叫び声がうるさくて、ヘレンは両手で耳をふさいだ。人々が押し合いながら進むなか、ケイトリンは双子を呼び寄せに行った。周囲ではおおぜいの人が移動し、ぶつかっている。従僕のピーターはレイヴネル家の女性たちを人波から精一杯守った。

突然、外から激しい風が吹きこんでヘレンの肩マントの前がはためき、絹の組み紐でできた留め具がするりとはずれた。マントの左右の端をつかんで風に背を向け、おぼつかない手つきで前を留めなおそうとしたものの、手がかじかんでうまくいかない。

小型の旅行かばんと帽子箱を持った若い女性のふたり組が、あわててプラットホームを去

ろうとしてヘレンの脇をかすめた。その拍子にヘレンは横へ押し出され、一、二歩よろめいたところで、大きくて頑丈な体にぶつかった。

両の手でしっかりと体をつかまれるのを感じ、驚いてはっと息をもらした。

「ごめんなさい」ヘレンは息を詰まらせて言った。「わたしったら――」

気がつくと、真夜中色のふたつの瞳を見上げてのぞきこんでいた。深い興奮がみぞおちを貫き、膝から力が抜けていく。

「リース」ヘレンはささやいた。

彼はなにも言わずにヘレンの肩マントの留め具に手を伸ばし、絹紐の輪をボタンにかけた。美しい黒のウールの外套《がいとう》を身にまとい、青みがかった灰色の帽子をかぶっている。しかし上品な服装をしていても、彼の危険な雰囲気に潜む厳しい緊張感は少しもやわらいでいない。

「どうしてここへ？」ヘレンはやっとの思いでたずねた。心臓が飛び出そうだ。

「ぼくがさよならも言わずにきみをロンドンから旅立たせると思うか？」

「いらっしゃるなんて思っていなかったわ――でもいらしてほしかった――つまり、うれしくて――」考えがまとまらず、ヘレンは口を閉じた。

リースはヘレンの背中に手を添えて「おいで」とささやき、プラットホームの一部に設置された、背の高い木柵のほうへ彼女をいざなった。柵には広告や、運行時刻の変更などに関する案内がべたべたと貼られていた。

「お嬢様！」背後で自分を呼ぶ声がして、ヘレンは足を止めて肩越しに振りかえった。

従僕のピーターが、取り乱した様子でヘレンを見つめていた。彼は列車に押し寄せるおぜいの出発客から一家を守ろうとしている。「お嬢様、伯爵は皆様を一カ所に集めておくようにと」

「この人の面倒はぼくが見る」リースがぶっきらぼうに言った。

「ですが――」

そのときケイトリンがリースの存在に気づき、従僕をさえぎった。「ふたりに五分あげて、ピーター」頼むから五分だけにしてね、と彼女は手振りとまなざしでヘレンに伝えた。ヘレンは急いでうなずいた。

リースは木柵と鋳鉄製の支柱で周囲から隔てられた隅へヘレンを引っ張っていくと、乗降客に背を向けて、彼女の姿が人目にさらされないようにした。

「きみを見つけるのにひどく時間がかかった」低い声が周囲の騒がしさを打ち消した。「きみたちは間違ったプラットホームにいる」

「デヴォンはわたしたちの乗る列車が来る場所を探しに行ったの」

凍てつくような風が吹き、整えた髪から白っぽい金色の房がいくつかほどけた。ドレスのなかにも襟から風が入りこんできたらしい。ヘレンはぶるぶる震えて肩マントの前をかき合わせようとした。

「歯を鳴らしているな」リースは言った。「もっとこっちへ」

ヘレンは驚きと切望が入り混じった気持ちで、リースがダブルのコートの前ボタンをはず

すのを見ていた。「いいのよ――そんな必要は――」

リースはヘレンの反対を無視して彼女を胸に抱き寄せ、前を開けたコートでくるんだ。

ヘレンは目を閉じ、暖かさと、自分だけの暗がりに包まれた。厚いウール地のおかげで、喧噪《けんそう》が遠くに聞こえる。外に潜む危険から隠れて、森の巣穴で丸まっている小動物の気分。

リースは大きくてたくましくて温かく、彼の腕のなかにいるとくつろがずにはいられない。ヘレンの体にとって、リースの体は安らぎの源だった。

「ましになったかい?」やわらかな声が耳をくすぐった。

ヘレンはうなずき、リースの胸に頭をつけた。「どうして最後の手紙に返事をくれなかったの?」くぐもった声で訊いた。

上質な黒い革手袋をはめた手があごに添えられ、ヘレンは上を向かされた。リースの瞳がからかうように光っているのは間違いない。「きみの質問が気に食わなかったから、かな」

「不安だったの――つまり、もしかしてあなたの――」

「気が変わったのかもしれないって? ぼくがもうきみを求めていないかもしれないって?」リースの声に、ヘレンはなぜか首筋がちくちくした。「ぼくの本当の気持ちを知りたいか、カリアド?」

返事をするより先に、唇に唇を押しつけられた。恥ずべきとしか言いようがない表現方法だが、リースは平気らしい。ヘレンを求めていることをわからせ、感じさせ、味わわせるつもりなのだ。ヘレンはしなだれかかってしがみつきながら、両手をリースの肩へ、首へと

徐々に上へ這わせた。周囲の時が止まったかのように口づけはつづいた。リースの唇は絶え間なく動き、焼けつくようだ。ひやりとする黒革に包まれた片手が、ヘレンの頰をなでている。この人は怒っているわけではないのだわ、とヘレンはぼんやりした頭で悟った。リースがここへ来たのは、わたしを安心させたいから。この人は間違いなくわたしのもの。わたしがこの人のものであるように。

リースは喉を荒々しく震わせ、キスを終えて顔を離した。ひんやりした空気に、熱い息が蒸気のように吐き出される。彼はヘレンをコートから解放してあとずさり、ふたたび彼女をひとりで立たせた。

新鮮な冷たい空気が一気に押し寄せ、ヘレンは身震いした。

リースはコートのなかへ手を入れて内ポケットをごそごそと探ると、ヘレンの片手を取り、封をした小さな封筒を押しつけた。これはなにかとヘレンがたずねる前に、リースは言った。

「歩道橋をわたって八番ホームへ行くよう家族に伝えるんだ」

「でも、もし——」

「ホイル・ヴァウル・アム・ナウル」リースは最後にヘレンをひと目見た。その瞳は一瞬、孤独な悪魔を思わせた。「〝では、また〟という意味だ」彼はヘレンの体を家族のほうへ向けてから、前へ軽く押した。ヘレンは足を止め、彼の名前を呼ぼうとして振りかえった。けれどもすでにリースは決然とした足取りで人混みをすり抜け、遠ざかっていた。

ぴったりした袖のなかに入れたリースの手紙をヘレンが読んだのは、デヴォンが八番ホームの正しい列車へと一家を急き立て、一等車の座席に全員が腰を下ろしてから、かなり時間が経ったあとだった。列車がウォータールー駅を出発し、ハンプシャーへ向けて二時間の移動を開始すると、ヘレンは慎重に封筒を取り出した。

双子が窓の外の景色に見入り、ケイトリンがデヴォンと話しているのを確認しながら、彼女は暗赤色の封蠟をはがして手紙を開いた。

ヘレン

婚約を後悔しているかって？

答えはノーだ。どの瞬間も、きみの姿が見られないことを残念に思う。どんなに足を踏み出そうと、きみのそばへ行けないことも。

毎晩最後に考えるのは、きみがそばにいるべきなのにということ。きみのいないベッドには安らぎも喜びもない。ぼくは夢のなかでしかきみを抱けず、夜が明けると悪態をついてしまう。

もし権利があったなら、ぼく抜きではどこへも行くなと禁じるところだ。自分勝手なわけじゃない。きみと離れているのは、息をせずに生きるようなものだからだ。

覚えておいてくれ。カリアド、ぼくはきみに息を盗まれた。口づけするたびに息を取

りかえす日が来るのを、いまは指折り数えて待っている。

ウィンターボーン

12

ヘレンは上階の読書部屋にある書架の前で床に膝をつき、何列にも並んだ本から、荷物に加えたいものを選り分けていた。エヴァースビー・プライオリーに帰ってから二週間。新居へ運ぶ持ち物はひと部屋分にもなっている。どの品にも思い入れがあった。たとえば、母親のものだった紫檀《したん》の裁縫箱。智天使がずらりと描かれた、鏡台用の磁器製トレー。ノアの方舟《はこぶね》と動物たちを刺繡した、子ども向けの浴用敷物。母方の祖母が来るといつも座っていた、座席が三角形になったマホガニーの居間用椅子。

じわじわと襲ってくる切なさから気をまぎらわせる唯一の方法は、忙しくしていることだった。ヒーライス、とヘレンは憂鬱な気分で思った。慣れ親しんだわが家の快適さは魅力を失い、いつもの習慣は単調な仕事へと変わっていた。ランの世話やピアノの練習でさえ、つまらなくなってしまった。

リース・ウィンターボーンほど興味を持てるものなんて、あるわけがない。

ふたりきりで過ごした時間はごくわずかしかないものの、その数時間でヘレンはリースのとりことなり、激しく満たされた。おかげで、これまでの日常が色あせてしまった。

母親の残したランの観察記録が並ぶ列に手を伸ばし、一冊ずつ引き出して帆布地の陸路用トランクへ入れた。全一二冊の安価な筆記帳は平凡な青い布張りの表紙で、紐綴《と》じではなく糊綴じ式だ。しかしヘレンにとってははかり知れない価値がある。トレニア伯爵夫人だったジェーンは、さまざまな品種のスケッチや、それぞれの性質や特性についての記述など、ランに関する情報で一冊一冊をいっぱいにしていた。時には日記代わりにして、個人的な思いや意見をいたるところにつづってもいる。

ヘレンはこの観察記録を読むことで、人となりがよくわからなかった母親のことを生前より理解しやすくなった。ジェーンはいちどきに何週間も何カ月もロンドンに滞在し、子育ては家庭教師や使用人たちにまかせていた。エヴァースビー・プライオリーにいるときでさえ、親というよりはむしろきらびやかな客人のように見えた。ヘレンが覚えている母親は、いつも完璧な服と香りを身にまとい、耳と首元と手首を宝石で、髪をランの生花で飾っていた。

ジェーンはたいてい、その美しさと機知で称賛を受けた。彼女に心配事があると思う人はいなかったはずだ。ところが人目に触れない観察記録のなかでは、ジェーンは不安や孤独に悩む女性で、息子がひとりしかいないことに失望といらだちを感じていた。

双子を産んだあと、ジェーンはこう書いている――〝いっぺんにふたりも娘を産んだせいで、ソーセージの皮のように引き裂かれてしまった。まだお産の床にいるというのに、伯爵には「また寄生虫をふたり」産むとはご苦労、と言われる始末。どうしてふたりのうち、せめてひとりでも男の子じゃなかったのかしら〟

そして別の筆記帳には……〝おちびのヘレンは双子の役に立っているみたい。そうね、前よりもあの子のことが好きだわ。でもあの子はこの先も、青白くてウサギみたいな顔のままなんじゃないかしら〟

辛辣なことを書かれているにもかかわらず、ヘレンはジェーンに同情した。先々代のトレニア卿であるエドマンドとの結婚生活では、どんどん不幸になっていったらしい。エドマンドは妻に幻滅した気難しい夫だった。彼の心は燃えるように熱かったかと思えばあっという間に氷のように冷たくなり、その中間にとどまることはめったになかった。

両親がヘレンの存在をずっと認めたがらなかった理由を、ついに彼女が理解したのは、母親が亡くなってからだった。

真実を知ったのは、死の床についていた父親をヘレンが看病していた最中のことだ。彼は寒くて湿っぽい日に狩りに出かけたことで病にかかり、医師の努力もむなしく急速に容態を悪化させた。伯爵が半ばせん妄状態におちいると、ヘレンは信頼の置ける従者のクインシーと交代でベッドの脇に座り、強壮剤や喉に効くセージ茶を飲ませ、胸に湿布を貼った。

「お医者様はすぐに戻ります」父親が咳の発作のあとひと息つくと、ヘレンは彼のあごについた唾液をそっと拭き取り、ささやきかけた。「村の患者の診察に呼び出されましたの。でも長くはかからないとおっしゃっていたわ」

伯爵はしょぼしょぼした目を開け、すっかりしわがれた冷たい声で言った。「死に際には……わが子と……ともにいたい。おまえではなく」

お父様はわたしが誰かわかっていないのだわ、とヘレンは思い、優しく応じた。「わたしはヘレンよ、お父様。あなたの娘です」

「おまえはわたしの娘ではない……最初からずっと。おまえの母親が……愛人を作って……」無理をして喋ったせいで、伯爵はまた咳きこんだ。発作が静まると目を閉じて静かに休み、ヘレンを見ようとはしなかった。

「事実無根のお話です」あとでクインシーはヘレンにそう言った。「気の毒な旦那様は熱に浮かされてうわ言をおっしゃっているのです。天に召された奥様に多くの崇拝者がおいでだったせいで、旦那様は嫉妬に毒されてしまいました。お嬢様はまぎれもなくレイヴネル家の一員でいらっしゃいます。ゆめゆめお疑いになりませんように」

ヘレンはクインシーの言葉を信じるふりをした。しかし伯爵の言葉が真実であることはわかっていた。なぜ自分がレイヴネル家の気性も容貌も受け継いでいないのか、これで説明がつく。どうりで両親から嫌われていたわけだ――自分は罪の子なのだから。

伯爵の意識が最後にはっきりしていたとき、ヘレンは双子をベッドの脇へ連れてきて別れを言わせた。ロンドンにいたテオにも知らせを送ったものの、彼の到着は間に合わなかった。父親が意識を失ってからは、ヘレンは臨終に双子をつき添わせる気になれなかった。

「わたしたち、いなくちゃだめ？」窓辺の小さな長椅子にパンドラと座っていたカサンドラは、赤い目をハンカチでぬぐいながら小声で訊いた。ふたりには、父親の優しい記憶も懐かしい助言も思い出もなかった。ただ黙って座り、弱々しくかすれた息を聞き、父親がこの世

から去るのをみじめな気分で待つしかなかった。

「どうせお父様はわたしたちにいてほしくないはずよ」パンドラはそっけない口調で言った。「わたしたちのことなんてちっとも気にかけていなかったもの」

ヘレンは妹たちが気の毒になり、そばへ行って抱きしめ、キスをした。「わたしがお父様と一緒にいるわ」彼女は約束した。「お父様のためにお祈りを唱えに行ってから、なにか静かにできることを見つけてちょうだい」

妹たちはほっとした様子で部屋を出た。カサンドラは入り口で立ち止まり、父親を最後にひと目見たが、パンドラは振りかえることなくすたすたと歩き去った。

ヘレンはベッドの脇へ戻り、伯爵を見下ろした。広いベッドのなかで縮んだように見える、長身で細身の男性。顔は灰色を帯びて蠟のようで、喉が腫れてあごの形がよくわからない。彼がかつて抱いた大いなる意志のすべては、いまにも燃え尽きそうな命の灯火になっていた。ジェーンが亡くなったあとの二年間で伯爵が徐々に弱っていったことをヘレンは思いかえした。彼はジェーンの死を悲しんでいたのかもしれない。ふたりの関係は複雑で、互いを結びつけていたのは失望と恨みだった。愛によって結ばれている人たちもいるのに。

ヘレンは思いきって、だらりとした伯爵の手を取った。たるんだ皮膚に包まれた、血管と骨の寄せ集めだった。「お兄様がいなくてごめんなさい」申し訳なさそうに言った。「看取ってほしいのはわたしではないのよね。それについても、ごめんなさい。でも、ひとりで逝かせることなんてできないわ」

言い終えたところで、クインシーが部屋へ入ってきた。くぼんだ黒い瞳に光る涙が、白いひげの生えたあごへ滑り落ちた。クインシーはなにも言わずに窓辺の長椅子に座り、ヘレンとともにその時が来るのを待った。

ふたりは四時間にわたって伯爵を見守った。苦しげだった息がだんだんとやわらぎ、やがてついに、トレニア卿エドマンドは息を引き取った。臨終につき添っていたのは使用人ひとりと、一滴の血のつながりもない娘だけだった。

伯爵が亡くなったあと、ヘレンは自分の出生の秘密について一度もテオに話さなかった。兄は知っていたにちがいない。だからけっしてヘレンを社交界へ連れていかず、父親と同じ軽蔑の態度を彼女に向けていたのだ。ヘレンはケイトリンにも双子にも打ち明ける気になれなかった。たとえ自分はなにも悪いことをしていなくても、正式な婚姻関係のもとで生まれていないのがたまらなく恥ずかしかった。その秘密は、どんなに知らぬふりをしようとしても、放たれるのを待っている毒のように心の奥に潜んでいた。

ヘレンはまだリースに話していないことがとても心配だった。貴族の娘と結婚できることを彼がどれほど喜んでいるかは承知している。自分がレイヴネル家の一員ではないことを告白するのはとてつもなく難しい。リースはがっかりするはずだ。いまほどには大切に思ってくれなくなるだろう。

それでも……リースには知る権利がある。

ヘレンは重いため息をついてから、残りの観察記録をトランクに詰めた。空になった書架

にさっと視線を走らせたとたん、ほこりっぽい隅に薄い色の小さな塊が挟まっていることに気がついた。眉根を寄せて両肘を床につき、棚のなかへ手を入れてそれを引っ張り出した。

便箋の束だった。

上半身を起こし、くしゃくしゃになっている塊を慎重に開くと、文章が書かれていた。母親の筆跡だ。文字の間隔が広めで、文章が右下がりになっている。

最愛のアルビオンへ

あなたの心に訴えようなんて、わたしも愚かよね。そんなものが存在するのかしらと思いはじめているのに。どうしてなんの連絡もくださらないの？ あなたがした約束はどうなるの？ わたしを捨てれば、あなたのせいでヘレンはこの先ずっと実の母親に愛してもらえないのよ。揺りかごのなかで泣きじゃくるヘレンを眺めていても、触れる気にもなれないわ。あの子はひとりで不安を抱えて泣くしかないの。あなたに見捨てられた、いまのわたしと同じように。

世間の良識になんて従わないわ。わたしの情熱を理性で抑えつけることはできないもの。戻ってきてくれれば、赤ん坊は必ずどこかへ追い払います。みんなには、病弱な子だから暖かくて乾燥した土地で乳母に育てさせると話すつもり。エドマンドは反対しないわ――喜んでヘレンをこの屋敷から追い出すはずよ。

わたしたちはこれまでどおりでいいの、アルビオン。控えめにしている限りね。

そこで終わっていた。ヘレンは書きかけの手紙を裏がえしてみたが、なにも書かれていなかった。

知らないうちにその長方形の紙を床に置き、片手でしわを伸ばしていた。胸のなかが空洞になった気がした。認めたくも、よく知りたくもない、たくさんの感情が遠のいていく。

アルビオン。

父親の名前を知りたいと思ったことは一度もなかった。それなのに、どんな男性だったのだろうと思わずにはいられない。いまも生きているのだろうか。なぜジェーンは手紙を最後まで書かなかったのか。

「お姉様！」

突然大きな声で呼ばれ、ヘレンはびくっとした。わけもわからず顔を上げると、カサンドラが駆けこんできた。

「郵便物が届いたの」カサンドラは声を張り上げた。「そのなかにウィンターボーン百貨店からの木箱があるのよ！　従僕が下の応接間に運んでいるわ。すぐに来て。わたしたち――」眉をひそめて言葉を止めた。「顔が真っ赤よ。どうしたの？」

「本のほこりのせいよ」ヘレンはどうにか答えた。「お母様の観察記録を詰めこんでいたら、くしゃみが止まらなくて」

「お願いだからそれはあとにしてくれないかしら、大好きなお姉様。わたしたち、お姉様に届いた贈り物をいますぐ開けたいの。〝食品〟と書かれた箱もあるのよ。中身はお菓子だと思うわ」

「少ししたら下りていくわ」ヘレンは気もそぞろに言い、スカートのひだに手紙を隠した。

「本を詰めるの、手伝いましょうか？」

「ありがとう、カサンドラ。でも自分でやるわ」

カサンドラはほっと息をもらし、物欲しそうに言った。「待ちきれないわ」

ヘレンは妹をしげしげと眺めた。カサンドラはこのごろ、子ども時代からの、子馬のようなひょろっとした外見でなくなってきた。美しく整った骨格、弓形の唇、陽光色の巻き毛、濃いまつ毛に縁取られた青い瞳。はっとするほどジェーンと似ている。

幸運にも、カサンドラは母親をもっと柔和で、限りなく優しくした感じだ。それにパンドラは元気いっぱいのいたずら好きにもかかわらず、このうえなく気立てがいい。双子がいてくれてよかった――ヘレンの人生において、ふたりは常に変わらない存在であり、けっして揺らぐことのない愛の源だった。

「わたし抜きで箱を開けはじめたら？」ヘレンは勧めた。「わたしもすぐに行くから。誰かにとがめられたら、正式な代理人としてわたしに指名されたと話せばいいわ」

カサンドラは満足そうににこっと笑った。「もしお菓子が入っていたら、パンドラが全部食べてしまう前にお姉様の分を取っておくわね」淑女らしからぬ勢いで部屋を飛び出し、大

階段を駆け下りながら叫んだ。「先に開けはじめていいんですって!」

ヘレンは放心状態でほほえみ、しばらく座って思案した。秘密とつらい記憶のせいで、トランクにひそかな重みが加わってしまった。ジェーンもエドマンドも永遠の眠りについているのに、いまだに墓のなかからわが子の心を傷つける力を持っているらしい。

でも、そうはさせないわ。

固く心を決めてトランクのふたを閉じ、ひそひそとささやく過去を黙らせた。母親の書きかけの手紙を取り出して暖炉の前へ行くと、赤く燃える石炭の塊にのせた。ほこりっぽい紙が熱さにのたうちながら縮まり、やがて白い炎をあげた。

最後の一語が灰になるまで、ヘレンはじっと見ていた。

そして両手のほこりを元気よく払い、部屋をあとにした。

13

明るくにぎわう応接間へ入ったとたん、ヘレンは気持ちがなごんだ。ウェストンと双子は絨毯敷きの床に座ってバスケットや箱を、ケイトリンは隅の書き物机で手紙を開けている。

「求愛なんて面倒だと常々思っていた」ウィンターボーン百貨店のバスケットの中身を選り分けながらウェストンが言った。「しかし、間違った立場で考えていただけだとわかったよ。求愛とは、与うるより受くるほうがいい活動のひとつなんだ」

ウェストン・レイヴネルは兄とよく似た青い瞳の美男子で、同じくがっしりした体格に、不良っぽい魅力をただよわせている。この数カ月、農業や酪農業について、ひたすら体当りで学んできた。かつての放蕩者はいま、小作人たちと領地で働き、泥だらけのブーツと膝丈ズボン《ブリーチズ》で帰宅するという一日を過ごすときに、このうえない幸せを感じるようだ。

「誰かに求愛したことがあるの、ウェスト?」パンドラがたずねた。

「相手の婦人があまりに聡明《そうめい》で、絶対にぼくを受け入れられないと確信できたらするんだがね」ウェストンはヘレンが部屋へ入ってくるのを見て、ゆっくりと立ち上がった。

「それって、結婚したくないということ?」空いている長椅子に腰を下ろしながら、ヘレン

は軽い調子でたずねた。

ウェストンは微笑を浮かべ、平たくて青いサテンの箱をヘレンの膝にのせた。「箱のなかからたったひとつのお菓子を選んで満足するなんて、ぼくにはできっこない」

ヘレンはふたを開け、なかに入っている宝の山に目を見張った。キャラメル、ゼリー、果物の砂糖漬け、トフィー、マシュマロ。どれも蠟紙に包んで両端をねじってある。ヘレンは驚嘆のまなざしを、すぐそばに積まれたごちそうの山に移した……燻製《くんせい》のウィルトシャーハムや首肉ベーコン、箱詰めされた鮭《さけ》の塩漬け、デンマーク産バター、牛の膵臓《すいぞう》の缶詰、袋詰めされたふっくらとして艶のあるナツメヤシの実。バスケットには、温室栽培の果物、薄皮のついたブリーチーズ、網に包まれたひと口大のチーズ、イチジクの濃厚なペースト、うずらの卵の酢漬け、小さなグラスで飲む宝石色の果実リキュール、金色の缶に入ったカカオ粉末があった。

「ミスター・ウィンターボーンったら、どういうつもりかしら」ヘレンは驚きつつ笑った。「軍隊でも充分足りる量の食べ物を送ってくるなんて」

「どうやら、わが家の全員に求愛しているらしい」ウェストンが応じた。「ほかのみんなはどうか知らないが、ぼく個人としてはすっかり求愛されている気分だ」

部屋の隅からケイトリンの物欲しそうな声がした。「わたしひとりでそのハムを平らげてしまいそう」ケイトリンはここ数日、食欲旺盛になったかと思うと妊娠初期のつわりに苦しむ、という状態を経験するようになっていた。

ウェストンはにやりとして立ち上がり、アーモンドの入った型押しガラスの瓶をケイトリンに持っていった。「とりあえずこれを」

ケイトリンはふたを開けてアーモンドをひとつ食べた。噛み砕く音が部屋じゅうに響く。気に入ったと見え、彼女は立て続けにいくつか口へ放りこんだ。

ウェストンはおもしろがりつつ少し心配そうな顔をした。「そんなに急いじゃだめだ、ケイトリン。喉に詰まらせるぞ」サイドボードへ歩み寄り、ケイトリンに飲ませる水を注いだ。

「食べたくてしかたないの」ケイトリンは訴えた。「このアーモンドこそ、まさにわたしが求めていたものよ。いま初めてわかったわ。ミスター・ウィンターボーンが送ってくれたのはひと瓶だけ？」

「わたしが頼めば、もっと送ってもらえるはずよ」ヘレンは申し出た。

「そうしてもらえるかしら。だって――」ケイトリンは突然絶句し、手のなかの手紙を見据えた。

ヘレンは背筋がぞくっとした。ひどいことが起こったのだろう。ケイトリンはなにかから自分を守ろうとしているかのように、華奢な肩を丸めた。アーモンドの瓶を手探りで机に置いたものの、端に近すぎて床に落としてしまった。幸い、絨毯に着地したのでガラスの粉砕はまぬがれた。ケイトリンは気づいてもいない。相変わらず手紙を見つめている。

ヘレンがケイトリンに駆け寄って手を伸ばすと、直後にウェストンも同じ行動に出た。

「どうしたの、お義姉様？」

ケイトリンの顔色は白亜のように白くなっていた。息も浅くて途切れがちだ。「お父様のことよ」消え入りそうな声だった。「最初のほうしか読めていないの。それ以上頭に入ってこなくて」彼女は力なくヘレンに手紙を手渡した。

いい知らせのはずがない。一カ月半ほど前の話では、ケイトリンの父親であるカーベリー卿はグレンガリフで自らが所有する室内馬場で事故に遭ったらしかった。乗っていた馬が急に前脚を高く上げ、カーベリー卿は支持梁の角で頭を打ちつけてしまったのだ。大事にはいたらなかったものの、それ以来、体が弱っていたようだ。

グラスに入った水をウェストンがケイトリンに渡し、子どもにするように小さな両手に抱えさせた。「これを飲むんだ、ケイトリン」静かに声をかけてから、心配そうなまなざしをヘレンに向けた。「デヴォンを呼んでくる。すぐ近くにいるはずだ。東側のオークの伐採について製材業者と打ち合わせをしている最中だから」

「邪魔する必要はないわ」ケイトリンが止めた。張りつめながらも落ち着いた声だ。「デヴォンの仕事が終わるまで待てばいいことだもの。わたしはまったく大丈夫よ」おぼつかない手つきでグラスを口元へ運び、少なくとも半分は中身を苦しげに飲みこんだ。

ヘレンはケイトリンの頭越しにウェストンを見て、声を出さずに口の動きだけで言った。「行って」ウェストンは軽くうなずき、部屋を出た。

ヘレンは手紙に視線を戻した。「カーベリー卿は二日前にお亡くなりになったそうよ」書かれている文言にざっと目を通しながら、小声で伝えた。「種馬飼育場の管理人によると、

カーベリー卿は事故以来、頭痛と発作に悩まされていたんですって。早めにベッドに入ったある夜、眠っているあいだに息を引き取られたみたい」ケイトリンの肩にそっと片手を置くと、震えているのがわかった。必死で感情を抑えているのだ。「心からお悔やみするわ、お義姉様」

「父は他人も同然だったの」ケイトリンは穏やかに言った。「わたしを遠くへやって、自分以外の人間に育てさせたんだもの。父に対していまどんな感情を抱けばいいのか、わからないのよ」

「その気持ち、わかるわ」

ケイトリンは冷たい手をヘレンの手に重ね、「そうよね」と口にして、暗い顔でわずかにほほえんだ。

ふたりがしばらく静かにそうしていると、パンドラとカサンドラがためらいがちに近づいてきた。

「わたしたちになにかできることあるかしら、ケイトリンお義姉様」椅子に座っているケイトリンの横で、パンドラが床に膝をついてたずねた。

ケイトリンはパンドラの真剣な顔をちらりと見てかぶりを振り、彼女を引き寄せた。カサンドラも反対側で床に膝をつき、ふたりを抱きしめた。

「なにも心配しなくていいのよ」ケイトリンが言った。「わたしは大丈夫。世界一大切な妹たちが一緒だもの、大丈夫に決まっているわ」彼女は目を閉じてパンドラと頭をくっつけた。

「わたしたち、短いあいだにたくさんのことを一緒に乗り越えてきたもの、ね？」

「これで服喪期間をもう一年過ごすことになるの？」パンドラがたずねた。

「あなたたちは違うわ」ケイトリンはパンドラを安心させた。「わたしだけよ」ため息をついた。「大きなおなかを抱えて、喪服姿でえっちらおっちら歩くんだわ。ごみを積んで海へ運ぶホッパー船みたいに見えるでしょうね」

「ホッパー船にしては小さすぎるわ」カサンドラが言った。

「引き舟ってとこね」パンドラがつけ足した。

ケイトリンは弱々しく笑い声をもらし、双子にキスをした。顔にいくらか赤みが戻っている。椅子から立ち上がってスカートのしわを手早く伸ばした。「やることがいっぱいあるわ。お葬式はアイルランドでするはずよ」ケイトリンは打ちひしがれたまなざしをヘレンに向けた。「わたしは子どものとき以来、行ったことがないけれど」

「出席するかどうか、いますぐ決めることないわ」ヘレンは言った。「上へ行って、寝室で横になったほうがいいかもしれなくてよ」

「無理よ、やらなくてはいけないことが――」ケイトリンは言葉を失った。デヴォンが部屋へ入ってきたのだ。

彼は揺るぎない視線をケイトリンにさっと走らせ、すっかり血の気を失った顔を見ると、優しく問いかけた。「どうしたんだい、いとしい人」

「お父様が亡くなったの」ケイトリンはさりげない口調を懸命に装った。「もちろん、驚く

ことじゃないわ。お父様が体調を崩していたことはわかっていたでしょう？」

「ああ」デヴォンは前に進み出て、ケイトリンのこわばった体を両腕で抱き寄せた。

「わたしはしっかり落ち着いているわ」ケイトリンはデヴォンの肩に顔を伏せて言った。

「そうだな」デヴォンはケイトリンのこめかみにキスをした。心配そうに張りつめた顔。青い瞳は優しさをたたえてぼんやりしている。

「泣いたりしないわ」ケイトリンの口調は淡々としていた。「きっとお父様はわたしの涙なんていらないでしょうし」

デヴォンは小さな頭の半分を片手で包むようにケイトリンの頭をなで、穏やかに声をかけた。「だったらその涙をぼくにくれ」

ケイトリンはデヴォンのシャツに顔をうずめた。華奢な体がぐったりしたように見える。数秒後、低い泣き声が一気にもれはじめた。デヴォンはケイトリンの頭に頬をのせ、たくましい体にさらに抱き寄せて安心させようとした。

非常に親密な時間が始まろうとしている。ヘレンは自分たちが邪魔だと気づき、一緒に部屋を出るよう身振りで双子に伝えた。

ドアを閉めたあと、提案した。「図書室へ行って、お茶を持ってきてもらいましょう」

「さっきのお菓子を持ってくればよかったわ」パンドラが不満げに言った。

「お姉様、これからどうなるの？」カサンドラがたずね、三人は玄関広間を通り抜けた。

「ケイトリンお義姉様は本当にお葬式に出席するためにアイルランドへ行くの？」

「できればそうしたほうがいいと思うわ」ヘレンは思案しつつ答えた。「お別れを言うのは大切なことだもの」

「でも行ったって、亡くなったお父様にはわからないのに」パンドラが指摘した。

「故人のために行くんじゃないの」ヘレンはつぶやくように言うと、パンドラと腕をからませ、愛情を込めて彼女の手をぽんぽんと叩いた。「自分のためよ」

14

郵便電報
ミスター・リース・ウィンターボーン
コーク・ストリート　ロンドン

妻の父、カーベリー卿死去の知らせを受けた。理想的な状況ではないが、ハンプシャーへご来訪願う。
レディ・トレニアに塩味のアーモンドを送っていただけるとありがたい。

トレニア

「ファーンズビー」リースはぶっきらぼうに呼んで電報から顔を上げた。「今週の予定を全部取り消して、ロンドンからハンプシャーへ向かう次の列車の切符をふたり分手配してくれ。急いで誰かをクインシーのもとへやって、ぼくと自分の荷物をまとめろとことづけも頼む。

それから食料品売り場の販売員に、うちにある塩味のアーモンドすべてを手提げかばんに詰めるよう伝えてほしい」

「すべてですか？」

「ひと瓶残らずすべてだ」

目にも留まらぬ速さで秘書が執務室から出ていくと、リースは机の表面すれすれまで額を下げ、「ディオルフ・イ・ズィウ」とつぶやいた。ありがたい、という意味だ。

もしなかなか招待されなかったとしたら、侵略軍さながらにエヴァースビー・プライオリーに突入するしかなくなっていたはずだ。ケイトリンの父親が亡くなったことは気の毒に思うが、ヘレンと再会したい気持ちにかなうものはない。これほど求めてやまないのに、ヘレンが手の届かないところにいるなんてありえなかった。自分にできたのは、待つことだけ。人生で常に最も苦手としてきたことだ。

ヘレンからは週に三、四通の手紙が届いた。内容は家族にまつわる最新の情報や、村で最近あった出来事、現在進行中の屋敷の修復工事、赤鉄鉱採石場の建設の進み具合について。ろうそくを作ったり、温室で促成栽培したルバーブを収穫したりしたといった話もちりばめられていた。上品ぶった、明るくてお喋りな手紙だった。

ヘレンが恋しくて、身も心もおかしくなりそうだ。

これまでずっと、尽きせぬ活力を仕事、百貨店に注ぎこんで発散させてきた。だが、いまはそれでは不充分だ。リースは欲望を燃え上がらせていた。体内に熱がこもりつづけている。

ヘレンに苦しめられているのか、癒やされているのか、わからないほどだった。

結局、次の列車の出発時刻は三時間後だとわかった。専用客車の準備も、すぐに利用できる機関車への連結も、とても間に合わない。だからリースは喜んで普通の列車に乗った。沈着冷静なクインシーがてきぱきと荷物をまとめたおかげで、奇跡的にふたりは時間内に駅に到着できた。従者を雇う利点について、リースがこれまでにどんな疑問を抱いていたにしろ、二度と考えることはなくなった。

ロンドンからアルトン駅まで二時間の移動中、リースは座席に座りながら無意識のうちに前かがみになっていた。まるで、もっと速度を上げろと、せわしなく動くエンジンを駆り立てるかのようだった。ようやく列車がアルトン駅で停まると、彼は従者と貸し馬車に乗ってエヴァースビー・プライオリーへ到着した。

ジャコビアン様式の壮大な領主屋敷は、デヴォンが受け継いで以来、ずっと修復中だ。胸壁や拱廊《アーケード》でふんだんに飾られ、精巧な組み合わせ煙突がとげのように並び、舞踏会で威厳を放つ老貴婦人然として周囲を見渡している。赤鉄鉱鉱床はちょうどいいときに見つかったものだ――大量の資金投入がなければ、この屋敷は次の世代が受け継ぐ前に廃墟と化していただろう。

リースとクインシーは執事のシムズに出迎えられ、これほど早く来るとは思わなかったという意味のことを言われた。たしかに非常に早く到着したとクインシーが認めると、ふたりの使用人はさっと視線を交わし、せっかちで要求の多い雇い主に仕える苦労をいたわり合っ

た。

リースは正面の応接間に通された。誰かが現れるのを待ちながら落ち着きなくうろうろしているうち、深いくつろぎを感じる環境にいることに気がついた。現代的な自分の住まいとは違う快適さだ。彼はいつも新しいものを好み、古いものは衰退や野暮ったさにつながると考えてきた。ところがエヴァースビー・プライオリーの魅力的な古さには、気分がなごみ、心地よさを感じる。花柄の絨毯の上に、人がくつろぎやすいように家具が配置されていることも関係しているのだろう。小さなテーブルの上には本や雑誌が積み重ねてあり、そこここにクッションや膝掛けがある。人なつこい黒のスパニエル犬が二匹、ふらりと入ってきてリースの手の匂いを嗅いでいたが、邸内のどこか遠くで物音がしたとたん、行ってしまった。なにかを焼いている甘い香りが部屋のなかまでただよってきて、もうすぐ午後のお茶の時間だと告げている。

ケイトリンの父親が亡くなってすぐにエヴァースビー・プライオリーへ招待された。さて、これをどう解釈するべきか。喪中のしきたりについて自分が知っていることから考えれば――といっても、自分の百貨店で扱っている商品に関することを除けば、大して知っているわけではないが――近親者を亡くしたばかりの家庭は、訪問者を招いたり受け入れたりしないものだ。弔問は葬式がすむまで奨励されない。

しかしこうした問題に詳しく、レイヴネル家を何十年も知っているクインシーは、今回リースが招待された意味をこう説明していた。「トレニア卿ご夫妻は旦那様を家族の一員とし

て扱おうとお決めになったのだと思われます。たとえまだレディ・ヘレンとご結婚なさっていなくとも」彼は顔をそむけると、やや不服そうにつけ加えた。「新世代のレイヴネル家は、型破りなところがおありですから」

デヴォンが部屋へ入ってきたため、リースの思考は突然現在に引き戻された。

「これはこれは、ウィンターボーン」デヴォンはとまどった表情で、少し疲れているようにも見えた。「今朝電報を打ったばかりなのに」それでも以前の気安い笑みを浮かべて手を差し出し、リースとしっかり握手を交わした。ひとまず休戦ということらしい。

「レディ・トレニアの様子は？」

デヴォンは返答をためらった。どこまで正直に話すべきか思案しているのだろう。「傷つきやすくなっている」ようやく言った。「父親を亡くしたことより、むしろ一度も父親らしく接してもらえなかったことを悲しんでいるんだ。レディ・バーウィックに連絡したところ、明日レムスターから駆けつけてくださるらしい。あの方がいればケイトリンの慰めになる――妻は実の両親にアイルランドから送り出されたあと、バーウィック卿夫妻に引き取られたから」

「葬式は向こうで？」

デヴォンはやや渋い顔でうなずいた。「グレンガリフだ。ぼくがケイトリンを連れていく。言うまでもなく、いまはとんでもなく都合が悪いのだが」

「ふさわしい同伴者をつけて行かせることはできないか？」

「いまのケイトリンの状態では無理だ。ぼくが一緒にいないと。つわりがあるし、普段より感情に流されやすくなっているんだ」

リースは旅の行程について考えた。「最も早く着くには、ブリストルからウォーターフォードへ向かう汽船に乗ってグランヴィル・ホテルで一泊するといい。鉄道駅に近い高級ホテルだ。翌日のグレンガリフ行きの列車に乗れる。よければうちの事務室へ電報を打って旅の手配をさせよう。部下たちはイングランドを出入りする大型船と小型蒸気船の運航予定をすべて把握している。あらゆる鉄道路線の運行予定も」

「じつにありがたい」デヴォンは言った。

リースは部屋へ運び入れておいた黒革の旅行かばんを持ち上げ、デヴォンに渡した。

デヴォンは両眉を上げ、留め金をはずすと、かばんの口を開いてなかをのぞいた。薄葉紙が何枚も重なったなかに、塩味のアーモンド入りガラス瓶が二ダースも詰められているのを見て、ゆっくりと大きな笑みを浮かべた。

「レディ・トレニアはこれがお気に入りなんだろう？」リースは問いかけた。

「食べたくてたまらないらしい」デヴォンは笑顔を崩さず答えた。「大変恩に着るよ、ウィンターボーン」かばんを閉じて留め金をかけ、愛想よく言った。「図書室へ行ってブランデーを飲もう」

リースは躊躇した。「ほかの家族はどこに？」

「ウェストは採石場用地にいるが、すぐに戻る。双子は散歩中で、妻は上で休んでいる。へ

レンはたぶんまだ温室でランと過ごしているんだろう」

ヘレンが近くにいる。ひとりきりで。温室で。リースの心臓は若干多めに鼓動を刻んだ。炉棚の時計を慎重かつ必死のまなざしで一瞥し、彼は言った。「四時にブランデーを飲むのはちょっと早すぎないか？」

デヴォンは不信の表情をリースに向けてから、低い笑い声をあげた。「驚いたな。それでもウェールズ人か？」リースが言いかえす前にデヴォンはつづけた。「いいだろう。ぼくはこれを――」片手でかばんを持ち上げた。「妻に届けてくる。気前よくしてもらったお返しに、きみの行方についてはなるべく知らんふりをしよう。だが、もしきみとヘレンがお茶に遅れたら、きみの責任だ」いったん言葉を切った。「ヘレンは塀に囲まれた庭を通り過ぎて最初の温室にいる」

リースは軽くうなずいた。会ったとき、ヘレンはどんな反応をするだろう。そう思うとみぞおちがぎゅっと縮み、ひそかに身構えているのを自覚した。

デヴォンの口元がゆがんだ。「心配無用だ、ヒースクリフ。ヘレンはきみに会えて喜ぶさ」

小説に疎いリースはその名前の引用元を思い出せなかったが、はた目にわかるほど自分が緊張していることに気づいていらだった。心のなかでおのれに悪態をつきながらも、こう訊かずにはいられなかった。「ヘレンがぼくの話をしたことはあるか？」

デヴォンの両眉がぐいとつり上がった。「したことはあるか、だって？　ヘレンはきみの話しかしないというのに。ウェールズの歴史書を読んで、オワイン・グリンドゥールや、ア

イステズヴォッドとやらについてぼくたちにしつこく説明してくるくらいだ」デヴォンの瞳が親しみを込めてからかうように光った。「このあいだなんて、やたらと咳をしたり唾を吐いたりしていたから、みんなヘレンが風邪を引いたと思っていたんだ。そうしたら、ウェールズ語のアルファベットを練習していただけだった」

いつもなら皮肉めいた言葉で切りかえすところだが、リースはからかわれたことにほとんど気づかなかった。うれしさに胸が締めつけられていた。

「そんなことをしなくてもいいのに」リースはつぶやいた。

「ヘレンはきみを喜ばせたいのさ」デヴォンは言った。「あの子の性分なんだ。そういうわけで、はっきりさせておきたいことがある。ヘレンはぼくにとって妹のような存在だ。どう考えてもぼくは正しさを説く資格のない人間だが、きみにはこれから数日間、ヘレンと一緒にいるときは聖餐式の侍者さながらにふるまってもらいたい」

リースは不機嫌そうにデヴォンを見た。「侍者なら子どものころに務めた。はっきり言って、侍者が清く正しいという評判はかなり誇張されている」

デヴォンはしかたなくにやりとし、体の向きを変えて玄関広間へ向かった。

リースはヘレンを見つけに行った。頭のおかしな男のように走っていって飛びかかり、ヘレンを怖がらせてはいけないので、強いて落ち着いた足取りで歩いた。庭にせり出したガラス張りの談話室を通って屋敷の裏から出ていき、きれいに刈られた芝生の一部を横切った。曲がりくねった砂利敷きの小道を進んで、冬咲きの花をつけた低木と、レース状にからみ

合ったつるが這う古い石壁の脇を通り過ぎた。庭にはなにもなく、すっきりしている。霜に覆われた地面が時間を止めて、春の訪れを待っているのだ。風が運んできた泥炭の煙やスゲの匂いに、リースは幼い子どものころに住んでいた谷を思い出した。家族でロンドンへ引っ越す前のことだ。とはいえ、地面に石が多く、小さな湖が豊富なサンベリスと、この手入れの行き届いた環境とは似ても似つかない。しかしこの世には湖や降雨の多い場所ならではの匂いというものが存在し、ハンプシャーにはそれがあるのだった。

四棟並んだ温室に近づいていくと、最初の一棟のなかでなにかが動くのが見えた。曇ったガラスのそばを、ほっそりした黒装束の人影が滑るように通り過ぎる。心臓がどきりとした。刺すように冷たい二月の外気にさらされているのに、顔がかっと熱くなる。自分がなにを期待しているのか、なぜ初めて恋をした少年のように緊張しているのか、わからない。少し前のリースなら、おまえは世間知らずの若い女性、ひとりの娘に、こんな状態にされてしまうぞと忠告してくる者がいたとしても、一笑に付したはずだ。

指の関節ひとつで板ガラスをそっと形ばかり叩いた。石の踏み段を慎重に一段のぼり、建物へ入って扉を元どおり閉めた。

この温室のなかへ入るのは初めてだ。前回のエヴァースビー・プライオリー滞在中はヘレンから詳しい説明を聞いたものの、脚をギプスで固定されて動けなかった。ヘレンにとってどれだけ大切なものかわかっていたため、外へ出て見られないのが残念だった。

温室内の空気は湿っていて温かく、土の匂いがした。まるでイングランドから離れた世界

にいるかのようだ。鮮やかな色と異国的な形に満ちたガラスの城に。培養土や緑濃い草木の刺激的な匂い、わずかにつんとくるランの芳香がリースを迎えた。バニラの匂いも充満している。背の高い植物が何列にも並び、鉢やかめに植えたランが台にのっていた。そして黄色い花をつけた、つる性の植物が壁という壁を伝い、光り輝くガラスの丸天井に向かってらせんを描いているさまを、リースは目を丸くして眺めた。

雪のように白い花々の後ろから、すらりとした人物が現れた。水晶さながらに澄んだ瞳がきらりと輝く。かわいらしい唇がティー・ローズそっくりにすぼめられた。驚いて声が出ないまま、彼の名前を口にしている。ヘレンはリースに駆け寄り、急いでテーブルをまわりこんだせいでちょっとよろめいた。その一瞬のぎこちなさ、見るからにあわてている様子に、リースの心はしびれた。彼女も恋しがっていたのだ。ぼくを求めていたのだ。

リースはすばやく三歩進んでヘレンのもとへ行った。ヘレンの体が持ち上がるほどきつく抱きしめると、勢いあまって半回転した。ヘレンを下ろし、かぐわしい温かな首元に顔をうずめ、深く息を吸って彼女の香りを吸いこんだ。

「カリアド」かすれた声で呼んだ。「きみはいつも白鳥みたいに優雅に動くのに」

ヘレンは息を乱して笑った。「びっくりしたんだもの」温かく繊細な手がリースの顔を挟んだ。「あなたが、ここにいる」自らに信じさせようとするかのように言った。

リースは不規則に呼吸しながらヘレンに鼻をすり寄せた。肌も髪も、なんてなめらかなのだろう。この女《ひと》はなんてやわらかいのだろう。高揚感に似た、だがもっと強いなにかが体を

駆けめぐり、リースは興奮した。「食べてしまいそうだ」とつぶやき、優しくなでてくる両手を押しのけてヘレンの唇を探しあて、自らの唇で感触を味わった。ヘレンは両手をリースの髪に差し入れて頭を包みこみ、熱心に応えてくれた。

ヘレンがしがみついてくるあいだ、リースは荒々しくも優しい愛の言葉をキスの合間にささやいた。甘くて小さな舌が、口のなかを探ってくる。リースが以前教えたとおりのやり方で。その感覚は一気に彼の股間まで到達した。リースはわずかによろめき、台の端に手を伸ばして体を支えなくてはならなかった。まずい。いますぐやめなければ歯止めがきかなくなってしまう。唇を離し、震える息を二度吐いて、欲望を制御しようと努めた。無理に力を抜こうとしたせいで、両腕の筋肉が小刻みに揺れている。

困ったことに、ヘレンは花びらのような唇でこわばったあごに沿ってキスをしていた。リースの全身が新たな興奮に包まれていく。「あなたが来るのは明日かあさってだと思っていたの——」

「待てなかったんだ」リースは言った。頬を寄せ合っているため、ヘレンが笑みを浮かべるのがわかった。

「これは夢ね」

全身がかっと熱くなった。自分を抑えきれない。ヘレンの腰をつかんで自らの腰にぴったり引き寄せた。「これで現実だとわかるかい、カリアド?」紳士ならこんな下卑たふるまいはしない。だがこちらがどんな人間か、ヘレンはもうわかっている。

生地を厚く重ねたスカート越しでも、張りつめた高まりに気づき、ヘレンは目を見開いた。けれども身を引きはしなかった。「あなたはとっても……元気みたい」彼女は言った。「肩の具合はいかが？」

「ぼくのシャツを切り離して見てみたらどうだ？」

ヘレンは喉の奥でくすくす笑った。「温室ではしないわ」つま先立ちをやめて身をひねり、すぐそばの台にのった植物に手を伸ばした。美しい緑色の小さなランを手折ると、リースの上着の左襟の折り返しにあるボタン穴に挿しこんだ。

「デンドロビウム？」リースはその花を見下ろしながら推測した。

「そうよ、どうしてわかったの？」ヘレンは襟の折り返しの裏側にある、飾り花用の固定糸《ブートニエール・ラッチ》を手探りし、その小さな絹糸で茎の端を挟んで留めた。「ランの本を読んでいるの？」

「少しね」リースはからかうように指先でヘレンの鼻筋をなぞった。ヘレンに触れて戯れるのをやめられない。「きみはウェールズの歴史を勉強しているとトレニアから聞いた」

「そうなの。とてもおもしろいわ。アーサー王がウェールズ人だったと知っていて？」

リースは愉快になってヘレンの髪をなでた。何本もの三つ編みをピンで後頭部にまとめてある。「実在したとしたら、そういうことになるな」

「ちゃんと実在したわ」ヘレンは真面目な顔で言った。「リン・バルフォグという名前の湖のそばに、アーサー王が乗っていた馬の蹄《ひづめ》の跡が残っている石があるんですって。いつか見てみたいわ」

リースは笑みを大きくした。「いい発音だ、カリアド。ただ、Lがふたつ重なるから〝リ〟ではなく〝シ〟と発音する。舌先を上の前歯の裏につけて、左右から息をもらす感じで」

ヘレンはその音を何度かくりかえしたが、リースの発音と一致するまでにはいかなかった。熱心に練習するヘレンの口を見つめているうち、リースはまたキスをせずにいられなくなり、温かいサテンのような唇をちゅっと吸った。

「きみはウェールズ語を学ばなくてもいいんだよ」

「学びたいの」

「難しい言語だ。それにいまの時代、ウェールズ語を知っていてもいいことはない」リースは悲しげに言い添えた。「〝ウェールズ語で話すのは罪になると思って避けなさい〟と母はいつも言っていた」

「どうして?」

「商売上、都合が悪かったからさ」リースはヘレンの両腕から背中にかけて両手でゆっくりとなでた。「ウェールズ人への偏見については知っているだろう? 道徳的に劣っていて、怠惰で……不潔だとさえ思われている」

「そうみたいね。でもばかげているわ。良識のある人たちなら、けっしてそんなこと言わなくてよ」

「公の場ではね。だが言うやつらもいる。しかも、自宅の居間でこそこそと」リースは眉をひそめてつづけた。「きみがぼくと結婚することをばかにする人間もいるはずだ。面と向か

って言われなくても、相手の目を見ればわかる。ほほえみを浮かべているときでさえも」

こんな話は最初の婚約期間中にはしなかった。リースは社会的に劣った立場にいることを気にしていて、ヘレンのほうは彼の気分を害したくなかったからだ。とうとうヘレンにはっきり話すことができてリースはほっとした。しかし同時に、自分と結婚することでヘレンが身を落とすことを認めた点では、あと味が悪かった。

「わたしはウィンターボーン家の一員になるのよ」ヘレンの口調は穏やかだ。「そんなことを言う人のほうこそ、わたしにどう思われるか心配するべきだわ」

リースはにっこりした。「心配するさ。きみはなんでも好きなことのできる、影響力の強い婦人になるのだから」

ヘレンは片手でリースの顔に触れた。頬を優しく包まれる感触に、リースはぞくぞくした。

「わたしのいちばんの関心は、夫をいつも幸せにすることよ」

リースは身をかがめて台に両手をつき、両腕のなかにヘレンの体を閉じこめた。「妻よ、それには大変な努力が必要だ」穏やかに警告した。

ヘレンは銀色がかった瞳でリースの瞳をうかがうように見て、親指の先で彼の下唇の縁をそっとなぞった。「じゃあ、あなたにとって幸せでいるのは難しいことなの?」

「そうさ。幸せなのはきみがそばにいるときだけだ」リースは情熱を込めてヘレンの唇を奪った。舌を深く入れてリースが喜びを与えるうちに、ヘレンはぼうっとして彼のなすがままになった。リースは片手でスカートをぎゅっとつかんだ。ほんの一瞬、苦しげなわが身が欲

してやまないものを手に入れたくなった。いまここでこの女《ひと》を奪ってしまいたい。簡単だ。ヘレンを台にのせてスカートをめくり、脚を開かせて——。

喉の奥から声をもらしながらキスを終え、額と額を合わせた。「きみのいない時間が長すぎた、カリアド」肺に空気を満たし、ゆっくりと吐いた。「なにかぼくの気をまぎらわせることを言ってくれ」

ヘレンの顔は濃いピンク色に染まっていて、唇が少し腫れていた。「さっきお母様の話をしていたわね」彼女は言った。「いつお会いできそう?」

リースは皮肉っぽくくっくっと笑った。興奮を冷ますには持ってこいの話題だ。「できるだけ先送りさせてもらおう」

母親のブロンウェン・ウィンターボーンは真面目で厳格な女性だ。やせていて、ほうきの柄そっくりに背筋を伸ばしている。リースは子どものころ、針金のように細くて強い腕で何度もお仕置きをされた。優しく抱きしめてもらった記憶はただのひとつもない。それでも彼女はいい母親だった。常に衣食を与え、規律と勤勉の大切さを教えてくれた。母親に感心するのはいつも容易だったが、愛情を抱くのはかなり難しかった。

「わたしのことはお認めにならない?」ヘレンはたずねた。

この、本や音楽の演奏で頭がいっぱいの、まばゆいばかりの繊細な女性を、母はどう思うだろうか。リースは想像してみた。

「きみのことは、かわいらしすぎると思うはずだ。優しすぎるとも。きみが持っているよう

な強さは、母には理解できない」

ヘレンはうれしそうな顔をした。「あなたはわたしが強いと思っているの？」

「そうとも」リースはためらうことなく答えた。「きみには鋼鉄の刃にも似た強い意志がある」暗い目をしてさらに言った。「そうでなかったら、いまの半分もぼくを手なずけられなかっただろう」

「あなたを手なずけたですって？」ヘレンは優雅な動きでリースの腕の下から巧みに抜け出し、別の台へふらりと歩み寄った。「最後通牒を受け入れてベッドをともにすることで、わたしがあなたを手なずけていたというわけ？」

責められているのか、誘われているのか。リースはヘレンの言葉にどきりとした。列をなすランのあいだをヘレンが歩いていく。彼は胸を熱くしてすぐ後ろを夢中で追った。「そうさ、そしてぼくにきみを思い焦がれさせておきながら、ロンドンを離れた。いまやぼくは鎖につながれた犬みたいに、もっとくれと懇願している」

ヘレンはおかしそうに言った。「鎖につながれた犬なんてどこにいるの？　とっても大きな狼しかいないわ」

リースは背後からヘレンをつかまえ、身をかがめて首の片側に口づけた。「きみの狼だ」うなるような声で言い、歯の先端で肌をかすめた。

ヘレンは少し背をそらせてもたれかかってきた。リースはヘレンのなかの切望を、彼に触れられたことで彼女が震えているのを感じた。「今夜、あなたのところへ行きましょうか」

ヘレンはささやいた。「明かりが消えて、みんなが寝静まったころに」

リースの全身の血がわきたった。ああ、ぜひともそうしてくれ。彼は飢えていた。興奮と解放感に。ヘレンの美しくやわらかな肉体をゆだねられる感覚に。だがなによりも、寝室での営みを終えたあとの穏やかな時間が恋しくてたまらない。ヘレンを腕に抱いて横たわり、ひとり占めしているときが。

目を閉じて、小さな耳にそっとあごを押しつけた。三〇秒が過ぎ、やっと声が出た。「おとぎ話を読んで知っているだろう？　狼を訪ねたかわいい女の子がどうなるか」

ヘレンはリースの腕のなかでくるりと身を返した。「ええ、もちろん」そうささやくと背伸びして、微笑を浮かべた唇を彼の唇に重ねた。

15

「デヴォン、参加してくれない？」パンドラが懇願した。「もっと人がいないとゲームがつづかないの」彼女は二階の居間でカサンドラと一緒に遊技台の前に座っている。夕食のあと、みんなでこの部屋に来てくつろいでいるところだ。

双子は、自分たちが持っている唯一のボードゲーム、「しあわせの館《マンション・オブ・ハピネス》」を引っ張り出してきていた。この古めかしいゲームは、子どもたちに道徳的価値観を教えるために考案されたものだ。ゴールに向かってらせん状に並ぶマス目がゲーム盤に印刷されていて、各マス目に描かれた絵は美徳または悪徳を表す。

デヴォンは長椅子に座りながらけだるい笑みを浮かべて首を振り、隣にいるケイトリンを肩に引き寄せた。「ぼくは前回参加した」彼は誘いを断った。「今度はウェストの番だ」

死人のようなまなざしをウェストンがデヴォンに向けるさまを、ヘレンはおもしろそうに眺めた。レイヴネル兄弟はともに、この説教臭くて高潔なゲームを嫌悪している。双子はしょっちゅうふたりに参加を強制していた。

「ぼくが負けるのは目に見えている」ウェストンはいやがった。「行き着く先はいつも〝お

しおきの家〟だ」

「だったら、なおさら参加するべきだわ」ヘレンはウェストンに話しかけた。「道徳にかなったふるまいを学べるゲームですもの」

ウェストンは天を仰いだ。「自分のふるまいが不道徳だと思う人間なんかいないよ。みんな他人のふるまいを判断するだけさ」彼はコニャックを注いだブランデーグラスを手に、遊技台の前に来て腰かけた。

「もうひとり必要よ」パンドラが言った。「ヘレンお姉様、その繕い物をあとにしてくれたら――」

「だめ、ヘレンお姉様には頼まないで」カサンドラが反対した。「勝たれてばかりなんだもの」

「ぼくが参加しよう」リースが申し出た。コニャックの残りを飲み干し、遊技台の最後の空席につくと、仲間の受難者を思いやるようにウェストンに笑いかけた。

ヘレンはリースが彼女の家族と気楽に接するようになったのを見て喜んだ。ロンドンでレイヴネル家を訪問したとき、リースは用心深くて抑制された態度をとっていた。けれどもいまは肩の力が抜けて魅力的で、のびのびと会話に参加している。

「酔っ払いになったわね」リースの駒が悪徳のマス目に止まると、パンドラが厳しい口調で告げた。「〝むちうち刑の柱〟へ行って、そのまま二回休みよ」

リースがゲームに合わせてこらしめられた表情を作るのを見て、ヘレンはほほえんだ。

カサンドラが木製の小さなさいころ独楽《ごま》をまわし、〝誠実〟を表すマス目に勝ち誇ったように駒を進めた。

次はウェストンの番だ。彼の駒は〝安息日やぶり〟という不吉な名前のマス目に進んだ。

「次から三回、足かせの刑よ」カサンドラがウェストンに告げた。

「安息日を破っただけで足かせをはめられるのか?」ウェストンが怒ったように言った。

「厳しいゲームなの」カサンドラが応じた。「世紀の変わり目に発明されたのよ。当時はベーコンをひと切れ盗んだだけでも、足かせや吊るし首の刑になることもあったんですって」

「どうしてそんなことを知っている?」リースがたずねた。

「そういう話が書かれた本が図書室にあるの」パンドラが口を挟んだ。「『堕落した人類の罪』という題名よ。極悪な犯罪者や、ぞっとするほど恐ろしい罰についての本」

「わたしたち、少なくとも三回は読んだわ」カサンドラがつけ加えた。

ウェストンは双子に向かって眉をひそめたのち、長椅子のほうを向いて訊いた。「そんな本を読ませていいのか?」

「いいえ、よくないわ」ケイトリンがきっぱりと答えた。「そんな本があるとわかっていたら抜き取っておいたのに」

パンドラはリースのほうへ身をかがめ、秘密を打ち明ける口調で言った。「お義姉様は背が低いから、六段目より上の棚には目が届かないの。わたしたち、いかがわしい本はそこに置いているのよ」

ウェストンは笑いをごまかそうと咳をし、リースは突然強く興味を引かれたようにゲーム盤をしげしげと見つめた。

「このことはヘレンお姉様も知っているわ」パンドラがつけ足した。

カサンドラが眉をひそめてパンドラを見た。「余計なことを言って。これでもう、おもしろい本はみんな取り上げられちゃうわ」

パンドラは肩をすくめた。「どうせ全部読んだじゃない」

リースが巧みに話題を変えた。「このゲームには新版があるんだ」ゲーム盤を見つめながら話した。「アメリカの会社が権利を買って、罰を軽くしたものを出している。うちの百貨店で扱っているよ」

「ぜひとも、その残忍さの少ないやつを買おうじゃないか」ウェストンが言った。「それともいっそのこと、このふたりにポーカーを教えよう」

「ウェスト」デヴォンが目を細めて警告した。

「サド侯爵の小説より鞭打《むち》ちの多いゲームと比べれば、間違いなくポーカーは健全だ」

「ウェスト」デヴォンとケイトリンが同時に言った。

「ミスター・ウィンターボーン」パンドラが問いかけた。青い瞳が好奇心で生き生きと輝いている。「こういうボードゲームは誰がどうやって作るの？」

「内容を考えて図案を描けば誰でも作れる。印刷業者と契約して、同じものをいくつか作らせるんだ」

「カサンドラとわたしが作ったとしたら、ウィンターボーン百貨店に置いてもらえるかしら」

「わたしはゲームなんて作りたくないわ」カサンドラが反対した。「遊びたいだけよ」

パンドラは無視し、リースに視線をそそいだ。

「試作品ができたら持っておいで」リースはパンドラに返答した。「ぼくが見てあげよう。もし売れそうだったら後ろ盾になって、最初の印刷資金を提供する。その代わり、利益から一定の割合はいただくよ、もちろん」

「普通はどのくらいの割合なの？」パンドラはたずねた。「どのみち、わたしが渡すのは半分よ」

リースは片方だけ眉を上げて訊いた。「たった半分とは、どうして？」

「義理の妹だもの、おまけしてくれてもいいでしょう？」パンドラは無邪気に返した。

リースは笑い声をあげた。少年っぽい表情に、ヘレンの胸は高鳴った。「ああ、そのとおりだ」

「すでにどんなゲームが売られているのか、どうすればわかるかしら」パンドラの熱心さは高まるばかりだ。「ほかのどれとも違うものにしたいの」

「うちで売っているボードゲームをひとつ残らず送ってあげよう。そうすればすべての中身を調べられる」

「ありがとう、とっても助かるわ。さてと……」パンドラは心ここにあらずといった様子で

遊技台を指で叩いた。「わたし、今夜はもう遊べないわ」彼女がそう言ってさっと立ち上がったため、ウェストンとリースも腰を上げた。「やることがあるから。一緒に来て、カサンドラ」

「でも、わたしが勝っていたのに」カサンドラはゲーム盤を見下ろしながら不平を述べた。

「そんなことを始めるには夜遅すぎるんじゃない？」

「緊急事態におちいっているときは別よ。構想が浮かんで眠れない病なの」パンドラはカサンドラを椅子から引きはがした。

双子が部屋を出ていったあと、リースは微笑を浮かべてヘレンを見た。「パンドラはいつも新しい言葉を作っているのか？」

「わたしが思い出せる限りでは」ヘレンは答えた。「〝雨の午後並みの悲しさ〟とか、〝ストッキングに穴を見つけたみたいないらだち〟とかいう表現をしたがるの。でもいまはその癖を直そうとしているわ。社交シーズン中、笑い物にされるかもしれないからって」

「直さないとそうなるわね」ケイトリンが残念そうに言った。「意地悪な陰口を叩く人たちは常にいるし、パンドラとカサンドラのようなおてんば娘が社交シーズンを気楽に過ごせることはまれだもの。わたしも、人前なのに大声で笑いすぎるってレディ・バーウィックにいつも叱られていたわ」

デヴォンは慈しみの目で妻を見た。「ぼくなら魅力的だと思うがね」

ケイトリンは彼ににっこり笑いかけた。「そうね、でもあなたは一度も社交シーズンに現

れなかったじゃない。あなたとウェストはロンドンのどこか別の場所で、遊び人がすることならなんでもしていたんでしょうね」

リースはサイドボードへ歩み寄り、自分のグラスにコニャックを注いだ。デヴォンを見て、問いかけた。「きみたちがアイルランドにいるあいだ、三姉妹はずっとこの領地に?」

「それがいちばんいいんだ」デヴォンは答えた。「ぼくたちがいないあいだはレディ・バーウィックにお目つけ役になってもらうよう頼んである」

「でないと人様から眉をひそめられてしまうから」ケイトリンが説明した。「ウェストがヘレンとあの子たちにとって兄みたいなものだということくらい、わが家ではみんなわかっているわ。だけどそれでも、ウェストはふしだらな評判を持つ独身の殿方だもの」

「その評判は努力して手に入れたんだ、まったく」ウェストンは暖炉近くの椅子に近づいてゆったりと座った。「じつのところ、ぼくはぜひお目つけ役にいてもらいたい。無垢な娘三人といても安全な男だなどと言われて、悪名に傷をつけられるわけにいかないからね」

「レディ・バーウィックはあのふたりにいい影響を与えてくださるわ」ケイトリンが言った。「わたしと、ご自分のふたりの娘であるドリーとベティーナに、社交界でのふるまい方をお教えになったの。けっして楽な仕事ではなかったはずよ」

「ぼくたちはあさってアイルランドへ向けて出発する」デヴォンがわずかに眉根を寄せて告げた。「万事うまくいけば、すぐに帰ってくるつもりだ」

ウェストンは暖炉の前で両脚を伸ばし、腹の上で両手の指を組み合わせた。「トム・セヴ

エリンの訪問は延期してもらうしかなさそうだな。二日以内にハンプシャーへ来て、採石場と線路の基礎工事の進み具合を見てくれと招いたんだが」

そこで口を開いたリースの低い声に、ヘレンはぞくりとした。「セヴェリンはぼくから遠ざけておくのがいちばんだ」

その場にいた全員がいっせいにリースを見た。彼はサイドボードのかたわらに立ったまま、コニャックの入ったグラスを指の長い手で包みこみ、琥珀色の液体を温めた。そっとまわしながらコニャックをのぞきこむリースの瞳は、ヘレンがこれまでに見たことがないほど冷たかった。

最初に口を開いたのはデヴォンだった。「セヴェリンが今度はなにをした？」

「ぼくを説得してキングス・クロス近くの不動産を買わせようとしていたんだ。ところがどの書類にも所有者の名前がなかった。抵当証書にさえもだ」

「そんなことができるのか？」デヴォンが訊いた。

「株式非公開の投資信託会社にすべてを委託してあるんだ。ぼくは調査員を雇って、複雑な法的文書を洗い出させた。すると、すでに当事者と公証人の署名が入った譲渡契約書が見つかった。購入手続きが完了次第、効力が発生する書類だ。不動産の全売却額は、ぼくがこの世で最も取引したくない男の懐に入ることになっていた。しかもセヴェリンはそれを承知していた」

デヴォンはケイトリンの体にまわしていた片腕を引っこめ、興味深げなまなざしで前かが

みになった。「ミスター・ヴァンスか？」推測を口にした。

リースは一度だけうなずいた。

「やれやれ」デヴォンは静かに言った。

ヘレンは当惑してふたりを交互に見つめた。

「セヴェリンがどんな男か知ってるだろ」張りつめた沈黙をウェストンが破った。「セヴェリンにはまったく悪気がないんだ。あとできみにばれたら、取りかえしがつかないと言ってあきらめさせるつもりだったんだろう」

リースの瞳が危険な光を放った。「もし金がヴァンスに流れることがわかる前に取引が完了していたら、セヴェリンの命も取りかえしがつかなくなっていたはずだ。これで友情は終わった」

「ミスター・ヴァンスって？」ヘレンは問いかけた。

誰も返事をしなかった。

しんと静まりかえるなか、ケイトリンがおずおずと口を開いた。「じつは、バーウィック卿の甥《おい》なの。バーウィック卿夫妻にはご子息がいらっしゃらないから、ミスター・ヴァンスが領地の推定相続人なのよ。バーウィック卿が亡くなったら、すべてがミスター・ヴァンスのものになって、レディ・バーウィックと令嬢たちは彼の善意にすがることになる。だから三人はいつもミスター・ヴァンスを手厚くもてなそうとしているの。わたしも何度か会ったことがあるわ」

「きみはミスター・ヴァンスをどう思う？」デヴォンがたずねた。

ケイトリンは顔をしかめた。「とんでもなくいやな男よ。けちで、冷酷で、偉そうで。常に借金を抱えているくせに、自分では当代きっての金もうけの天才のつもりでいるの。将来の相続財産を担保に借金しようとしたことが、これまで何度もあったみたい。バーウィック卿はとてもお怒りだったわ」

ヘレンはリースをちらりと見て、彼の暗い表情に不安を覚えた。友人の行動に深く傷ついているのだろう。「ねえ」ヘレンはためらいがちに問いかけた。「ミスター・セヴェリンは本当に、あなたがミスター・ヴァンスをどれほど嫌っているかわかっておいでなの？」

「わかっている」リースは短く答え、コニャックをひと口飲んだ。

「だったら、どうしてそんなことをしたのかしら」

リースは首を振って黙りこんだ。

すぐさまデヴォンが物思わしげに答えた。「セヴェリンは目的のためなら手段を選ばない。天才と言っても過言ではないほど、並はずれた頭脳の持ち主だ。しかしそういう能力のせいでたいてい失われるのが――」彼は適切な言葉を探して言葉に詰まった。

「礼儀だろ？」ウェストンがそっけなく言った。

デヴォンは悲しそうな顔でうなずいた。「セヴェリンと取引するときはなによりも、相手が日和見主義者であることを忘れてはいけない。狙いどおりの結果を出すための画策に忙しくて、セヴェリンには人の心を思いやる暇がないんだ。自分自身の心も含めて。とはいえ、

他人を助けるためにどんな苦労も惜しまないセヴェリンの姿もぼくは何度も見た。まったくの悪人というわけじゃない」彼は肩をすくめた。「きみがセヴェリンとの友情を完全に手放すのは残念だ」

「人でもなんでも手放すさ」リースは鋭い口調で応じた。「アルビオン・ヴァンスとかかわらずにすむならな」

16

ヘレンは膝にのせた繕い物に意識を集中させているふりをして下を向いた。吐き気がして、胃が沈みこむような奇妙な感覚に襲われた。シャツの破れた縫い目にぎくしゃくと針を刺し、手慣れた縫い仕事をどうにかつづけた。あわてふためいている頭のなかで、思考がこんがらがっていく。ヘレンはそのひとつひとつを引き離し、理解しようとした。

アルビオンは珍しい名前だ。けれど、まったく類を見ないというわけでもない。偶然の可能性はある。

神様、お願いです。お願いですから、偶然でありますように。

ああ、リースの顔に浮かんだあの表情。死ぬまで抱きつづける憎しみといった感じ。

心中で次々と不安がわきおこり、うわべだけでも平静を保とうとするのが耐えがたくなってきた。この部屋から出なくては。どこかひとりきりになれる場所へ行って、深呼吸を何度かして……そして、クインシーを見つけなくては。

リースと一緒に屋敷へ来ているはず。クインシーなら誰よりもわが家の秘密を知っている。なんとしても真実を聞き出そう。

皆が会話をつづけるあいだ、ヘレンは繕い物の糸を結び、足元の裁縫箱のなかにゆっくりと手を伸ばした。いちばん上の仕切りに入っている小さな裁縫ばさみが手に触れる。切れのいい刃を少しずつ広げ、人差し指の側面をわざと刃にあてて滑らせた。やがて、つねられるような感覚があり、熱い痛みを覚えた。さっと手を引っこめ、傷口から鮮やかな血のしずくが滴るのを見て、うろたえたふりをした。

リースはすぐさまヘレンの異変に気づいた。上の歯と下唇のあいだから一瞬息を押し出して、ウェールズ語で不満の声をもらした。「ウーフトゥ」上着の内側からハンカチを取り出し、数歩でヘレンの前へやってきた。なにも言わずに床に腰を下ろすと、ヘレンの指にハンカチを巻いた。

「はさみに手を伸ばす前に、ちゃんと目で確認するべきだったわ」ヘレンは決まり悪そうに言った。

リースの瞳には、あの身も凍るような冷たさはもうなかった。いまは思いやりでいっぱいだ。彼は慎重にハンカチをはずし、指の傷を見た。「傷は深くない。だが絆創膏《ばんそうこう》が必要だ」

ケイトリンが長椅子から声をかけた。「呼び鈴を鳴らしてミセス・チャーチを呼びましょうか、ヘレン」

「わたしがミセス・チャーチの部屋へ行くわ」ヘレンは明るい声で返した。「あそこのほうが医療品をすぐ取り出せて楽だから」

リースは腰を上げ、ヘレンを立たせた。「一緒に行こう」

「いいの、ここにいて」ヘレンは即座に断り、ハンカチを巻いた指を握った。「まだコニャックがグラスに残っているわ」彼女はあとずさった。リースの探るような視線を避け、部屋全体に向けてさっとほほえんだ。「もう遅い時間だから、わたしはこれで下がります。みんな、おやすみなさい」

家族が同じように挨拶を返してきたあと、ヘレンは駆けだしたくなるのをこらえ、落ち着いた足取りで居間を出ていった。大階段を下り、玄関広間を横切って、使用人用の階段を下りた。一階のがらんとした静けさとは対照的に、地下は活気にあふれている。使用人たちは夕食を終えて食器を片づけている最中で、料理長は翌日の料理の下準備を監督していた。

使用人食堂からどっと笑い声があがった。入り口へそろそろと歩み寄ると、クインシーが従僕やメイドたちとともに長いテーブルの前に座っている。どうやらロンドンでの新生活の話をして楽しませているらしい。クインシーは使用人のあいだでいつも人気があった。彼がリースに引き抜かれて以来、皆さみしかったにちがいない。

どうやって場の雰囲気を壊さずにクインシーの注意を引こうかと思っていたら、背後で家政婦の声が聞こえた。

「ヘレン様？」

ヘレンは振りかえってミセス・チャーチと向き合った。ふっくらした顔が心配そうに曇っている。

「どうして地下へいらしたんですか、お嬢様。呼び鈴を鳴らしてさえいただければ、誰かを

行かせましたのに」

ヘレンは悲しそうにほほえみ、怪我をした指を掲げてみせてから説明した。「裁縫ばさみでちょっとへまをしたの。あなたのところへ直接行くのがいちばんだと思って」

ミセス・チャーチはその小さな傷を見て同情を示し、ふた部屋先の家政婦の部屋へヘレンを連れていった。ここは居間でもあり、ミセス・チャーチが仕事をする場所でもある。ヘレンが思い出せる限りの昔から、ミセス・チャーチはこの部屋に薬箱を保管している。テオもヘレンも双子も、怪我をしたり具合を悪くしたりしたらいつも家政婦の部屋へ行き、包帯を巻いてもらったり、薬を飲んだり、慰めてもらったりした。

ヘレンは小さなテーブルの前に座って言った。「今夜はみんな楽しそうね」

ミセス・チャーチは薬箱を開けた。「ええ、ミスター・クインシーと再会できてみんな大喜びなんです。山ほど質問を浴びせています。大半が百貨店に関することですけどね。ミスター・クインシーが持参したカタログにはみんな驚いています。あんなに多くの品物がひとつ屋根の下で見られるなんて、わたしたちの誰ひとり想像できません」

「ウィンターボーン百貨店はとっても広いの」ヘレンは言った。「お城みたいよ」

「ミスター・クインシーからもそう聞きました」ミセス・チャーチはまず、傷口に安息香チンキをひと塗りした。次に、魚から作った膠《にかわ》を染みこませた白いサーセネットの生地を細く小さく切り取り、ラベンダー水溶液で濡らした。そしてその絆創膏をヘレンの指に手際よく巻いてくれた。「お嬢様のミスター・ウィンターボーンの下で働いているおかげで、ミスタ

ー・クインシーは生き生きしてきたようです。あんなに元気そうな姿は何年ぶりかと思います」

「それはうれしいことだわ。じつはね……」ヘレンはなにげない口調を装った。「クインシーとふたりきりで話したいの。ここへ連れてきてくれないかしら」

「いまですか？」

ヘレンはこくんとうなずいた。

「かしこまりました、お嬢様」そこで奇妙な間が空いた。「なにか困ったことでも？」

「ええ」ヘレンは穏やかに応えた。「たぶん」

ミセス・チャーチは眉をひそめて立ち上がった。「お茶をお持ちしましょうか」

ヘレンは首を振った。

「すぐにミスター・クインシーを連れてまいります」

二分と経たずにドアが叩かれ、背の低いずんぐりした体のクインシーが家政婦の部屋へ入ってきた。「ヘレン様」重く垂れ下がった白い眉の下で、黒いスグリの実に似た瞳がほほえんでいる。

クインシーの顔を見るとほっとする。父からも兄からも愛情や関心を示されなかったヘレンの人生において、クインシーは唯一優しくしてくれた男性だった。子どものころは困ったことがあればいつでも彼のところへ行ったものだ。クインシーはいつも当然のようにヘレンを助けてくれた。たとえば、『ブリタニカ百科事典』の一項目をうっかり破いてしまったと

き、クインシーは剃刀の刃でそのページを丸ごと切り取り、クロアチアの天文学の歴史がわからずともご家族はなにも困りませんよと言って、ヘレンを安心させてくれた。磁器製の像を倒してしまったときには、誰も気づかなかったほど正確に、折れた首を膠で元どおりにくっつけてくれた。

ヘレンは片手を差し出した。「せっかくの夜の時間を邪魔してごめんなさい」

「邪魔ではありません」クインシーはヘレンの手を優しく握った。「これまでと同じく、光栄です」

ヘレンはテーブルの前のもう一脚の椅子に座るよう手振りで促した。「かけてちょうだい」

従者は目尻にしわを寄せつつ、立ったままでいた。「それはよろしくないのではありませんか」

ヘレンはわずかにうなずいた。ほほえみが消え、張りつめた表情に変わった。「そうね、でもこれは普通の話ではないの。心配事があって——」

そこで言いよどんだ。言葉がつかえて出てこない。つづけようとしたものの、放心したように同じ言葉をくりかえすしかできなかった。「心配事があって」

目の前に立っているクインシーは、辛抱強い、ヘレンを励ます表情を浮かべている。

「ある大事なことを訊きたいの」ようやくヘレンはやっとの思いで口にした。「本当のことを教えてちょうだい」いらだたしいことに、涙で目頭がひりひりする。「答えはすでにわたしも知っている気がするわ」彼女はつづけた。「でもあなたの口から聞けると助か——」ク

インシーの表情が変わったのを見て、ヘレンは話すのをやめた。

ひどい重荷を背負わされたとばかりにクインシーの肩が下がっていった。「おそらく」彼は意を決した様子で言った。「おたずねにならないほうがよろしいでしょう」

「たずねないわけにはいかないわ。ああ、クインシー……」こめかみがずきずきする。ヘレンはクインシーを見据えた。「アルビオン・ヴァンスはわたしの父なの？」

従者は空いている椅子にゆっくりと手を伸ばして向きを変え、重々しく腰を下ろした。両手の指をぎゅっと組み合わせてテーブルに置くと、外壁とつながっている片開き窓を見つめた。「どちらでそのようなことをお聞きになったのですか」

「母がその人に宛てて書きかけた手紙を見つけたの」

クインシーはなにも言わなかった。まるで世界の果てを眺めているかのような遠い目をしている。「見つけずにいてくだされればよかったのですが」

「わたしもそう思うわ。どうか教えて、クインシー……その人はわたしの父なの？」

クインシーは視線をヘレンに戻した。「ええ」

ヘレンは眉をひそめた。「わたしは父親似？」小声でたずねた。

「ヘレン様はどちらにも似ていらっしゃいません」クインシーの声は優しかった。「ヘレン様はヘレン様です。神が生み出された、唯一無二の愛らしいお方です」

「ウサギみたいな顔のね」ヘレンはそう言ったあと、自虐的な発言を後悔し、悔しそうに説明した。「母はそんなことも書いていたの」

のです。ご自分の娘も含めて」

「お母上は複雑なお心の持ち主でした。世の中のあらゆる婦女に対抗心を燃やしていらした

「母はトレニア卿を愛していた？」

「人生の最後の日まで」クインシーの答えにヘレンは驚いた。

いぶかしげなまなざしを従者に向けた。「でも母とミスター・ヴァンスは……」

「お母上が過ちを犯した相手はミスター・ヴァンスだけではありません。伯爵もまた、いつも奥様に誠実だったわけではありません。しかしご両親はおふたりなりにお互いを愛しておいでした。お母上がミスター・ヴァンスとの関係を終わらせ、ヘレン様が生まれたあと、ご両親は関係を回復されたのです」クインシーは眼鏡をはずしてから上着のなかを探ってハンカチを出し、レンズを入念に磨いた。「その犠牲となったのがヘレン様です。人目につかず、忘れられた、上階の子ども部屋に留め置かれてしまいました」

「ミスター・ヴァンスは？　母を愛していたの？」

「他人の心の内は誰にもわからないものです。とはいえ、あの方にそのような感情があるとは思えません」クインシーはふたたび眼鏡をかけた。「このことは知らなかったことになさるのがなによりです」

「無理よ」ヘレンはテーブルに肘をついて目元を両手で押さえた。「ミスター・ウィンターボーンはその人を嫌っているの」

クインシーの口調はいつになく冷ややかだった。「ウェールズ人なら誰でもそうです」

ヘレンは両手を下げてクインシーを見つめた。「どうして?」

「ミスター・ヴァンスのウェールズ人嫌いは有名です。学校でのウェールズ語使用を根絶しようとする人々の言葉をあちこちから引用した小冊子を執筆したくらいですから。ウェールズ人の子どもには英語だけを喋らせるべきだと信じているのです」クインシーはいったん言葉を切った。「しかしそれに加えて、旦那様はミスター・ヴァンスに個人的な恨みも抱いていらっしゃいます。どんなことかは存じません。あまりに不快な内容なのでお話しなさらないのです。危険な話題ですから、触れずにおくべきです」

ヘレンはとまどった目でクインシーを見た。「ミスター・ウィンターボーンには秘密にしておけということ?」

「旦那様にもどなたにも、ひと言もおっしゃってはなりません」

「でもミスター・ウィンターボーンにはいつか知られるわ」

「もしそうなったら、知らなかったふりをすればいいのです」

ヘレンはみじめな気分でぼうぜんとしながらかぶりを振った。「あの人に嘘はつけないわ」

「人生にはまれに、嘘をつくほうがはるかによいときがございます。いまがそのときです」

「だけど、いつの日かミスター・ヴァンスがミスター・ウィンターボーンに近づいて話すかもしれない。あるいは、わたしに近づいてきたりして」心がかき乱され、ヘレンは目の端をこすった。「ああ、そんな」

「もしそうなったら、初耳だと驚いたふりをなさいませ。ヘレン様がすでに知っていたこと

は誰にもわかりません」

「自分に嘘はつけないわ。クインシー、わたし、ミスター・ウィンターボーンに話さなくては」

「いけません。旦那様のためです。あの方にはお嬢様が必要です。わたくしがお仕えしはじめてからの短いあいだに、旦那様はヘレン様のおかげでよい方向へ変わりました。旦那様を大切に思われるのでしたら、癒えぬ傷を負うような選択をさせないでくださいませ」

ヘレンは目を見開いた。「選択？ではあなたは、あの人が知れば婚約を解消すると思うの？」

「可能性は低いでしょう。ですが、ありえないとは限りません」

ヘレンはかすかに首を振った。想像もできない。リースの言葉や行動、今日の午後の抱擁や口づけがよみがえる。「そんなわけないわ」

クインシーの瞳に、なんらかの強い感情が見え隠れした。「ヘレン様、ぶしつけな発言をお許しください。しかしヘレン様のことは揺りかごにいらした時分から存じています。なんの罪もないお子様があれほどさげすまれ、放っておかれるのは、じつに不当で気の毒だと常々思っておりました。天に召されたご両親はどちらも、自らの罪をヘレン様になすりつけていらっしゃったのです。なぜヘレン様が犠牲を払いつづけなくてはならないのでしょうか。ご自分でご自分を大切になさるべきではありませんか。ヘレン様には、これまでもずっとその価値があったのです」

に話さないと」

「そうしたいわ。でもまず、わたしの出生にまつわる真実をミスター・ウィンターボーンに話さないと」

クインシーは困った顔をして一瞬黙した。「旦那様はよい主人です。要求は多いですが、公平で気前がよくていらっしゃる。面倒見もよく、雇っている人間のことは敬意を持って扱ってくださいます。最下位にいる、流し場のメイドにいたるまで。しかし限界がございます。旦那様は先週、通りで駆け寄ってきた物乞いの少年に従僕のピーターが平手打ちを食らわすのを目撃なさいました。そしてピーターを厳しく叱責し、その場で解雇したのです。あわれな従僕は謝罪し、許しを乞いましたが、旦那様は聞き入れませんでした。ほかの使用人たちとわたくしでピーターの代わりに働きかけてみましたら、あとひと言でも言えばおまえたちも解雇すると脅されました。許せる過ちと、許せない過ちがあると」クインシーはしばらく口をつぐんだ。「旦那様には、けっして越えてはならない一線があります。越えた者は完全に切り捨てられ、二度と顧みられることはありません」

「妻にはそんなことしないはずよ」ヘレンは反論した。

「たしかに」クインシーは目をそらしてから、言いにくそうに言葉を継いだ。「ですがヘレン様はまだ妻ではありません」

ヘレンはがくぜんとして考えた。クインシーが正しいのだろうか。父親の名をリースに告げるのは、本当にそこまで危険なことなのだろうか。

「ミスター・ウィンターボーンは非凡なお方です、お嬢様。なにも恐れず、誰の指図も受け

ません。醜聞に見舞われることも、ある意味では法の適用さえも、まぬがれていらっしゃいます。同じ立場にいる大半の方よりうまく身を処しておいでてでしょう。しかし、なにをなさるかわからないところもおありです。ミスター・ウィンターボーンとの結婚を望まれるのでしたら、お嬢様、沈黙を守らねばなりません」

17

時計の鐘の音が屋敷じゅうに遠く響き渡ると、ヘレンは自分の部屋を抜け出し、上階の廊下の暗がりを進んだ。リースは東翼の客用寝室に泊まっている。ヘレンはそのことに感謝した。間もなくふたりで交わす会話を、誰かに聞かれるわけにはいかない。

これまでにないほど不安だった。外側からなにかに胸を打たれているかのように、心臓が激しく鼓動している。真実を聞いたリースの反応が予測できるほどには、彼をよく知らない。リースにどう思われているにしろ、根底にあるのは、完璧で、台座にのった貴族の妻という理想像だ。これから彼に告げる知らせによって、自分はその台座から降りるどころか――崖から飛び降りることになる。

問題はわたしがなにをしたかではなく、わたしが何者であるかということ。それを解決する手立てはない。この先ずっと、リースはわたしを見るたびにアルビオン・ヴァンスを思い出さずにいられなくなるのかしら。ヘレンはこれまで、愛してくれるはずの人たちと人生の大半を過ごしながら、愛してもらえなかった。残りの人生まで、愛してくれない夫と過ごすなんて耐えられない。

ウールの裏地がついたガウンを羽織り、生地の厚い刺繡入り室内履きを履いているにもかかわらず、東翼にたどり着いたころには体が冷えきっていた。ぶるぶると震えながらリースの部屋のドアに近づき、ためらいがちに叩いた。

とたんに胃が飛び出しそうになった。目の前で、大きな黒い姿が暖炉とベッド脇の小さなランプの光を背に受けて浮かび上がっている。リースはガウン一枚で、胸元と足がむき出しだった。片腕をヘレンの腰にまわして室内へ引き入れるとドアを閉め、かちゃりと鍵をかけた。

抱き寄せられたヘレンは、ガウンからのぞく胸板に頰を押しあてた。

リースはヘレンが震えていることに気づき、さらにきつく抱きしめた。「緊張しているな、カリアド」

ヘレンは彼の胸に頰をあてたままうなずいた。

リースの片手がヘレンの頰を優しく包んだ。「ぼくに傷つけられると思って怖いのか?」

初めてふたりがベッドをともにしたときの、ヘレンの体の痛みのことをリースは指しているのだ。当然ながら、ヘレンが怖いのはまったく別の種類の痛みだった。乾いた唇を湿らせ、ヘレンはどうにか返答した。「ええ。でも、あなたが考えているような――」

「大丈夫」リースはなだめる口調で言った。「今回は痛くない」頭を下げ、ヘレンを包みこむように抱きしめた。「ぼくにはきみの喜びがなによりも大切だ」ヘレンの腰に置いた両手のうち片方を、ヒップの曲線に差しかかるところまで下げた。次に前のほうへ移動させ、下

腹部をそっと押さえてから、太腿のあいだへと滑らせた。

からかうようになでられ、ぞくぞくする感覚がヘレンの全身に伝わった。両脚が震えてほとんど立っていられない。喋ろうとして息をひとつ吸ったものの、泣きかけたように喉に詰まってしまった。ごくりとのみこみ、ヘレンはおぼつかない口調で話しだした。「そうじゃないの、その……わたしが怖いのは……あなたを失うかもしれないから」

「ぼくを失うだって？」リースがしげしげと見下ろしてくると、ヘレンの視界には彼の瞳しか映らなくなった。少し経ってから、リースがこう訊くのが聞こえた。「どうしてそんな心配を？」

話すならいまだ。ヘレンは出し抜けに打ち明けようとした――〝アルビオン・ヴァンスは、わたしの父なの〟――けれどもできなかった。思うとおりに口が動かなかった。できたのはただ突っ立ったまま、ピアノの高音部の弦のように震えることだけ。全身が小刻みに振動し、臆病者、と歌っている。

「わからないわ」ようやく口を開いた。

ヘレンがなおも震えながら顔をそむけていると、リースは身をかがめて頬に軽くキスした。

「さてはひとりで勝手に不安になっていたんだな」静かに言って、息つく暇も与えずヘレンをすっと抱きかかえた。

リースはじつにたくましく、胸と腕の厚い筋肉はヘレンを押しつぶせそうなほどだ。けれども彼はヘレンを優しく慎重に運び、暖炉のそばの布張りの椅子に座って、膝の上で彼女を

横抱きにした。室内履きを片方脱がせると、氷のように冷たい足を大きく温かな手でつかみ、ゆっくりと揉みはじめた。親指が土踏まずをぎゅっぎゅっと押し、ヘレンが気づいてもいなかった痛みをやわらげていく。足の裏のあらゆる繊細な場所をほぐされながら、ヘレンは小さく声をもらしそうになるのをこらえた。リースは親指と人差し指でつま先の指を一本ずつ優しく押し、親指のつけ根のふくらみに小さくしっかりと円を描いた。しばらくしてもう片方の足もじっくりと揉んだり押したりしてもらううち、ヘレンはリースの膝の上でくつろいでいた。頭を預けている彼の胸の奥から鼓動が聞こえる。ヘレンは一種の恍惚《こうこつ》状態におちいったかのごとくゆるやかな呼吸をし、夢うつつの気分だった。

窓の外では、草がきれいに刈りこまれた牧羊地に冷たい風が競うように吹きつけ、かんぬきがはずれた門さながらに木々の枝という枝を揺らしている。夜が更けるにつれ、屋敷の骨組みがぎしり、みしりときしみはじめた。

ふたりで一緒に、乾いた薪が暖炉で小さくたてる音を聴き、舞い上がる火花を眺めるあいだ、リースは心地よさそうにヘレンを抱いていた。これほどしっかりと長くヘレンを抱いてくれた人はいままでいなかった。

「古い屋敷というのはどうしてこんなにぎしぎし鳴るんだ？」リースはヘレンの三つ編みと戯れ、絹に似た毛先で自分の頬をなでながら、のんびりと問いかけた。

「夜になって屋敷じゅうの温度が下がると、古い建材が収縮するから、隙間ができてこすれ合うのよ」

「ここはとんでもなくでかい屋敷だ。きみはあまりにも長く放っておかれた。どれほどきみが孤独だったか、いままでぼくはわかっていなかった」

「妹たちが一緒だったわ。ふたりのお守りをしていたの」

「だが、きみのお守りをする人間はいなかった」

ヘレンの心を不安が襲った。子ども時代を振りかえるときはいつもそうだ。あのころはまるで、生き延びたければ、文句を言うことも人の気を引くこともけっしてしてはいけないかのように思えた。「あら、わ、わたしには必要なかったのよ」

「小さな女の子はみんな、安心感や求められている感覚を持つことが必要だ」リースはヘレンの顔周りの細いほつれ毛を後ろになでつけ、炉火の光が彼女の髪に描く模様を指先でそっとたどった。「なにかが欠けたままで成長すると、その欠如感はずっと消えない。ようやくそれを手にしたときでさえ」

ヘレンは驚いてリースを見上げた。「あなたはそんな気持ちを抱いているの？」

リースのほほえみが自嘲の色を帯びた。「カリアド、ぼくには莫大な財産がある。まともな男なら怖くなるような額だ。でもいつも心の奥のなにかが、明日には一シリング残らず消えているかもしれないと言ってくる」彼は片手でヘレンの腰を、つづいて太腿の輪郭をなぞった。彼女の片膝をしっかり握ると、大きな瞳をのぞきこんだ。「きみはロンドンで、自分の世界はとても小さいと話していたね。だが、ぼくの世界は非常に大きい。そしてきみはその世界で最も重要な人物だ。いまやきみは安全で、求められているんだよ、ヘレン。時が経

てばそれが当たり前になって、不安を抱かなくなる」ヘレンがリースの胸に顔を伏せると、彼は唇を耳元に寄せてささやいた。「ぼくたちは世界がつづく限り、結ばれている。覚えているかい？」

ヘレンはリースのベルベットのガウンに頬をすり寄せた。「わたしたちはまだ誓いを立てていないわ」

「立てたさ。あの日の午後、きみがぼくのベッドへ来たときに。あれはそういうことなんだ」リースはヘレンのあごに指を添えて彼のほうを向かせ、愉快げにかすかなしわを目尻に寄せた。「いとしい人、悪いがぼくを追い払うことはできないよ」

ヘレンは目の前の顔を穴が開くほど見つめた。屈強そうできりっとした、彫りの深い面立ち。美しい骨格に、目が離せなくなる黒褐色の瞳が収まっている。リースはなにも隠さず、ヘレンだけのための優しさを見せてくれていた。ヘレンはふたりのあいだに強大な引力が働いているのを感じた。互いに引き合う双子星のようだ。

リースは椅子に背をもたせて胸の上にヘレンを引き上げた。ヘレンの下で、隆隆とした筋肉が動いている。乳房が熱く張ってくるのを感じ、ヘレンはまっすぐ彼のほうを向いて胸を押しつけた。後ろめたさと切望にめまいを覚える。両腕をリースの首に巻きつけた。もっとこの男《ひと》が欲しい。リースの肌を、味わいを、彼のものを、自分のなかで感じたい。

〝話しなさい〟苦悩に満ちた良心が叫んだ。〝早く話しなさい！〟

代わりに、気がつくとこうささやいていた。「いますぐベッドへ行きたいわ」

ぴたりと寄せた体の下で、彼の高まりが張りつめていくのがわかる。

リースは少しからかうように両眉を上げた。「ひとりで?」

「あなたと一緒に」

18

今夜のヘレンがとりわけはかなげに見えるのはなぜなのか、リースにはわからなかった。個人的な心配事に心を乱されているようだが、彼女は話そうとしない。ヘレンの心は常になにかを抱えていて、一部が閉ざされている。その謎めいた、とらえどころのない雰囲気にリースは魅了されていた。なんてことだ。こんなふうに他人の胸中を知りたいと思ったことは、いまだかつてなかったのに。

リースはヘレンをベッドへ運んでマットレスにのせた。

驚くほど決然とした様子で、ヘレンはリースのガウンの紐をほどいた。前がはらりと開き、興奮の証があらわになる……と、ひんやりした手が添えられた。口のなかが渇いていく。形や手触りを探られ、高まりが痛いほど脈打った。

リースはガウンを肩から落として脱ぎ、両手をどこに置けばいいのかわからず、ぶら下げたまま立っていた。ヘレンが自分からこんなことをするとは、夢にも思っていなかった。しとやかな手つきを見て、リースはますます興奮した。ピアノの鍵盤上を舞い、磁器のティーカップを持つのと同じ軽やかさで、愛らしい両手が彼のものに触れている。

先端に触れた瞬間、リースがびくんとして息をのんだことに気づき、ヘレンは恥ずかしそうな声で問いかけた。「ここは特に敏感なのね？」

まともな言葉が思いつかず、リースはうなるような声を出してうなずいた。

ヘレンは先端以外の部分を手のひらでゆっくりと愛撫した。手がなめらかに動くたび、ムーンストーンの指輪が、ヘレンがリースのものである象徴が、青く光り輝く。彼女はあたかも爆発寸前の危険物を扱っているかのように、慎重に彼を包んでいた。実際、そのとおりだった。彼のものは情欲であふれんばかりになっていて、いまにも破裂しそうだ。金髪の妖精たるヘレンに、大切な部分を甘やかになでられている——性欲をかきたてる光景に、リースの本能はみだらな満足感を覚えた。

ヘレンは片手で根元を押さえ、もう片方の手でそっとつかむと、その手を上向きに滑らせた。無防備な先端に親指が触れ、ぐるりと円を描いたとたん、リースの視界に数秒間、無数の火花が散った。下腹部の奥が激しく脈打ちはじめ、あと少しでのぼりつめるぞと警告している。リースはうめき声をあげてヘレンの両手を押しのけようとした。「もういい……やめてくれ……いとしい人……」

ところがヘレンは身をかがめ、高まりに息を優しく吹きかけてきた。口づけをしたかと思うと、湿った先端に唇をのせたままでいる。衝撃のあまり、リースは危うく精を放ってしまいそうになった。どうにかしてこの感覚を静めたい。荒く息をしながら身を引くと、ベッドにうつ伏せになり、胸をふくらませて大量の空気を吸いこんだ。

「ヘレン」つぶやいて、両手でシーツをきつくわしづかみにした。「まいったよ、ヘレン」ヘレンがかたわらに来たのがわかった。彼女の重みでマットレスがわずかに沈む。「気に入ってもらえたの？」ヘレンは用心深くたずねた。

リースはシーツに顔をうずめたまま、力を込めて同意した。

「まあ、よかった」安心した声が聞こえた瞬間、背後からヘレンが体を重ねてきた。ナイトドレスを脱いだ一糸まとわぬ姿で、猫のように全身をこちらに預けている。魅惑的な重みにリースの体は硬くなり、じわじわと燃えた。絹を思わせる女らしい肌……乳房のふくらみ……腰をくすぐる小さな茂み……。

「義姉と話したの」ヘレンの息がかかったとたん、うなじの毛が逆立った。「夫婦関係で知っておくべきことをいくつか教えてもらったわ」リースが動き、ぶるっと震えると、ヘレンはさらにぴったりとすり寄ってきた。

「ヘレン。動かないでくれ」

彼女はすぐに動きを止めた。「こんなふうにのられると居心地悪いかしら」

「いや、果てないようにしているだけだ」

「まあ」ヘレンはリースのうなじに頬を押しつけた。「二回以上できる男の人もいるんですって」助け舟を出すかのように言った。

激しい興奮に襲われているにもかかわらず、リースはマットレスに顔をうずめながら思わずにやりとした。「ずいぶん詳しいんだな、カリアド」

「女主人が知っていそうなことはなんでも知りたいの。あなたに満足してもらえるように」

リースはそっと体を横向きにし、背中から滑り落ちたヘレンに覆いかぶさった。両手で彼女の頭をつかむと、銀色がかった金髪が指のあいだからこぼれ落ちた。

「ぼくのヘレン」リースは言った。「二度とそんな心配はしないでくれ。ぼくにはきみのすべてが喜びだ」

ヘレンの瞳に警戒の色が浮かんだ。「あなたの気に入らないところがきっとあるわ」

「そう願うよ。きみになんの欠点もなければ、ぼくたちは釣り合いが取れない」

「わたしの欠点であなたの欠点は帳消しよ」その口調には、リースがこれまでヘレンの口から聞いたことのない皮肉がにじんでいた。

「きみの内気さのことを言っているなら、いずれ克服できる」そう言って、リースは腰でヘレンの腰を軽く突いた。「ぼくと一緒にいてどれほど大胆になったか、考えてみるといい」

ヘレンは笑い声をあげた。髪の生え際までピンク色になっている。リースの脇腹をなでてから、ふたりの体のあいだにそろそろと片手を滑りこませた。「これの名前は？」ふたたび彼のものをつかんでたずねた。「なんて呼ぶの？」

「お義姉さんは教えてくれなかったのか？」

「英語での呼び方はいくつか教えてくれたわ」ヘレンは正直に話した。「でも、わたしはウェールズ語でなんて呼ぶのか知りたいの」

「そうやってウェールズ語を学びはじめるつもりか？」リースはからかい口調で非難した。

「みだらな話題で？」

「そうよ」

リースはほほえんでヘレンに口づけた。「いいかい、ウェールズ語では情事に関する言葉のほとんどが農業の手引書みたいに聞こえる。男の大事な部分は、ゴエシン。茎だ」

彼のものを握った手を、たまらないほど優しく前後させながら、ヘレンはその言葉をくりかえした。

「男が女のなかに入ることは」リースはだんだん息をするのが難しくなってきた。「ダルニと言う。脱穀する、という意味だ」彼はヘレンの体にキスをしながら下へ進みはじめ、タルカムパウダーを薄くはたいた温かな肌を味わった。秘めやかな部分を守る巻き毛に息を軽く吹きかけてから、ささやいた。「ここはフゥルハ。鋤《すき》で耕したあとの溝のことだ」顔を近づけて舌先をつけると、無邪気に閉じている裂け目に沿って這わせた。顔の両側で、ヘレンの太腿が震えた。「そしてこれの名前は――」リースはそこで言葉を切り、舌でさらに深く探って、まだ覆いの下に隠れていた蕾を見つけ出した。「フリブ。蜂の巣のひとかけらを意味する」ふたたび舌を近づけ、小さな先端をくすぐって目覚めさせると、やがてそれは彼の舌先で熱を帯びて硬くなった。

リースは身もだえるヘレンを舐めてからかいつづけた。彼女に夢中だった。この部屋、このベッドの外には、なにも存在しないように思えた。この女《ひと》はなんて繊細にできているのだろう。肌は真珠のように艶めき、手のひらや足の裏は子猫の足のようにやわらかい。どこも

かしこも感じやすく、土踏まずに口づけると反射的につま先を広げ、膝の裏に舌を這わせると脚をびくんとさせる。

リースは身を起こし、ヘレンをつぶさないよう気をつけながら、また彼女に覆いかぶさった。最高に美しい〝溝〟に自分のものをあてがい、これからすることを相手にわからせた。ヘレンはぼんやりした表情で顔を赤らめていた。脈打つ血管が首に浮かび上がっている。

「ぼくが欲しいか、ヘレン？」

「ええ。とても」

荒っぽく突き入れて傷つけないように、リースはヘレンの腰を押さえ、じっとしていてとささやいてから少しずつ入っていった。彼女のなかはしっとりと濡れているがきつく、なかなか進ませてくれない。ヘレンはリースの首に両腕をしっかりと巻きつけ、あえぎ、彼が少しずつ深く突くたびに、やわらかな声をもらした。リースはヘレンの唇に、喉に、キスをした。前回ひとつになったときは、ヘレンに痛い思いをさせてしまった。今回はどうしても気持ちよくしてやりたい――リースの頭はそのことでいっぱいだった。

すっかりなかに収まってから、リースは動きを止めてヘレンに見とれた。肌は濡れて輝き、瞳はきらめいている。まるで神話や空想上の存在が現世に姿を現したかのようだ。天からこの腕のなかへ落ちてきた、愛らしい迷子の天使。リースはヘレンの腰と太腿のやわらかな揺りかごのなかへさらに深く腰を沈め、彼女の震える体の感触を楽しんだ。汗ばんだ背中に触れる空気が、冷たい絹を連想させる。胸の斜面を唇でかすめると、ヘレンの喉から低い声が

ように囁んだ。

聞こえてぞくぞくした。戯れながら両手で乳房を揉みしだき、持ち上げて、先端をからかう

「カリアド、ぼくがきみを突いたら」リースはヘレンのヒップの下に片手を差し入れ、かすれた声で言った。「こんなふうに腰を上げてくれ」ゆっくりと挿入しながら彼女のヒップを持ち上げた。時間をかけてもう一度出し入れすると、ヘレンが恥ずかしそうにぐっと腰を上げてきた。白い炎が一瞬のうちに全身を駆けめぐる。リースはどうにか息を整えようとした。

「そうさ、そんな感じ——いい子だ、ぼくの——ああ、だめだ、たまらない——」

ヘレンは膝を立てて両足を踏ん張り、リースが腰を沈めると同時に腰を上げた。単なる体の交わりを超えた行為をふたりでしているかのように思える。初めて経験する、信じられないほど生々しく甘美な行為だ。リースはこれほど強く激しくなにかを求めたことはなかった。ヘレンの上で絶え間なく腰を動かしていると、自分のなかから歓喜がもれ出てくる。解放の瞬間が、抑えがたい勢いで近づいていた。

だがリースはまだ終えたくなかった。歯を食いしばり、やっとの思いで動きを止めた。ヘレンはすすり泣くような声を出して身をよじった。

「待つんだ」リースは言った。

「無理よ——」

「待ってほしい」

「ああ、お願い——」

「少ししたらすぐだ」リースはヘレンに体重をかけて押さえこんだ。

「それは永遠という意味よ」ヘレンが反論し、リースは声を震わせて笑った。

欲望が自制できる程度になったため、リースは再開し、徐々にリズムを刻んだ。稲妻の源を思わせる力が、びりびりと背筋に集まってくる。数分ごとに彼は奥にうずめたまま動きを止め、行為を継続できるようになるまで欲望を静めた。ヘレンのあえぎ声は大きくなり、動きも激しくなっていった。ついに自制心を失った瞬間、彼女は目を閉じて顔を真っ赤にしていた。

リースは両腕をヘレンの膝の下に入れ、彼女の両脚を前へ押した。ヘレンが腰を浮かせて両足をぶら下げる格好になったところで、彼はさらに深く突き入れた。いまやヘレンは完全に彼を受け入れ、魅了し、心地よく締めつけている。彼女が歯を食いしばりながら鋭い叫び声をもらしたので、リースは身をかがめて唇を重ね、相手の口をこじ開けて舌をからめた。絶頂を迎えはじめたヘレンが震えだしたとたん、リースは我慢の限界に達した。解き放たれた稲妻が脳天を直撃する。リースがポンプのように腰を動かし、最後の一滴まで精を注ぎこむと、ヘレンは尽きせぬ衝撃のなかでそれを吸い取った。

リースは余韻にぼうっとしたままヘレンの脚を下ろし、荒い息をしながら彼女を見下ろした。ヘレンはリースの胴の真んなかに両腕をきつく巻きつけて彼を引き寄せ、閉じた本のページのように互いの体を密着させた。このままでいたいとリースは思った。ヘレンのなかで溶け合い、抱きしめられ、愛撫されて一生を過ごしたい。そうする代わりに残りの力を振り

絞り、横向きに寝転んで自分のものをするりと抜いた。

しばらくしてヘレンは無言でベッドを出ていき、部屋の隅の洗面台で濡らした布を手に戻ってきた。そしてリースの股間を優しく拭きはじめたため、彼は仰向けになって後頭部で両手を組み、ヘレンが親密な奉仕をしてくれる光景を楽しんだ。

「これほどの喜びを与えてくれた人はいなかったよ、カリアド」

ヘレンは手を止め、横目で彼を見て微笑した。拭き終わったあとは布を脇にやってランプの火を小さくし、ベッドへ戻ってきた。リースはヘレンと自分の両方に上掛けをかけ、肩に彼女の頭をのせた。

ヘレンはリースにすり寄り、「いままでたくさんの女の人を相手にしてきたの？」と大胆に訊いた。

リースはヘレンのしなやかな背筋に片手を滑らせ、どう答えようかと考えた。男は自分の妻――未来の妻だが――に対し、彼女の前に知った女性たちについてどの程度話すべきなのだろう？

「重要なことかい？」リースは逆に問いかけた。

「いいえ。でも、あなたに何人くらい愛人がいたのか興味があるの」

「いつだって百貨店がぼくにとっていちばん要求の多い愛人だ」

ヘレンはリースの肩に口づけた。「離れていたくないのね」

「きみと離れていたくない気持ちの半分にも満たない」

ヘレンのキスがほほえみに変わった。「まだ質問に答えてもらっていないわ」

「女性に住まいを持たせて生活費を払う従来の愛人関係という意味なら、ひとりだけだ。一年つづいた」しばし間を置いてから、率直に言った。「おかしな契約だよ、本当に。女性と一緒にいる代わり、ベッドのなかでも外でも金を払うんだ」

「どうしてそんな契約をしたの？」

リースは気まずそうに肩をすくめた。「ぼくと同じ地位の男たちは愛人を囲っていた。前の契約が切れた彼女を、仕事の関係者に紹介されたんだ。向こうは新しい相手を必要としていたし、ぼくは彼女に魅力を感じた」

「その人を大切に思うようになった？」

リースは過去を振りかえることにも、過去にまつわる感情を話すことにも慣れていなかった。自分の弱さをヘレンにさらけ出してなんの役に立つというのか。そう思いつつも黙ってヘレンの質問と向き合い、しぶしぶつづけた。「彼女の愛情が本物だったのかどうか、あるいはそれも契約のうちだったのか、ぼくにはわからなかった。向こうもわからなかったんじゃないかな」

「その人に愛情を抱いてほしかった？」

リースは即座に首を横に振った。ヘレンの手が胸と腹をなでてきた。そのひとときに心が安らぎ、気がつくと話す気がなかったことまで話していた。「恋人は時々いたよ。囲われたくない女性たちで、たまに少し手荒くされるのが好きだった」

「少し手荒く？」ヘレンはリースの言葉をいぶかしげにくりかえした。

「下層階級っていうのはベッドで乱暴者なんだ」

胸の上でヘレンの手が止まった。「でも、あなたは優しいわ」

リースは過去の過激な行為を思い出し、おかしがるべきか恥じるべきか迷った。「そう思ってくれてうれしいよ、カリアド」

「それにあなたは下層階級ではないわ」ヘレンはまたもやリースの上半身に、見えない模様を描きはじめた。

「上流階級の生まれじゃないことは間違いない」リースは皮肉っぽく言った。「われわれのような、事業で財産を築いた平民は〝タラ貴族〟と呼ばれているんだ」

「どうしてタラなの？」

「もともとは、植民地だったアメリカに移住して、タラ貿易で財を成した裕福な商人たちを指していたらしい。いまではあらゆる成功した実業家を意味する」

「ヌーヴォー・リーシュという言い方もあるわ」ヘレンは言った。「もちろん、ほめ言葉として使われることはないけれど。でもほめられるべきよ。独力で成功するなんてすごいことだもの」彼女はリースが声を出さずに小さく笑うのに気づいて、さらに主張した。「本当よ」

リースはヘレンに顔を向けて口づけた。「きみにはぼくの虚栄心をくすぐる必要などないんだよ」

「お世辞じゃないわ。あなたをすばらしいと思っているの」

ヘレンが本当にそう思っているのであれ、忠実な妻の役目を果たしているだけであれ、その言葉はリースの心のすり切れた場所を塗り薬のように癒やしてくれた。ああ、そうだ。ずっとこんなふうに認められたかった。ヘレンはすべすべした若い体をリースにくっつけ、ためらいがちに両手で彼をなでまわした。リースはじっと横たわったまま、体を探らせてヘレンの好奇心を満たしてやった。

「これまでに結婚したいと思った女の人はいた？」ヘレンがたずねた。

リースは返事をためらった。過去を詮索されたくも明かしたくもない。けれどもいま、ヘレンは彼の鎧《よろい》の下に入りこんでいた。「結婚できたらなと思った女の子ならひとりいたよ」リースは正直に話した。

「その人の名前は？」

「ペギー・ギルモア。うちに卸していた家具製造業者の娘だった」リースは思い出したくない記憶を心のなかでふるいにかけ、ぞっとするような光景や言葉や感情を閉め出した。「緑色の瞳を持つかわいい子だった。好きだと言ったことはなかったがね――そこまですることは絶対になかった」

「どうして？」

「親友のヨアンがペギーに恋しているのを知っていたからさ」

ヘレンはリースの隣にぴったり寄り添い、すらりとした片脚を彼の片脚にからませた。

「ウェールズ系の名前ね？」

「そうさ。ヨアンの実家、クルー家はハイ・ストリートに住んでいて、ぼくの父の店からそう遠くなかった。釣り道具の製造と販売をしていたんだ。通りに面した店のガラス窓にはでつかい鮭の剝製《はくせい》が飾られていたよ」店に陳列された魚や爬虫《はちゆう》類の剝製に興味津々だったことを思い出し、リースは微笑を浮かべた。「ミスター・クルーはうちの両親を説得して、ぼくがヨアンと一緒に週二回、午後に書き方の授業を受けられるようにしてくれた。読みやすいきれいな字を書ける人間がいれば、商売の役に立つと言ってね。ぼくは何年ものちに店を大きくしはじめたとき、ヨアンを商品管理者として雇った。正直で立派な男で、すばらしかった。ペギーがぼくよりヨアンを好きだったのも無理はない。ぼくはヨアンのようにペギーを愛したことなど一度もなかった」

「ふたりは結婚したの？　その人はいまも百貨店で働いているの？」

リースは陰鬱な気分に襲われた。ヨアンのことを考えるといつもそうだ。ヨアンのこともペギーのことも、話さなければよかった。ヘレンとの時間を過去に邪魔されたくない。「もうこの話はやめよう、カリアド――楽しい話じゃないんだ。話せばぼくの最も悪い部分を見せることになる」

しかしヘレンは話を聞き出すことで頭がいっぱいのようだ。「仲たがいをしたの？」

リースはいらだたしげに口をつぐみ、返答として一度だけ首を横に振った。これでヘレンもあきらめるだろう。だがヘレンはリースの頰に口づけし、片手を彼の髪に差し入れて頭皮をそっとなでてきた。無言で慰めてくるその行為はまったく予想外で、リースは抵抗する力

をすっかり失った。

なにもヘレンに隠しておけない自分にとまどいながら、リースはため息をついた。「ヨアンは四年前にこの世を去ったんだ」

ヘレンはじっと静かにそのせりふを噛みしめ、しばらくしてからまた口づけてきた。今度は彼の胸、心臓の上に。くそっ。ヘレンにすべてを話そうとしている自分に気づいて、リースは心中で悪態をついた。こんなことをされては、ヘレンとのあいだに距離を置くことなどできない。

「ヨアンとペギーは結婚した」リースは語りはじめた。「しばらくは幸せそうだった。似合いのふたりだったし、ヨアンは百貨店の未公開株で財産を築いていた。ペギーが望むものはなんでも与えた」いったん口を閉じてから、残念そうに言った。「自分の時間以外は。ヨアンは独身のときと同じ時間働き、毎晩遅くまで職場にいた。ペギーを長くひとりにしすぎたんだ。ぼくがヨアンを止めればよかった。家に帰って奥さんにかまってやれと言ってやるべきだった」

「あなたにそんな責任はなかったはずよ」

「友人として言うことはできた」胸にヘレンの頭がのせられた。「ぼくたちの結婚生活ではそんなことは起こらない」リースはつぶやくように告げた。「独身時代と同じ時間働く気はないからね」

「わたしたちの住まいは百貨店のすぐ隣よ。あなたの帰りが遅すぎたら、わたしが迎えに行

けばいいだけだわ」

ヘレンの現実的なせりふに、リースは笑みを浮かべた。

「仕事よりきみのほうがずっと魅力的だ」胸の上に淡色のリボンのように広がった、ヘレンの髪をもてあそんだ。

ヘレンは話のつづきを優しく促した。「奥さんは不満を抱くようになったの?」

「ああ、ペギーはもっと人との交流を必要としていた。ヨアン抜きで社交的な催しに出かけるようになり、ついにはペギーに魅力を感じて誘惑してきた男に引っかかって餌食にされた」リースは先をつづけるのを躊躇した。喉が詰まる息苦しさを覚える。ごくまれにこの話をするときはいつもこうだ。無理をして当時の出来事を頭のなかで整理した。ボードゲームのソリティアの盤にビー玉を並べるように。「ペギーは恥じ入って泣きながら、よその男の子どもを妊娠しているとヨアンに打ち明けた。ヨアンはペギーを許し、支えると言った。妻にさみしい思いをさせた自分が悪いのだと。赤ん坊は自分の子どもだということにして、本当の父親として愛すると約束もした」

「なんて立派な人かしら」ヘレンは優しい声で言った。

「ヨアンはぼくにはとうていおよばない男だった。ペギーにわが身を捧《ささ》げていたんだ。おなかで赤ん坊が初めて動いてから陣痛が始まるまでのあいだは、できる限りペギーのそばにいた。だが事態は悪い方向へ進んだ。陣痛が二日もつづいて痛みがあまりにひどくなり、ペギーはクロロホルムを投与された。そしてまずい反応が起こって――あわてて大量に使用され

たんだ——あっという間に息を引き取った。ペギーの死を知らされたヨアンは衝撃と悲しみでくずおれ、ぼくが自宅まで連れて帰らなくてはならなかった」

リースは自分の無力さを思い出すのがいやでかぶりを振った。あのときは、すべてを元どおりにしてうまくいかせたいという強烈な欲求を感じながら、それができない事実を何度も叩きつけられた。「ヨアンは絶望のあまり、正気を失った」彼はつづけた。「その後数日にわたって幻を見るようになり、そこにいない人たちに話しかけていたんだ。ペギーの陣痛はいつ終わるのかと訊いていた。まるで時計の針があのときで止まって、二度と進まなくなったみたいに」おもしろくもなさそうな笑みが口元に浮かんだ。「ヨアンは、ぼくに解決できない問題やじっくり考えることがあるとき、いつでも相談に乗ってくれた友人でね。あのときはぼく自身もちょっとおかしくなってきた気分だった。〝ちくしょう、この問題をヨアンに相談しないと。そうすればふたりで解決できる〟――そう考えている自分に気づいて驚いたのが一度や二度じゃなかったんだ。ヨアンこそが問題だったのに。ヨアンは心身ともに打ちひしがれていた。ぼくはヨアンを何人もの医者へ連れていった。司祭のところへも。友人でも親戚でも、ヨアンを正気に戻せるかもしれない人なら誰にでも会わせた」そこで言葉を切って、唾をのみこんだ。「ペギーが亡くなって一週間後、ヨアンは首を吊って自ら命を絶った」

「まあそんな……」ヘレンのつぶやく声が聞こえた。

ふたりは長いあいだ黙りこんだ。

「ヨアンとは兄弟のような関係だった」リースはようやく口を開いた。「ぼくはあのときの記憶が薄れるのを待った。ましになるときを。だがいまだにそのときは来ていない。ぼくにできるのは、ただ記憶をしまいこんで考えないことだけだ」

「わかるわ」本当にわかっているかのようにヘレンは言った。彼女の手のひらが、リースの胸に優しくぐるりと円を描いた。「赤ちゃんも亡くなったの?」

「いや、生き延びた。女の子だ。ペギーの家族は赤ん坊の出生の経緯を考慮して引き取らず、実の父親のもとへ送った」

「その子がどうなったかは知らないの?」

「どうだっていいさ」リースは苦々しげに言った。「アルビオン・ヴァンスの娘なんか」

麻痺したような奇妙な感覚にヘレンは襲われた。びっくりしすぎて体から魂が抜け出たかのようだ。体はリースの隣でじっと横たわっているが、思考は闇に舞う蛾《が》さながらにぐるぐるまわっている。ヴァンスが誘惑して捨てたのは自分の母親だけではないかもしれないと、どうして先に思いつかなかったのか。

望まれないあわれな赤ん坊はいま、四歳。ヴァンスはその子をどうしたのだろう? 引き取ったのだろうか。

なぜか、そうは思えなかった。

リースがヴァンスを嫌うのは当然だ。

「ごめんなさい」ヘレンは静かに言った。

「なにを謝る？　きみにはなんの関係もないことだ」

「わたしはただ……申し訳なくて」

リースは苦しそうに呼吸している。それに気づいたとたん、ヘレンのなかで、麻痺したような感覚が一瞬にして同情と思いやりに変わった。過去の苦しみや、いまだ癒えない心の傷を、やわらげてあげたくてたまらない。

炉火はいつの間にか、灰のベッドに横たわる赤い石炭に沈みこみ、バター色の弱々しい光を放っている。いま、この部屋の熱源の大半は、ヘレンのかたわらの大きくて男らしい肉体だ。ヘレンは唇と両手でリースの体を探っていった。彼はじっとしている。ヘレンがなにをするつもりなのか知りたがっているようだ。硬く引きしまった腹は、唇を這わせるとぎゅっと収縮した。脚のつけ根に到達したところで、ヘレンは彼の秘めやかな香りを吸いこんだ。麝香《じゃこう》に、削った樺《かば》の木を思わせる刺激と、暑い夏の牧草地に似た甘さがかすかに混じっている。硬くて長いものに触れ、手のなかで大きくふくらむまで握っていると、リースが低い声をあげるのが聞こえた。

リースは懇願と切迫の色をにじませ、あえぎながらいくつかの言葉をもらした。ウェールズ語を喋っていることに気づいていないらしい。当然、ヘレンには意味が理解できなかった。けれどもとても満足そうに聞こえる。ヘレンは先ほどと同様に彼のものに覆いかぶさって口づけた。リースは反射的に腰をびくんとさせ、苦しげに低くうなった。つづけていいものか

とヘレンがためらったとたん、震える片手が頭に置かれ、切望と感謝がないまぜになった手つきで髪をなでてきた。ヘレンは思いきって彼のものをくわえ、塩気を味わいつつ、ゆっくりと吸い上げた。リースは拷問台にくくりつけられた男のように体をこわばらせ、ヘレンが愛撫をくりかえすと低い声をもらした。

次の瞬間、リースはヘレンを横向きに寝かせ、重ねたスプーンそっくりに後ろからぴったり体を合わせた。上になったほうの膝が、筋肉質の腕に高く持ち上げられるなり、彼が入ってきたのでヘレンは驚いて身を硬くした。リースはヘレンの首の片側に口づけ、愛撫のごとき言葉をウェールズ語でささやいて、耳の下の繊細な場所を唇で探りあてた。そこがとりわけ感じやすいことを知っているのだ。ヘレンがどうすることもできず力を抜いてリースにもたれかかると、彼は自分のものに力を込め、これまでとは違う角度を楽しむように何度も突き上げた。そして持ち上げていたヘレンの脚を自分の脚にのせてから、彼女の太腿のあいだに片手を差しこんだ。

ヘレンはあえぎながら、リースのリズム、強さ、深く沈みこんでくる生命力に身をまかせた。彼の腰がますます強く突き出されると、快感が激しく高まり、やがてあらゆる方向から喜びがもたらされるように思われた。やけどしそうに熱い興奮に襲われたあと、さらに強い興奮がやってきた。ヘレンは叫び声がもれないように、首の下に敷かれた硬い腕に口をあて、引きしまった筋肉にかじりついた。熱い息が、次々と吹きつける突風のように首筋にかかっている。柔肌にリースの歯が触れ、短いひげがこすれた。ヘレンは身をよじって強引にリー

スに腰を押しつけ、屹立《きつりつ》したものをすべてのみこんだ。リースは荒々しくうめき、深く速く突き入れながら、彼女のなかで自らを解き放った。

ふたりはじっとしていた。くつろいだ気分が徐々に広がる。ようやく動けるようになると、ヘレンはリースにのせていたほうの脚を下ろした。体がぐったりして重い。満足感でいっぱいだ。まだリースが入ったままの下腹部の奥深くで、いつまでもなにかが脈打っている。それがリースのものなのか自分のものなのかはわからなかった。

リースの片手が優しくヘレンの体をなで、腰やウエストを愛撫した。耳たぶをそっと噛まれると、ヘレンは身を震わせた。互いの両脚が前後に隙間なく合わさっているので、ざらざらした脚の毛がヘレンの肌を心地よくこすっている。

「あなたは英語で話すのを忘れていたわ」しばらくしてからヘレンはけだるげな声で言った。

「ずっと」

リースの唇がヘレンの耳の縁をもてあそんだ。「あまりにもきみに夢中だったからね。自分の名前も言えなかったはずだ」

「わたしたちの声、誰にも聞かれなかったわよね？」

「ぼくに割りあてられた寝室がきみたち一家の部屋から遠く離れているのは偶然ではないだろう」

「あなたがいびきをかくと思われたのかも」ヘレンは軽口を叩き、はたと沈黙した。「いびきはかく？」

「かかないと思う。もし聞こえたら教えてくれ」

ヘレンはリースの腕のなかでさらに体をすり寄せ、ため息をついて告げた。「朝になってメイドが暖炉に火をつけに来たとき、ここにいるわけにはいかないわ。自分の部屋へ戻らないと」

「いや、ここにいるんだ」リースの腕に力がこもった。「朝早くにぼくが起こすから。ぼく
は必ず夜明けに目を覚ます」

「必ず？　どうして？」

リースはヘレンの首筋に顔をうずめてのんびりとほほえんだ。「食料雑貨店主の息子として育ったからさ。日の出とともに一日が始まり、注文の品を詰めたバスケットを近所の家庭へ配達するんだ。早く終わらせたら、店に戻る前に五分足を止めて友達とビー玉遊びができた」そこで小さく笑った。「ポケットでビー玉がかちかち鳴るといつも母さんに取り上げられてげんこつを食らったよ。仕事がたっぷりあるんだから、遊んでる暇なんかないってね。だからぼくはビー玉の音がしないようにハンカチでくるむことにした」

ひょろりとした少年のリースが、禁じられたビー玉を隠し持ちながら朝の仕事を急いですませる様子をヘレンは思い浮かべた。ほとんど痛みに近い、しびれるような幸福感が、花咲くように胸のなかに広がっていく。

ヘレンはリースを愛していた。過去の彼である少年も、いまの彼である男性も。見た目も匂いも手触りも、ぶっきらぼうで魅力的な口調も、リースがこれまでの人生で原動力として

きた、敏感な自尊心と揺るぎない意志も、彼をここまで非凡たらしめているその他無数の資質も。抱かれたままくるりと身を返し、できる限り体を密着させた。そして少しずつ、浅い眠りに身をゆだねていった。

19

「馬車が私道へ入ってきたわ」応接間の長椅子に膝をつき、窓の向こうに目を凝らしながらカサンドラが言った。「間もなく到着よ」

アルトンの鉄道駅へレディ・バーウィックと侍女を迎えに行き、エヴァースビー・プライオリーへ連れてくる役目は、ウェストンが担っていた。

「どうしましょう」ケイトリンがつぶやいた。激しく高鳴る鼓動を静めようとしているのか、片手を胸に置いている。

ケイトリンは朝からずっと緊張して気もそぞろで、万事が行き届いていることを部屋から部屋へと歩きまわって確かめていた。活けてある花は事細かく調べられ、落ちかけている花があればすべて取り除かれた。絨毯は容赦なく叩いてブラシをかけられ、銀器やグラスはやわらかな布で磨かれ、どの燭台にも新しい蜜蠟ろうそくが立てられた。どのサイドボードの上にも新鮮な果物が入った器が置かれ、氷で満たされた壺には冷えたシャンパンと炭酸水の瓶が入れられた。

「屋敷がどう見えるかをどうしてそんなに心配しているの?」カサンドラがたずねた。「レ

ディ・バーウィックはすでに一度、お義姉様がお兄様と結婚したときに見ているのに」

「ええ、でもあのときわたしにはなんの責任もなかったわ。いまは一年近くここで暮らしているのだもの、おかしなところがあれば、わたしのせいだと思われるのよ」

ケイトリンは行ったり来たりして円を描きながら上の空で話した。「レディ・バーウィックがいらしたら、忘れずにおじぎをして。〝初めまして〟とは言わないようにね――お好きではないから――〝こんにちは〟だけでいいわ」そこでふいに黙り、周囲に厳しい視線を走らせた。「犬たちはどこ?」

「上の居間よ」パンドラが言った。「ここへ連れてきましょうか」

「まあ、だめよ、だめ。応接間に犬なんて、レディ・バーウィックはお認めにならないわ」ケイトリンはぴたりと足を止めた。厄介なことを思い出したらしい。「それから、去年この屋敷のなかで豚をペットに飼っていたことはひと言も口にしないで」ふたたび歩きはじめた。「なにか訊かれたら、簡潔に答えること。おもしろがらせようとしてはだめよ。機知は好まれないから」

「最善を尽くすわ」パンドラが言った。「でも、すでにカサンドラとわたしは好かれていないわ。結婚式のあと、あの人がわたしたちのふるまいを野生の山羊《やぎ》にたとえているのが聞こえたもの」

ケイトリンは相変わらず行ったり来たりしている。「あなたたちのことは、両方ともたしなみを身につけて礼儀正しい淑女になったと手紙に書いたわ」

た。


「嘘をついたの？」パンドラが目を丸くして問いかけた。

「手紙を書いたころは、あなたたちに礼儀作法を教えはじめたばかりだったから」ケイトリンは言い訳した。「もう少し早く上達するだろうと思っていたのよ」

カサンドラが不安そうな顔をした。「お義姉様の話をもっとよく聞いておけばよかったわ」

「レディ・バーウィックに認められようと認められまいと、わたしは平気」パンドラが言った。

「でもお義姉様は気にするわ」ヘレンは優しく指摘した。「だからみんなでできる限りの努力をしましょう」


パンドラはため息をついた。「わたしもヘレンお姉様みたいに完璧だったらいいんだけど」

「わたしが？」ヘレンは決まり悪そうに笑い声をあげて首を振った。「パンドラったら、わたしはこの世でいちばん完璧から遠い人間よ」

「あら、ヘレンお姉様だって間違えるときがあることくらいわかっているわ」カサンドラがあっけらかんと告げた。「パンドラが言いたかったのは、ヘレンお姉様はいつも完璧に見えるということ。見えてさえいればいいのよ」

「実際には」ケイトリンが口を挟んだ。「中身が伴っていなくてはだめよ」

「だけど、誰にもわからなければ、完璧でいることと完璧に見えることに違いはないわ」カサンドラが反論した。「結果は同じでしょう？」


ケイトリンは困り顔で額をさすった。「いまはその質問に対するまともな答えを思い出せ

ないわ」

ほどなくして、執事のシムズに案内されてレディ・バーウィックが応接間へやってきた。バーウィック伯爵夫人エレノアは、背が高くて肩幅の広い、堂々たる体格をした、胸の大きな女性だ。ヘレンは彼女が歩くさまを見て、静かな水面を滑るように進む大型帆船の船首を思い出した。部屋を進むにつれ、複雑にひだを寄せた暗青色のドレスがさざ波のように揺れるせいで、ますますそう見える。細長い顔で、唇が非常に薄く、まぶたが厚い。美人ではないが、見事なほど自信に満ちた雰囲気をまとい、どんな質問にも答えられるという深い確信を持っている。

ケイトリンを見るなり、レディ・バーウィックの顔に自然と喜びが浮かんだ。義姉は駆けだしていた。レディ・バーウィックを慕う気持ちがよみがえってきたらしい。ところがレディ・バーウィックはケイトリンに勢いよく抱きつかれた瞬間、愛情を示す行為に当惑の表情を見せた。「ちょっと、あなた」とがめるように声をかけた。

ケイトリンはまわした腕を離さなかった。「しゃんとしていようと思っていました」ケイトリンは年配の女性の肩に顔を伏せ、くぐもった声で言った。「でも、いま伯爵夫人が入ってこられたとたん、五歳に戻ったような気がして」

レディ・バーウィックは遠くを見るまなざしで、青白く長い片手をケイトリンの背中に置いた。「そうね」ようやく応じた。「父親を失うのはつらいことだわ。しかもあなたの場合はお父様との別れを二度も経験したのですからね」砂糖抜きの渋い紅茶を思わせる、きびき

した声だ。愛情を込めてケイトリンの背中を軽く叩いたあと、「さあ、気をしっかり持ちましょう」と言葉をかけた。

ケイトリンは身を引き、誰もいない入り口をとまどった目で見た。「ウェストはどこへ?」「ミスター・レイヴネルはしきりにわたくしから逃れたがっていました」レディ・バーウィックは冷ややかに告げた。「馬車では会話を楽しんでいないようだったわ」含みのある間を置いてから、にこりともせずに述べた。「陽気者ね」

いまの発言はほめ言葉ではないはずだとヘレンは思った。

「ウェストは少し不遜なところがあるように見えるかもしれません」ケイトリンは話しはじめた。「けれど間違いなく言えるのは――」

「ミスター・レイヴネルの性格は説明しなくてけっこうよ。どうでもいいことです。なんの役にも立たないわ」

「ウェストのことを知らないくせに」双子の片方が小声で言った。

ひそかな反抗のつぶやきを耳にしたレディ・バーウィックは、さっと向きなおってレイヴネル家の三姉妹を凝視した。

ケイトリンがあわてて紹介し、三人は順におじぎをした。「レディ・バーウィック、わたしの義理の妹たち――レディ・ヘレン、レディ・カサンドラ、レディ・パンドラです」

伯爵夫人はまずカサンドラを醒《さ》めた目で見つめ、近寄りなさいと身振りで示した。「姿勢がいまいちね」彼女はカサンドラを観察した。「でも、直せばよろしい。あなた、どんなた

しなみを身につけているの？」

前もって答えを準備していたにもかかわらず、カサンドラはためらいがちに返事をした。「伯爵夫人、わたしには裁縫、線画、水彩画のたしなみがあります。楽器の演奏はしませんが、本をよく読みます」

「外国語は学んでいますか？」

「フランス語を少し」

「趣味はお持ち？」

「いいえ」

「それはけっこうなこと。趣味を持つお嬢さんは殿方から敬遠されますからね」レディ・バーウィックはケイトリンをちらりと見て、ささやいた。「美しい子ね。もう少し磨けば、社交界の花になれるわ」

「わたしには趣味がありますけど」訊かれてもいないのにパンドラが発言した。

レディ・バーウィックは両眉を上げてパンドラのほうを向いた。「あらそう」冷ややかな口調。「どんな趣味かしら、厚かましいお嬢さん」

「ボードゲームを作っています。うまくいけば、店頭で販売してお金を稼ぐつもりです」

レディ・バーウィックはびっくりしたらしく、問いかけるようにケイトリンを見た。「ボードゲーム？」

「居間での娯楽を目的としたようなものです」ケイトリンが説明した。

レディ・バーウィックは目を細めてパンドラに向きなおった。残念ながらパンドラは目を伏せておくことを忘れ、大胆にもレディ・バーウィックを見つめかえした。

「元気がありすぎるようね」レディ・バーウィックは言った。「美しい色合いの青い目をしているのに、野生の雄鹿のまなざしだわ」

ヘレンは危険を冒してケイトリンをちらりと見やった。パンドラの代わりに身構えているように見える。

「あの」ケイトリンは声をかけた。「パンドラはただ――」

しかしレディ・バーウィックは身振りでケイトリンを黙らせた。「あなたは気にしないの？」パンドラに問いかけた。「その趣味と、金銭を稼ぎたいという低俗な欲望が、未来の求婚者を遠ざけるということを」

「気にしません」

「すべきです。結婚したくないのですか？」パンドラが返事をしないので、レディ・バーウィックはじれったそうに促した。「どうなんです？」

パンドラは導きを求めてケイトリンを見た。「あたりさわりのないことを言うべきかしら、それとも正直に答えるべき？」

ケイトリンが口を開く前にレディ・バーウィックが返した。「正直におっしゃい」

「それでしたら」パンドラは言った。「ええ、結婚なんてちっともしたくありません。男の人のことは全然嫌いじゃないけど――少なくともこれまで知り合った人たちのことは――夫

に従って要求に応えるなんていやです。一ダースの子どもを産んで、夫が外で友達と遊びまわっているあいだ自分は家で編み物をしていても、わたしは全然幸せになれませんから。誰にも頼らず自分でやっていくほうがいいわ」

部屋は静まりかえった。レディ・バーウィックは表情を変えなかった。まばたきひとつもせず、パンドラを見つめていた。高圧的な年配の女性と反抗的な若い娘との、無言の戦いがくり広げられているかのようだ。

レディ・バーウィックがついに口を開いた。「トルストイの小説を読んだのね」

パンドラは目をぱちくりさせた。思いがけない発言にふいを突かれたらしい。「そのとおりです」とまどった様子で認めた。「どうしてわかったんですか」

「トルストイの小説を読んだあとで結婚したがる若い娘はいないわ。だからわたくしは自分の娘たちにはけっしてロシアの小説を読ませなかったのよ」

「ドリーとベティーナはお元気かしら」ケイトリンが割りこんだ。レディ・バーウィックの娘たちの様子をたずねて話題を変えようとしている。

レディ・バーウィックもパンドラも、気をそらされなかった。

「わたしが結婚したくないのはトルストイだけが理由じゃありません」パンドラが言った。「どんな理由であろうと、間違っています。あなたが結婚を望むにちがいない理由を、あとで説明してあげましょう。それに、あなたは型破りなお嬢さんですから、そのことを隠さなくてはなりません。男であれ女であれ、標準からはずれた者は幸せになれないのです」

パンドラは当惑しつつも興味を示して応じた。「わかりました」

このふたりは議論を戦わせるのを楽しみにしているのではないかしら、とヘレンはひそかに思った。

レディ・バーウィックはヘレンを手招きした。「こちらへおいでなさい」

ヘレンは従い、伯爵夫人にじろじろ眺められても辛抱強く立っていた。

「優雅な立ち居ふるまいだこと」レディ・バーウィックは言った。「目も伏せていて、しとやかですね。大変愛らしいわ。でもあまり恥ずかしがってはいけませんよ。高慢だと勘違いされてしまいますからね。正しい自信を身につけなさい」

「努力いたしますわ。ありがとうございます」

レディ・バーウィックは値踏みするようにヘレンを眺めた。「あの謎めいたミスター・ウィンターボーンと婚約しているのですってね」

ヘレンは弱々しくほほえんだ。「謎めいているでしょうか」

「わたくしにとってはね。じかに会ったことはありませんから」

「ミスター・ウィンターボーンは事業を営む紳士です」ヘレンは慎重に話した。「果たすべき義務が多くて忙しすぎるので、社交行事にはあまり出席しないのです」

「それに、上流階級の催しには招待されないのでしょう。商人階級に属しているわけですからね。不釣り合いな結婚をするあなたの苦悩のほどは察しますよ。相手はあなたより身分が劣っているのですもの」

ヘレンは伯爵夫人の言葉に傷ついたものの、試されているのだと気づいて無表情を装った。「ミスター・ウィンターボーンはなにひとつわたしより劣っていません。殿方を見極めるうえでは、生まれより人となりのほうがはるかに重要です」

「よくぞ言いました。幸いにもミスター・ウィンターボーンはレイヴネル家との結婚によって地位が向上し、上流階級の仲間入りを許されます。その恩恵にふさわしいことを本人に証明してもらいたいものだわ」

「貴族社会のほうこそ、あれほどの方にふさわしければいいのですが」ヘレンは思わず言いかえした。

灰色の目が鋭くなった。「ミスター・ウィンターボーンは高潔な方ですか？　教養は？　ふるまいは申し分なくて？」

「礼儀正しく、知的で、正直で、心の広い方です」

「でも、教養はないのね？」レディ・バーウィックは念を押した。

「どんな教養でも、ミスター・ウィンターボーンはその気になれば必ず身につけます。けれどもわたしはあの人にどこかを変えてほしいとは思いません。すでに称賛すべきところをあり余るほどお持ちですから。わたしが代わりにうぬぼれてしまいそうなくらいです」

レディ・バーウィックはじっとヘレンを見つめた。灰色の瞳には温かみがあった。「なんと見上げたお嬢さんかしら。スコットランド人の祖父の言葉を借りれば〝新鮮な空気のように冷静《クール》〟ね。ウェールズ人にはもったいないわ。あなたならきっと公爵に嫁ぐことだってで

きたでしょうに。とはいえ、いまの時代は名家にとっても、財産家と貴族が姻戚関係を結ぶ、こういった結婚が必要だわ。わたくしたちは優雅さと忍耐をもって受け入れなくては」彼女はケイトリンを見た。「ミスター・ウィンターボーンはこれほどの妻を持てる幸運に感謝していますか？」

ケイトリンは笑みを浮かべた。「お会いになったときにご自分の目でお確かめになれますわ」

「いつ会えるのですか」

「ミスター・ウィンターボーンとトレニア卿は間もなく帰ってくると思います。ふたりは鉄道の線路と駅の建設予定地を見に、領地の東側の境界線まで馬に乗って出かけたんです。午後のお茶に間に合うように戻って着替えると話していました」

ケイトリンが言い終わる前に、部屋の入り口まで来ていたデヴォンが妻にほほえみかけた。「というわけで、戻ってきたよ」ふたりですぐさま視線を交わし――声に出さずに問いかけ、気づかい、安心させ――たあと、デヴォンはつかつかと部屋へ入ってきてレディ・バーウィックと顔を合わせた。

その後ろからリースも来た。彼はコーデュロイのブリーチズにブーツ、目の詰まった厚いウール地の上着という、デヴォンと同じような乗馬服に身を包んでいる。

リースはヘレンのそばで足を止め、彼女を見下ろしてほほえんだ。外の匂いがただよってくる。冷たい朝の空気、濡れた葉っぱ、そして馬。いつものように彼の息からはペパーミン

トがふわりと香った。「こんにちは」リースは言った。今朝早くにヘレンを起こして「おはよう」とささやいたのと同じ、やわらかな口調だった。ふたりで過ごした夜を思い出し、ヘレンは顔が燃えるように赤らむのを感じた。彼女をこんなふうに赤面させられるのはリースだけだ。その炎はどんどん勢いを増しつづけ、しまいにヘレンは焚き火のなかへ放りこまれたような気がした。

昨夜はよく眠れなかった。いつまで経っても不安が消えず、何度も寝返りを打っていた。寝つかせようとしてリースが背中をさすってくれていることに気づいたのは一度や二度ではない。とうとう夜明けに起こされたとき、申し訳なさそうに彼を見てささやいた。「もう二度とわたしとベッドをともにしたくないでしょうね」

リースは静かに笑ってヘレンを胸に抱き寄せ、裸の背中をなでた。「じゃあ、今夜またともにしようと言ったら、きみは驚くだろうな」そのあと、ヘレンがもう出ていかなくてはと弱々しく抗《あらが》うのを無視して、彼は最後にもう一度彼女と愛を交わした。

ヘレンは現在に意識を戻し、紅潮した顔をどうにかしようとリースから視線を引きはがした。「気持ちよかった?」ケイトリンがデヴォンをレディ・バーウィックに紹介しているのを横目で見ながらたずねた。

「乗馬のことかな、それとも……」リースの口調はじつに淡々としていたので、ヘレンは最初、彼がなにをほのめかしているのかわからなかった。

はっと気づいた瞬間、驚いたまなざしをリースに向け、「からかわないで」とささやいた。

リースはにやりとしてヘレンの手を取り、口元まで持ち上げた。手の甲に彼の唇が優しく押しつけられたせいで、ヘレンの真っ赤な顔色はほとんど変わらなかった。

少し離れたところからレディ・バーウィックの冷たい声がした。「もう大して冷静沈着ではないようね。レディ・ヘレン、あなたをすっかりそわそわさせている、その紳士をわたくしに紹介してちょうだい」

ヘレンはリースと並んでレディ・バーウィックのもとへ行った。「レディ・バーウィック」ヘレンは小さな声で言った。「こちらがミスター・ウィンターボーンです」

目の前に立っている黒髪の大きなウェールズ人を見つめたとたん、レディ・バーウィックの顔に不思議な変化が現れた。鋼のように冷たい瞳が霞のように優しくなり、頬が少女のようにほんのり染まっている。彼女は会釈をする代わりに、リースに片手を差し出した。

リースは躊躇することもなく、宝石に飾られた手をそっと握り、ゆったりと優雅におじぎをした。背を起こすと、彼女にほほえみかけた。「お目にかかれて光栄です」

レディ・バーウィックは驚嘆に近い表情でリースをしげしげと見たものの、声は値踏みするように冷然としたままだった。「お若いのね。じつをいうと、あなたの実績から考えて、もっと年を重ねた方だと思っていたわ」

「まだ幼いころに父の商売を学びはじめたものですから、伯爵夫人」

「聞くところによると、あなたは〝実業界の大物〟だとか。その言いまわしが使われる殿方は、一般の尺度でははかりきれないほど大きな富を蓄えているとわたくしは理解していま

す」

「時折、思いがけない幸運を手にしたことはあります」

「謙虚なふりをするのはひそかに鼻を高くしている証拠ですよ、ミスター・ウィンターボーン」

「その話題を振られると落ち着かなくなるのです」リースは率直に認めた。

「それはそうでしょうね。金銭の話はどれも下品ですもの。それでもこの年になれば、わたくしはなんでも好きなことをたずねます。とがめる勇気があるなら、誰でもとがめればよろしい」

突然、リースは笑い声をあげた。琥珀色の肌に白い歯を輝かせる、彼ならではの、あの自由で魅力的な笑い方。「レディ・バーウィック、あなたになにをたずねられようと、ぼくはけっしてとがめも拒みもしませんよ」

「それではひとつたずねます。レディ・ヘレンはあなたと結婚しても、夫が妻より劣ることなどないと言い張っています。あなたもそう思いますか？」

リースはヘレンを見た。その瞳は温かかった。「いいえ」彼は答えた。「男は誰もが自分より優れた相手と結婚するものです」

「では、レディ・ヘレンは貴族階級の殿方と結婚したほうがいいと思いますか？」

リースは伯爵夫人に視線を戻し、平然と肩をすくめた。「レディ・ヘレンはどんな男をもはるかにしのぐ方ですから、ふさわしい相手などいません。それなら、ぼくでもかまわない

でしょう」

レディ・バーウィックは魔法にかけられたかのようにリースを見つめながら、負けたわとばかりにけらけら笑った。「素敵なうぬぼれ屋だこと。もう少しであなたの意見に賛成してしまいそうだわ」

「レディ・バーウィック」ケイトリンが声をかけた。「殿方ふたりには、ひと休みしてお茶にふさわしい服装に着替えていただいたほうがいいかもしれませんわ。泥だらけのブーツで絨毯を歩かれているのを家政婦が見たら、大騒ぎするでしょうから」

デヴォンがにやりとした。「騒ぎを引き起こすのは、ぜひとも遠慮しておこう」体を使った感情表現をレディ・バーウィックが好まないことを事前に警告されていたにもかかわらず、彼は身をかがめて妻の額に口づけた。

男性ふたりは礼儀正しくおじぎをしたあと、応接間を出ていった。

レディ・バーウィックは苦々しく口元をゆがめた。「この家は殿方の精力に事欠かないようね」ぼうっとした目で、誰もいない入り口を見つめた。つづいて口にしたせりふは、ほとんどひとり言のようだった。「少女だったころ、ある従僕が父の屋敷にいたわ。北ウェールズ出身の美しいならず者で、夜を思わせる黒髪に、意味ありげなまなざしをして……」

遠い記憶に心を高ぶらせ、一時的にやわらいでいる表情に、自制しつつも優しい色をにじませた。「ならず者」そっとくりかえした。「でも優しかった」そこでわれに返り、周りにいる若い女性たちに厳しい視線を投げた。「覚えておきなさい、あなたたち。魅力的なウェー

ルズ人ほど、貞操をおびやかす大敵はいませんよ」

パンドラの肘に体の脇をこっそりつつかれながら、ヘレンは悔しい気持ちで思った。まったくもってそのとおり。

20

「パンドラ、脚を組んではいけません。しっかりと椅子に腰かけなさい。カサンドラ、座っているあいだ、スカートのひだ飾りをぱたぱた動かさないようになさい」レディ・バーウィックは午後のお茶の最中、多くの若い淑女たちに立ち居ふるまいを教えこんできた女性ならではの専門知識を駆使し、こうした数々の指示を双子に出した。

パンドラとカサンドラは伯爵夫人に精一杯従ったものの、いつもの楽しいお茶の時間が、あのおば様のせいで耐えがたい試練に変えられそうだわ、とあとでこっそり嘆いた。

ケイトリンとデヴォンは会話のほとんどをレディ・バーウィックのお気に入りの話題――馬――にどうにか集中させた。バーウィック卿夫妻はともに熱心な愛馬家で、レムスターの領地でサラブレッドの調教に専念している。それに、そもそもバーウィック卿夫妻がケイトリンの両親であるカーベリー卿夫妻と知り合ったきっかけは馬だった。カーベリー卿夫妻はアイルランドにアラブ種の種馬飼育場を所有していた。

少なくとも二ダースの純血のアラブ馬と、乗馬学校、厩舎、放牧場、室内馬場からなる一区画の土地をケイトリンが受け継ぐことを聞くなり、レディ・バーウィックは強い関心を示

した。カーベリー卿の称号と所有地は、最も近い男系子孫である父方のいとこの息子に譲られるが、種馬飼育場はケイトリンの両親が建てたので限嗣相続の対象に入らないのだ。

「三、四頭はここへ連れてくる手はずを整えよう」デヴォンが言った。「しかし残りの馬たちは売却しなくては」

「アラブ種の性質を理解している買い手を見つけるのは大変だわ」ケイトリンが眉根を寄せて話した。「ほかの品種とは管理方法が違うから。アラブ種を間違った所有者にまかせると、多くの問題につながりかねないの」

「種馬飼育場はどうするつもりだ？」リースがたずねた。

「次のカーベリー卿に買い取ってもらって終わりにしたいが」デヴォンが答えた。「管理人によると、残念ながら馬にはまるで関心がないらしい」

「馬にまるで関心がないですって？」レディ・バーウィックがデヴォンの言葉をくりかえした。あきれかえっているらしい。

ケイトリンが悲しそうにうなずいた。「グレンガリフに着いたら、なにをどうするべきかをトレニア卿とわたしで考えることができます。すべてを解決するためには二週間、もしかすると一カ月もの滞在が必要かもしれません」

伯爵夫人は眉をひそめた。「わたくしはそれほど長くエヴァースビー・プライオリーにいられそうにないわ」

できる限りレディ・バーウィックから離れた席に座っていたウェストが、心にもないこと

を言った。「おや、それは残念です」

「娘のベティーナが第一子を妊娠中なのよ」レディ・バーウィックはつづけた。「もうすぐ出産の予定だから、陣痛が始まったら、ロンドンにいる娘と一緒にいなければ」

「ヘレンたちと一緒にレイヴネル・ハウスに滞在してはいかがです？」デヴォンが伯爵夫人に提案した。「ロンドンでも、ここと変わりなく三人を監督いただけるでしょう」

パンドラが熱を込めて両手をぱちんと合わせた。「ぜひそうしたいわ。ここよりロンドンのほうが、することがずっとたくさん――」

「ああ、イエスとおっしゃって、伯爵夫人！」カサンドラが座ったまま跳びはねて大声をあげた。

レディ・バーウィックはどちらにも厳しい視線を向けた。「感情を丸出しにするなんて、みっともない」双子が黙りこんだところで、レディ・バーウィックはデヴォンに返答した。「伯爵、それが理想的な解決策のようですわね。ええ、そうしましょう」

ヘレンはなにも言わず静かにしていたが、ロンドンに戻ってリースのそばにいられると思うと胸が高鳴った。リースがレディ・バーウィックに穏やかに話しかける声が聞こえても、彼のほうを見る勇気は出なかった。

「よろしければ、ロンドン行きの列車に同乗してぼくが皆さんをエスコートしましょう」

「お願いするわ、ミスター・ウィンターボーン」きっぱりした返事だった。

「なんなりとおっしゃってください。ロンドンにご滞在中、必要なことがあれば、なんでも

お力添えします」

「ありがとう」伯爵夫人は威厳たっぷりに言った。「幅広い人脈を持つあなたがおっしゃるのですから、並大抵の申し出ではないでしょう。必要があれば、あなたに頼みます」そこで言葉を切り、自分の紅茶にもうひとつ角砂糖を入れてかき混ぜた。「時々レイヴネル・ハウスを訪ねてくださるかしら」

リースは笑みを浮かべた。「喜んで。お返しに、個人的なお客様としてウィンターボーン百貨店へ招待させてください」

「百貨店へ？」レディ・バーウィックの声には困惑がにじんでいた。「わたくしは小さな店しかひいきにしません。店員たちがわたくしの好みをよく把握していますからね」

「当店の販売員なら、これまでご覧になったこともないほど多くの種類の高級品を一度にお見せしますよ。たとえば手袋なら、小さな店では何種類ご覧になれますか？　一ダースですか？　二ダースですか？　ウィンターボーン百貨店の手袋売り場でしたら、その一〇倍はご覧いただけます。素材はグレイズドキッド、子牛のスエード、雌鹿のなめし革、エルク革、ペッカリー革、カモシカ革、カンガルー革までありますよ」相手が興味を持ったのを見て取り、リースはさりげなくたたみかけた。「うちの最高級手袋の製造には三カ国も携わっています。子羊の革であれば、スペインでなめし、フランスで裁断し、イングランドで手縫いします。どれも非常にやわらかく、くるみの殻に入るほどです」

「あなたの百貨店で売っているのですか？」伯爵夫人はたずねた。心が揺れているらしい。

なにかも、世界じゅうの品物を扱う八〇の売り場があります」

「見てみたいわ」レディ・バーウィックは正直に告げた。「でも下々の者たち……大衆に交じってだなんて……」

「お客様が帰られた、営業時間後の夜にお嬢様方といらしてください」リースは言った。「伯爵夫人のために販売員を数名残しておきましょう。それからよろしければ、レディ・ヘレンが当店の裁縫師と相談できるよう、助手に予約を入れさせます。そろそろ花嫁衣装のデザインを始めるころではありませんか？」

「遅いくらいだわ」ケイトリンが口を挟み、どうするのかと目で夫に問いかけた。

「ぼくはその方面には疎いんだ」デヴォンが応じた。「きみの判断にまかせよう」

「では、レディ・バーウィックが承諾くださって、ヘレンもそう望むのであれば、トレニア卿とわたしの留守中、ウィンターボーン百貨店の裁縫師に花嫁衣装をお願いするわ」

ヘレンはうなずいた。「それは素敵」一瞬だけリースを見やり、くつろいだ態度に隠された心をのぞいた。瞳の輝きから察するに、彼はありとあらゆる計画を思いついているようだ。

「その件については、よく考えておきましょう」レディ・バーウィックが言い、興奮を抑えきれずに両手でテーブルを叩いているパンドラに眉をひそめた。「あなた、ティーテーブルをタンバリンにするのはおやめなさい」

なんでもない日をエヴァースビー・プライオリーでリースとともに過ごすのは、ヘレンに

とって喜びでもあり苦痛でもあった。リースが視界のなかに、手の届くところにいるのに、ふたりの周りにはいつもほかの人間がいるからだ。部屋へリースが入ってくるたび、自分の思いや胸の高鳴りを隠さなければならないのは、とても疲れる。肉体的欲望と愛との組み合わせが、まさかこれほど強力なものとは思わなかった。ヘレンはときに憂いでいっぱいになり、リースとの時間が、細かい白砂さながらに指のあいだからこぼれ落ちているような気がした。父親の話をしなくてはいけないのに……まだそうすることができなかった。

なかなかやってこない真夜中を、ヘレンは自分の部屋でそわそわと行ったり来たりして待っていた。ようやく家じゅうが寝静まったころ、白いナイトドレスにガウンを羽織って、東翼へつづく廊下を素足のまま駆けていった。はやる気持ちが全身にあふれている。

リースの寝室の前に到着すると、触れる前にドアが開き、たくましい腕が伸びてきて、なかへ引き入れられた。かちゃりと錠がかかり、リースは優しい笑い声をあげてヘレンをしっかりつかまえた。彼とぴたりと体を合わせている感覚、下腹部にあたる高まりに、ヘレンはしびれた。飢えたようにリースの唇が探ってきた瞬間、あらゆる思考が消え去り、経験の浅いヘレンには抑えきれない欲望が一気に解き放たれた。この人が欲しくてたまらない。ヘレンはわけもわからず反応し、リースの豊かな髪に両手を差し入れ、彼の顔を強く引き寄せた。

リースは立ったまま衣類を脱がせたあと、ヘレンをベッドへ運んだ。仰向けに手足を広げさせて覆いかぶさり、あえてゆっくり彼女を堪能した。喉、乳房、手首の脈打つ部分を噛んだり舐めたりしている。ヘレンの太腿のあいだに片手が入り、思わせぶりにそっと触れた。

やわらかな花びらを広げたリースの指はひんやりとして優しく、熱い蕾の両側を触りはじめた。ヘレンは何度も身をよじり、力み、たまらず両手と両脚を彼に巻きつけた。リースは抵抗し、戯れたがった。これ以上ないほどさまざまな方法で楽しみたがっている。こちらはいますぐ彼に入ってきてほしいばかりなのに。

ささやき声が煙のように耳のなかへ忍びこんだ。「まだ充分に濡れていないよ、カリアド」

「そんなことないわ」ヘレンは苦しげにあえぎながら、やっとのことでそう言った。

「証拠を見せてくれ」

ヘレンはほんの一瞬ためらってから、手を伸ばして彼のものをつかみ、激しい脈動を感じて小さく声をもらした。どんどん太さを増して指がまわりきらないほどになったそれを太腿のあいだにいざない、先端でやわらかなひだの重なりをこすり、円を描いた。彼の最も敏感なその部分がしっとりと濡れて輝くころには、ふたりで身を震わせていた。

ふくらんだ入り口をリースが突いて開き、なかへ進むと、ヘレンはなすすべもなく背をそらせた。彼に満たされる喜び以外、なにもわからない。リースはヘレンの腰をつかみ、硬い高まりをゆっくりと出し入れしはじめた。ヘレンは人生で一度もあげたことのない声をあげた。彼に奪われる激しい快感にあえぎ、満足そうに喉を鳴らした。

ようやくヘレンの震えが止まって呼吸が戻ったところで、リースは体を反転させ、軽々とふたりの位置を変えた。気がつくとヘレンは、ベッドの端に腰かけたリースの膝にまたがっていた。落ち着かない、妙な気分。後ろに倒れないかと怖くなり、リースの首に腕をまわし

た。

リースはヘレンの腰に片手を添えて支えた。唇が重なり、リースの歯がヘレンの下唇をそっとかすめた。彼はなにかを待っているようだ。わたしにどうしてほしいのかしら、とヘレンは思いながら、ふたりのあいだでいきり立っているものを、とまどいつつ見下ろした。

リースは静かに笑い声をあげた。真夜中色の瞳に、ランプの光が火花を散らしている。

「蛇につかまった鳩だな」

「どうすればいいかわからないんだもの」ヘレンは赤くなって恥ずかしそうに抗議した。

リースは空いているほうの手でヘレンのヒップを包んで腰を上げさせ、優しく引き寄せた。

「腰を沈めて、ぼくをなかへ入れてくれ、カリアド」

相手の意図を理解し、ヘレンは目を丸くした。

リースの肩をつかみ、言うとおりにした。慎重に少しずつ腰を落としていく。けれどもこの体勢では根元まで入らず、違和感を覚えて動きを止めた。ヒップをつかむ手がヘレンの体をすっと持ち上げると、圧迫感が弱まった。

彼は黒い三日月形のまつ毛を伏せて眉間にしわを寄せた。顔と胸が汗で輝き、ブロンズ像のようだ。唇を嚙み、ウェールズ語でなにかをつぶやいた。

「なにを言っているのかわからないわ」ヘレンはささやいた。

リースは荒く息をついたあと、愉快そうにしゃがれ声をもらした。「好都合だ。ほめ言葉だが――品のないやつだったから。そのままでいてくれ」背をそらし、両肘をついて上体を

支え、その上にヘレンを少し寄りかからせた。「このほうがいいか？」

ヘレンは小さく安堵の息をもらしてうなずいた。この姿勢なら、彼を存分に深く入れることができる。なんてすばらしい感覚なのだろう、鍛え上げられた頑健な肉体を下に敷いて、太腿で挟んでいるというのは。

一瞬、リースの瞳が挑戦的に光った。彼は腰を突き上げ、からかうように誘ってきた。ヘレンは慎重に腰を上下させ、自分のなかで彼の熱いものがなめらかに動くのを感じて息をのんだ。リースは辛抱強くヘレンの自由にさせた。しかし彼女が胸板に置いた両手の下では矢継ぎ早に心臓が鼓動している。ヘレンは体を前後に動かすことで、全身がかっと熱くなるのに気がついた。低い声を何度ももらしている様子からして、リースも同じように快感を味わっているらしい。リースは乳房が口元に近づくたびに先端をくわえてくる。ヘレンは動きを調節し、乳房を近づけたり近づけなかったりして、彼をからかって楽しみはじめた。髪を結んでいたリボンはほどけていた。銀色がかった毛束のカーテンが、リースの顔や胸をくすぐっている。

「ぼくを苦しめたいんだな」リースは言った。気持ちよさそうにまぶたを半分閉じている。

「そうよ」それどころか、ヘレンは楽しかった。想像さえしなかった、とてつもなくわくわくする楽しさを覚えていた。

リースの口元に微笑が浮かび、すぐに消えた。ヘレンが急に激しく腰を動かし、彼のもので自分を満たしたからだ。リースは両手でシーツをつかみながら、ヘレンのリズムに本気で

応えはじめた。情熱に身をゆだねる彼の姿は最高だった。頭をのけぞらせて男らしい喉をさらし、胸の筋肉がくっきりと浮かび上がっている。ヘレンの体は興奮の嵐に襲われ、震えながら彼の高ぶりを締めつけた。リースは挿入をつづけた。発作的で強引な動きになったかと思うと、最後に腰と背中をベッドから完全に離し、弓なりになりながら力強く突き上げて終えた。

彼はできるだけすぐに腰を下ろし、おぼつかない手でヘレンの髪を後ろへ払って彼女の顔を見た。「荒っぽくしすぎたかな、カリアド？」

「いいえ」ヘレンはリースにまたがったまま、ゆったりと伸びをした。「わたしこそ、荒っぽくしすぎた？」

リースは小さく笑って力を抜いた。「ああ、手加減してくれと頼む声が聞こえなかったかい？」

「そういうことだったの？」ヘレンは身をかがめて彼の唇に自分の唇を近づけ、からかうようにすぐ手前で止めた。「駆り立てられているのかと思ったわ」

リースの顔にゆっくりと笑みが広がった。「どちらも少しずつしていたよ」リースは認め、ヘレンの上半身を引き寄せた。

夜がじわじわと深まり、暖炉の火が小さくなっていくあいだ、ふたりはしばらくだらだらと話をした。

「レディ・バーウィックは思わずあなたにうっとりしていたわ」ベッドの頭板に寄りかかっ

て座っているリースの胸に背中をもたせかけながら、ヘレンは言った。「ご自分でもわけがわからないうちに、レイヴネル・ハウスへあなたを招待なさったんじゃないかしら」

リースの温かい手が、ほっそりとした腕を滑り下りた。「許される限り頻繁に訪ねるよ」

「レディ・バーウィックはウィンターボーン百貨店へ行きたくなるにちがいないわ。あなたからあんな話を聞いたんだもの。どうしてあの方が手袋に惹かれるとわかったの？」

「あの年ごろの婦人は、百貨店に来ると大半がまず手袋売り場へ向かうんだ」

「わたしの年ごろの婦人が最初に向かうのはどの売り場？」

「香水とおしろいだ」

ヘレンはおもしろがった。「あなたって、女の人のことならなんでも知っているのね」

「そんなことはないさ、カリアド。でも婦人たちがなにに金を使いたがるかは知っている」

ヘレンは体を横向きにして、リースの肩に頭をのせた。「ロンドンへ行って落ち着いたら、できるだけ早くあなたを夕食に招待するようレディ・バーウィックを説得するわ」ため息をついた。「あなたを前にしながら、堅苦しい態度でふるまうのは大変だけど」

「そうだな、手を出すんじゃないぞ」

ヘレンはほほえみ、リースの胸に口づけた。「努力するわ」

リースはしばらく無言でいたあと、ふいに話しはじめた。「レディ・バーウィックとヴァンスのつながりが気に食わない。きみたち姉妹にヴァンスを近づけてほしくないと、トレニアからレディ・バーウィックに伝えておいてもらおう」

ヘレンはどうにか落ち着きを保とうとしたものの、いまの話にぞっとしていた。実の父親と会う——想像するだけで恐ろしい。とはいえ、興味はある。興味を持つのはいけないことだろうか。「ええ、わたしもそう願うわ」ヘレンの心臓は不快なほど早鐘を打った。「ミスター・ヴァンスに家族はいるの？」

「妻がいたが、昨年肺炎で死んだ。生きている子どももいない——全員死産だったんだ。ほかの親戚ははるか北に住んでいて、普段は街へ出てこない」

「なんとも皮肉ね。あなたのお友達の奥さんとのあいだに非嫡出の娘がいるのに、自分の妻とのあいだにはひとりも嫡出子がいないなんて」ヘレンの顔に悲しみの影が差した。「気の毒なお嬢さんは生きているのかしら」

「生きていないほうがいい」リースはきっぱりと言った。「あいつの子どもはすべて悪魔の子だ。どうせろくな者にならない」

リースの言葉の背景にはつらい記憶があるとわかってはいても、ヘレンは身を硬くした。英国文化では血がすべてを意味する。社会そのものが、その人間の人生すべて——道徳、気質、知性、身分、達成できるあらゆること——が血筋で決まるという思想に基づいているからだ。人々は先祖の血に従わざるをえない。未来はすでに過去によって決まっている。だからこそ、多くの貴族が平民との結婚を不名誉なことだと考える。だからこそ、五〇〇年間身分の低い家柄の男が独力で成功しても、貴族ほど尊敬されることはない。だからこそ、犯罪者や正気を失った人間や愚か者の子どもは、親より悪い性質を持って生まれてくると信じ

られている。

　血は争えない。

　リースはヘレンの様子の変化に気づき、彼女をベッドに寝かせた。腕にヘレンの頭をのせて、体を彼女のほうへ傾けた。「どうしたんだ？」

　ヘレンはなかなか返事をしなかった。「なんでもないわ。ただ……いまのあなたの言い方がずいぶん冷たかったから」

　リースはしばし黙っていた。「ぼくもヴァンスのことを考えるときの自分は好きじゃない。だがどうしようもないんだ。もう二度とあいつの話はしないでおこう」

　彼の隣で横たわりながら、ヘレンは目を閉じて涙をこらえた。誰かにこの状況を話せたらいいのに、とみじめな気持ちで考えた。誰か……でもクインシーはだめ。すでに意見がはっきりしているから。お義姉様に打ち明けたい。でもお義姉様はもう充分すぎるほど悩みを抱えているうえ、おなかに赤ちゃんがいる。これ以上心配事を増やしてはいけない。

　温かな体に抱き寄せられ、ヘレンの物思いは破られた。「もうおやすみ、いとしい人」リースはささやいた。「朝目覚めたら、きみの気難しい野獣はまた人間の男に戻っているよ」

21

　翌日は荷造りであわただしい一日だった。使用人たちはウェストを除く一家全員の荷物をトランクや旅行かばん、化粧箱、帽子箱に必死で詰めた。ケイトリン、デヴォン、従者のサットン、侍女のクララが、あいにくその日の夜の列車でブリストルへ出発しなくてはならなかったからだ。四人は港町のホテルで夜を過ごし、翌朝ウォーターフォード行きの汽船に乗る。リースの要請を受けたウィンターボーン百貨店の運輸事務所により、細部に気を配って旅程が組まれていた。

　アルトン駅へ発つ直前にケイトリンが自分の寝室へ入ってきたとき、ヘレンは小型の旅行かばんに義姉の荷物を詰めていた。

「ヘレン、どうしてあなたがそんなことを？」ケイトリンは息を切らして問いかけた。「クララの仕事なのに」

「わたしが手伝うと言ったの」ヘレンは返した。「クララには自分の持ち物を詰めるための時間がもう少し必要だったから」

「ありがとう。やれやれ、大騒ぎね。あなたたち三姉妹はロンドン行きの荷造りを終えた

の？」

「ええ、わたしたちはミスター・ウィンターボーンとレディ・バーウィックと一緒に、明日の朝出発するわ」ヘレンはベッドの上に置かれた旅行かばんを開いて中身を見せた。「確認してちょうだい。忘れ物がなければいいんだけど」

ヘレンはケイトリンが大切にしている鮮やかなぼかし染めのウールのショール、塩味のアーモンドひと瓶、筆記帳と鉛筆、小さなはさみとピンセットのついた裁縫道具一式、ヘアブラシ、ヘアピンを詰めておいた。さらに、予備のハンカチと手袋、コールドクリーム、薔薇水、コップ、缶入りのど飴《あめ》、予備のドロワーズ、硬貨の入った小銭入れ、小説三冊も。

「あの子たちは拳銃も入れるよう説得してきたのよ。お義姉様たちの乗る汽船が海賊に襲われた場合に備えて」ヘレンは言った。「この二世紀半、アイルランド海に海賊はいないと指摘してあげたけれど」

「それは残念。わたしなら海賊なんて一瞬で仕留めてしまうのに。まあいいわ、現実に冒険しなくたって、少なくとも小説があるもの」ケイトリンはヘレンが詰めた本を手に取り、題名を読んで笑いだした。「『戦争と平和』？」

「長編で名作なの」ヘレンは説明した。「お義姉様はまだ読んでいないでしょう。図書室の書架の六段目より上に置いてあったから。レディ・バーウィックがおっしゃるとおり、トルストイの作品を読んだ人は結婚に嫌気が差す傾向があるけど、お義姉様はもう既婚者だから手遅れだし」

ケイトリンはなおもくすくす笑いながら、旅行かばんのなかへ本を戻した。「わたしは結婚に嫌気が差したりしないわ。デヴォンのおかげよ。あの人は北極星のように揺るがず、心から思いやりを持って一緒にいてくれる。わたしには、思った以上にデヴォンが必要だとわかったの」

「デヴォンもお義姉様を必要としているわ」

ケイトリンは旅行かばんを閉じ、愛情のこもったまなざしをヘレンに向けた。「離れるのがとてもさみしいわ、ヘレン。でも、あなたたち三姉妹はロンドンで楽しく過ごすのだと思うと気分が楽よ。ミスター・ウィンターボーンはレイヴネル・ハウスへ頻繁に来るでしょうし、あなたを喜ばせることなら、後方宙返り以外はなんでもしてくれるはずだもの」間を置いてから、静かに言い添えた。「ミスター・ウィンターボーンはあなたを愛しているのよ。見ればわかるわ」

ヘレンはなんと言えばいいかわからなかった。胸の内を明かし、どれほどリースに愛されていようと、自分の恐ろしい出生の秘密を乗り越えることはできないのだと告げたくてたまらない。本当のことを知れば、リースは打ちのめされるはずだ。

ヘレンは強いてほほえみ、照れているふりをして顔をそむけた。

ケイトリンはすぐさまヘレンの体に腕をまわした。「幸せなときを過ごせるはずよ、ヘレン。レディ・バーウィックと一緒なら、なにも問題ないわ。わたしが知るなかでは誰よりも高潔で賢い婦人だから。わたしたちの留守中、あなたたちはレディ・バーウィックを信頼し

ゆったり楽しく過ごしながらお義姉様たちの帰りを待つわ」

「ええ」ヘレンはケイトリンをぎゅっと抱きしめた。「なにも心配しないで。わたしたち、て頼りにしてちょうだい」

レイヴネル一家は長々と別れを惜しみ合った。その光景を見て、この家族は今後何年間も――何週間ではなく――会えないのだろう、と思った人がいたとしても無理はなかった。幸い、感情をあらわにしてはいけませんと非難しそうなレディ・バーウィックは、そのとき自室にいた。リースはといえば、家族水入らずで過ごせるように、気をきかせて図書室へ引っこんでいた。

パンドラもカサンドラも明るく楽しそうにしていたが、いざ別れを告げるときが来ると涙ぐみ、ふたり同時にケイトリンを抱きしめた。小柄なケイトリンの姿は、ふたりに挟まれてほとんど隠れてしまった。彼女はこの一年近く、双子に関心と愛情を持って接してきた。それはまぎれもなく母性だった。双子はケイトリンをとても恋しく思うはずだ。

「わたしたちも一緒に行けたらいいのに」パンドラが声を震わせた。

カサンドラがすすり泣いた。

「よしよし」ふたりの抱擁のなかから、ケイトリンの声がした。「すぐにまた会えるわよ、ふたりとも。そのあいだ、ロンドンで楽しんで。あなたたちに一頭ずつ、美しい馬を連れて帰ってくるわ。そのことを考えてみて！」

「わたしの馬が船酔いしちゃったらどうなるの？」カサンドラが訊いた。

ケイトリンは答えようとした。けれどもまだ双子に挟まれていたので、聞こえるように話すのは難しかった。

デヴォンが愉快そうに進み出て、しっかり抱き合った腕のなかから妻を引き出した。「馬は乗船中、仕切り壁に詰め物が施された馬房に入れる」彼は説明した。「さらに、ハンモックのようにつるした大きな厚い布で胴を支えて、よろめきや転倒を防止するんだ。ぼくが船内にとどまって、馬たちを落ち着かせておくよ」

「わたしもそうするわ」ケイトリンがつけ足した。

デヴォンはケイトリンに警告のまなざしを向けた。「さっき話したとおり、帰路で馬の面倒を見るのはぼくの仕事であって、きみの仕事はおなかの子どもに気を配ることだ」

「わたしは病人ではないのよ」ケイトリンは訴えた。

「ああ」デヴォンは言った。「だがぼくにとってこの世でいちばん大切なのはきみだ。きみの身を危険にさらすつもりはない」

ケイトリンは腕を組み、怒ったふりをした。「そんなことを言われたら、反論できないじゃない」

デヴォンは笑みを浮かべ、ケイトリンにしっかり口づけた。「そうとも」双子に向きなおり、ふたりを両腕で包んで頭のてっぺんにキスをした。「お別れだ、小悪魔たち。レディ・バーウィックをあまり困らせないようにするんだぞ。ヘレンを頼む」

「出発の時間だ」ウェストンが部屋の入り口から声をかけた。「本当に駅までぼくがつき添わなくていいのか？」

デヴォンは弟ににやりと笑いかけた。「ありがたいが、もう馬車の席に余裕がないんだ。それに、おまえにはレディ・バーウィックをおもてなしする重要な役目があるしな」

「そのとおり」ウェストンは平然と応じたものの、体の向きを変え、デヴォンにしかわからないように、ある手振りをさっと見せた。

「ケイトリンお義姉様」パンドラが呼びかけた。「ウェストがまた指であれをやったわ」

「手がけいれんしたんだ」ウェストンはすかさず言い、パンドラに向かって目を細めた。

ケイトリンは笑ってウェストンに歩み寄り、彼の首に両腕を巻きつけた。「ウェスト」愛情を込めて声をかけた。「誰にも余計なことを言われなければ、どんな別れの挨拶をしてくれる？」

ウェストンはため息をついてから、ケイトリンの額にキスをした。「さみしくなるよ、まったく」

ヘレンは翌朝、妹たちとの出発前に、ふたりきりで話そうとウェストンに呼ばれた。ふたりは温室へ向かってゆっくりと歩き、ガラスと石でできた部屋へ入った。青々と茂った鉢植えのヤシやシダがぎっしりと並んでいる。ガラス窓のすぐ外にはヨーロッパブナの木立が見え、枝をだらんと垂れ下げているさまはあたかも厳しい冬に疲れ果てたかのようだ。どんよ

りした空からオレンジ色と灰色のぽっちゃりしたアトリの群れが下りてきて、ごつごつした木々の周囲で絨毯さながらに広がるブナの実をついばんだ。

「ふと気づいてね」つり下げられた寄せ植えの鉢にぶつからないよう、首を引っこめながらウェストンが話しはじめた。「きみたち三姉妹が、家族の見守りなしにふた晩以上ロンドンに滞在するのは今回が初めてだって」

「レディ・バーウィックがいらっしゃるわ」ヘレンは指摘した。

「あの人は家族じゃない」

「お義姉様はいい方だと思っているわ」

「その理由はただひとつ。レディ・バーウィックが引き取ってくれなかったら、実の両親に、〝この子あげます〟って書いた札を首から下げて街角に立たされるところだったから。おっと、ケイトリンがあの人を知恵と慈悲の塊だと思っているのはわかっているよ。だが、ロンドンで気楽にやっていけそうにないことに、きみもぼくも気づいている。伯爵夫人とパンドラはずっと激しくやり合うはずだからね」

ヘレンはウェストンを見上げてほほえんだ。心配そうな濃い青色の瞳。「たったの一カ月よ。わたしたち、レディ・バーウィックとうまくやるすべを学ぶわ。ミスター・ウィンターボーンも近くにいるし」

ウェストンの眉間のしわが深くなった。「そのことはぼくにはなんの気休めにもならない」

ヘレンはとまどってたずねた。「なにが心配なの？」

「きみが操られて利用されたあげく、洗濯物のしわ伸ばし機でぺしゃんこにされた気分になることだよ」

「ミスター・ウィンターボーンはわたしを利用したりしないわ」

ウェストンは鼻を鳴らした。「きみはすでに利用されている」ヘレンの両肩をつかみ、彼を見上げている顔をのぞきこんだ。「ヘレン、慎重でいてほしい。ロンドンは楽しいことやお菓子屋ばかりの魔法の国じゃないんだ。見知らぬ人間のなかに、変装した英雄はひとりもいないことを忘れないでくれ」

ヘレンは非難の目でウェストンを見た。「わたしはそこまで世間知らずではないわ」

ウェストンは片方の眉を上げた。「それはどうかな。だってきみは前回ロンドンへ行ったとき、つき添いもなしでウィンターボーン百貨店へぶらりと出かけたうえ、驚いたことに、純潔をすっかり奪われて帰宅したんだからね」

ヘレンは頬を紅潮させた。「わたしたちは取引をしたの」

「取引する必要なんかまったくなかった。ウィンターボーンはどのみちきみと結婚したはずだ」

「あなたはわかっていないのよ」

「ヘレン、誰もがわかっていたんだよ。どうやらきみは別のようだが。いや、反論はけっこう。時間がないからね。これから言うことだけ覚えておくんだ。もしなにか困り事があったら、三人のうち誰かにまずいことが起こったら、ぼくに連絡してほしい。いちばん近い電報

局へ従僕を使いにやれば、ぼくが弾丸みたいに駆けつける。そうすると約束してくれ」

「約束するわ」ヘレンはつま先立ってウェストンの頬に口づけた。「あなたは変装した英雄ね」

「そう思うかい？」ウェストンは悲しげに首を振った。「なら、これ以上ぼくのことを知られなくてよかった」彼はヘレンに片腕を差し出した。「さあ、もう玄関広間でみんなと合流する時間だ。懐中鏡を持っていないかい？」

「悪いけど、ないわ。どうして？」

「きみが遅くなったのはぼくの責任だからね。いまごろレディ・バーウィックの頭から蛇が生えているはずだから、顔を直接見ないようにしないと」

案の定レディ・バーウィックは、ロンドンまでの移動中、リースの席は自分の隣だと言い張った。当然ながらリースはその要求を聞き入れたものの、時々体をひねって、背後の席で刺繍枠を持って腰かけているヘレンを切望のまなざしで見た。

花のアップリケに取り組んでいたヘレンは、葉っぱの縁を緻密なフェザーステッチで縫いつけながら、レディ・バーウィックとリースの会話に遠慮がちに耳を傾けた。リースは敬意と関心を持ってレディ・バーウィックに接しているが、かしこまっている様子はまるでない。相手のお気に入りの話題、馬とその調教についてたずね、自分は門外漢であり、よくてそこその乗り手だと率直に認めた。知識と助言を与えるのがなによりも大好きな伯爵夫人は、

それを聞いて熱心に話しはじめた。

ふと、ヘレンの背後の席にいる双子のお喋りが聞こえてきた。

「……『オセロー』に出てくる、あの言葉よ。わたしたちは知らないことになっているけど」パンドラの声だ。

「げす？」カサンドラが推測した。

「違うわよ、ばかね。その言葉が出てくるのは『オセロー』じゃなくて、ヘンリー何世だったかを描いた作品でしょ。わたしが言ってるのは、浮気されたと思いこんでいるオセローが妻のデズデモーナを呼ぶ言い方のこと」カサンドラがとまどいの表情を見せたらしく、パンドラはその禁じられた言葉をささやき声で伝えた。

「その言葉、わたし知らないわ」カサンドラが言った。

「それは簡約版を読んだからよ。でもわたしは原版を読んで、この言葉を辞書で調べたの。〝金を得るために男と寝る女〟という意味ですって」

「どうして男の人が女の人にお金を払って一緒に眠るの？」カサンドラは理解に苦しんでいるようだ。「凍えそうに寒くて、毛布が足りないというなら別だけど。でもそれなら毛布を買い足したほうが簡単じゃなくて？」

「わたしなら犬と眠るほうがいいわ。人間よりずっと温かいもの」

ヘレンは動揺し、考えた。双子をあまり過保護にしておくのはよくない。何年も前、月のものについては前もって教えておいた。だから、いざそのときが来ても、ふたりとも姉のよ

うに驚きも怖がりもしなかった。ほかのことについても当然知らせるべきだ。なんといっても、備えあれば患いなし。ふたりに自分たちだけで誤った結論を下させるのではなく、なるべく早く基本的事実を説明しよう。

列車がウォータールー駅に到着した。構内はおおぜいの人でごったがえし、例のごとく耳をふさぎたくなる騒音で満ち満ちている。レイヴネル家の五人と供の者たちはプラットホームに降り立ったとたん、ウィンターボーン百貨店の青い制服に身を包んだ四人の従業員に迎えられた。従業員たちはヘレンたちの荷物を集めて手押し車にのせ、魔法のようにてきぱきと人々に道を空けさせた。レディ・バーウィックは懸命に感心を顔に出さないようにしている。その様子を見て、ヘレンはひそかにおもしろがった。一行が駅の外まで案内されると、そこには一家と使用人のための馬車二台と、残りの荷物を運ぶ荷馬車が停まっていた。

リースの馬車は現代的な造りの壮麗な乗り物だった。光沢を放つ黒いラッカー仕上げで、見慣れたWの凝った装飾文字が側面に施されている。リースは扉の前に立ち、ひとりひとりに手を差しのべて馬車に乗せた。まずはレディ・バーウィック、次にヘレン。双子のひとりに懇願するように袖を引っ張られ、リースは動きを止めた。先に乗りこんだ女性たちにちらりと視線を送り、残念そうに言った。「しばしお待ちを」

扉が閉まり、ヘレンとレディ・バーウィックは車室に残された。

伯爵夫人が眉をひそめた。「なんなのかしら」

ヘレンは当惑してかすかに首を振った。

なめらかなカチッという音とともに扉がぱっと数センチ開き、また閉まった。カチッ。ふたたび扉が開き、閉まった。

扉の外側についた最新式の取っ手で双子が遊んでいることに気づき、ヘレンは笑いをこらえた。取っ手を途中までまわす従来式とは違い、少し押し下げるだけで扉が開くのだ。

「あなたたち!」次に扉が開いた瞬間、レディ・バーウィックが叱りつけた。「さっさとなかへお入りなさい」

パンドラとカサンドラは決まり悪そうな顔で馬車へ乗りこみ、ヘレンの隣に座った。

伯爵夫人はふたりを冷ややかににらんだ。「扉の取っ手で遊んではいけません」

「ミスター・ウィンターボーンはいいと言ってくれたのに」パンドラがつぶやいた。

「おそらくミスター・ウィンターボーンは若い淑女の正しいふるまい方について、ほとんどご存じないのでしょう」

リースは伯爵夫人の隣に座って真面目な口調で応じたが、目尻にはかすかにしわが寄っていた。「お許しください、伯爵夫人。おふたりが関心を示していたので、どのような仕組みかをご覧に入れようと思ったのです」

伯爵夫人は怒りを静め、先ほどより落ち着いた口調で言った。「若い活発な頭には抑制をきかせなくてはなりません。頭脳を使いすぎると非行に駆り立てられてしまいますからね」

ヘレンはパンドラに肘を押しつけ、黙っているよう警告した。

「わたしの両親も同じ意見でした」リースはなごやかに話した。「頭を使いすぎると、生意

気で現状に満足しない人間になると父は言っておりました。〝身のほどを知り、出すぎた真似はするな〟と」

「あなたはその言葉を聞き入れましたか?」

リースはふっと笑った。「レディ・バーウィック、もし聞き入れていたら、ぼくはいまもハイ・ストリートで店をやっているはずです——馬車のなかで伯爵夫人と座っているのではなく」

22

残念なことに、ロンドンに到着してからの一週間、ヘレンがリースに会う機会はほとんどなかった。彼はハンプシャー滞在のためにしばらく職場を留守にしていたので仕事が溜まっていたうえ、対処を要する問題がいくつもあったからだ。ある日の午後にやっとリースがレイヴネル・ハウスを訪問したときは、伯爵夫人と双子が同席していて、ヘレンは彼と世間話しかできなかった。レディ・バーウィックは訪問に関して明瞭かつ妥協の余地がない決まりを設けている。特定の時間帯でなくては受け入れられず、訪問者は一五分以内に去るべしという内容だ。リースの滞在が一五分を過ぎたところで、伯爵夫人は意味ありげに時計を見た。リースはヘレンと目を合わせ、じれったさと切望感をしばし分かち合ったのち、口角をゆがめて立ち上がった。「長居をしてしまいました」

「大変楽しい時間でした、ミスター・ウィンターボーン」レディ・バーウィックが言い、自分も立ち上がった。「もしあなたの予定が合えば、あさっての夜に食事にいらしていただきたいわ」

「金曜ですか」リースは残念そうに眉根を寄せた。「伯爵夫人、ぜひともそうしたいところ

ですが、首相との非公式夕食会に出席する先約があるのです」

「ディズレーリ首相との？」ヘレンは目を丸くした。「ご友人なの？」

「知人だ。労働法の改革法案に支援を求められている。ストライキを続行する法的権利を労働者たちに与えるために」

「ストライキが違法だなんて知らなかったわ」ヘレンは言った。

ヘレンが関心を示したのでリースは笑みを浮かべた。「法的に許されているのは、大工やれんが職人、製鉄職人といった、ほんのひと握りの手工業労働者たちだけだ。しかし、それにもかかわらず、ほかの労働組合員たちもおおぜいが実施して、最後には投獄されている」

「あなたは労働組合員たちにストライキをする権利を与えたいの？」ヘレンはたずねた。「事業主なのに？」

「ああ、労働者階級も社会のほかのみんなと同じ権利を有するべきだ」

「そのような問題は婦人が関心を持つべきことではありません」レディ・バーウィックが言い、その話題を一蹴した。「お互いに都合のよい日を見つけて夕食をご一緒しましょう、ミスター・ウィンターボーン」

「ミスター・ウィンターボーンを玄関までお見送りします」ヘレンは申し出て、一秒たりともふたりきりになれなかったいらだちを抑えようとした。

レディ・バーウィックは有無を言わせぬ態度で首を振った。「あなた、わざわざ玄関まで殿方についていくなんて不適切ですよ」

ヘレンは妹たちに目で助けを求めた。

すぐさま、パンドラが片脚の裏で椅子を押して倒し、「げっ」と大きな声をあげた。「どうして倒れたのかしら」

伯爵夫人がパンドラに顔を向けた。「パンドラ、その言葉使いはいけません!」

「物をひっくりかえしたとき、どう言えばいいんですか?」

レディ・バーウィックが考えるあいだ、一瞬沈黙が流れた。「〝悲しや〟とおっしゃい」

「〝悲しや〟?」パンドラは不服そうに訊いた。「ずいぶん締まりのない言い方ですけど」

「どういう意味なんですか?」カサンドラが問いかけた。

レディ・バーウィックが双子に気を取られているうちに、ヘレンはリースとともに廊下へ抜け出した。

リースはなにも言わずにヘレンのうなじに片手を添え、唇を重ねてきた。彼女を熱くむさぼるさまは、飢えた男そのものだ。ヘレンはきつく抱きしめられ、彼の焼けつくような息が頬にかかると同時に思いきり息を吸った。

「ヘレン?」伯爵夫人の声が居間から聞こえた。

リースはすぐにヘレンを放した。触れたくてたまらないとばかりに両手を開いたり閉じたりしながら、ヘレンを見つめている。

ヘレンはぼうっとしつつも、がくがくする膝に力を入れようとした。「もうお帰りになったほうがよさそうね」そうささやいたあと、相手を笑わせたくてぎこちなく言い添えた。

「悲しや」

リースは皮肉っぽいまなざしを向けたあと、半円形のコンソールテーブルから帽子と手袋を取った。「昼間の訪問は二度とごめんだ、カリアド。この一五分、パン屋の店先にいる飢えた男みたいに苦しかった」

「次はいつ会えるかしら」

リースは帽子をかぶって手袋をはめた。「月曜の夜、レディ・バーウィックにきみを百貨店に連れてきてもらえるよう取りはからうつもりだ」

「あそこでふたりきりになれるの？」ヘレンは玄関のドアまでリースを送りながら、いぶかしげにたずねた。

リースは足を止めてヘレンを見下ろし、人差し指で彼女の頰をなでた。なめらかな黒革に愛撫され、ヘレンは身を震わせた。あごをそっとつかまれ、口元に視線がそそがれる。「百貨店はぼくの縄張りじゃないか」リースは言った。「違うかい？」


翌日、居間はレディ・バーウィックが特別な会合を開くために招待した、一ダースもの女性たちでいっぱいだった。社交シーズンのとびきり重要な催しを仕切る既婚婦人たちだ。次の世代の妻や母を導くのがこの女性たちの務めであり、妙齢を迎えたすべての娘の運命は、彼女たちが味方するかどうかにかかっている。

「できる限り口を慎むのですよ」レディ・バーウィックは三姉妹に厳しい口調で言った。

チナです」

「沈黙は金なりと覚えておきなさい」パンドラを見て、つけ加えた。「あなたの場合は、プラ

三姉妹が居間の隅で目を丸くして静かに腰かけている一方で、既婚婦人の一団はお喋りに花を咲かせながら紅茶を飲んでいた。なごやかに言葉を交わし、今年はいつになく寒いので春の訪れが遅いにちがいないと口をそろえた。

レディ・バーウィックがウィンターボーン百貨店の裁縫師について一般的な見解を求めると、ヘレンは熱心に耳を傾けた。件の婦人であるミセス・アレンビーが抜群に優れた仕立てを行う話を部屋のあちこちから聞いて、伯爵夫人は安心したようだ。ミセス・アレンビーはいまや王室のご用裁縫師になっているため、順番待ち名簿の最初に名前がない限り、予約を取りつけることはできないらしい。

「でもおそらく」夫を亡くしたひとりの貴婦人がにっこりして言った。「レディ・ヘレンは待たずに予約をお取りできるのでしょうね」

ヘレンは慎み深く目を伏せたままでいた。

「おっしゃるとおりです」レディ・バーウィックが返答した。「ミスター・ウィンターボーンが大変親切にしてくれていますから」

「あの方とお知り合いですの？」ひとりの貴婦人がたずねた。

伯爵夫人の答えを聞き逃すまいと、貴婦人たちは耳をそばだてて前かがみになり、多くの椅子がいっせいにきしんだ。

「ミスター・ウィンターボーンは列車に同乗して、わたくしたちをロンドンまでエスコートしてくださいました」

興奮に満ちたささやきが貴婦人たちのあいだからもれだし、レディ・バーウィックはヘレンに目配せした。

ヘレンはその合図を瞬時に受け取った。「もし差し支えがなければ」遠慮がちに言った。「妹たちとわたしは失礼して、歴史の勉強をしてまいります」

「いい子ね、大変よろしいわ。お勉強してらっしゃい」

ヘレンと双子は一同に向かっておじぎをし、部屋を出た。そのとたん、ミスター・ウィンターボーンに関する質問が次々と居間に飛び交った。

「上へ行きましょう」双子が立ち止まって耳を傾けているので、ヘレンは気まずそうに声をかけた。「立ち聞きしても自分のいいうわさは聞こえてこないものよ」

「そうね」パンドラが認めた。「でも、ほかの人のとってもおもしろい話が聞けるわ」

「しいっ」カサンドラがささやき、耳を澄ませた。

「……それほど上品ではありませんが、魅力的な顔立ちです」レディ・バーウィックの声だ。言葉を切り、わずかに声を潜めた。「ふさふさと豊かで、ジェットのように黒い髪です。男らしくあごひげを伸ばしているところで、体格は大柄、たくましい体つきをしています」

「気性は？」誰かがたずねた。

「バルブ種の種馬並みに血気盛んです」レディ・バーウィックはうれしそうに答えた。「父

親になる務めをしっかり果たしてくれるにちがいありません」

色めき立った貴婦人たちから、意見や質問が一気に飛び出した。

「いままでの会合で、本当に慈善行事について話し合ったことがあるのかしらね」おどけてそう言ったカサンドラを、ヘレンはぐいと引っ張っていった。


おかしな行動を見せることなく既婚婦人たちの集まりを乗りきったご褒美に、翌日、三姉妹は昼間に訪問客と面会する義務を免除された。パンドラはカサンドラをうまく言いくるめてボードゲームの図案を描く手伝いをさせ、ヘレンは上階の居間に座ってひとり読書をしていた。


疲れを感じた頭がぐるぐるまわり、ヘレンは数分間、文字を読まずにページを眺めた。部屋を暖かくしているにもかかわらず寒気を覚え、本を脇に置いて両腕を体に巻きつけた。

「お嬢様」従僕のピーターが居間の入り口に立っていた。「レディ・バーウィックが応接間へお越しいただきたいそうです」

ヘレンは座ったまま背筋を伸ばし、とまどった目でピーターを見た。「理由はおっしゃっていた？」

「お客様をもてなす手助けを、と」

ヘレンは不安げに立ち上がった。「妹たちも呼ばれたの？」

「いえ、お嬢様だけです」

「すぐに下りていきますと伝えてちょうだい」

ヘレンは髪を整え、スカートのしわを伸ばしてから、階段を下りて応接間へ向かった。部屋の入り口でレディ・バーウィックがヘレンを待っているのを見て、歩みをゆるめ、目をぱちくりさせた。

「レディ・バーウィック」ヘレンはいぶかしげに眉をひそめた。

伯爵夫人は応接間にいる訪問客に背を向けたままだった。いつもどおり背をまっすぐにした優雅な姿勢だが、どこか、かつて見た鳥売りの片手にのったムクドリを思わせた。その鳥は翼を枷《かせ》とからげ糸で拘束されていた……けれど瞳は激しく自由を求めていた。

「突然ですが」レディ・バーウィックは小声でそっと話した。「わたくしの夫の爵位継承者があなたに会いに来ました。あなたはほとんど口をきかなくてかまいません。背筋を伸ばして」

それ以上なんの準備もなく、気がつくとヘレンは応接間へ引き入れられていた。

「レディ・ヘレン」伯爵夫人は淡々と言った。「こちらはわたくしの甥、ミスター・ヴァンスです」

23

ぼっと燃え上がった炎に放りこまれたかのように、ヘレンは全身に痛みを感じた。その後、閉じたドアを叩くこぶしさながら心臓が猛烈に鼓動していること以外、なにも感じられなくなった。目を伏せたまま、おじぎをした。

「初めまして」相手が小さく言うのが聞こえた。愛想のいい声。さっぱりとしてなめらかで、ほどほどに深みがある。

自分以外のなんらかの力に動かされている気分だった。応接間へ入って長椅子のそばの椅子に座り、いつもの習慣でスカートを整えた。ヴァンスが長椅子に腰かけたあと、ヘレンは思いきって彼を見た。

アルビオン・ヴァンスは、鳥肌が立つほどきわめて端整な容貌をしていた。こんな人物はいままで見たことがない。白い肌は年不相応に若々しく、瞳は淡い灰青色。短めの髪は牡蠣《かき》の殻の内側に似て、真っ白に輝いている。無駄な肉のない顔立ちは、最新の髪型を展示するために床屋の店先に置かれた、鼻の細い蠟人形の首を思わせた。中背で、細身の引きしまった体格をしていて、脚を組んでいるさまは猫のように優雅だ。

ヘレンは不快な衝撃を受けながら、相手の眉とまつ毛が自分と同じく黒に近い色であることに気がついた。ああ、なんて奇妙なことだろう——あらゆる感覚が鈍くなっているせいで、不気味なほど落ち着いていられるのがありがたい。

ヴァンスは超然としたまなざしでヘレンをじろじろと眺めた。この男には、背徳的な、人を引きつけるなにかがある。利己心をあおる、凍てつく炎といった感じだ。

「お母上に似ていらっしゃる」ヴァンスが言った。「もっとも、あなたのほうがひ弱そうだ」

自分が一瞬で値踏みされ、いまひとつと見なされたことをいやというほど意識しつつ、ヘレンは問いかけた。「母とお知り合いでしたの、ミスター・ヴァンス？　エヴァースビー・プライオリーでお目にかかった記憶はありませんが」

「お母上がロンドンにいらしたときに、社交行事で時折お会いしたのです」ヴァンスはにっこりと笑い、完璧に並んだ小さくて白い歯を見せた。「見とれるような美人でした。せっかちなところは子どものようでしたね。踊るのが大好きで、音楽を聴けば足を動かさずにいられなかった。あるときなど、わたしはお母上にこう言いましたよ。あなたを見ていると、赤い靴を題材にした、あの素敵な物語を思い出す、と」

それはヘレンがずっと嫌っている物語だった。とがめられるのを承知で、あえて赤い靴を履いていた少女が、それを履いたまま死ぬまで踊りつづける呪いをかけられるのだ。「ハンス・クリスチャン・アンデルセンの書いた物語のことでしょうか。罪の報いにまつわる訓話ですわね」

ヴァンスの顔から笑みが消えた。あらためてヘレンに向いた視線は、相手をあなどってよいものかどうかを見定めようとしている。「じつをいうと、わたしの記憶ではあの物語に教訓などなかったように思いますが」

「お読みになったのがずいぶん昔だからでしょう」ヘレンは無表情の仮面をかぶった。双子はこの顔をされるといつもいらだち、ヘレンをスフィンクスと呼ぶ。「少女が誘惑に身をゆだねたあと、赤い靴は、死ぬまで踊る呪いの道具になるのです」

ヴァンスはいぶかるようにヘレンを見た。わざとあてこすりを言っているのだろうかと考えているらしい。「お母上が亡くなられたことを残念に思いますよ。最近では、お父上と兄上もお気の毒に。レイヴネル家にとって、さぞかしおつらい時期だったでしょう」

「これからはよくなることを願っておりますわ」ヘレンは感情を込めずに言った。

相手の心を乱す、狐《きつね》に似た笑みを浮かべてヴァンスはレディ・バーウィックに顔を向けた。

「レイヴネル家はうまく立ち直りつつあるようですね。如才なきわれらがケイトリンは、新たなトレニア伯爵を手っ取り早く、しかと手中に収めた」

ケイトリンが計算ずくで日和見的にデヴォンと結婚したとほのめかされて、伯爵夫人はいらだちを隠しきれなかった。「お互いに愛し合っての結婚です」そっけなく言った。

「最初の結婚と同じですね。そんなに惚《ほ》れっぽいとは、なんと都合がいいことだ」

ヘレンは虫唾《むしず》が走るほどヴァンスが嫌いになった。この男の心はどこかむしばまれている。救いがたい冷酷さを有している。自分の体のなかにこの男の血が流れていると思うと、ぞっ

とした。数日前の夜にリースが口にした言葉を思い出した――〝あいつの子どもはすべて悪魔の子だ。どうせろくな者にならない〟ヴァンスと会ったいまとなっては、同意せざるをえない。母はどうしてこんな男のとりこになったのだろう？　ペギー・クルーも、どうして？

きっと、悪には悪の魅力というものがあるのだろう。善と同じように。

ヴァンスはヘレンに向きなおった。「レディ・ヘレン、聞くところによればミスター・ウィンターボーンと婚約なさっているそうですね。あなたにふさわしい階級に属さない夫を持たねばならないとはお気の毒に。とはいえ、おふたりにはお祝い申し上げます」

ハンプシャーでレディ・バーウィックに同じことを言われたときより、はるかに腹の立つ発言だった。ヘレンが冷静さを失わずにすんだのはひとえに、こちらを刺激してやろうという相手の魂胆をわかっていたからだ。それでもヘレンは言いかえしてやりたくてたまらなかった。「ふさわしい階級」をはずれる人間のことがそれほど心配なら、既婚女性との情事を控えるべきでしょう、と。

「どなたかに忠告を受けていらっしゃるといいのですが」ヴァンスはつづけた。「あなたのお子さんはどれほど育ちがよかろうと、いずれ粗野で反抗的な連中になるかもしれませんよ。親が親ですからね。狼を飼いならすことはできても、その子どもは必ず野蛮な状態で生まれてくるものです。ウェールズ人は生まれつき短気で誠実さに欠け、よくすらすらと嘘をつく。本当のことを言ったほうがいいときでさえもです。目上の者を困らせるのがなによりも好きで、真面目に働かずにすむならなんでもするし、なんでも言う」

ヘレンはリースのことを考えた。彼はこれまでずっとこつこつと働いてきた。生まれながらに特権的な人生を送る男に侮辱されるようなことは、なにもしていない。固いこぶしを作りかけながらも、ヘレンはどうにか両手を膝で重ねたままたずねた。「どうしてウェールズ人のことをそんなにご存じですの？」

レディ・バーウィックが取りなそうとした。「ミスター・ヴァンス、どうやら――」

「ほとんどは常識ですよ」ヴァンスはヘレンに話した。「しかしわたしは小冊子の執筆に際して情報を集めるため、ウェールズじゅうの視察もしたのです。ウェールズ人の学校からウェールズ語を駆逐する必要性を証明しなくては、と義務感を覚えましたよ。教育手段としてお粗末な言語だというのに、ウェールズ人ときたら、手放さないと頑固に言い張っている」

「なんてことを」ヘレンは静かに言った。

「ええ、そうなのです」わずかに込められた皮肉に気づかなかったのか、それともわざと無視したのか、ヴァンスは応じた。「ウェールズ人の知性を呼び覚ますために、なにか手を打たなくてはいけません。まずは相手が好むと好まざるとにかかわらず、無理にでも英語を教えこむことから始めるのです」話をつづけるヴァンスを見て、ヘレンは気づいた。この男はもはや気取った態度をとっているわけでも、こちらを怒らせようとしているわけでもない。心から確信を持って語っている。「ウェールズ人を怠惰で残忍なままにしておいてはいけません。いまの状態では、使用人としてさえ、ふさわしくありませんからね」

レディ・バーウィックはヘレンのこわばった顔を一瞥し、場の緊張をやわらげようとして

ヴァンスに話しかけた。「視察からイングランドへ戻って、ほっとなさったでしょうね」

ヴァンスの口調はきっぱりしていた。「ウェールズへ戻るくらいなら、地獄の業火へ放りこまれたいほどですよ」

この男には、もう一秒たりとも耐えられない。ヘレンは立ち上がって冷ややかに言った。

「その望みはきっとかないますわ、ミスター・ヴァンス」

ふいを突かれてヴァンスはゆっくりと立ち上がった。「おや、あなたは——」

「失礼します」ヘレンは告げた。「手紙を書かなくてはいけませんので」それきりひと言も口にせず、突然駆けださないよう必死に我慢して応接間を離れた。


どのくらいの時間が経ったのだろうか。ヘレンはベッドの上で丸くなり、涙があふれる両目に、折りたたんだハンカチをあてて片手で押さえていた。何度も押し寄せる痛みを喉に感じながら、息を吸おうとした。

こんなことなら、父親なんてひとりもいないほうがはるかによかった。アルビオン・ヴァンスは、これまで想像したこともないほどいやな人間だ。どこもかしこもゆがんでいる。自分があの男から生まれたなんて。あの男の、毒のような血が、自分にも流れているなんて。

父の罪は子に問われる——この原則が聖書に説かれていることは誰もが知っている。自分のどこかに、あの男から伝わった邪悪なところがあるにちがいない。

ドアを軽く叩く音がして、レディ・バーウィックが入ってきた。琥珀色の液体を注いだグ

ラスをふたつ持っている。「とてもうまく対処しましたね」彼女はそう言ってベッドの足側で立ち止まった。

「伯爵夫人のお客様に失礼なことをしたのにですか？」ヘレンは涙声で訊いた。

「あの男はわたくしの客ではありません」伯爵夫人はそっけなく言った。「卑劣な寄生虫です。聖書に出てくるヨブの、腐った傷口にわいた蛆虫《うじむし》。今日、なんの前触れもなくヴァンスが現れるとは、思ってもみませんでした」

ヘレンは目からハンカチを離し、鼻をかんだ。「ミスター・ウィンターボーンに怒られます。ミスター・ヴァンスとはけっして関わらないように、とはっきり言われていましたから」

「では、わたくしがあなたなら黙っているでしょうね」

ヘレンはハンカチを手で包んでぎゅっと丸めた。「あの人に隠し事をしろと勧めてらっしゃるのですか？」

「ミスター・ウィンターボーンに黙っておくことが非常にあなたのためになる理由は、わたくしもあなたもわかっているはずです」

ヘレンは言葉を失ってレディ・バーウィックを見つめた。ああ、なんてこと。この人は知っている。知っているのだわ。

レディ・バーウィックはベッドの脇までやってきて、ヘレンに片方のグラスを渡した。

「ブランデーよ」

ヘレンはグラスを口元まで運び、こわごわとひと口飲み、またひと口飲んだ。その飲み物は唇を熱く焦がし、とても刺激的な味がした。「淑女はブランデーを飲むものではないと思っていました」ヘレンはかすれた声で言った。

「公の場ではそうです。けれども刺激物が必要なときにこっそり飲むのはかまいません」

ヘレンがまたブランデーに口をつけると、伯爵夫人は偉ぶることなく、腹を割った態度で話しかけてきた。意外にも、少し優しさを添えて。「わたくしは昨年、ケイトリンがあなたの一族に嫁入りすることをヴァンスに伝えた際、あなたのお母様との情事について明かされたの。あなたがあの男の娘だということも。初めてあなたを見たとき、間違いないと思ったわ。あなたの髪の色はかつてのヴァンスと同じ色。眉と目も」

「義姉も知っているのでしょうか」

「いいえ、ケイトリンはなにも知らないわ。わたくしには、あなた自身が知っているのかどうか、わからなかった――居間へ入る直前のあなたの顔を見るまでは。でも、あなたはすぐに心を静めたわね。あなたの冷静さは見上げたものだったわ、ヘレン」

「ミスター・ヴァンスは今日、わたしに出生の秘密を明かすつもりでしたの?」

「ええ。だけど劇的な場面を想定していたあの男の計画は、あなたにくじかれたのよ」伯爵夫人は言葉を切ってブランデーを飲み、陰気な声で言った。「ヴァンスはここを出ていく前に、自分が父親であることをあなたにはっきり伝えておくようわたくしに言ったわ」

「ミスター・ヴァンスにその言葉はあてはまりません」

「そのとおりね。下半身が折よくけいれんしたというだけの理由で、父親を名乗る権利は男にないわ」

心が暗く曇っていたにもかかわらず、ヘレンはかすかに微笑した。ケイトリンが言いそうなせりふに聞こえたからだ。ヘレンはベッドの頭板にもたれかかり、ひりひりする目尻を親指と人差し指でこすった。「わたしにお金を要求する気だわ」感情を表さずに言った。

「間違いなくそうね。あなたは間もなくイングランド屈指の莫大な財産を持つ人の妻になるのですもの。ヴァンスは将来、あなたを通じてあなたの夫の経営判断にも影響を与えようとするにちがいないわ」

「わたしはミスター・ウィンターボーンにそんなことしません。それに……ミスター・ヴァンスに脅されながら生きていくことなんてできません」

「わたくしは何十年もそうしてきたのよ、あなた。バーウィック卿と結婚した日以来、男の跡継ぎを産まない限り、ヴァンスにへつらわなくてはならないことをわかっていたの。これからはあなたも同じよ。あの男の要求に従わなければ、結婚生活を台なしにされるわ。事によると、まだ始まりさえしないうちにね」

「そんな機会は与えません」ヘレンは気の抜けた声で言った。「わたしからミスター・ウィンターボーンに話します」

レディ・バーウィックの目が、かっと見開かれた。「ミスター・ウィンターボーンに知られてもまだ求めてもらえると思うほど、あなたは愚かではないでしょう」

「ええ、求めてもらえなくなります。それでも、あの人に真実を伝えなくてはいけません」

伯爵夫人は残りのブランデーをもどかしげに飲み干し、グラスを脇に置いて、いらだちのにじむきっぱりした口調で話した。「まったく、いいこと、これから言うことを一言一句もらさず、しっかり聞きなさい」彼女はヘレンの苦しげなまなざしが自分の目に向けられるまで待った。「この世は女に冷たいの。わたくしたちの将来はいつ崩れ去るとも知れないのよ。ヘレン、わたくしは伯爵夫人だけれど、晩年にはあわれな未亡人、ただの人となるでしょう。あなたは、ミスター・ウィンターボーンと結婚するために必要なことは、なんでもしなくてはいけません。女にとってなによりも欠かせないことはただひとつ、安定なのだから。たとえ夫の愛情を失うことになっても、向こうの財産のほんのひとかけらでももらえれば、零落や貧困に苦しむことはけっしてないわ。息子を産めたら、もっといいわね——女が本当に支配力や影響力を発揮できるのは、そのときよ」

「ミスター・ウィンターボーンはアルビオン・ヴァンスの血を引く子どもなんて欲しがりませんわ」

「できてしまったあとではミスター・ウィンターボーンもどうしようもないわ。そうでしょう？」

ヘレンは目を丸くした。「わたしにはそんなふうにあの人をだますことはできません」

「ヘレン」レディ・バーウィックはきびきびと言った。「あなたはうぶね。ミスター・ウィンターボーンの人生に、過去や現在に、あなたに秘密にしていることがないとでも思ってい

るの？　夫婦がお互いにすべてを話すなんてことは絶対にないのよ――でないとどんな結婚生活もうまくいかなくなるわ」

こめかみがずきずきして吐き気がすることに気づき、片頭痛が始まるのだろうかとヘレンは絶望的な気分で考えた。「体調がすぐれません」消え入りそうな声で言った。

「ブランデーを最後まで飲みなさい」伯爵夫人は窓辺へ歩み寄り、カーテンをさっと開けて外の景色が見えるようにした。「ヴァンスは明日あなたと会いたいそうです。拒めば、その日のうちにミスター・ウィンターボーンのところへ行くそうよ」

「拒むつもりはありません」リースには、わたしが決めたときに、わたしの言葉で真実を伝えるわ。ヘレンは暗い気持ちで考えた。

「ヴァンスには、中立の場所でわたくしたちと会うよう連絡するわ。またレイヴネル・ハウスにあの男を来させるのはよくありませんからね」

ヘレンはしばらく思案した。「大英博物館ならどうでしょうか。妹たちが動物展示室を見たがっております。あそこなら誰にも気づかれずに、ふたりきりで言葉を少し交わせます」

「そうね、それがよさそうだわ。待ち合わせ場所はどこにすればいいかしら」

ヘレンはグラスを口元へ運ぶ手を止め、「毒蛇の展示の前で」と言ってから、またブランデーを飲んだ。

レディ・バーウィックはわずかに微笑したあと、険しい表情になった。「ヴァンスがあなたをどんな立場に追いやるつもりか、わたくしはもうわかっているわ。あの男の考え方はい

やというほど知らされていますからね。ヴァンスは脅迫という言葉は好まないの。ミスター・ウィンターボーンと幸せでいられる代わりに納める、年税のようなものだと言ってくるはずよ」

「幸せに税金なんてかかりません」ヘレンは額をさすった。

伯爵夫人は悲しげに同情を込めてヘレンを見つめた。「かわいそうに……幸せはけっしてただでは手に入らないのよ」

24

「お姉様、本当にどこも悪くないの？」四人でレイヴネル家の馬車を降りたあと、カサンドラがたずねた。「ちっとも話さないし、目がどんよりしているわ」

「少し頭痛がするの。それだけよ」

「まあ、かわいそうに。博物館へ行くのは別の日にしましょうか」

「いいの、屋敷にいたってちっともよくならないわ。いくらか歩けばよくなるかもしれないし」

ふたりは腕を組んで一緒に進み、パンドラはそのはるか先を、大英博物館の壮大な石造りのポルチコに向かって急いだ。

レディ・バーウィックはもどかしげに息を切らして三姉妹に追いつこうとした。「パンドラ、軽装馬車の馬みたいに駆けてはいけません！」

大英博物館は、約八〇〇〇平方メートルの中庭を囲む、古代ギリシャ風の外観を持つ建物だ。あまりにも大きいので、ヘレンたちはこれまで五、六回訪れているにもかかわらず、まだ三分の一しか展示を見ていない。昨夜レディ・バーウィックが博物館へ出かけないかとさ

りげなく提案したとき、双子は大喜びだった。ヘレンは本当の理由をわかっていたため、ふたりよりはるかに落ち着いていた。

一行は正面玄関を入ってすぐの広間で館内案内書を入手したあと、上階へつづく大階段へと進んだ。階段をのぼりきると、動物展示室の入り口の前にとても背の高い三頭のキリンの剝製が巧みに配置されていた。その非常に大きな動物は、前脚だけでもレディ・バーウィックより丈が長かった。キリンの前には、入館者が近寄りすぎないように木製の小さな柵が設置されている。

四人の女性は立ち止まって、その剝製を畏怖の念とともに見つめた。

予想どおり、パンドラが片手を伸ばして前に進み出た。

「パンドラ」レディ・バーウィックが叱った。「展示物におかしなことをしたら、もうここへ来られなくなりますよ」

パンドラは振りかえってレディ・バーウィックに懇願のまなざしを向けた。「だってキリンがすぐそこにいるんですもの――アフリカのサバンナを歩きまわっていたのに――どんな感触か、知りたくありませんか？」

「もちろん知りたくありません」

「触るなという注意書きはないわ」

「柵で示しているのです」

「でも、キリンがこんなに近いのに」パンドラは悲痛な表情で言った。「もし五秒間あっち

を向いていてくださったら、ちょっと手を伸ばして触ることができるんですけど……そうすれば気がすみます」

レディ・バーウィックはため息をついて顔をしかめ、周囲に視線を走らせて、誰も見ていないことを確認した。「早くしなさい」きびきびと言った。

パンドラはすばやく前へ進み、柵の向こうへ手を伸ばしてキリンの脚としわの寄った膝を触ってから、あわてて戻ってきた。「馬と似ているわ」満足そうに報告した。「毛の長さは一センチくらい。カサンドラ、触ってみたくない？」

「ううん、わたしはいいわ」

パンドラはカサンドラの手を取った。「じゃあ、行きましょ。蹄のある獣たちを見る？それともかぎ爪？」

「かぎ爪」

レディ・バーウィックはふたりのあとを追おうとしたものの、立ち止まってもう一度キリンを一瞥した。急いで二、三歩大股で展示物に歩み寄り、こっそり脚に触れると、後ろめたそうにヘレンをちらりと見た。

ヘレンは笑みを噛み殺して館内案内書に視線を落とし、見ていないふりをした。

双子のいる南側の展示室へ伯爵夫人が入ったあと、ヘレンは北側の展示室へ向かった。そこは五つの広い部屋からなり、膨大な数のガラスケースに入った展示物でいっぱいだった。二番目の部屋には、爬虫類がいくつも展示されていた。首の周りに大きなひだ飾りのあるト

カゲを見て、ヘレンは足を止めた。エリザベス女王のひだ襟みたい。説明書きによれば、トカゲはひだ飾りを広げて、相手を威嚇することができるらしい。

さまざまな蛇が陳列された次のガラスケースへ向かいかけると、ひとりの男がやってきてそばに立った。ヴァンスだ。ヘレンは一瞬目を閉じた。即座に敵意を覚え、体がこわばった。

ヴァンスは一対のアフリカのカメレオンをしげしげと眺めていたが、やがてつぶやくように言った。「その香り……きみの母上がまとっていたのと同じだ。エビネとバニラ……一度も忘れたことはない」

ヘレンはふいを突かれた。この男が、母の香りにそこまで詳しかったとは。これまで誰ひとりとして、自分が母親と同じ香りを身につけていることに気づかなかったのに。「母がつけていた観察記録に調合法が書かれていたの」

「きみに合っている」

ヘレンは顔を上げた。相手の目がこちらを値踏みしている。

アルビオン・ヴァンスはヘレンと近距離を保っていた。頬骨の高い顔が、じつに中性的な優美さをたたえている。瞳は一一月の空の色。

「きみはかわいらしい女の子だ。母親ほど美しくはないが」ヴァンスは言った。「わたしに似ている。あの人はきみに腹を立てていたかね？」

「あなたと母の話はしたくないわ」

「きみの母上がわたしにとって意味のある存在だったことは理解してほしい」

ヘレンはトカゲのケースに視線を戻した。ミスター・ヴァンスは返事を待っているようだが、彼女はせりふが思いつかなかった。

反応がないことにヴァンスはいらだったらしい。

「たしかにわたしは薄情な女たらしだ」単調な声だった。「愛人と、生まれたばかりの娘を捨てたのだからな。しかしジェーンに伯爵のもとを去る気はなかったし、わたしもそうしてほしくなかった。きみに関しては……わたしはなにかしてやれる立場になかった。きみだってわたしになにかできる立場になかったし」

「ところが、いまわたしは裕福な殿方と婚約している」ヘレンは冷ややかに応じた。「それであなたはようやく関心を持ったというわけね。時間を無駄にするのはやめましょう、ミスター・ヴァンス。欲しいものの一覧表でも持っていらしたの？　それとも単に金額を告げるほうがお好み？」

ヴァンスは黒に近い色の美しい眉をつり上げた。「上品に話をまとめたかったのだがね」

ヘレンはなにも言わず、相手を不快にさせそうな目でヴァンスを見つめながら、いらだちをぐっと抑えて待った。

「きみは冷たいな」ヴァンスは言った。「修道女のようなところがある。心がない。だから母親のような美しさがないんだ」

ヘレンは挑発に乗らなかった。「なにをお望みなの、ミスター・ヴァンス？」

「レディ・バーウィックは多くの慈善活動に関心を寄せている」ヴァンスはついに話しはじ

めた。「そのうちのひとつに、盲目の貧民に年金を支給するというのがあってね。その慈善団体の理事会に二万ポンドを寄付しろとウィンターボーンを説得してほしい。その惜しみない贈り物はウェスト・ハックニーの土地の購入に使われ、その地代から盲目の貧民のための年金が生み出されると説明するんだ」

「でも本当は」ヘレンはぽつりと言った。「あなたのためになるよう仕組んであるわけね」

「すぐに寄付させろ。早急に資金が必要だ」

「まだ結婚してもいないのに、ミスター・ウィンターボーンに頼めと言うの？」ヘレンは信じられない思いで訊いた。「説得できるとは思えないわ」

「女は我を押しとおす生き物だ。なんとかなる」

ヘレンは首を振った。「あの人はお金を出す前に必ずその慈善団体を調査するわ。真実を突き止めるはずよ」

「書類を調べたところで、なにもわからないさ」ヴァンスは得意げだった。「その慈善団体ともウェスト・ハックニーの不動産とも、わたしの名は結びつかない。口頭による取り決めだからだ」

「盲目の貧しい人たちはどうなるの？」

「もちろん、金の一部は徐々に行き渡る。すべてを公明正大に見せるために」

「わたしの理解が正しければ」ヘレンは言った。「あなたは目の見えない人たちから盗みを働くために娘を脅迫しているのね」

「誰も盲者から盗みなどしない。その金はもともとそいつらのものではないんだ。それにこれは脅迫とは違う。娘には、援助が必要な父親に手を貸すという生まれながらの義務がある」

「どうしてわたしにあなたへの義務があって？」ヘレンは困惑した。「あなたがわたしになにをしてくれたというの？」

「命という贈り物を与えてやっただろう」

ヘレンは相手が大真面目であることを知り、信じられないと言わんばかりにヴァンスを見た。半ば病的な笑いが胸に込み上げ、こらえきれずに吹き出した。口元に手をやって笑いを抑えようとしたものの、ますますひどくなるだけだった。気を悪くしたヴァンスの表情を見ても、静まらない。

「おもしろいか？」ヴァンスが訊いた。

「し、失礼」ヘレンは早口で言い、必死で笑いを止めようとした。「でも、あなたのほうは大して努力がいらなかったでしょう？　お……折よく下半身をけいれんさせた以外は」

ヴァンスは氷のように冷ややかな威厳をもってヘレンをにらみつけた。「わたしがきみの母親と持った関係を卑しめるのはよせ」

「ああ、そうね。母はあなたにとって〝意味のある存在だった〟とか」激しくて陰気な笑いが収まり、ヘレンは乱れた息をついた。「ペギー・クルーもそうだったのでしょうね」

ヴァンスの冷たい目がヘレンの瞳を見据えた。「ウィンターボーンが話したのか。予想は

興味を引かれたふりをして亀の展示にゆっくり歩み寄ると、ヴァンスもあとを追ってきた。

していた」

三人の子どもを連れた女性がトカゲを見に来たことに気づき、ヘレンは口を開かなかった。

「ウィンターボーンがわたしをしつこく憎むのは筋違いだ」ヴァンスは言った。「ほとんどの男がしていることをしただけだというのに。結婚している女と寝た男はわたしが初めてではないし、最後でもない」

「あなたのせいで、ミセス・クルーはお産で亡くなったのよ。その夫まで――ミスター・ウインターボーンが兄弟のように愛していた人なのに――命を落としてしまった」

「心の弱すぎる夫が自殺したのはわたしのせいか？　女が出産に向かない体質だったのもわたしのせいか？　そもそもペギーが脚を開かなければすべての事態は避けられたろうに。わたしはただ、ぜひにと差し出されたものを受け取っただけだ」

ヴァンスの無情さにヘレンは息をのんだ。この男は詐欺師並みの良心しか持ち合わせていないらしい。どうしてこんな人間になってしまったのだろう？　わずかなりとも人情はないだろうか、ほんの少しでも罪悪感や後悔、悲しみはないだろうかと探しながら、ヘレンはヴァンスを凝視した。どこにもなかった。

「赤ちゃんをどうしたの？」ヘレンはたずねた。

ヴァンスはその質問に驚いたらしかった。「世話をする女を見つけてやった」

「最後に会ったのはいつ？」

「会ったことは一度もない。会うつもりもない」ヴァンスはいらいらして見えた。「そんなことはいま話している件と関係ないだろう」

「その子が幸せに暮らしているかどうか、気にならないの？」

「ペギーの家族でさえ関心を持っていないのに、なぜわたしが？　誰も私生児など欲しくはない」

この男はわたしのことも同じように思っていたにちがいない。ヘレンは異母妹であるその少女のことが急に心配でたまらなくなってきた。養われて教育を受けているのだろうか。放っておかれていないだろうか。虐待されていないだろうか。

「その子の世話をしている女の人の名前は？」ヘレンは訊いた。「どこに住んでいるの？」

「きみには関係ない」

「あなたには関係ないようね」ヘレンはすかさず言いかえした。「でもわたしは知りたいの」

ヴァンスはうすら笑いを浮かべた。「そうすれば子どもをわたしへの対抗手段に使えるからか？　私生児の存在を明かしてわたしに恥をかかせようというわけか？」

「わたしがあなたに恥をかかせようとするわけないでしょう？　醜聞を避けたいのはわたしも同じよ」

「だったら子どものことは忘れるんだな」

「この恥知らず」ヘレンは静かに言った。「わが子への責任を放棄したばかりか、ほかの人間にもその子を助けさせないなんて」

「わたしはこの四年間、子どもの養育費を支払ってきた。これ以上どうしろと言うのかね？自らスプーンを持ってガキに乳をやれとでも？」

突然わきおこってきた怒りを無視して、ヘレンは考えた。なんとかしてヴァンスから情報を聞き出さない限り、異母妹の無事は確かめられそうにない。必死で頭を働かせるうち、以前リースが商取引について話していたことを思い出した。

「あなたは大金を要求しているうえ、この先も手に入れる気でいる。なのにそのお返しに差し出しているものはといえば、わたしに現状を維持させることだけだなんて。そちらの譲歩なしに取引に応じるつもりはないわ。ささやかなことじゃないの。あなたの娘を預かっている人をわたしに教えたところで、なにも損はしないはずよ」

長い沈黙がつづいたあと、ヴァンスは口を開いた。「エイダ・タプリー。ウェリングでわたしの弁護士の親戚に雇われている清掃婦だ」

「それはどこに――」

「ロンドンからケント州へ向かう大通り沿いの村だ」

「子どもの名前はなんていうの？」

「見当もつかないね」

そうでしょうとも。ヘレンは内心で激しい怒りを煮えたぎらせた。

「では、これで取引成立だな？」ヴァンスはたずねた。「できるだけ早くウィンターボーンを説得して慈善団体へ寄付させるんだ」

「あの人と結婚する気でいる限り」ヘレンは無表情で言った。「選択の余地はないわね」

ヴァンスはどこかほっとした顔をして、すぐににやりとした。「じつに愉快だ。ウィンターボーンはレイヴネル家の一員を買い入れて子どもを産ませるつもりでいるが、じつはわたしの血族を増やすことになるのだからな。やれやれ、ウェールズ人の血がヴァンス家に混じるとは」

ヴァンスが立ち去ってからしばらくのあいだ、ヘレンはガラスケースに整然と並んで保存されている生き物たちをのぞきこんだ。なにも見ていないガラスの目が、永久に驚いたまま見開かれている。まるで、いったいどうしてこうなってしまったのかと言っているようだ。

ヘレンは身の破滅をはっきりと認識した。そして新たな感覚、自己嫌悪も。

〝慈善団体への寄付〟なんて、絶対リースに頼まない。もう彼と結婚することもできない。アルビオン・ヴァンスのことも、わたしのことも、あの人に押しつけるものですか。

リースに真実を告げるのは悪夢だ。想像もできないほど恐ろしい。行動に移す勇気をどうやって奮い起こせばいいのかわからないが、やるしかない。

深い悲しみがじわじわと押し寄せてきたものの、まだ屈するわけにはいかなかった。悲嘆に暮れるのはあとにしよう。

正確には、何年もあとに。

博物館から帰宅後、ヘレンは夜遅くにひとりで上階の居間の書き物机に向かい、墨汁の入

ったインク壺にペンを浸した。

ミセス・タプリー

先ごろ、四年ほど前にそちらに預けられた新生児の女の子の話を聞きました。まだ一緒に暮らしているのかどうか、おたずねしたく存じます。もし同居中であれば、その子に関するどんな情報でも知らせていただければありがたく……。

25

「なにもかもずいぶん無作法なことのように思えるわ」巨大百貨店の裏にある馬屋にレイヴネル家の馬車が近づくと、レディ・バーウィックが眉をひそめて言った。「夜の六時に、しかもこのような場所で買い物をするなんて。でもミスター・ウィンターボーンがどうしてもとおっしゃったものですからね」

「わたしたちのほかには誰もいないんですよ」パンドラがレディ・バーウィックに思い出させた。「考えてみれば、真っ昼間に通りを歩いて買い物するよりずっと慎み深いじゃありませんか」

伯爵夫人はそう言われても安心できないらしい。「販売員たちはわたくしの好みがわからないはずです。礼儀もわきまえていないかもしれないわ」

「大丈夫ですわ、伯爵夫人」ヘレンは声をかけた。「きっととても力になってくれます」さらに言葉を継ごうとしたものの、ずきずきと脈打つ痛みがひどくなってきた。今夜リースと会うのが不安で、片頭痛が始まっていた。どうやって何事もないかのようにふるまえばいいのか、ヘレンにはわからなかった。この人と結婚することはないと知っていながら、どうや

ってリースに話しかけ、ほほえみ、親しげにふるまえばいいのだろう？　痛みはヘレンの額や両目の奥に、しみのように広がっていった。

「わたくしが見たいのは手袋だけです」レディ・バーウィックは取り澄まして言った。「そのあとは椅子に座って、あなたが裁縫師と相談しているあいだ待っています」

「長くはかからないと思います」ヘレンは目を閉じたまま小さな声で応じた。「わたしはすぐに家へ帰らないといけないかもしれませんから」

「頭痛がするの？」カサンドラが心配そうにたずねた。

「残念だけど、そうなの」

カサンドラはヘレンの腕に優しく触れた。「かわいそうに」

けれどもパンドラはそれほど同情を示さなかった。「お姉様、お願いだから頭痛なんて吹き飛ばそうとしてみて。心が楽になることを考えるの——頭のなかが、静かな白い雲でいっぱいの空だと想像するのよ」

「ナイフでいっぱいの引き出しみたいな感じなの」ヘレンはこめかみをさすりながら悲しげに言った。「できる限り持ちこたえてみせるわ、パンドラ。ゆっくり買い物をしたいでしょうから」

「お姉様を家具売り場へ連れていくから、寝椅子で横になっているといいわ」パンドラが提案した。

「淑女は人前で横になったりしないものです」レディ・バーウィックが口を挟んだ。

四人は従僕に手を借りて馬車から降り、百貨店の裏口へ案内された。そこには制服を着た門衛が待っていた。

ヘレンは頭痛を抱えたまま、百貨店のなかへ導かれていく皆にぼんやりとついていった。いくつものアーチが連なるきらびやかな空間に差しかかったとたん、仰天したレディ・バーウィックのつぶやきが聞こえてきた。はるか頭上の天井で美しく輝くシャンデリアから、磨かれた木の床に光が降りそそいでいる。テーブルやカウンターには宝物のような品々があふれんばかりに置かれ、ガラスケースのなかには豪華な商品が何列も並んでいた。それぞれの売り場は閉ざされた小部屋ではなく、広々とした開放的な広間で、客は自由に歩きまわることができる。木製品の艶出し剤、香水、新品の商品といった、高級感のある匂いがただよっていた。

一行は、六階分の高さがある吹き抜けになった中央の円形広間までやってきた。渦巻き細工を施したバルコニーが各階で広間をぐるりと囲み、大きな丸天井にはステンドグラスがはめこまれている。レディ・バーウィックは驚きを隠せなくなった。

上を向いた伯爵夫人の視線の先をたどり、パンドラがうやうやしく言った。「ここは買い物をたたえる教会なんです」

伯爵夫人はぼうぜんとするあまり、冒瀆《ぼうとく》的な発言を叱ることもできない。

そこへリースが歩み寄ってきた。くつろいだ様子で、黒い服をりりしく着こなしている。ヘレンは片頭痛に苦しみながらも、彼の姿を見た喜びから幸福感を覚えた。自分が作り上げ

た世界にいるリースは、力と自信に満ちている。一瞬、ヘレンと視線を熱くからませたあと、レディ・バーウィックを見た。年を重ねた女性の手を取っておじぎをし、背を起こすと同時にほほえんだ。

「ウィンターボーン百貨店へようこそ、伯爵夫人」

「驚いたわ」レディ・バーウィックはあわれなほど圧倒されて、左右に目を向けた。いくつもの売り場がどこまでもつづいているように見える。まるで向かい合った二枚の鏡が延々と互いを映し出しているかのようだ。「床面積は八〇〇〇平方メートルほどありそうね」

「上階も含めて約二万平方メートルです」リースは事もなげに告げた。

「これでは広すぎてなにも見つけられないわ」

リースは安心させるようにほほえみかけた。「商品にも売り場にもまとまりがありますし、六人の販売員がお供しますよ」彼は一列に並んだ接客係を手振りで示した。全員が黒、クリーム色、そしてウィンターボーン百貨店を象徴する濃い青色の服で身を固めている。リースがうなずくと、ミセス・ファーンズビーが近づいてきた。彼女が着ているのは、クリーム色のレースの襟とカフスをつけた上品な黒いドレスだ。

「レディ・バーウィック」リースは言った。「ぼくの個人秘書、ミセス・ファーンズビーです。必要なことはなんでもお手伝いします」

レディ・バーウィックの不安は五分と経たないうちに溶けて消えた。ミセス・ファーンズビーと販売員たちがあらゆる望みを献身的に満足させてくれるので、伯爵夫人はとまどいつ

つも喜んでいた。レディ・バーウィックが手袋売り場へ案内されていくと、パンドラとカサンドラは一階の展示品のあいだをうろうろしはじめた。

リースがヘレンの隣へ来て、穏やかに問いかけた。「どうしたんだ?」

ヘレンはまぶしい照明に頭を貫かれたような気がした。ほほえもうとしたものの、そうするのは耐えがたいほど苦しく、「頭が痛いの」と打ち明けた。

リースは同情の言葉をつぶやきながらヘレンを自分のほうへ向かせた。熱をはかろうとしてか、大きな手をヘレンの額と頬にあてた。「薬は飲んだのか?」

「いいえ」ヘレンは消え入りそうな声で返した。

「ついておいで」リースは自分の腕にヘレンの腕をからませた。「薬売り場へ行って、気分がよくなるものを見つけよう」

ヘレンはなにかが助けになるとは思えなかった。いまや、かぎ爪や牙が食いこんでいるかのような痛みを感じる。「レディ・バーウィックの目の届くところにいないと」

「あの人はなにも気づかないよ。少なくとも二時間は退屈する暇がないからね」

ヘレンはあまりの苦痛に反論できず、リースに引っ張られていった。幸い、彼はなにもたずねず、会話をしようともしなかった。

ふたりは薬売り場に着いた。ここの床は磨かれた白黒のタイルだ。閉店時にほとんどの照明が消されたため、先ほどまでいた場所より薄暗い。売り場の両側には棚やテーブルが並び、壁のひとつに接してカウンターがひとつ、半島状に突き出ている。粉薬、錠剤、塗布薬、ク

リームの入った容器や、チンキ剤、シロップ、気つけ薬の瓶が、どの棚にも所狭しと置かれていた。テーブルに整列しているのは薬草入り咳止め飴や唐辛子入り薬用飴、カエデ糖、アラビアガムといったさまざまな薬用菓子だ。普段なら気にならなかっただろうが、体調を崩しているいまのヘレンは、収斂《しゅうれん》剤と土が混じり合ったような匂いに吐き気を催した。

カウンターに誰かがいる。引き出しのなかをかき分けていた手を止め、なにかを書き留めているようだ。ふたりで歩み寄っていくと、ヘレンよりわずかに年上の女性だとわかった。ほっそりした体を、暗い赤紫色の散歩用ドレスに包み、茶色の髪の上に実用的な帽子をのせている。

女性はちらりと目を上げるなり、愛想よくほほえんだ。「こんばんは、ミスター・ウィンターボーン」

「まだ仕事中か？」リースは問いかけた。

「いえ、いまからここを出て、孤児院の医務室を訪問します。手持ちの医療品が少ないことを話したら、ドクター・ハヴロックがこちらから持ち出していいと言ってくださったんです。もちろん、代金は明日お支払いします」

「費用はうちから出そう」リースはためらいもなく言った。「それだけの価値はある。必要なものはなんでも持っていくといい」

「ありがとうございます」

「レディ・ヘレン」リースが言った。「こちらはドクター・ガレット・ギブソン。うちにふ

たりいる産業医のうちのひとりだ」

「こんばんは」ヘレンは右のこめかみを指で押さえながら、ぎこちない微笑を浮かべて小さな声で挨拶した。頭が締めつけられ、焼けるように痛い。

「お会いできて光栄です」ドクター・ギブソンは反射的にそう言ったものの、心配そうにヘレンを見た。「お嬢様、ご気分が悪そうですね。なにかお役に立てることはありますか」

「頭痛薬が欲しいんだ」リースが答えた。

ドクター・ギブソンはカウンター越しにヘレンを見つめた。鮮やかな緑色の瞳が症状を見極めようとしている。「痛いのは頭全体ですか？　それとも一部？」

「こめかみが痛いの」ヘレンは言葉を止めて、頭のなかの何種類もの焼けるような痛みを確認した。燃焼中の石炭をやみくもに差しこまれているかのようだ。「右目の奥も」

「それなら片頭痛だわ」ドクター・ギブソンは言った。「いつから痛みますか」

「ほんの少し前から。でも機関車みたいな勢いで襲ってくるの」

「神経痛用の粉薬をお勧めします。クエン酸カフェインが入っているので、片頭痛に使うほうがはるかに効くんです。薬の入った箱を取ってきますね——場所はちゃんとわかっていますから」

「面倒をかけてごめんなさい」ヘレンは弱々しく謝り、カウンターに寄りかかった。

リースが安心させるようにヘレンの腰に片手を置いた。

「片頭痛のつらさは拷問でしょう」ドクター・ギブソンはそう言って近くの棚へつかつかと

歩み寄り、なかの箱や缶をかきまわした。「わたしの父も片頭痛持ちで。普段はカバ革のように屈強なのに、片頭痛が始まったとたん、ベッドへ引っこんでしまうんです」これだわ、とうなずきながら緑色の缶を取り出し、カウンターへ持ってきた。「これを飲んだあと、少しくらくらするかもしれません。でも頭が割れそうに痛むよりましだと思います」

ヘレンはドクター・ギブソンの物腰がとても気に入った。有能そうで親しみやすく、医師と聞いて思い浮かべるような、醒めた感じがまるでしない。

ドクター・ギブソンが缶のふたを開ける一方で、リースはカウンターの天板の木製部分をつかんで後ろへずらし、開口部からなかへ手を下ろした。取り出したのは、冷えた炭酸水の瓶が四本収納された金属製のラックだった。「カウンターが冷蔵庫になっているんだ」彼はヘレンが関心を持ったことに気づいて説明した。「食料雑貨店にあるようなやつさ」

「食料雑貨店へ行ったことがないの」ヘレンはリースがラックから瓶を一本取るのを眺めながら、正直に言った。瓶はすべて卵形で、底が丸く、自立できない造りだった。

ドクター・ギブソンは神経痛用の粉薬が包まれた紙を缶から取り出し、飲みやすいように、開いてふたつ折りにした。「ひどい味です」ヘレンに薬を手渡した。「できるだけ舌から離して喉の近くへ入れたほうがよろしいと思います」

リースは瓶の口にコルクを固定している針金をゆるめて栓を開け、ヘレンに手渡した。ヘレンがとまどった表情で瓶を見ると、彼はにやりとした。「瓶から直接飲んだことがないんだな？」優しくヘレンを見つめ、こぶしにした片手で彼女のあごの先をなでた。「ゆっくり

傾けて飲んでごらん」

ヘレンは薬包紙を口元まで持ち上げて頭を後ろへ傾け、苦い粉を喉へ落とした。おそるおそる瓶を唇へ運び、中身を少し口へ入れて、発泡性の冷たい液体を飲みこんだ。ぴりっとしたライム味の炭酸水が、薬の苦みをごまかしてくれた。

「もうちょっと飲むんだ、カリアド」ヘレンの口の端についた小さな水滴をリースは親指でぬぐった。「今度は瓶の口をしっかりくわえて」

ヘレンはさらにひと口、ふた口と飲み、薬の味を消し去ってからリースに瓶を返した。彼は栓を抜いたままで瓶をラックに戻した。

ドクター・ギブソンが同情を込めた視線をヘレンに向け、静かに話しかけた。「五分ほどで薬が効きはじめます」

ヘレンは目を閉じてふたたびこめかみに指をあて、頭に何本も針を突っこまれているような感覚をやわらげようとした。すぐそばにリースの大きな体がある。どういうわけか、彼の存在を意識するのは心地よいと同時につらかった。リースに伝えなくてはいけない話、またそれに対する彼の反応を考え、ヘレンは肩を落とした。

「人によっては氷嚢やからし軟膏《なんこう》が効くこともあります」ドクター・ギブソンがそっと話すのが聞こえた。「あるいは首の筋肉の揉みほぐしも」

うなじにリースの両手が置かれるのを感じ、ヘレンは動揺してぴくっと動いた。「まあ、こんなところで――」

「しいっ」リースの指先が、激しく痛む場所を見つけて優しく揉みはじめた。「カウンターにうつ伏せになるんだ」

「もし誰かに見られたら――」

「誰も見ない。くつろいで」

とてもくつろげるような状況ではなかったものの、ヘレンは弱々しく従った。リースはヘレンのうなじに両手の親指をあて、耳の後ろからこめかみにかけての凝り固まった部分をほかの指で押した。ヘレンは頭を下げた。筋肉がゆるみ、否応《いやおう》なく緊張が解きほぐされていく。リースの力強い両手は微妙に違う圧力をかけ、首へ、肩へと下りて、硬くなっている場所をひとつひとつ見つけ出した。ヘレンは知らぬ間に呼吸が深くなり、リースに触れられる喜びに身をゆだねていた。

リースは手を動かしつづけ、ヘレンの頭越しにドクター・ギブソンに話しかけた。「これから向かうというその孤児院へは――前にも行ったことがあるのか？」

「ええ、毎週行くようにしています。救貧院へも。どちらも医師に診察を頼む余裕がないので、医務室はいつも満員なんです」

「場所は？」

「救貧院はクラーケンウェルです。孤児院はもう少し遠くて、ビショップスゲートにあります」

「つき添いなしで行くのは危険な場所だ」

「ロンドンには詳しいんです。危ないことはしませんし、護身用に杖を持ち歩いています」

「杖がなんの役に立つ？」リースはいぶかしげに訊いた。

「わたしの手にかかれば、強力な武器になるんです」ドクター・ギブソンは断言した。

「重くしてあるのか？」

「いいえ、重い杖より軽い杖のほうが三倍多く打撃を与えることができます。フェンシングの師匠の勧めに従って、手が滑らないよう軸の要所に切れこみは入れてありますが。師匠はわたしに、敵を杖でうまく突き倒す技術を伝授してくださったんです」

「フェンシングをなさるの？」ヘレンはうつむいたままでたずねた。

「ええ、お嬢様。フェンシングは淑女にぴったりのスポーツです。体力が向上し、姿勢がよくなり、正しい呼吸法が身につきます」

ヘレンはますますこの女性が気に入った。「あなたはとっても素敵な方ね」

ドクター・ギブソンは驚き混じりの小さな笑い声をあげた。「まあ、お優しい方。期待はずれだわ。お高くとまった方かと思ったのに、すばらしく親しみやすいんですもの」

「ああ、そのとおりだ」リースは穏やかな声で同意し、ヘレンのうなじに親指でいくつも円を描いた。

驚いたことに、ヘレンの頭のなかで燃えていた石炭は、心地よく冷めつつあった。焼けるような痛みが一秒ごとに引いていく。一、二分後、ヘレンはカウンターに両手をついて上体を起こし、まばたきした。

「痛みがほとんどなくなったわ」驚きつつも安堵して言った。

リースはヘレンの顔を慎重に自分のほうへ向けてまじまじと見つめ、彼女の右目にかかった金色の髪を後ろへ払った。「顔色がよくなっている」

「驚いたわ」ヘレンは言った。「ほんの少し前まであんなにひどい気分だったのに、いまは……」高揚感が頭からつま先まで広がっていた。先ほどまでの不安が追い払われただけではなく、その感覚を思い出すことさえ不可能になっている。心配して悲しむべきことがあるのははっきりわかっているのに、なぜか心配して悲しむことができない。なんて奇妙なことだろう。もちろん、これは薬の効果だ。いつまでもつづきはしない。それでもヘレンは、いま一時的にでも苦しみから逃れていられることに感謝した。

わずかにふらついてドクター・ギブソンに向きなおると、すぐさまリースが片腕で支えてくれた。「ありがとうございます、ドクター・ギブソン」ヘレンは心から礼を伝えた。「もうだめだと思っていました」

「大丈夫、お安いご用です」ドクター・ギブソンは緑色の目の端にしわを寄せて応じ、神経痛用の粉薬が入った缶をカウンターの向こうから差し出した。「必要なら一二時間後にもう一度服用なさってください。ただし一日二回を超えないように」

リースが缶を受け取り、注意深く眺めてから上着のポケットに入れた。

「これからは」ヘレンはドクター・ギブソンに告げた。「お医者様が必要なときはいつでもあなたを呼びます」そこで言葉を止め、カウンターの端に引っかけられている、柄の曲がっ

た杖を手振りで示した。「護衛が必要なときも」

ドクター・ギブソンは笑った。「どうぞご遠慮なく。僭越《せんえつ》を承知で言えば、どんな理由であれ、友人が必要なときもご連絡くださいね」

「そうします」ヘレンは上機嫌で声をあげた。「ええ、あなたはわたしのお友達。一緒に喫茶店へ行きましょう。ずっとそうしてみたかったの。妹たち抜きで、という意味よ。あら、喉が渇いてしまったわ」体を動かしたことにも気づかなかったが、知らないうちにリースの首に両腕をまわし、彼にすっかりもたれかかっていた。全身が陽光のようにぽかぽかしつづけている。「もっとライム水をいただける？」ヘレンはリースにたずねた。「口のなかではじける感じが気に入ったの。舌の上で妖精が踊っているみたい」

「いいとも、いとしい人」リースは頼もしくて心地いい声で応じるとともに、ドクター・ギブソンに向けて一瞬目を細めた。「あの粉薬にはほかになにが？」

「しばらくすれば、もっと落ち着かれます」ドクター・ギブソンは請け合った。「あの薬は血管に入ると、通常最初にめまいがするんです」

「そのようだな」リースはヘレンの体に片腕をまわしたまま、先ほどの瓶をラックから取って手渡した。「落ち着くんだ、カリアド」

「瓶から飲むのって好きよ」ヘレンは満足そうにライム水をぐいぐいと一気に飲んだ。「もう上手に飲めるわ。見て」リースに見せるためにヘレンがもう一度飲むと、彼は片手で瓶をつかみ、そっと取り上げた。

「そんなに急ぐんじゃない」ささやいた彼の瞳は、優しくて愉快げだった。「しゃっくりが出てしまうぞ」

「それなら心配しないで」ヘレンはカウンターの向こうの女性を大げさに身振りで示した。「ドクター・ギブソンはなーんでも治せるんだから」

「残念ながら」医師は笑みを浮かべ、曲がった柄をつかんで杖を持ち上げた。「しゃっくりを治したことはないんです」

リースが瓶をラックに戻したあと、ヘレンは彼の腰に腕を巻きつけた。かなり恥ずかしいことをしているのはぼんやりと意識しているものの、まっすぐ立っているには、こうするほかなさそうだ。「気づいていた?」真剣な顔でリースに問いかけた。「〝しゃっくり〟は〝びっくり〟と韻を踏むって」

リースはヘレンの頭をそっと胸に引き寄せた。「ドクター・ギブソン、ここを離れたら販売員の誰かに、裁縫師のところへ行ってレディ・ヘレンの予約を別の日に変更してほしいと、目立たないように伝えてくれないか」

「あとしばらくすれば、本当にレディ・ヘレンはかなりよくな――」

「こんな状態で花嫁衣装を計画しはじめてほしくないんだ。どんな結果になるかわかったものじゃない」

「虹色のドレスよ」ヘレンはリースの上着に顔をうずめながら、夢見るように言った。「そしてユニコーンの靴」

ほら見ろ、とリースは医師に目で訴えた。

「わかりました」ドクター・ギブソンはきびきびした口調で応じた。「おふたりとも、よい夜を」

ヘレンは首をそらせてリースを見上げた。「ユニコーンの靴は冗談よ」

いまや両腕で抱かれていた。彼の口元を見ると、両端が上がっている。ああ、この人はなんて大きくてたくましいのかしら。それにまぶしいほど美しいわ。「それは残念」リースは優しく言った。「きみのためにユニコーンをつかまえるつもりだからね。おそろいの旅行かばんだって作れるはずだ」

「だめよ、旅行かばんになんてしないで。自由に飛びまわらせてあげて」

「わかったよ、カリアド」

ヘレンは手を伸ばし、リースの唇の魅力的で引きしまった曲線を指先でなぞった。「もういつものわたしに戻ったわ。これ以上ばかなことはしません」

リースがいぶかしげに見下ろしたので、ヘレンは真面目な顔を作ろうとした。けれどもくすくすと笑いださずにはいられなかった。「ほ、本当よ」彼女は言い張った。

リースは反論しなかった。ただヘレンの鼻、頬、喉にキスしはじめただけだった。

ヘレンは身をよじった。さらに笑いがもれる。「くすぐったいわ」彼の艶めく髪に手を差し入れた。濃く、弾力があり、重みのある黒いサテンのようだ。リースの唇はヘレンのあごの下の感じやすい場所にとどまり、やがて彼女の全身を興奮にうずかせた。ふたりの唇が合

わさるようにヘレンがリースの頭をぎこちなく導くと、彼はけだるく官能的に、辛抱強く応じてくれた。ヘレンはくつろいでいた。リースがヘレンをしっかりと抱きかかえ、くるりと半回転してカウンターに背をつけても、苦もなく一緒に動くことができた。

リースはヘレンと唇を重ね、彼女のうなじを片手で支えて揉みほぐした。もっとも、そこにはもう痛みもこわばりもない。ヘレンは背をそらし、喜びに包まれて満足そうな声をもらした。なんて素敵なことかしら。このうえなくすばらしい恋人が、抱きしめてくれている……もうすぐわたしを愛さなくなることも知らずに。

その最後の考えが浮かんだ瞬間、ほんの少し魔法が解けた気がした。

こちらの変化を感じたらしく、リースが唇を離した。

ヘレンは目を閉じたままでいた。唇が腫れているのがわかる。もっとすり合わせ、なめらかさを感じたくてたまらない。「ほかの男の人も、あなたみたいに口づけするの？」彼女はささやいた。

リースはおもしろがるような声をもらした。息からペパーミントの香りがする。「ぼくにはわからないよ、最愛の人。きみも永遠に知ることはない」彼はヘレンの唇を戯れにちゅっと吸った。「目を開けて」

ヘレンは相手を見つめ、リースは彼女の状態を探った。

「いまはどんな気分？」彼はたずね、慎重にヘレンをひとりで立たせた。

「さっきより落ち着いているわ」ヘレンは平衡感覚を試すために小さく回転した。もうめま

いはしていない。片頭痛もどこかへ行ったきり戻ってこない。「それに元気いっぱい。ドクター・ギブソンは正しかったわね。裁縫師のところへ行っても大丈夫よ」

「どうかな。半時間経ってもそんな気分でいられたら、連れていってあげよう。そのあいだ、あるものを見せたいんだ。階段はのぼれそうかい?」

「一〇〇〇段駆け上がることだってできそう」

「四階分で充分だ」

ヘレンの心のなかで、小さな声が警告した。リースとふたりきりになるのはよくない——誤って、言うべきでないことを口にしてしまう。しかしヘレンはリースの腕に手をかけ、トラバーチンの大理石でできた広い階段へ一緒に向かった。

「昇降機の操縦係を残らせておけばよかった」ふたりで階段を上がる途中、リースは申し訳なさそうに言った。「基本的な操縦方法は知っているが、初めての操縦できみを乗せたくはないからね」

「昇降機には乗りたくないわ。もしケーブルが切れたら——」ヘレンは言葉をのみこみ、身震いした。ウィンターボーン百貨店の昇降機は最新の水圧式で、蒸気駆動式より安全だと評判が高いとはいえ、閉ざされた小部屋に入って上下することを思うとぞっとする。

「危険はまったくない。予備の安全ケーブルが三本もあるし、すべてのケーブルが切れた場合に備えて、両側のレールをつかむ自動装置が箱の下についているんだ」

「それでもわたしは階段をのぼるほうがいいわ」

リースはほほえみ、ヘレンの手を握りつづけた。ふたりで最初の一階分をのぼりきって次の階に差しかかったとき、彼はなにげなく問いかけてきた。「この数日間、どうしていた?」

ヘレンは平然とした口調を装った。「金曜にみんなで大英博物館へ行ったの。あと、レディ・バーウィックがご友人方の社交訪問を受けていらしたわ」

「博物館はどうだった?」

「まあまあだったわ」

「まあまあ、だけ?」

「みんなで動物展示室へ行ったけれど、わたしは美術展示室ほどには楽しめなかったの。硬直した体にガラスの目を入れられた動物たちがかわいそうで……」ヘレンはパンドラとキリンのことや、誰も見ていないと思ってレディ・バーウィックがさっと展示物に触れたことを話した。

おもしろかったらしく、リースは静かに笑った。「そこではほかになにかあったかい?」

リースの声はくつろいだ調子だったが、ヘレンの神経は苦悩に引きつった。「なにも思いつかないわ」リースに嘘はつきたくなかった。ヘレンは罪悪感を覚えて動揺し、彼とふたりきりでいることに不安を感じた。自分が愛している男《ひと》なのに――そう思うと泣きたくなった。

リースは三階の踊り場でヘレンと一緒に足を止めた。「どこかで少し座るかい、カリアド?」

その問いかけは優しく、思いやりに満ちていた。しかし一瞬、ヘレンがリースを見上げる

と、彼はこれまで一度も見せたことのないまなざしをしていた。ネズミを追いつめた猫の目。それはあっという間に消えた。気のせいだったのだろう。

ヘレンは考える代わりに、無理矢理笑みを浮かべた。「いいえ、大丈夫よ」

リースの視線はさらに数秒間ヘレンの顔を探った。階段とは別の方向へ導かれたので、ヘレンはたずねた。「四階分だと言わなかった？」

「ああ、残りはこっちの階段をのぼるんだ」

当惑しつつもヘレンはリースと連れ立って、フランスやペルシャやインドの絨毯が並ぶ、そびえ立つような高い棚や、油布や敷物や硬材の見本が積まれたテーブルをいくつも通り過ぎた。あたりには虫よけ用のシーダー材やベンゼンの匂いがただよっている。

いざなわれた先は、隅のほうの奥まった壁にはめこまれた、羽目板が四枚の目立たないドアだった。

「どこへつづいているの？」リースがポケットから鍵を取り出すのを見ながらヘレンは訊いた。

「ぼくたちの屋敷へつづく階段だ」

ヘレンはとまどった。「どうしてそこへ行くの？」

リースはなにを考えているかわからない表情でドアを開け、鍵をポケットに戻した。「心配しなくていい。長くはかからない」

ヘレンはおずおずとドアをくぐり、忘れもしない、左右を壁に囲まれた階段室へ入った。

ところがリースは屋敷へは入らず、ヘレンに階段をのぼらせて、別の踊り場にあるドアの前に立った。「ここからぼくたちの屋敷の屋上テラスのひとつに出られる。マンサード式の屋根なんだ。てっぺんが平らになっていて、手すりでぐるりと囲まれている」

ロンドンの景色を見せたいのかしら。足がすくむほど高い屋根の上で、外気にあたらせたいのかしら。「外は寒いわ」ヘレンは心配そうに言った。

リースは身をかがめ、ヘレンの額に口づけた。「ぼくを信じて」彼はヘレンの手を握ったまま、ドアを開けて向こう側へ連れていった。

26

ヘレンは混乱した。夏のように暖かな空気に包まれている。ゆっくり歩いていくと、そこはきらきらと輝くガラスが錬鉄の枠に張りめぐらされた、細長い大きな空間だった。

ここは温室だわ。ヘレンはとまどいながら気がついた。屋上にあるなんて。ウェディングケーキのようにかわいらしい、えもいわれぬほど優美な建造物が、頑丈なれんがの土台の上に立っていた。鉄の柱や桁が、垂直の支柱や筋交いに溶接されている。

「わたしのランのためね」ヘレンはおずおずと言った。

リースはヘレンの背後に来て両手を彼女のウエストに置き、耳元に優しく鼻をすりつけた。

「置き場所を見つけると言っただろう」

空中に浮かぶガラスの城。夢のような、甘くて美しい想像力の産物。しかも、リースがわたしのために建ててくれた。ヘレンはまぶしく感じながら、黄昏《たそがれ》のロンドンの景色に見入った。やわらかな赤い光が、鉛色の空を横切って西へ沈んでいく。ところどころで雲が途切れ、炎の色をした綿雲の隙間から、黄金の光がもれた。ふたりの足元から四階下には街が広がり、曲がりくねった川の周囲に古い通りや黒い人影、石造りの小尖塔が見える。夕日の輝きが届

かない場所は、街灯がともされて活気づいてきた。

この温室は床下に設置した温水管で温めているのだとリースは説明しはじめた。蛇口のついた陶器の流し台も備えるという。水力圧縮機で鉄桁の耐性試験を行った方法とやらも語っている。ヘレンは口元をゆがめて笑みを作り、聞いているふりをしてうなずいた。こんなときに現実的な話を詳しく語りだすのは男性だけだ。ヘレンはリースに背をもたせかけた。永遠にこうしていたい。きらめく星々を針にして、いまこのときを大空に留めてしまいたい。

これほど短期間で温室を建てることができたのはプレハブパネルのおかげなのだとリースが話しはじめると、ヘレンは彼の腕のなかでくるりと身を返し、唇を重ねた。リースは驚いて話すのをやめた。が、次の瞬間、心からの情熱を込めて応えてくれた。ヘレンは愛と感謝と絶望で胸がいっぱいになり、少し激しすぎるほど彼に口づけた。この美しい場所を自分のランで埋め尽くすことはけっしてできないのだと思うと、心が張り裂けそうだった。まばたきをしてどうにかこらえたはずなのに、片目の端からひと粒の涙がこぼれ落ち、頰を伝って、ふたりのキスを塩辛くした。

リースはヘレンを見下ろした。彼の顔は陰になっていた。片手でヘレンの頰を包み、涙の跡を親指でぬぐった。

「幸せすぎて泣いただけよ」ヘレンはささやいた。

リースはだまされなかった。疑うようにヘレンをちらりと見て、そっと胸に抱き寄せた。ヘレンの耳元で、低くてやわらかな声がした。「なによりも大切な人……話してくれないと

助けられないよ」

ヘレンは凍りついた。

いまこそ話すときだ。けれど話せば、このひとときが台なしになってしまう。なにもかも終わってしまう。さよならを言う準備がまだできていない。準備なんていつまでもできそうにない。でも、あともう少しだけ、あと数日だけこの人と一緒にいられたら、その思い出にすがって残りの人生を生きていこう。

「なんでもないわ」ヘレンはあわてて言い、さらなる口づけでごまかそうとした。

相手がしぶしぶ応じているのがわかった。リースは、なにが問題なのかを話させたいのだ。ヘレンはリースの首に両腕をまわし、ぐっと引き寄せてキスをした。ふたりの舌がからみ合い、うっとりするくらいさわやかな彼の味で、ヘレンの五感が満たされる。リースは意識のすべてをヘレンに集中させ、つま先立ちにさせるほど強く抱き寄せると、首を曲げて覆いかぶさり、彼女の口のなかをさらに深く探った。ヘレンはリースの上着のなかへ両手を忍びこませた。がっしりした硬い上半身。引きしまったウエストに向かって手を下げていく。

リースは小さく悪態をついて顔を離した。肺が激しく動いている。ヘレンがリースの首にキスをすると、彼はびくっと全身を震わせた。「ヘレン、これ以上は危険だ」

そうみたいね。リースのなかに潜む力がもうじき解き放たれようとしているのを、ヘレンは感じることができた。「寝室へ連れていって」大胆にも言った。いままで抱いたなかで、指折りの悪い考えだ。ヘレンは平気だった。どんな醜聞に見舞われようと、どんな犠牲を払

おうと、もう一度リースとひとつになれるなら、すべてを差し出してもいい。「数分だけ。すぐそこよ」

リースは思案することもなく首を振った。「あの頭痛薬め」暗い声だった。「あれのせいできみの貞操観念がゆるくなっているんだ」

その古風な言葉をリースの口から聞いたとたん、ヘレンは彼の胸に顔をうずめてくぐもった笑い声をあげた。「わたしの貞操はとっくの昔にあなたに捧げたでしょう」

リースは一緒におもしろがってはいないようだ。「今夜はいつものきみじゃないな、カリアド。なにがあって、片頭痛がするほど心が乱された？」

ヘレンはぴたりと笑いをやめた。「なにも」

リースはヘレンのあごをつかみ、無理矢理彼を見つめさせた。「話すんだ」

彼のまなざしに激しい怒りを見て、ヘレンはなにか相手を満足させそうなことを探した。

「さみしかったの」本当のことだ。「ロンドンにいるのがこれほど大変なことになるとは思いもしなかったわ。すぐ近くにいながら、一度もあなたと愛を交わせないなんて」

「きみは求めればいつでもぼくと愛を交わせる」

ヘレンは片方の口角を上げた。「いまあなたが欲しいわ」片手でこっそりズボンの前を触った。

「くそっ、ヘレン、怒るぞ」けれども大きく張りつめたものをヘレンが握ると、リースははっと息をのみ、表情を変えた。黒褐色の瞳が苦しげに光を放っている。彼女がそばにいると、

リースの体はあっという間に反応を示す。ヘレンはこの優れた肉体を持つ男性が大好きだった。彼の心も体も愛していた。

れんが色の淡い光が、最後にさっと空を染めてから暗がりに溶け、遠くの隅で、冴《さ》えた月が雲をまとった。いま、この地上高くにある暗がりにいるのはリースとヘレンのふたりだけだ。はるか下では街がざわざわと騒がしいが、その音はここまで届かない。

ヘレンは両手でリースの顔を挟み、ひげを剃った頬の、男らしい手触りを楽しんだ。この人はなんて活力に満ち、世慣れていて、実体感があるのかしら。リースはヘレンの軽い触れ方に魅了されて立ちすくむ一方、体はとめどなくあふれる渇望で興奮していた。自制心を失う寸前のようだ。降りそそぐ火花のなかで、指先やつま先、膝の裏や肘の内側……ヘレンのあらゆるところが欲望に満たされていく。リースに触れずにはいられない。自分には口にする権利のないことを、告げずにいることもできない。

「愛しているわ」

心の奥深くまで揺さぶられ、リースはヘレンを見下ろした。ムーンストーン色の瞳が、取りつかれたように光を放っている。ひざまずきたくなるほど美しい。

「愛している《ドウ・イン・ダ・ガリ・ディ》」ささやいたとたん、息をのんだ。いままで誰にも言ったことのない言葉。リースは荒々しくヘレンに口づけた。

世界が沈み、ふたりは光り輝く天球のなかにいた。そこには暗闇、肉体、感情だけが存在

した。リースは知らぬ間にヘレンをそっと隅へ押し、平らな鉄の支柱に背中をつけさせていた。ヘレンはしがみついてきた。こちらの体にのぼろうとしているかのように身をよじっている。彼女の肌に触れ、生身の体を感じたい。だが例のごとく、いまいましいほど多すぎる衣類に阻まれていた。

欲望をあおられたリースは両手でスカートの前をわしづかみにしてまくり上げ、縫い合わされていないドロワーズの股から手を入れた。彼が片膝で脚を割ろうとすると、ヘレンはあえぎながらすんなりと開いた。太腿のあいだがふっくらして熱くなっている。彼女は支柱にもたれて喉の奥から声をもらしつつ、キスを受けた。茂みの奥はほんのりと温かく、乾いていたが、リースが片手をあてて優しく包みこむなり、湿って熱を帯びた。なんて繊細で、なんてやわらかいのだろう。この甘美で小さな場所に、自分のものをすべて入れることなど不可能な気がする。

リースは外側のふくらんだ花びらをそれぞれそっとつまみ、愛情を込めて揉みながら開いた。入り口とその周囲のなめらかな花弁に、指先で円を描いていく。しっとりと濡れてきた。丁寧に愛撫されるに従って、ヘレンは腰を動かした。かわいらしい真珠を指先でからかわれると、冬を越す小鳥が翼をはためかすように震えた。頭をのけぞらせ、リースのズボンつりを両手で思いきり握った。

暖かな暗闇のなか、あらわになった白い喉が浮かび上がる。リースは飢えたように顔を近づけ、開いた唇で愛撫しつつ、ヘレンの肌に舌を這わせた。手探りでズボンのボタンを開け、

硬くなった長いものを自由にしてから、ヘレンの片膝をつかんで脚を彼の腰に巻きつけさせた。くすぶりながら熱く濡れている場所に彼の先端が押し入ったとたん、ふたりはともにあえいだ。リースは膝を曲げ、最適な角度に狙いを定めて、迷わず一気に進んだ。ヘレンが大きな声をあげ、リースは動くのをためらった。痛い思いをさせたのだろうか。だが彼女のなかで包みこまれるのを感じて激しく身を震わせ、情欲のにじむ荒っぽい声をもらした。さらに奥まで入り、親指と人差し指で彼女の入り口を広げた。リースが何度も腰を突き上げて挿入するたび、ヘレンの体は少し持ち上がり、彼女はすすり泣くような声をもらした。

聞こえるのは自分たちの荒い息、絶え間ない衣ずれ、そして最後まで突き入れたときに時折する、濡れた音だけ。ヘレンは奥深くで優しくしっかりとつかまえてくる。もっと欲しいと言わんばかりに。リースはヘレンの腰をつかんで激しく振らせ、容赦なく貫き、おのれの肉体で彼女を喜ばせた。ふたりは高まる興奮のなかでもっと、もっとと体を引き寄せ合い、ともにもがき、やがて動きを止めた。互いに結ばれた部分だけが、固く締まり、もだえ、脈打っている。ヘレンはリースの首にしがみついて声をあげ、静まったかと思うと、なすすべもなく身を震わせはじめた。ヘレンがのぼりつめている――それを感じた瞬間、リースは完全に解き放った。意識を失っていくかのようだった。一度死んで、生まれ変わっている気分だった。

ヘレンの頭に力強く口づけてから小さくうめき、彼女を抱きしめた。自らの震える四肢を落ち着かせたい。ヘレンは力を抜いてリースにもたれ、彼の腰に巻きつけていた片脚をする

りとはずした。ところが自分のものをしぶしぶ引き抜こうとしたリースは、両手で尻をつかまれ、阻止された。彼女のなかでぴくぴくと動き、ぴったり合わさっているのはなんとも心地いい。互いに熱く脈打つ体をつなげたまま、リースはヘレンの顔にゆっくりと唇を這わせた。

ヘレンはリースの肩に頭をつけてささやいた。「こんなふうにもできるなんて知らなかったわ」

リースはほほえみ、身をかがめてヘレンの耳たぶに歯を立て、舐めた。かすかに塩の味がする。異国の薬物でも使ったように興奮した。いくらでもヘレンが欲しい。「ぼくを駆り立てないでくれ、カリアド」かすれた声で言った。「紳士みたいにふるまえと言ってくれる人がぼくには必要だ。それはきみの仕事だろう？」

ヘレンは左手でリースの尻を優しくなでた。「わたし、そんなことけっして言わないわ」

リースはヘレンを抱きしめつづけた。ヘレンは秘密を隠している。口に出せない、なんらかのことを恐れている。打ち明けるつもりはないらしい。だが無理には聞き出さないでおこう。いまはまだ。

もっとも、近いうちに明らかになるはずだ。

リースはしかたなく腕をゆるめ、ヘレンの腰をしっかりと押さえながら自分のものを引き抜いた。相手が息をのむと、彼はなだめるような言葉を小さくささやきかけた。上着のポケットから折りたたんだハンカチを取り出し、ヘレンの花びらのあいだに押しこんでからドロ

ワーズを直してやった。ヘレンの顔が紅潮しているかどうかは暗くて見えないものの、熱を放っているのはわかる。

「ぼくたちにはまだ話し合わなくてはいけないことがある」リースは穏やかに警告し、ズボンのボタンを留めた。ヘレンのこめかみに名残惜しそうにキスをしたあと、言い添えた。

「きみがぼくの気をそらそうとする方法は好きだがね」


ヘレンはその夜が終わるまでぼうっとしていた。何割が神経痛の薬の副作用で、何割がリースと過ごした時間のせいなのかはわからない。

屋上の温室を出てすぐにリースに化粧室へ連れていかれ、そこで最善を尽くして身なりと髪を整えた。その後、二階にある裁縫師の仕事部屋へ案内してもらい、ミセス・アレンビーに紹介された。にこにこと笑みを浮かべた、細身で背の高いその女性は、ヘレンの片頭痛の話を聞くなり同情し、今日の予約時間内でも、採寸くらいなら充分可能だと請け合った。体調のよい別の日にヘレンが再訪し、ふたりで本格的に花嫁衣装を計画しはじめればいいという。

話を終えて裁縫師の仕事部屋から出るとリースが待っていて、一階へ連れていってくれた。一時間前に情熱的に愛を交わしたばかりであることを思い出し、ヘレンは真っ赤になった。リースはにやりとした。「そんなに後ろめたそうな顔をしないでくれ、カリアド。ぼくはこの一五分間、ふたりで姿を消していた理由をレディ・バーウィックに説明していたんだ

よ」

「なにを話したの？」

「思いつく限りの言い訳さ。真実も含まれている」

「一部でも信じてくださっているの？」ヘレンは恥ずかしくなった。

「そのふりをしてくれているよ」

ヘレンがほっとしたことに、馬車に乗ってレイヴネル・ハウスへ帰るあいだ、レディ・バーウィックは満足して上機嫌だった。一ダースもの手袋に加え、ほかの売り場でさまざまな雑貨を購入したらしい。たとえ下々の者たちに交じって通常の営業時間中に来ることになったとしても、すぐにまたウィンターボーン百貨店で買い物をするつもりだと悔しそうに認めた。パンドラとカサンドラは、販売員たちから来年の流行について教わったさまざまな話でヘレンを楽しませてくれた。技巧を凝らしたスカーフ留めが大人気となり、金や銀の編み紐がドレスや帽子の縁を飾り、フランスの社交家だったレカミエ夫人風に、プードル犬のような小さな巻き毛で淑女の髪が飾られるという。

「かわいそうなお姉様」パンドラが言った。「わたしたちは山ほどの箱や袋を持って帰るのに、お姉様は頭痛薬の入った缶ひとつだなんて」

「わたしはこれさえあればいいの」ヘレンは膝にのせた緑色の缶に視線を落とした。

「しかも、わたしたちが買い物をして楽しんでいたあいだ」カサンドラが残念そうに話した。「お姉様は服を脱いでいたのよ」

ヘレンはぎょっとした目でカサンドラを見た。顔から血の気が引いていく。

「裁縫師のところで採寸したんでしょう？」

「あっ、ええ」

「ま、採寸なんてあまり楽しくなかったでしょうね」カサンドラが言った。

「ええ、そのとおりよ」ヘレンはまた下を向き、薬の缶を凝視した。レディ・バーウィックの沈黙を激しく意識していた。

馬車がレイヴネル・ハウスに到着し、高く積み上げたクリーム色の箱を、祭りの曲芸師に匹敵する器用さで従僕が屋敷のなかへ運び入れた。双子は自室へ上がり、レディ・バーウィックは居間へ紅茶を運ぶよう執事に命じた。

「あなたも飲みますか？」レディ・バーウィックがヘレンに問いかけた。

「いえ、けっこうですわ。早めにベッドへ入るつもりですから」ヘレンはいったん躊躇したあと、勇気を出した。「ふたりで話せますか？」

「ええ。一緒に居間へいらっしゃい」ふたりは居間へ入った。暖炉に火がともっているにもかかわらず、寒い。レディ・バーウィックは寝椅子に腰をかけ、ぶるっと震えた。「できれば火を強くしてほしいわ」

ヘレンは暖炉の前へ行き、火かき棒を取ると石炭をつついて炎を大きくした。一気に放たれる熱に両手をかざし、おずおずと口を開いた。「ミスター・ウィンターボーンといなくなっていたことについてですが——」

「説明の必要はありません。認めます」

ヘレンは仰天した目でレディ・バーウィックを見た。「み――認める？」

「ほかでもないこの居間で話したはずです。ミスター・ウィンターボーンと結婚するために必要なことはなんでもしなさい、と。もちろん、状況が違えば断固反対します。ですがミスター・ウィンターボーンに勝手を許すことでふたりの結びつきが強くなり、結婚がより確実になるというのであれば、わたくしは見て見ぬふりをしましょう。人は時に、戦争に勝つために戦いに負けなくてはいけないことを、賢い目つけ役は受け入れるものです」

ヘレンはあぜんとした。「なんて……」無情な人。「現実的でいらっしゃるのでしょう、伯爵夫人」

「わたくしたちは手持ちの手段を使わなくてはなりません」レディ・バーウィックはあきらめの表情を見せた。「女の武器は舌だとよく言うけれど……けっしてそれだけではないのよ」

27

ヘレン宛の手紙がペニー郵便で届いた朝、レディ・バーウィックは自室で食事をしていて、双子はまだ寝ていた。

その封筒を執事が銀のトレーにのせて運んできたとき、ヘレンはひと目でエイダ・タプリーからだと気づき、震える手で封筒を取った。「この手紙のことは誰にも言わないで」

執事は無表情でヘレンを一瞥した。「はい、お嬢様」

ヘレンは執事が朝食室から出ていくのを確認したあと、糊づけされた封筒を開けて便箋を取り出し、ゆがんだ文字に目を走らせた。

お嬢様

わたくしめに預けられた赤ん坊について、おたずねとのこと。あの子はチャリティと名づけました。他人のあわれみがなければ道端に放り出されていたかもしれず、恩に報いる人間にならなくてはいけないことを忘れないようにと。いつもいい子にしていた点

では手がかかりませんでしたが、養育費が足りませんでした。額を増やしてほしいと毎年頼んでも、まったく聞き入れてもらえなかったのです。五カ月前、やむをえずセント・ジョージ・イン・ザ・イーストのステップニー孤児院へ入れました。

弁護士には、きちんとお金を払ってくださるならあの子を連れ戻しますと手紙を送りました。けれど、なんの返事もありませんでした。かわいそうなあの子をあんなところへ行かせた、血も涙もないけち男に、いつか厳しい天罰が下されますように。あの子は姓がありませんでしたから、孤児院へ入った日にちなんでチャリティ・ウェンズデイと呼ばれています。もしあの子になにかしてくださるのでしたら、感謝申し上げます。あの子のことを思うと心が重くなり、ひりひりと痛みます。

心を込めて

エイダ・タプリー

まだ朝食を食べていなくてよかった。食べていたら、この手紙を読んだあとで戻してしまったはずだ。ヘレンは跳びはねるように椅子から立ち上がり、片手で口元を押さえて行ったり来たりした。

腹違いの妹は完全にひとりぼっちだ。しかも何カ月も施設に入れられている。空腹や虐待や病気にさいなまれているかもしれない。

暴力を振るう力など自分にはないと思っていたが、アルビオン・ヴァンスをとびきり痛めつけて息の根を止めてやりたくなった。ひとりの人間を何度も死なせることができればいいのに――そうしたら、喜んであいつを苦しめてやるわ。

でもいまはチャリティのことだけを考えよう。すぐに孤児院から出して、住まいを見つけてあげなくては。思いやりをもって扱ってもらえる場所を。

まず、五カ月間も孤児院で生き延びているのかどうかを調べないと。

きちんと考えられるようになるまで焦りと怒りを静めた。ステップニー孤児院へ行ってチャリティを見つけ、レイヴネル・ハウスへ連れてこよう。そういう施設から子どもを出すには、どんな規則があるのだろうか。こちらの本名を明かさなくてはいけないのだろうか。

手助けが欲しい。

でも、誰のところへ行けばいい？　リースはだめ。レディ・バーウィックももちろんだめ。子どものことは忘れろと言うはずだ。ケイトリンとデヴォンはあまりにも遠くにいる。ウェストンは必要時に呼べと言ってくれたものの、ヘレン自身のことなら彼を絶対的に信用できても、この件に関してはどんな反応が返ってくるかわからない。レディ・バーウィックと大差ない無情な現実主義者の一面をウェストンが持つことを、ヘレンは見抜いていた。

そうだ、ドクター・ギブソンがいる――「どんな理由であれ、友人が必要なときもご連絡くださいね」とあの人は言ってくれた。本気だったのだろうか。あてにしてもいいのだろうか。

危険ではある。ドクター・ギブソンはリースに雇われているのだから、すぐ彼に報告するかもしれない。あるいはリースの反対を恐れて、関わりたくないと言うかもしれない。だがヘレンは、あの女性の賢そうな緑の瞳と、人に左右されないてきぱきした態度を思い出した。ドクター・ギブソンはなにも恐れていない。それにロンドンに精通していて、孤児院のなかへ入ったこともある。運営方法についても、なにか知っているにちがいない。

始まってさえいない友情を試すのは気が引けたが、チャリティを救う可能性を得るには、ガレット・ギブソンを頼るのがいちばんだ。そして単なる直感とはいえ、ヘレンはなぜか、ドクター・ギブソンなら力を貸してくれると確信していた。

「医師の診察を受けたいだなんて、なぜ？」レディ・バーウィックは自室の書き物机から顔を上げてたずねた。「また頭痛ですか？」

「いいえ」ヘレンは入り口に立ったまま答えた。「婦人病です」

伯爵夫人は巾着型の小物入れ《レティキュール》の口のようにきゅっと唇を引き結んだ。馬の繁殖や生殖についてなら気楽に語るというのに、対象が人類となると驚くほど気まずくなるらしい。ごく内輪な、社交界の友人たちに囲まれていれば話は別だろうが。「湯たんぽは試しましたか？」

ヘレンはどうやって上品に表現しようかと考えた。「〝授かった〟のかもしれないと思いますの」

レディ・バーウィックはぽかんとした顔で、持っていたペンを注意深くペン立てに戻した。

「先日ミスター・ウィンターボーンと逢《あ》い引きしたのが原因だと考えているのであれば、木に実がなっているかどうか、いまの時点では早すぎて判断できませんよ」

ヘレンは模様入りの絨毯に目を落とし、慎重に言った。「わかっております。でも……ミスター・ウィンターボーンとわたしは、もっと以前に逢い引きしたことがあるのです」

「つまりあなたたちは……」

「ええ、婚約と同時に」ヘレンは認めた。

伯爵夫人はあきらめと怒りがないまぜになった目でヘレンを見つめ、「これだからウェールズ人の男は」と叫んだ。「皆うまいことを言って貞操帯をはずしてしまうのよ。部屋のなかへお入りなさい、あなた。入り口から大きな声でする話ではありませんからね」ヘレンが従うと、レディ・バーウィックはたずねた。「月のさわりが止まっているの?」

「そう思います」

レディ・バーウィックは状況を検討したのち、少しうれしそうな顔をしはじめた。「もしあなたが妊娠しているなら、あなたとミスター・ウィンターボーンとの結婚はほぼ既成事実ね。わたくしがドクター・ホールを呼びましょう。娘のベティーナの担当医よ」

「ご親切にありがとうございます。でもすでに、都合がつき次第予約をお願いしますとドクター・ギブソンに手紙を送りました」

伯爵夫人は眉をひそめた。「誰です、その男は?」

「ドクター・ギブソンは女の方です。月曜の夜、ウィンターボーン百貨店でお会いしまし

た」

「だめだめ、それはいけないわ。女は医師になるべく生まれついていないのです。科学的な理解力や冷静さが欠けていますからね。出産のような一大事をまかせるわけにはいきません」

「レディ・バーウィック」ヘレンは言った。「殿方より婦人の医師に診ていただくほうが、恥ずかしくありません」

レディ・バーウィックは憤然として息を荒くし、懇願するような目で天を仰いだ。ヘレンに視線を戻すと、気難しい口調で告げた。「ドクター・ギブソンにはここで診察してもらいなさい」

「キングス・クロスのご自宅にある個人診療所へ行かなくてはいけません」

伯爵夫人の両眉がつり上がった。「人目を気にせず自宅で検査してもらえないの?」

「ドクター・ギブソンの診療所には最新の科学装置や医療機器がそろっているのです」リースが肩を脱臼して治療を受けていたときに聞いた話を思い出しながら、ヘレンは説明した。「特別仕様の診察台とか、光を集める反射鏡つきランプとか」

「それはなんとも奇妙だこと」伯爵夫人は暗い声で言った。「男の医師なら、検査中は目を閉じているだけの礼儀を持ち合わせているはずです」

「ドクター・ギブソンは現代的でいらっしゃるので」

「そのようね」あらゆる現代的なものに深い疑念を抱くレディ・バーウィックは、眉をひそ

ないうちに部屋から逃げ去った。

「ありがとうございます」ヘレンは言いようのない安堵《あんど》感に包まれ、伯爵夫人の気が変わ
めた。「よろしい」

ドクター・ギブソンの予約は翌日の午後四時に取れた。前日の夜、ヘレンは興奮と不安で
ほとんど眠れなかった。ようやくドクター・ギブソンの自宅に着いて玄関へ入ったときには、
疲れきって神経がぴりぴりしていた。

「診察してほしいというのは、ここへ来るための嘘なんです」ジョージ王朝様式の、幅の狭
い三階建てテラスハウスのなかへドクター・ギブソンに迎えられると、ヘレンは出し抜けに
告げた。

「そうですか」ドクター・ギブソンは動じていないようだ。「まあ、どんな理由であれ、よ
くお越しくださいました」

丸顔のふっくらしたメイドが、小さな玄関に現れた。「上着をお預かりします、お嬢様」

「いえ、長くはいられないの」

ドクター・ギブソンはとまどった笑みを浮かべてヘレンを見つめた。緑色の瞳が油断なく
光った。「居間で少し話しましょうか」

「ええ」ヘレンはドクター・ギブソンのあとにつづき、こぎれいで気持ちのよい部屋へ入っ
た。家具は青と白の布が張られた長椅子一脚と椅子二脚、小さなテーブル二台のみ。壁にか

かった唯一の絵には、格子垣に薔薇が咲く田舎家のそばで行進するガチョウが描かれている。

ヘレンはハンプシャーを思い出し、緊張がほぐれた。炉棚の時計が繊細な音で四時を告げた。

ドクター・ギブソンはヘレンの席のかたわらに置かれた椅子に座った。正面の窓から入る羊皮紙色の光のもとでは、貫禄《かんろく》ある態度とはちぐはぐなほど若く見える。女学生に劣らぬこざっぱりした身なりで、カエデの糖蜜色の髪をきっちりと控えめにまとめている。ほっそりした体を包むのは、黒に近い深緑色の、まるで飾りけのないドレスだ。

「お嬢様、患者としてここへいらしたのではないなら、なにをして差し上げればいいのでしょう？」

「個人的な用件で手助けを必要としています。あなたにお願いするのがいちばんだと思いました。状況が……複雑なので」ヘレンは言いよどんだ。「このことは秘密にしておいていただけるかしら」

「お約束します」

「ある子どもの無事を確かめたいんです。わたしのお目つけ役であるレディ・バーウィックの甥がもうけて責任を放棄した、非嫡出の娘です。年齢は四歳。五カ月前、セント・ジョージ・イン・ザ・イースト教区のステップニー孤児院に入れられたようです」

ドクター・ギブソンは眉をひそめた。「そのあたりのことは知っています。とても危険な地域です。昼間でも物騒な場所があるくらい」

ヘレンは手袋をした手を組み合わせた。「それでも、チャリティがそこにいるかどうか、

どうしても調べたいの」

「それがその子の名前ですか？」

「チャリティ・ウェンズデイです」

ドクター・ギブソンは口元をゆがめた。「いかにも施設に入れられた子の名前だわ」問いかけるようにヘレンを見た。「わたしが代わりに行きましょうか。もちろんそちらのお名前は出しません。もしチャリティがそこにいたら、健康状態を調べてお知らせします。明日かあさってにはきっと時間を作れるはずです」

「ありがとうございます。ご親切に感謝しますわ。でも……今日行かなくては」ヘレンは言葉を切った。「たとえわたしひとりでも」

「レディ・ヘレン」ドクター・ギブソンは穏やかに言った。「あそこは良家のご婦人が行くところではありません。誰もが悲惨な状況にいる地域ですから、温室育ちの方は非常につらい思いをなさいますよ」

親切心からの言葉だとわかってはいても、ヘレンは傷ついた。わたしは体も心も弱くない――なすべきことをなすためなら、どんな力でも奮い起こそうとすでに決めている。「なんとかやり遂げます。そんな場所でも四歳の子どもが生き延びているなら、一回訪れるくらい、大丈夫です」

「ミスター・ウィンターボーンに相談できませんか？　さまざまな手段をお持ちの殿方なら――」

なぜですか」

「だめ、この件についてはあの人に知られたくないの」

ドクター・ギブソンはヘレンの勢いに驚き、探るようにじっと見た。「どうしてそんな役をお引き受けに？　わずかなつながりしかない子どものために、そこまでの危険を冒すのはなぜですか」

ヘレンは黙った。打ち明けすぎたのだろうか。

ドクター・ギブソンは辛抱強く待った。「レディ・ヘレン、力をお貸しするには」しばらくしてから言った。「信用していただかなくてはなりません」

「その子どもとのわたしとのつながりは……わずかではありません」

「なるほど」医師は間を置いたあと、優しくたずねた。「じつはご自分のお子さんだということですか？　そうであっても、わたしはまったく非難しません。過ちを犯す婦人は多くいます」

ヘレンは真っ赤になった。勇気を出してドクター・ギブソンの目をまっすぐ見た。「チャリティはわたしの異母妹です。その子の父親であるミスター・ヴァンスは昔、わたしの母と関係を持ちました。あの男にとっては、婦人を誘惑して捨てることが一種の遊びなんです」

「ああ」ドクター・ギブソンは静かに言った。「よくある話です。救貧院で苦しむ婦人や子どもを訪ねるたびに、そういう遊び——なんて呼びたくありませんけど——のひどい結末を目にします。そんな男は去勢してやるのがいちばんだわ」彼女は見定めるようにヘレンを一瞥した。心を決めたらしく、突然立ち上がった。「では、出発しましょう」

ヘレンは目をぱちくりさせた。「一緒に行ってくださるの？　いまから？」

「おひとりで行かせるわけにはいきませんもの。いますぐここを出なくては。六時を過ぎれば日が陰りはじめます。そちらの御者と従僕を帰して、ハンサム馬車に乗っていきましょう。立派な馬車で行くような場所ではありませんし、従僕はあたりをひと目見ただけで、一歩も出るなと言うんじゃないかしら」

ヘレンはドクター・ギブソンのあとをついて廊下へ出た。

「イライザ」ドクター・ギブソンが呼ぶと、ふっくらしたメイドがふたたび現れた。「夜まで出かけるわ」ドクター・ギブソンはメイドの手を借りて上着を着た。「父の世話をお願い」さらにつけ加えた。「甘い物は食べさせないで」ヘレンをちらりと見て、さっと小声で言った。「胃が荒れるんです」

「わたしはそんなことといたしません、ドクター・ギブソン」メイドが抗議した。「隠していても、どのみちこっそり見つけられてしまうんですよ」

ドクター・ギブソンは顔をしかめて帽子をかぶり、手袋をはめた。「しっかり見張っておいてちょうだい。下に降りてくると戦象並みに油断ならないんだから」

「甘い物を探しているときの旦那様はすばやいんです」メイドは言い訳がましく応じた。

ドクター・ギブソンは曲がった柄をつかんで杖を外套掛けから取り、すっと掲げた。「これが必要になるかも」使命を負って完全武装した女性ならではの満足感をにじませて言った。

「お嬢様、いざ前へ」

28

診察が予定より長引きます、と伝言を頼み、従僕と御者をレイヴネル・ハウスへ帰したあと、ヘレンとドクター・ギブソンは徒歩でパンクラス・ロードへ向かった。ふたりできびきびと歩くあいだ、ドクター・ギブソンはイースト・エンド、とりわけ波止場地域の付近ではどう行動するべきかをヘレンに忠告した。「周囲を意識していてください。出入り口や、建物のあいだ、停車中の馬車のそばにいる人たちにはご用心を。誰かがなにかたずねながら近づいてきても無視してください。たとえ女の人や子どもであってもです。足取りは常にしっかりと。進行方向を決めかねたり道に迷ったりした様子を見せてはいけません。実際にそうなら、特に。いかなる理由があろうとほほえまないこと。もし人がふたり近づいてきたら、あいだに挟まれないように」

ふたりは広い通りにたどり着き、角の近くで立ち止まった。「大通りに来れば、必ずハンサム馬車が見つかります」ドクター・ギブソンは「ほら、来た」と言って片手を上げた。

「いつも飛ばしていますから、馬車が縁石に近づいてきたら、ひかれないように注意してください。停車したら、すばやく着席します。ハンサム馬車の馬はたいてい急に走りだすので、

乗りこむ途中でステップから落ちないよう気をつけて」

ヘレンは緊張した面持ちでうなずいた。一頭立て二人乗り二輪の辻《つじ》馬車がふたりの前に急停止すると、胸がどきどきした。折りたたみ扉（車室の前面にあり、席に座ると胸から下だけが隠れる）が開いたあと、まずはドクター・ギブソンが車室へのぼり、屋根を這って後ろの御者席まで伸びている手綱の下で、ひょいと身をかがめた。

ヘレンはきっぱりと心を決め、あとにつづいてのぼった。幅の狭いステップは泥で滑りやすくなっている。さらに悪いことに、重くてかさばるバッスルのせいで危うく後ろへ倒れそうになった。どうにか均衡を保ち、車室のなかへぎこちなく飛びこんだ。

「上出来です」ドクター・ギブソンが言い、折りたたみ扉に手を伸ばそうとしたヘレンを止めた。「御者がレバーで閉めます」医師は天井の跳ね上げ扉から垂れ下がっている新聞を杖でつついてから、上に向かって御者に行き先を叫んだ。折りたたみ扉が勢いよく閉まり、車体ががくんと前のめりになったかと思うと、馬車はみるみるうちに速度を上げて通りを駆けていった。

ハンサム馬車に乗る――世間一般の人々には当たり前のことでも、ヘレンの地位にいる若い女性にはありえないことだ。恐ろしいけれど、わくわくする乗り心地。ヘレンには、いま起こっていることがほとんど信じられなかった。ハンサム馬車は猛烈な速さで突っ走り、大通りを埋め尽くすいくつもの馬車や荷馬車、乗合馬車《オムニバス》、動物たちのあいだを通り抜け、よろめき、がたがたと揺れ、街灯柱や停車中の乗り物、足の遅い歩行者たちとわずかな隙間を空

けてすれ違った。

「降りるときが来たら」ドクター・ギブソンはヘレンに言った。「天井の扉からわたしが運賃を支払うと、御者がレバーで折りたたみ扉を開けます。頭上の手綱に帽子を払い飛ばされないよう気をつけて、地面に飛び降りてください」

ハンサム馬車ががたがた揺れながら止まった。ドクター・ギブソンは手を上に伸ばして料金を支払い、折りたたみ扉が開くとヘレンを肘でつついた。ヘレンはすばやく行動に移り、あちこちに手をつきながら車室を出てステップに足をかけた。バッスルを車室から引っ張り出すには、腰をひねるほかない。つんのめることも帽子を失うこともなく地面に飛び降りることができたのは、技術ではなく運のおかげだった。着地の瞬間、バッスルが必要以上にはずみ、ヘレンは前へよろめいた。その直後、ドクター・ギブソンは運動選手のように優雅に地面へ降り立った。

「とても軽々とこなされるのね」ヘレンは言った。

「慣れです」ドクター・ギブソンは帽子の角度を直した。「それに、バッスルもつけていませんし。さあ、注意事項を思い出して」ふたりは歩きだした。

周囲を見まわすと、ヘレンがこれまで目にしたロンドンのどの場所とも大きく異なっていた。空さえ違って見え、色も質感も、台所の古ぼけた敷物のようだ。店はひと握りしかなく、どれも窓が黒ずみ、看板はぼろぼろ。貧困者に住まいを提供するための簡易宿泊所が並んでいるものの、住居に適さないように見える。人々は通りにたむろし、言い争い、悪態をつき、

酒を飲み、けんかをしていた。階段や縁石に座っている者たちや、亡霊さながらに無気力な様子で建物の出入り口をふさいでいる者たちもいる。どの顔も目が落ちくぼみ、不自然に青白い。

　ごみや車輪につぶされたものが重なり合い、同じく汚れていた大通りでさえ、そこから枝分かれしている路地と比べれば、はるかにましだった。ここの地面には腐臭のする黒い液体が流れ、水たまりを作って光っている。ヘレンは動物の死骸や、ドアのない屋外便所をひと目見て背筋に震えが走り、身を硬くした。こんな場所に人が住んでいるなんて。ここで飲み食いをして、働き、眠るなんて。どうやって生き延びているのだろうか。周囲の汚さにも動じず冷静なドクター・ギブソンに、ヘレンはぴったりくっついていた。

　あちこちから異常な臭いがただよってきて、避けられない。有機物が腐ったような不可解な悪臭が、一メートル進むごとに、よりいっそう不快さを増していく。特別いやな臭いのする路地を通過したとき、充満した臭気が鼻から直接胃へ流れこんだらしく、ヘレンは吐き気を催した。

「口で呼吸して」ドクター・ギブソンはそう言って足を速めた。「もう少しの辛抱です」

　幸いにも吐き気は治まった。とはいえ、毒を盛られたかのように頭がくらくらし、口には鉛筆の芯に似た味が広がっている。ふたりは角を曲がり、れんが造りの大きな建物を前にした。背の高い鉄門があり、先の鋭くとがった柵が建物を囲んでいる。

「ここがその孤児院です」ドクター・ギブソンは言った。

ろ音がした。

「もっとひどいのを見たことがあります。少なくともここの構内はまあまあきれいだわ」

少し開いたままになっている高い鉄門まで通りを歩き、ふたりはなかへ入っていった。ドクター・ギブソンが呼び鈴の紐をぐいっと引っ張ると、建物内のどこかで、来訪者を知らせる音がした。

丸一分が過ぎ、ドクター・ギブソンがふたたび紐に手を伸ばしたとき、ドアが開いた。

幅広で厚みのある長方形を思わせる女性が、ふたりと向かい合った。何年も眠っていないかのように心底疲れ果てているように見え、顔の皮膚がだらりと垂れ下がっている。

「あなたがこちらの寮母さん？」ドクター・ギブソンがたずねた。

「そうだけど。あんたらは？」

「わたしはドクター・ギブソン。こちらはミス・スミスです」

「あたしはミセス・リーチ」寮母はぼそぼそと言った。

「よろしければ少し質問させてもらえるかしら」

寮母は表情を変えなかった。ほとんど興味を引かれなかったらしい。「それでこっちになんの得が？」

「こちらの医務室で子どもたちに無料で医療を施すわ」

「医者なら間に合ってますよ。慈善修道女会が週三回子どもの世話と看護をしに来ますからね」ドアが閉まりかけた。

「あなたのお時間代よ」ヘレンは言い、硬貨をそっと差し出した。

寮母は片手で硬貨を握りしめた。半クラウン銀貨だとわかるや、まぶたがぴくっと動いた。後ろに下がってドアを大きく開け、ふたりをなかへ入れた。

ふたりはL字形の主室へ通された。片側にいくつもの事務室、反対側にひとつ保育室がある。泣きわめく乳児の声が保育室から聞こえてきた。その子どもを抱いた女性が、入り口を行ったり来たりしてなだめようとしている。

まっすぐ前方を見ると、両開きのドアの向こうで、子どもたちが長いテーブルの前にずらりと並んで腰かけていた。たくさんのスプーンが音をたてて器をこすっている。

「食事の時間はあと一〇分」ミセス・リーチが懐中時計を見ながら告げた。「あたしの時間はそれでおしまい」数人の子どもたちが長椅子から離れ、入り口までやってきて訪問者を見つめていた。寮母はにらみつけた。「テーブルに戻りな、お仕置きされたくないならね！」子どもたちはあわてて食堂のなかへ戻った。ミセス・リーチはドクター・ギブソンに向きなおり、げんなりした様子で言った。「母親が連れ戻しに来るって言い張る子もいるもんで。誰かが訪問するたびに大騒ぎですよ」

「この孤児院には何人の子どもが？」ドクター・ギブソンはたずねた。

「男は一二〇人、女は九七人、赤ん坊は一八人」

ひとりの少女がドアの裏に半分隠れて残っていることにヘレンは気がついた。その子どもはドアの脇柱をゆっくりと見まわしていた。髪はとても薄い金色で、不ぞろいに短く切って

あるため、あちこちに跳ねている。ところどころ艶がなくなっているせいで、羽が生え変わりかけたひよこのようだ。少女はヘレンをじっと見つめた。

「これまでに連れ戻しに来た母親は？」ドクター・ギブソンが訊いた。

「前はよくいたけど」ミセス・リーチは不機嫌そうな顔をした。「厄介なあばずれどもがここを無料宿泊所みたいに使ってたんでね。子どもを連れてきて、施しで生活させておいて、いつでも好きなときに連れ戻しに来てたんですよ。〝出入り族〟ってあたしらは呼んでたっけ。それで、出入り族をなくすために理事会が入退院手続きをできる限り複雑にしたんです。でも、そのせいであたしや職員の仕事が増えちまって、ただでさえ――」少女がふらふらとヘレンに近づいているのに気づき、ミセス・リーチは憤怒の目でにらんだ。「あたしの言うことが聞こえなかったのかい？」怒りが爆発した。「テーブルに戻りな！」

少女はおびえおののいて見開いた目をヘレンから離さなかった。「ママ？」それは大きな部屋のなかで、たった一度聞こえた震え声だった。

子どもが前へ駆けだした。ひょろひょろしたか細い脚は、おぼつかないながらも決然としている。寮母の腕をかわし、ヘレンに飛びついてスカートをつかんだ。「ママ」小声で、祈るように何度もくりかえした。

ひ弱そうで小さな子どもに抱きつかれただけなのに、ヘレンはよろめきかけた。少女は不ぞろいに切られた髪を必死で引っ張っている。まともな長さがある毛束を探しているかのように。ヘレンは心を痛め、引っ張るのをやめさせようと手を伸ばした。ふたりの指が触れ合

ったとたん、小さな手がヘレンの手を痛いほど強く握った。

「チャリティ!」ミセス・リーチがいらだった声で呼んだ。「汚い手をご婦人から離しな」

寮母が少女の頭を叩こうとした瞬間、ヘレンはとっさに片腕でかばった。

「この子の名前はチャリティですか?」ドクター・ギブソンがすかさず訊いた。「チャリティ・ウェンズデイ?」

「ええ」寮母はぼろを着た小さな子どもをにらみながら言った。

ドクター・ギブソンは驚いて首を振り、ヘレンのほうを向いた。「この子はどうして——」そこで絶句し、少女を見下ろした。「あなたの髪の色に気づいたんだわ——とても目立つから——」ヘレンとチャリティをすばやく交互に見比べ、つぶやいた。「まあ、そっくり」

ヘレンは言葉が出なかった。チャリティがどれほど自分に似ているかについては、すでに気づいていた。黒に近い眉とまつ毛、薄い灰色がかった瞳、白っぽい金髪。この世のどこにも居場所のない子ども特有の、途方に暮れた面持ちのなかには、ヘレン自身の姿も垣間見えた。

少女はヘレンのウエストに頭をもたせかけた。汚れた顔を上向け、日光を浴びているかのように目を閉じた。疲れきったあとにほっとした、そんな表情が広がる。〝ここにいたのね。迎えに来てくれたのね。もう、ひとりぼっちじゃないんだわ〟

子どものころ、自分も似たような瞬間を夢見たのかもしれない——思い出せないけれど。わかっているのは、当時の自分には誰も現れなかったということだけ。

これはどういうことなのか、チャリティをどうしたいのかとたずねる寮母に対し、ドクター・ギブソンが質問で返しているやり取りが聞こえた。保育室からは絶え間なく泣き声が響いている。食堂にいる子どもたちは落ち着きがなくなってきた。先ほどより多くの子どもたちが入り口まで来てヘレンたちを見つめ、ぺちゃくちゃと喋っていた。

ヘレンは少女を抱き上げた。小さな体は軽く、実体がないかのようだ。チャリティはヘレンに両腕と両脚を巻きつけ、猿そっくりにしがみついた。この子をなにがなんでも風呂に入れなくては。一度では足りない。孤児院の制服——青いサージのドレスと灰色の上っ張り——は焼き捨てよう。どこか清潔で静かなところへこの子を連れていき、汚れを洗い落としてから、温かくて栄養のあるものを食べさせたくてたまらない。ヘレンはしばらく絶望的な気分で、少女を孤児院から退院させるにはどうすればいいか、異母妹を連れてレイヴネル・ハウスへ帰ったとき、レディ・バーウィックにいったいなんと言おうかと考えた。

たしかなことがひとつある——チャリティをここへ置き去りにはしない。

「わたしはあなたのお姉ちゃまよ、かわいい子」ヘレンはささやいた。「名前はヘレン。あなたがここにいるのを知らなかったの。知っていたら、もっと早く迎えに来たわ。一緒にお家へ帰りましょうね」

「いまから?」少女は震え声で訊いた。

「ええ、いまからよ」

幼い少女を抱えながら、ヘレンは悟った。自分の人生は永遠に変わってしまった。分岐点

を越えて、新たな線路へ移った列車のように。子どものいない女にはもう戻れない。感情が入り乱れ、ヘレンの心はよじれた……誰ひとり、ケイトリンでさえ、この行動に賛成しないだろうという恐れ……リースを失い、一歩進むごとに彼から遠く隔たっていく悲しみ……そしてわずかばかりの、わびしい喜び。将来、報われることがあるはずだ。慰めになることが。でも、リース・ウィンターボーンのような男性は二度と現れない。

ヘレンの意識は、激しく口論しはじめたふたりの女性に向けられた。

「ミセス・リーチ」ヘレンは厳しい口調で呼びかけた。

寮母と医師は口をつぐんでヘレンを見た。

ヘレンはレディ・バーウィックを真似た命令口調でつづけた。「あなたが食堂で子どもたちの世話をするあいだ、わたくしたちは事務室で待ちます。こちらには時間がありませんから、早く取りかかってくださるかしら。あなたとわたくしとで話し合うことがあります」

「はあ、お嬢さん」寮母はすっかり不安げな表情だ。

「わたくしのことは〝お嬢様〟と呼びなさい」ヘレンは冷ややかに言い、相手の驚きのまなざしを見てひそかに満足感を覚えた。

「はい、お嬢様」ぼそぼそと返事が返ってきた。

ミセス・リーチにみすぼらしい事務室へ案内されたあと、ヘレンはチャリティを膝にのせて座った。

ドクター・ギブソンは狭い室内を歩きまわり、臆面もなく、机に積まれた書類にざっと目

を通し、引き出しをいくつか開けた。「今夜その子を退院させたいとお思いなら、残念ですが、おそらく不可能でしょう」

チャリティがヘレンの肩から顔を上げ、息を荒らげた。「ここへおいていかないで」

「しいっ」ヘレンは乱れた髪をなでてやった。「一緒に連れて帰るわ。約束よ」視界の隅で、ドクター・ギブソンが首を振った。

「わたしなら約束しません」ドクター・ギブソンは静かに言った。

「法を破ってこの子と一緒にここから出ていくしかないなら、そうします」ヘレンはチャリティをもっと楽に座らせなおしてから、髪をなでつづけた。「どうしてこんなに短く髪を切るんでしょうね？」

「入院と同時に頭を剃るのが普通なんです。シラミの蔓延《まんえん》を防ぐために」

「それほどシラミが心配なら、時々この子を洗ってあげればいいのに」

チャリティが不安そうにヘレンを見上げた。「みずはきらい」

「どうして、チャリティ？」

小さなあごが震えた。「いいこじゃないと、せんせいに……あたまをバケツにつっこまれるんだもん」チャリティはいたいけな目をヘレンに向け、彼女の肩に頬を戻した。

激しい怒りが込み上げてきたことを、じつのところヘレンは喜んでいた。おかげで、いやというほど思考がはっきりし、力がわいてきた。赤ん坊をあやすように、チャリティをそっと揺すってやった。

ドクター・ギブソンは机の端に腰かけていた。新式のドレスを着ているからこそ可能な行動だ。前面の生地はすとんとまっすぐに落ち、バッスルの代わりにスカートの生地を後ろに寄せている。ヘレンはその動きやすさをうらやましく思った。

「退院にはなにが必要なんでしょう?」ヘレンはたずねた。

ドクター・ギブソンは眉根を寄せて答えた。「寮母によれば、いわゆる〝返還要求〟を申しこむ書類に記入しなくてはいけないそうです。引き取りが許可されるのは、その子との家族関係を証明できる場合のみ。つまり、あなたとその子の父親であることをミスター・ヴァンスが認める内容の、法的文書を示せということです。その後、孤児院の理事会へ出向いて自分たちの関係を詳しく説明したら、退院を許可するかどうかが判断されます」

ヘレンは憤慨した。「どうしてこういう子どもたちの引き取りをそんなに難しくしているの?」

「わたしが思うに、理事会は子どもたちを引き留めておきたいんじゃないかしら。不当に利用して、雇って賃金を強制的に奪えるから。ここで暮らす子は、六歳になれば仕事を教わって働かされるんです」

ヘレンはうんざりして問題の解決策を思案した。腕に抱いた栄養不良の小さな体を見下ろした瞬間、あることをひらめいた。「この子がここにいるとみんなが危険だとしたら? 施設からただちに連れ出さなければ、孤児院全体に蔓延するかもしれない病気にかかっている、とあなたが診断を下すの」

ドクター・ギブソンは熟慮したうえで、「すばらしい考えです」と応じた。「自分が最初に思いつかなかったのが悔しいわ。猩紅熱《しょうこうねつ》だと言えばうまくいくでしょう。ミセス・リーチはきっとこの計画を受け入れます。五ポンド紙幣を渡せばの話ですが」さまざまな可能性を検討しているのか、彼女は口ごもった。「もしその子を取り戻す責任が理事会にあるなら、法的後見人の問題が将来持ち上がるかもしれません。とはいえ、ミスター・ウィンターボーンほどの手強《てごわ》い殿方とわざわざ戦おうとはしないはずです」

「ミスター・ウィンターボーンはこの件にいっさい関わらないと思います」ヘレンはしんみりと告げた。「明日わたしから話を聞いたあとは」

「まあ」ドクター・ギブソンはしばらく黙りこんだ。「それは残念です、お嬢様。いろいろな意味で」

三人が孤児院を出ると、ちょうど日が沈んだところだった。だんだん暗くなってきたいま、ふたりの女性は一分ごとに身の危険が高まっていることを意識し、つかつかと足早に歩いた。チャリティはヘレンのウエストに両脚を巻きつけてしがみつき、抱かれていた。

最初の角を曲がり、次の角に向かいはじめたとき、ふたり組の男が背後から追ってきた。

「立派なご婦人がふたりもいりゃ、ちっとばかし恵む金持ってるよな」ひとりの男が言った。

「ついてこないで」ドクター・ギブソンは毅然とした足取りを保って言い放った。

どちらの男もけたけたと笑い声をあげ、ヘレンのうなじに不快な鳥肌が立った。「たまた

まあんたらと同じ方向に用があんだよなあ」もうひとりの男が言った。

「波止場から来たくずです」ドクター・ギブソンはヘレンにささやいた。「無視してください。すぐに大通りです。そこまで行けば、かまってこなくなります」

ところが、男たちはふたりをそれ以上進ませないつもりらしい。「金をくれねえなら」ひとりがヘレンの背後で言った。「代わりにこのちいせえジャムタルトをもらうか」ヘレンは荒れた手に片方の肩をつかまれ、振り向かされた。やせた子どもとはいえ、チャリティの重みで少しよろめいた。

男は肉づきのいい手をヘレンの肩から離さなかった。丸顔の太った男で、分厚い肌の質感はオレンジの皮を思わせる。てかてかと光るオイルスキンの帽子の下から、何色ともつかない髪がばらばらに飛び出ている。

ヘレンを見つめたとたん、男はぎらぎらした小さな目を、魅入られたように大きく開いた。「天使みてえな顔だ」ぼそっと言い、薄くて小さな唇を舌なめずりした。歯と歯のあいだに、ピアノの黒鍵に似た隙間が空いている。「ぜひともやりてえなあ」ヘレンがあとずさりしようとすると、男は手の力を強めた。「どこへも行かせねえぞ、おれの上玉の女――いてえ！」男は叫び声をあげた。ヒッコリー材の杖がひゅっと宙を舞い、いやな音をたてて男の手首の関節を打ったのだ。

ヘレンが急いで後退すると、ふたたび杖が風を切り、男の頭の側面を打ちつけた。男はさらに杖の先でみぞおちを鋭く突かれ、うめきながら体を折り曲げた。ドクター・ギブソンは

杖を巧みに逆さにし、曲がった柄を釣り針のように相手の片脚にすばやく引っかけ、勢いよく引いた。男は地面に倒れ、焼きすぎた海老《えび》さながらに固く身を丸めた。わずか五、六分の出来事だった。

ドクター・ギブソンはひと息つくこともせず、前に飛び出してきたもうひとりの男に立ち向かった。ところが男はドクター・ギブソンのそばへ来る前に背後から誰かに制止され、振り向かされた。

その見知らぬ人物は驚くべき敏捷さを見せ、暴漢が殴りかかってきたとたん、さらりと横へ身をかわした。なんのことはない様子で、すばやく、容赦なく相手に襲いかかっていく。ジャブ、右クロス、左アッパーカット、そして渾身《こんしん》の力を込めた一撃を右手で見舞った。暴漢は連れのかたわらで地面に倒れた。

びっくりして首元ですすり泣くチャリティに、ヘレンはささやいた。「大丈夫よ。もう終わったわ」

ドクター・ギブソンは見知らぬ人物を用心深く眺め、杖先を地面に下ろした。彼は揺るぎないまなざしで見つめかえし、帽子のつばを直した。「お怪我はありませんか、ご婦人方?」

「ええ、まったく」ドクター・ギブソンはきっぱりと答えた。「お力添えいただき、感謝いたします。もっとも、わたしひとりで事態を収められましたけど」

ふたり目の暴漢もひとり目のように打ち負かしたかったのに、機会を奪われてドクター・

ギブソンはいらだっているらしい。

「もちろん、あなたおひとりでなんとかなったでしょう」見知らぬ人物はそう言って歩み寄ってきた。身なりのいい若い男性で、平均よりやや背が高く、並はずれて壮健そうだ。「しかしふたりのご婦人がいやがらせを受けているのを見て、手を貸すのが礼儀だと思ったものですから」

彼には珍しい訛りがあり、出身地を特定するのは難しかった。たいていの訛りには個々の特色があるので、すぐにどこの出かわかり、正確に州を言いあてられる場合さえあるのだが。彼が近づいてくるにつれ、大変男振りがよく、青い瞳に焦げ茶色の髪、はっきりした顔立ちであることがわかった。

「この地域でなにをなさっているの？」ドクター・ギブソンが疑わしげに問いかけた。

「友人に会いに酒場へ行く途中です」

「店の名前は？」

「葡萄《ぶどう》亭」よどみない答えが返ってきた。彼の視線はヘレンとその腕のなかにいる子どもへと移った。「ここは治安がよくない」優しい口調だった。「そして夜はあっという間にやってきます。ハンサム馬車を呼び止めましょうか」

ヘレンより先にドクター・ギブソンが答えた。「ありがとうございます。でも手助けはいりません」

「少し距離を保っておきましょう」彼は譲歩した。「ただし、あなた方が無事に馬車へ乗り

こむまでは目を離しませんよ」

「ご自由に」ドクター・ギブソンは歯切れよく言った。「お嬢様、行きましょうか」

ヘレンはためらい、見知らぬ人物に話しかけた。「お名前を教えてくださいませんか？わたしたちがどなたに感謝すればいいかがわかるように」

彼はヘレンと目を合わせ、わずかに表情をやわらげた。

「お嬢様、失礼ですがそれはご遠慮します」

ヘレンは彼に微笑した。「わかりました」

ふたりが立ち去ろうとすると、彼は丁重な身振りで帽子を少し持ち上げた。目尻にしわを寄せている。ヘレンはにっこりほほえみ、見知らぬ人間のなかに変装した英雄はいないというウェストンの警告を思い出した。ウェストにぜひこの話を聞かせたいわ。

「ほほえんではいけません」ドクター・ギブソンがヘレンに思い出させた。

「でも、あの方はわたしたちを助けてくださったのよ」ヘレンは反論した。

「必要でなければ助けとは言いません」

大通りまであと少しというところで、ドクター・ギブソンは肩越しにちらりと振りかえった。「あの人、距離を置いてついてきているわ」いらだった口調だ。

「守護天使みたい」ヘレンは言った。

ドクター・ギブソンは鼻を鳴らした。「あの人が暴漢をどんなふうに倒したか、ご覧になりました？　瞬く間にこぶしを次々とくり出したでしょう。職業拳闘家のように。どうして

あんな男が絶好のころ合いにどこからともなく現れたのか、疑問に思うべきです」

「あなたの相手のほうがよっぽど痛い目に遭ったと思うわ」ヘレンは称賛した。「暴漢を杖でやっつけるなんて――あんなの初めて見ました」

「狙いが少しはずれたんです」ドクター・ギブソンは言った。「手首の尺骨神経を直撃できませんでした。フェンシングの師匠に相談して技術を改善しなくては」

「それでも、とてもお見事でした」ヘレンは断言した。「あなたの力を見くびる人はお気の毒ね、ドクター・ギブソン」

「お嬢様、それはわたしのせりふです」

29

ヘレンはここ最近で人々を驚かせる楽しさを知るようになっていたが、現在では、それほど楽しいことでもないという結論に達していた。何事もなかったころの、エヴァースビー・プライオリーでの静かで穏やかな日々が懐かしい。いまは多くのことが起こりすぎている。

どこから来たとも健康状態もわからない、見るからに不潔でみすぼらしい孤児を連れてヘレンが帰宅すると、レイヴネル・ハウス全体が麻痺状態におちいった。チャリティは地面に立たされて手をつながれたとたん、ヘレンに身を寄せた。使用人たちはぴたりと足を止めた。家政婦のミセス・アボットは玄関広間にやってくるなり、はっと凍りついた。パンドラとカサンドラは喋りながら階段を下りてきたものの、ぼろを着た子どもと一緒にヘレンが玄関広間に立っているのを見て、急に口を閉ざした。

ヘレンを最もどぎまぎさせたのはレディ・バーウィックの反応だ。彼女は居間から現れ、部屋の入り口に立っていた。ヘレンからその隣にいる子どもへと視線を移し、自制心をまったく失うことなく状況を理解した。勝ち目のない戦いから撤退する自分の部隊を見つめ、再編策を練っている軍司令官のようだった。

不気味な活人画を思わせる光景のなか、予想どおりパンドラが最初に口を開いた。「お芝居の途中で全員がせりふを忘れちゃったたって感じね」

ヘレンはすぐさまパンドラにほほえんだ。

レディ・バーウィックは黙ったまま表情ひとつ変えず、後ろを向いて居間へ戻った。

ヘレンの口のなかで、また鉛筆の芯の味がした。伯爵夫人になにを言われるか見当もつかないが、恐ろしい内容だというのはわかる。ヘレンがチャリティを階段の下まで連れていくと、妹たちもふたりに会いに下りてきた。

チャリティは目の前にそびえ立つような双子をちらりと見上げ、ヘレンのスカートの陰に引っこんだ。

「わたしたちにできることはある？」カサンドラがたずねた。

このときほどヘレンが妹たちを愛したことはなかった。説明を求める前に、手助けを買って出てくれたのだから。「この子はチャリティ」ヘレンは静かに言った。「今日、孤児院から連れてきたの。清潔にして、食事をさせないと」

「それ、わたしたちが引き受けるわ」パンドラが少女に片手を差しのべた。「おいで、チャリティ、楽しいことといっぱいしましょ！　遊んだり、歌ったり――」

「パンドラ」ヘレンはさえぎった。騒々しい若い女性を見て、少女があとずさりしたからだ。

「そっと話して」ヘレンは声を潜めた。「この子はひどいところから来たの。優しくしてあげて」それからカサンドラを見た。

「お風呂を怖がっているの。濡れた布で、できる限りきれいにしてあげて」

カサンドラはけげんな顔でうなずいた。

ミセス・アボットがヘレンの隣へやってきた。「お嬢様、そちらのお子さんの分と一緒に、スープとパンをトレーにのせて上へお運びします」

「この子の分だけでいいわ。わたしはおなかが空いていないから」

「いけません」家政婦は言い張った。「いまにも気絶しそうでいらっしゃいますよ」ヘレンがなにか言う前にミセス・アボットはくるりと向きを変え、急いで厨房へ向かった。

ヘレンは居間に目をやった。恐怖で悪寒が走り、全身に鳥肌が立つ。チャリティに意識を向け、「ねえ」とささやきかけた。「こちらはわたしの妹たち、パンドラとカサンドラ。わたしがほかの人とお話しするあいだ、ふたりと一緒に行ってお世話してもらって」

少女はたちまち不安を示した。「おいていかないで!」

「ええ、もちろんよ。しばらくしたらそっちへ行くわ。お願い、チャリティ」残念ながら少女はさらにきつくヘレンにしがみつき、動こうとしなかった。

問題を解決したのはカサンドラだ。彼女はしゃがんでチャリティの顔にほほえみかけた。「一緒に来てくれないの?」穏やかに頼みこんだ。「わたしたち、とっても優しいのよ。上の素敵なお部屋へ連れていってあげる。暖炉にあったかい火がともっていて、音楽を奏でる箱があるの。六つも曲を聴けるわ。見に来てちょうだい」

少女はヘレンのスカートのひだからこわごわと出て、連れていってと手を伸ばした。

カサンドラは面食らったようにまばたきしたあとで、チャリティを抱き寄せ、立ち上がった。

パンドラがあきらめたように笑った。「わたしがいつも言ってるでしょ。あなたのほうが優しいって」

ヘレンは妹たちが階段をのぼりきったのを確認し、居間へ向かった。レディ・バーウィックになんと言われようと、どれほど怒られようと、今日見たことに比べればなんでもない。あんなみじめな生活を強いられている人々もいるのだという認識は、ヘレンの心に刻みこまれていた。頭のどこかでステップニーの路地や貧民窟と比べることなく、自分の特権的な環境を眺めることは、二度とできそうになかった。

居間の入り口まで来て二の足を踏むと、暖炉のそばに置かれた二脚の椅子の片方にレディ・バーウィックが座っていた。こわばった顔をしている。まるで糊づけして炎の前で乾かしているかのようだ。ヘレンを見ようともしない。

ヘレンはもう一脚の椅子に歩み寄って座った。「伯爵夫人、わたしが連れてきた子どもは――」

「誰かはわかっています」レディ・バーウィックは厳しい声で言った。「父親の面影がありますからね。あの男の庶子をすべて、野良猫のように拾い集めるつもりですか?」

レディ・バーウィックがくどくどと説教するあいだ、ヘレンは暖炉を見つめながら黙っていた。痛烈な批判の対象はヘレンの性格や生い立ちに始まってレイヴネル家に移り、自分は

社会の決まりを守らなくても非難を受けずにすむだろうとなぜかたかをくっている女たちの愚かさにおよんだあと、アルビオン・ヴァンスや世の男たちの悪行で締めくくられた。

レディ・バーウィックは憤怒に鼻腔《びこう》を広げ、あごを震わせながら、ようやくヘレンを見た。

「まさかあなたがこのようなことをするとは思ってもみませんでした。こんな悪巧みを！　不正直な行為を！　あなたは自らを滅ぼそうとしているのですよ。向こう見ずなお嬢さん、わたくしがあなたに人生をふいにさせまいとしているのがわからないの？　その人生でなら、他人の役に立つことをいくらでもできます。たったひとりではなく、何千人もの孤児を助けられるのです。わたくしを無情な人間だと思いますか？　あのあわれな子どもに、あなたが同情していることは称賛します。助けたいなら助ければよろしい。でもこのようなやり方はいけません。あの子はあなたにとって危険なのですよ、ヘレン。あれほど似ていては破滅をもたらします。あなたたちふたりを見れば、誰もがあなたの娘だと結論づけるはずです。真実かどうかは問題ではありません。うわさはけっして真実である必要などなく、興味を引きさえすればいいのですから」

ヘレンはレディ・バーウィックを見つめて気がついた。冷ややかな表情に激しい怒りがにじみ、態度は高圧的でも……瞳は本当の気持ちを明かしている。そこには心からの心配、優しさ、思いやり、そして苦悩が満ちていた。

レディ・バーウィックはヘレンと闘っているのではなく、ヘレンのために闘っているのだ。

だから、お義姉様はこの人を愛しているのだわ。

伯爵夫人がとうとう黙りこむと、ヘレンは感謝と悲しい決意を胸に彼女を見た。「おっしゃるとおりです。なにもかも。わたしも同じ意見ですし、自分がなにを失おうとしているかもわかっています。でも現実には……チャリティは誰かと一緒にいなくてはいけません。誰かに愛されなくてはいけないのです。わたし以外に誰がいるでしょう?」凍りついたように相手が沈黙するなか、ヘレンはレディ・バーウィックに歩み寄り、しゃがみこんで彼女の膝に頭をのせた。相手が身を硬くするのがわかった。「伯爵夫人はわたしの義姉をお引き取りになりましたね」ヘレンは言った。「義姉がいまのチャリティより、わずか一歳年上だったときに。ほかの誰にも求められなかった義姉を、愛してくださった。義姉の人生は伯爵夫人に救われたと聞いています」

「わたくしの場合は自分の人生を犠牲にしていません」伯爵夫人は大きくため息をついたあと、ヘレンの頭にそっと片手を置いた。「なぜわたくしの意見に従わないの?」

「自分の心に従わなくてはいけないからです」ヘレンは静かに答えた。

物を引っかくような苦々しい笑い声がもれた。「イヴ以来、あらゆる女の転落はまさにその言葉で始まっているのですよ」レディ・バーウィックはヘレンの頭からするりと手をはずした。ふたたび、大きなため息。「もうひとりにしてちょうだい」

「お心をわずらわせて申し訳ありません」ヘレンはささやき、しわの寄った冷たい手に短くキスをした。ゆっくり立ち上がって伯爵夫人を見ると、顔をそむけていた。時を経てふくらみがなくなった頬の高い部分に、一滴の涙が光っている。

「お行きなさい」レディ・バーウィックにそっけなく言われ、ヘレンは部屋をそっと出た。

ヘレンは階段をのぼりながら、腰の痛みに気がついた。釣り針の返しのように、疲労もじわじわと広がっている。時々、手すりを握って体を引き上げた。まるでスカートに鉛が裏打ちされているみたい。くたびれた脚に生地があたって揺れ動くたび、いやな臭いが裾からただよった。

あと少しで階段をのぼりきるというとき、陽気な旋律が途切れがちに小さく聞こえてきた。聴き慣れた音を奏でているのは、以前リースから贈られた、紫檀のオルゴールだ。専用のテーブルを占領するほど大きくて、特殊な引き出しのなかに、針が打ちこまれた真鍮《しんちゅう》の円筒が入っている。音楽に導かれるまま、ヘレンは家族用の居間へ歩み寄ってなかをのぞいた。

ヘレンの存在に気づいたパンドラが、唇に人差し指をあててドアまでやってきた。青い瞳が楽しそうに生き生きしている。

ふたりは入り口に立ち、音楽に合わせてカサンドラが体を揺らし、優雅にくるくるとまわるのを眺めた。チャリティはカサンドラの隣にいて、肩紐をピンで留めた、滑稽なほど大きなシュミーズに身を包んでいた。ヘレンの位置からは顔が見えないが、裸足《はだし》で跳ねることに興奮しているらしい。骨がくっきり浮き出ていて、たんぽぽの綿毛のように風に飛ばされてしまいそうなほどひ弱く見える。けれども先ほどよりずっと清潔そうだ。髪は湿った状態で櫛が入れられ、おおかたが頭になでつけられている。

少女はカサンドラの真似をしてぴょこぴょこと跳ね、ふらつきながらまわった。まるで小さな妖精だ。その調子よ、と言われたくてカサンドラを見上げつづけている。大人と遊ぶことに慣れつつあるのだろうか。

ヘレンの心はその光景に、ほかのなにとも違う形で癒やされた。

パンドラがヘレンの腕を取り、居間の外へ引っ張った。「来て、お姉様。部屋に夜食が置いてあるの。ふたりが遊んでいるうちに食べればいいわ。それから、お願いだからお風呂に入って。なんの臭いだか知らないけど、チャリティも同じ臭いがしたわ。これまで嗅いだいやな臭いを全部混ぜ合わせた感じ」

「うまくあの子を洗えたの？」

「そうでもないの、お姉様」パンドラは暗い声で答えた。「あの子の汚れは地層並みよ。こすってもこすっても次の層が現れるんだから。のみを使いたかったくらい。髪はきちんと洗わせてもらえなかったわ。でも目を小さな布で覆えば、頭を後ろに傾けて、ティーカップで水をかけさせてくれることがわかったの。二回だけだったけど。子どもって、言い出したら聞かないときがあるから」

「そうなのね」ヘレンは淡々と相づちを打った。

「スープの器は空にして、バターつきパンもいくつか食べたわ。歯磨きはばっちりよ。歯磨き粉の味を気に入ったから。歯茎が真っ赤に腫れていたとはいえ、歯は小さな真珠みたい。わたしが見た限り、どれひとつ腐りかけでも虫歯でもないわ。手足の爪はわたしが切ったけ

ど、汚れが入りこんで取れなかった指もあるの。いま着ているのはわたしのナイトドレス用のシュミーズで、肩紐をピンで留めてあげたのよ。あの子の服はミセス・アボットが洗濯中だから。ミセス・アボットは全部焼き捨てたがっていたけど、わたしが止めたの。チャリティにはほかに着るものがないんだもの」

「明日あの子の服を買いましょう」ヘレンはぼんやりして言った。

「お姉様、訊いてもいい？」

「ええ、パンドラ」

「あの子は誰で、どこから来て、どうしてここにいて、お姉様はあの子をどうするつもり？」

ヘレンはうめいてため息をついた。「説明することが多すぎるわ」

「スープを飲みながら始めるといいわ」

「いいえ、カサンドラもそろってからにさせて。二度も話すのは大変だもの」

食事と入浴をすませ、ナイトドレスとガウンに着替えたあと、ヘレンは自分のベッドに腰かけた。かたわらにはチャリティが寄り添っている。双子はふたりの前で、有名な童話である、三匹の熊の物語を演じた。当然ながら、主人公の金髪の少女、ゴルディロックスはカサンドラ、三匹の熊はパンドラの担当だ。チャリティは物語と双子のおどけたしぐさに夢中になり、いちばん大きな熊がゴルディロックスを部屋から追い払う場面で目を真ん丸にした。

物語が終わったころには、少女は興奮で息を荒くしていた。「もういっかい、もういっかい」チャリティは叫んだ。

「今度はわたしが聞かせるわ」ヘレンは言った。双子がベッドで隙間なく寝そべっているあいだ、ヘレンはできる限り話を長引かせた。チャリティのまぶたが重くなってくるのを見つめながら、穏やかで優しい声を保った。

「……そうしてゴルディロックスは、とっても小さな熊のベッドに横になりました……それはやわらかくて清潔な、心地よいベッドで、リンネルのシーツと、ふわふわの白い羊の毛で作った毛布がかけられていました。ゴルディロックスは鳥の綿毛が詰まった枕に頭をのせ、こう思いました。雲にのって浮かんでいるみたい。これから、この温かいちっちゃなベッドで眠っているあいだ、素敵な夢を見るんだわ。朝が来たらおいしいものを食べて、チョコレートを飲んで……」長いまつ毛をはためかせて少女がまぶたを閉じ、口を軽く開いたのを見て、ヘレンは話をやめた。

「長ったらしすぎるわ、お姉様」パンドラが言った。「そんなふうにだらだら話されたら、誰だって目を覚ましていられないわよ」

ヘレンはパンドラと笑みを交わした。眠っている少女からそろそろと離れ、上掛けを肩までかけてやった。「この子、笑わないの」ヘレンは小さな険しい顔を見下ろしながらささやいた。

「笑うようになるわ」カサンドラがベッドの脇に立った。彼女はチャリティに手を伸ばし、黒に近い色の眉を指先でそっとなで……ヘレンを見た。顔に動揺の色が浮かんでいる。

「わたしの部屋へ行きましょ」パンドラが言った。「これからベッドで聞かせてもらうお話

は、聞き逃せないものになりそう」

ヘレンは書架の奥に書きかけの手紙を見つけたところから話を始め、孤児院を訪れたところで終えた。道徳基準の高い普通の若い淑女なら誰でも、このような話を聞けば衝撃を受けて取り乱したはずだ。ところが妹たちは社会から長く隔絶されて育ったため、社会に対するまともな恐怖や畏敬の念を持ち合わせていない。社会に認められなくてもおかまいなしだ。驚いて姉を心配しつつも、ふたりが状況を冷静に受け止めてくれたことに、ヘレンはたいそう慰められた。

「それでもお姉様はわたしたちのお姉様よ」パンドラが言った。「お姉様の父親が、前のひどい父親であろうと、新たなひどい父親であろうと、わたしには大した問題じゃないわ」

「新しいほうはいらなかったわ」ヘレンは陰気に応じた。

「お姉様」カサンドラが問いかけた。「ミスター・ウィンターボーンが真実を知れば、お姉様と結婚したくなくなるというのはたしかなの？」

「ええ、ミスター・ウィンターボーンのためを思えば、わたしも結婚を望まないわ。あの人は生まれ育った境遇を乗り越えるために、これまでずっと懸命に働いてきたのだもの。美しい上等なものを愛する人だから、彼を高める妻がふさわしいの。低めるのではなくて」

「お姉様がミスター・ウィンターボーンを低めるなんてこと、あるもんですか」パンドラが憤慨して口を挟んだ。

ヘレンは悲しげに微笑した。「わたしはおぞましい醜聞と結びつけられるはずよ。チャリティを見た人たちは、わたしが未婚で産んだ子どもだと思うわ。そしてミスター・ウィンターボーンの妻は売女だ、なんてとうわさする。気の毒がるふりをしながら、陰であの人の名を汚して意地悪く喜ぶの」

「うわさなんか、痛くもかゆくもないわ」パンドラが言った。

カサンドラがたしなめるようにパンドラを見た。「うわさは人を、タラみたいにはらわたを抜いて切り身にしちゃうのよ」

パンドラは眉をひそめたものの、カサンドラの主張を認めた。

「要はね」ヘレンはつづけた。「わたしがいれば、ウィンターボーンの印象が台なしになるということなの」

「ミスター・ウィンターボーンのこと？　それとも百貨店？」カサンドラがたずねた。

「どちらもよ。あの人の百貨店は上品で完璧なのに、わたしの存在で玉《たま》に瑕《きず》がつくの。瑕どころではないわ――チャリティとわたしは、大きく穴を開けてしまう」

「いつミスター・ウィンターボーンに話すの？」

「明日よ、たぶん」ヘレンはリースと顔を合わせることを思い、ちくりと痛みを感じて腹を片手で押さえた。「そのあとチャリティをエヴァースビー・プライオリーへ連れていって、お義姉様とデヴォンがアイルランドから戻るまで滞在するわ」

「わたしたちも一緒に行く」カサンドラが言った。

「だめよ、あなたたちはロンドンにいたほうがいいわ。こちらのほうがすることが多いし、レディ・バーウィックといればたくさん学べるし。伯爵夫人はあなたたちを立派な淑女にしたくてしかたないのよ。わたしにはひどく失望なさっているから、ふたりで元気づけて、話し相手になって差し上げて」

「チャリティとエヴァースビー・プライオリーで暮らすの？」カサンドラがたずねた。

「いいえ」ヘレンは静かに答えた。「わたしたち全員にとって、チャリティとわたしは、知り合いがひとりもいない遠くで暮らしたほうがいいわ。なにより、そうすればわたしの不名誉のせいであなたたちが結婚できなくなる可能性が減るもの」

「あら、そんなこと心配しないで」カサンドラが真剣に言った。「パンドラは結婚する気なんてさらさらないのよ。わたしも、姉が売女《ストランペット》だからっていうだけで軽蔑してくる男の人ならごめんだわ」

「その言葉、気に入ったわ」パンドラが噛みしめるように言った。「ストランペット。洒落《しゃれ》た楽器みたい」

「オーケストラが活気づきそう」カサンドラが応じた。「ヴィヴァルディの『ふたつのストランペットのための協奏曲ハ長調』、聴いてみたくない？」

「聴きたくないわ」妹たちの不敬な言動に、ヘレンはしぶしぶ笑みを浮かべた。「もうやめて、ふたりとも。暗く悲しもうとしているのに、あなたたちといると難しいわ」

「遠くでなんて暮らさせない」パンドラがヘレンを抱いた。「お姉様とチャリティはわたし

と一緒に暮らすのよ。わたし、すぐにたくさんお金を稼ぎはじめるわ。そしてみんなで住む大きな家を買うの」

ヘレンはパンドラを抱きしめ、ささやいた。「あなたは大成功を収めるでしょうね」ふたりの上からカサンドラが両腕をまわすと、ヘレンはほほえんだ。

「わたしも一緒に住む」カサンドラが言った。

「もちろんよ」きっぱりした口調でパンドラが応じた。「夫なんていらないわ」

30

ヘレンが目を覚ますと、自分たち三姉妹の身のまわりの世話をする侍女、アガサが朝食用のトレーを持って寝室へ入ってきた。

「おはようございます、お嬢様」

「おはよう」ヘレンは眠そうに言った。伸びをして横向きになったとたん、一瞬驚いた。眠っている子どもの顔が目の前にある。

ということは、夢ではなかったのね。

チャリティはぐっすり寝入っていた。運ばれてきたトレーにのったティーカップが少しかちゃかちゃと鳴っても起きない。ヘレンはやや感嘆してチャリティを見つめた。かわいそうなくらいやせているにもかかわらず、頬は赤ん坊のように丸い。大きな瞳を覆うまぶたはとても薄く、髪の毛より繊細で青い静脈が表面に浮かび上がっていた。毛穴などなさそうな肌は、血の流れがわかるほど透き通っている。ヘレンはこの小さな人間がどれほど傷つきやすいかに気づき、怖くなった。骨と肉と血管が精巧につながった、もろい構築物なのだ。

ヘレンは慎重に上体を起こし、トレーを膝の上に置かせた。湯気を立てている紅茶の入っ

たカップに、チョコレート入りの銀のポット、その隣に空のカップ。

「そちらのお子さんはよく眠りましたか、お嬢様?」

「ええ。ひと晩じゅう起きなかったんじゃないかしら。アガサ……わたし、今朝はベッドにお茶を頼まなかったわよね?」ヘレンはいつも階下の朝食室で紅茶を飲み、朝食をとる。

「はい、お嬢様。お嬢様に紅茶を、女の子にチョコレートを運ぶようにと伯爵夫人に命じられました」

「まあ、お優しい方ね」ヘレンは最初それを、昨夜の気詰まりなやり取りを水に流すための贈り物だと考えた。

そうでないことは、すぐにわかった。

封をした長方形の封筒がカップと受け皿の下に敷かれているのを見つけ、手に取って開いた。

ヘレン

よくよく考えた結果、あなたが置かれた混乱状態の明快な解決策に気づきました。その子どもに対するすべての責任は、父親である甥にあります。自らこしらえた問題のひとつを、甥が解決するときがついに来たのです。わたくしはすでに今朝、ただちに娘を引き取り、ふさわしいことをしてやるようにと甥に連絡しました。

いまやこの件は本来あるべき形として、あなたの手を離れています。ミスター・ヴァンスは一時間以内に到着するでしょう。子どもに服を着せて準備をさせなさい。出発のときが来ても、騒ぎ立ててはなりませんよ。

これが最善の選択です。いまはわからなくとも、すぐにわかります。


ヘレンは手紙を置き、浅く息をした。部屋がゆっくりとばらばらになっていくように思えた。ヴァンスは来る。ヘレンをウィンターボーンと結婚させたいのに、チャリティがいれば自分の計画の邪魔になるからだ。連れていかれたら、チャリティは死んでしまう。ヴァンスに直接命を奪われはしなくても、生き延びられない場所に置き去りにされるだろう。事実上、すでに一度そうされたのだから。

命をかけても、この子は渡さないわ。ヘレンは紅茶の入ったカップを持ち上げ、少し飲もうとしたところで、手が震えて口元までなかなか運べないことに気がついた。熱い液体がナイトドレスの身ごろに飛び散った。

「お嬢様、お茶になにか問題でも？」

「大丈夫よ」ヘレンはカップを下ろした。「ただ、レディ・バーウィックが、大急ぎでチャリティに服を着せて今日の支度をするようにって。ゆうべ洗ったこの子の服がいるわ。いますぐ持ってくるようミセス・アボットに伝えてくれる？　ふたりで話す必要があるの」

「はい、お嬢様」

「このトレーを取って脇に置いてちょうだい」

アガサがいなくなったあと、ヘレンはベッドから出て衣装だんすへ駆けていった。模様を織り出したベルベット地のかばんを取り出して鏡台へ運び、さまざまな物を放り入れた。ヘアブラシ、ハンカチ、手袋、ストッキング、軟膏の瓶。神経痛用の粉薬が入った缶も投げ入れた。移動中には服用しないが、目的地に着くころには必要になっているだろう。

「おねえちゃま？」チャリティが起き上がり、輝く大きな瞳でヘレンを見つめた。頭のてっぺん近くで、ひと束の髪が鳥の羽毛のように飛び出ている。

息が苦しいほどあわてているにもかかわらず、ヘレンはほほえんでチャリティのもとへ行った。「おはよう、ひよこちゃん」チャリティを抱きしめると、小さな腕が信頼を寄せてヘレンのウエストにしがみついた。

「いいにおい」

ヘレンは愛情を込めて髪をなでてからチャリティを放し、朝食用のトレーに歩み寄って、空のカップにチョコレートをそそいだ。小指の先をカップのなかに少し入れ、熱すぎないことを確かめた。「チョコレートは好き、チャリティ？」

チャリティはまごついて黙っていた。

「飲んでみて」ヘレンはカップをそっと渡し、熱くなった磁器を小さな手に包みこませた。

少女は試しに口をつけ、舌鼓を打ち、驚き混じりの笑みを浮かべてヘレンを見た。口をとがらせてちびちびと飲みつづけ、最後まで飲もうとしている。

「すぐ戻るわね、チャリティ」ヘレンはささやいた。「お寝坊な妹たちを起こしてくるわ」

静かにドアへ向かい、廊下に出ると、頭のおかしな女のようにカサンドラの部屋まで走った。

妹はぐっすり眠っていた。

「カサンドラ」ヘレンはカサンドラの肩を叩き、揺さぶりながらささやきかけた。「お願いだから目を覚まして。どうか助けてほしいの」

「まだ早いわ」カサンドラはぶつぶつと言った。

「ミスター・ヴァンスが一時間以内に来るの。チャリティを連れ去る気よ。お願い、助けて、すぐにレイヴネル・ハウスを出ないといけないのよ」

カサンドラは飛び起き、混乱したまなざしでヘレンを見た。「なんですって？」

「パンドラと一緒にわたしの部屋へ来て。音をたてないようにしてね」

五分後、双子はヘレンの寝室にいた。ヘレンがレディ・バーウィックの手紙を手渡すと、ふたりは順に読んだ。

パンドラの顔は怒りに満ちていた。「〝いまやこの件はあなたの手を離れています〟ですって」パンドラは声に出して読み、頬を紅潮させた。「あんな人、大っ嫌い」

「だめよ、レディ・バーウィックを嫌っては」ヘレンは穏やかに声をかけた。「あの方は正しい理由で間違ったことをしているの」

「理由なんてどうだっていいわ。むかむかさせられるのは同じだもの」

誰かがドアをそっと叩いた。「ヘレン様？」家政婦の声だ。

「ええ、入って」

家政婦はきれいに折りたたんで重ねた服を持って入ってきた。「すべて洗って繕ってあります。ストッキングにはろくに生地が残っていませんでしたが、できる限り継ぎをあてました」

「ありがとう、ミセス・アボット。清潔で着心地のいい服を着られて、チャリティは喜ぶわ」ヘレンはベッドに本人がいることを身振りで示し、子どもが一言一句を聞いているかもしれないのだと全員に気づかせた。家政婦にも手紙を渡して読ませたあと、申し訳なさそうにささやいた。「あなたにもっときちんと状況を説明できればいいのだけど――」

「お嬢様はレイヴネル家の一員でいらっしゃいます」ミセス・アボットは断固たる口調で言った。「わたしはそれさえわかっていればいいんです。これからどうなさるつもりですか」

「ウォータールー駅へ行って、次のハンプシャー行きの列車に乗るわ」

「馬車の用意をするよう御者に伝えます」

「いいえ、それでは時間がかかりすぎて気づかれてしまう。ここを発てなくなるわ。使用人用のドアから出て大通りへ向かい、ハンサム馬車に乗って駅へ行かないと」

ミセス・アボットは不安げな顔をした。「お嬢様、ハンサム馬車など――」

「それについては心配しないで。問題は、ここにわたしがいないと気づいたミスター・ヴァンスが、駅まで追ってくることなの。わたしがチャリティを連れていける場所がエヴァースビー・プライオリーしかないのは、考えなくてもわかるもの」

「わたしたちで時間を稼ぐわ」パンドラが言った。「この寝室のドアに鍵をかけて、チャリティをかくまっているふりをするの」

「わたしは従僕のひとりに伝えておきます」家政婦が静かに言った。「ミスター・ヴァンスが馬車でここを出ようとなさったら、御者台のねじが行方不明になるようにと」

ヘレンは思わず家政婦の手をつかみ、キスをした。

ミセス・アボットはそのしぐさに少し狼狽したようだった。「まあまあ、お嬢様ったら。またアガサをこちらへ寄越して着替えをお手伝いさせますね」

「あとのことはわたしたちにまかせて」カサンドラが言った。

それからの数分間は、あわただしい動きとひそひそささやく声が奇妙に入り混じった大騒ぎだった。アガサが上がってきたころ、ヘレンはすでにシュミーズとドロワーズを身につけ、コルセットと格闘していた。焦っているせいで、前の留め金をうまくはめられない。

アガサが歩み寄り、いちばん上の留め金に手を伸ばして巧みな手さばきではめはじめた。

「うちの母がいつも言うんです、〝急がばまわれ〟って」

「覚えておくわ」ヘレンはしょんぼりと応じた。

コルセットをつけ終えると、侍女は衣装だんすへ向かった。

「いえ、待って」ヘレンは侍女がなにを探しているかに気づいて止めた。「バッスルはつけないわ」

「お嬢様？」侍女は驚いた顔をしている。

「旅行用スカートのゆったりした部分を、後ろでつまんでピン留めしてちょうだい」ヘレンは語調を強めた。「今日は小股で歩けないから。たくさん動かなくてはいけないの」

黒い旅行用スカートと白いブラウスを手に、アガサは急いで戻ってきた。

部屋の反対側ではカサンドラが、これからお姉ちゃまとお出かけよと笑顔で話しかけながら、目を見張るべき速さでチャリティに服を着せている。「パンドラ、この子、ボンネットもコートもないの。ショールかなにかを取ってきてくれない？」

パンドラは自分の部屋へ飛んでいき、ショールと、紐で縁取られた、山の低いフェルト帽を持って戻ってきた。少女用と婦人用では帽子の様式にさほど違いはないので、充分用立つはずだ。

アガサはヘレンが黒い旅行用ジャケットを着るのを手伝ったあと、たずねた。「食品庫へ走って、なにか召し上がるものをお持ちしましょうか、お嬢様」

窓辺にいたカサンドラが、外が騒がしいのを聞きつけて答えた。「その暇はないわ」きびきびした声だ。「ミスター・ヴァンスの馬車が到着したから」

アガサはヘレンの髪をすっきりひとまとめにしてぐいぐいとねじり、自分の髪から引き抜いたピンを使って高い位置に留めた。パンドラが衣装だんすから帽子をひっつかんで投げ、それを片手で受け取った侍女が、まとめた髪のすぐ上にのせて固定した。

「お金は持っている？」カサンドラが訊いた。

「ええ」ヘレンはかばんにつかつかと歩み寄り、手袋を取り出してふたを閉めた。「チャリ

ティ」唇に笑みを浮かべて問いかけた。「お出かけの準備はいい？」

少女はうなずいた。ぼろぼろのモップに似た髪を帽子で覆い、孤児院の制服の大部分をショールで隠しているので、こぎれいで整って見える。

カサンドラがヘレンに目を向けた。「とても落ち着いているみたい」

「心臓が破裂しそうよ」ヘレンは言った。「急いでお別れの挨拶をしましょう」

カサンドラはヘレンの頬にキスをした。「愛しているわ」ささやいてから、しゃがんでチャリティを抱きしめた。

パンドラもあとにつづいてヘレンにキスをし、身をかがめてチャリティの顔を両手で包んだ。昨夜のように歯を調べたいのだろうと思ったらしく、チャリティは口を開けて下の前歯を見せた。

パンドラはにっこり笑って、小さな口を人差し指でそっと閉じてやり、少女の鼻にキスをした。立ち上がると、感情を交えずにヘレンに向かってうなずいた。「できるだけ時間を稼ぐわ」

ヘレンはかばんを持ってチャリティの手を取り、アガサにつづいて部屋を出た。廊下に立ったとたん、ドアが閉まり、かちゃりと鍵がかけられた。

31

ウォータールー駅へ向かうハンサム馬車が、破れかぶれな勢いで揺れ、傾き、ふらつくなか、ヘレンはひとりでいるより子どもと一緒のほうが勇敢でいられることに気がついた。チャリティを不安にさせまいと心に決めていたせいで、ついおかしなことを口にしていた。たとえば、ハンサム馬車がオムニバスに衝突しかけたときは「どきどきするわね？」と訊いたり、道路に開いた穴に車輪がはまり、車体が一瞬宙に浮いたときは「なんて楽しいのかしら！」と叫んだり。チャリティは黙りこんだまま、目の前を急いで通り過ぎていく混沌《こんとん》とした世界を見つめていた。文句も言わずに不快感や不安を耐える、並はずれた意志の持ち主だ。子ども時代のヘレンも同じで、ほめられるのはいつもその資質だった。それがいいことだったのかどうかはよくわからない。

ハンサム馬車は、巨大な駅舎に沿ったウォータールー・ロードで停車した。ヘレンは腕を上げて御者に運賃を渡し、かばんをつかんで馬車から降りた。チャリティに手を伸ばすと、飛び降りながら腕のなかへ落ちてきた。しっかりと受け止め、両足を道路に下ろしてやったとき、かすかに勝利の喜びを感じた——バッスルをつけていたら、不可能だったわ。一方の

手でかばんを、もう一方の手でチャリティの手を握り、駅へ吸いこまれていく人混みの流れに従った。

切符売り場へ向かう道は狭く、入り組んでいて、仮設建築物が密集するなかを通っていた。駅はまた新たに拡張中であり、その結果として、待合室や休憩所はぞんざいな造りで、塗装もされていない状態だった。ヘレンはチャリティの手を固く握ったまま、列に並んで順番を待ち、小荷物係、券売係、荷物運搬人らが、ずらりと窓口が並ぶ切符売り場から急ぎ足であちこちへ行くのを眺めていた。ヘレンの番が来たとき、アルトン駅へ向かう列車は一時間半後に出発すると係員が教えてくれた。

ヘレンは一等車の切符を二枚買った。列車に乗り遅れなかったことにはほっとしたが、そんなに長く待たずにすめばいいのにと思った。どうか妹たちと使用人たちがヴァンスを長く引き留め、列車の出発前に駅へ到着させないでくれますように。売店がいくつも集まった場所へチャリティを連れていくと、新聞、本、安い定期刊行物、箱詰めのサンドイッチ、軽食、紅茶が売られていた。チャリティにミルクとパンを買ったあと、本や雑誌の売店をのぞき、挿し絵入りの童話集を購入した。

ふたりは一等旅客専用の待合室へ行った。背もたれのない木製ベンチしかない。布張りの椅子がないことや、塗装されていない粗雑な壁に文句を言っている旅客もいるが、平然と座っている旅客もいる。空いているベンチを隅に見つけ、ヘレンはかばんを足元に置いてチャリティと一緒に座った。チャリティがパンを食べてミルクを飲んでいるあいだ、ヘレンは買

った本を開いてぱらぱらとめくった。

チャリティは三匹の熊の挿し絵を見るなり興奮し、首を突き出した。「これやって、おねえちゃま。これ」

ヘレンはほほえんだ。「まだ飽きていないの？」

チャリティはうなずいた。

ヘレンは物語の冒頭のページを見つけようとして、別の物語の題名に目を留めた——「赤いくつ」。手を止め、眉間にしわを寄せた。「ちょっと待って、直すところがあるから」ページを何度か手際よく引っ張り、大嫌いな物語を本から破り取った。残念ながら「ジャックと豆の木」の一ページも巻き添えになったが、それだけの価値がある犠牲だとヘレンは考えた。

びりびりという音を聞きつけ、近くに座っていた女性がふたりのほうを一瞥した。本の一部が手で切り離されているのを見て眉をひそめ、あからさまな非難を示している。ヘレンは反抗的な気分になり、軽蔑のにじむ女性の目を見て、破ったページを片手でくしゃくしゃにした。紙の塊をかばんに放りこんだあと、満足して言った。「さあ、これでよくなったわ」

「三びきのくま」のページを見つけると、ささやき声でチャリティに読み聞かせた。

時が経つにつれ、ヘレンはアルビオン・ヴァンスが歩いてこないかと頻繁に目を上げるようになった。あの男に見つかったら、どうしよう。向こうは力ずくでチャリティを奪おうとするだろうか。女性ひとりと、身なりのいい立派そうな男性が公の場で対立すれば、ほぼ間違いなく後者に軍配が上がる。ヘレンを助けるために指一本上げる人もいないはずだ。

待合室には暖房がなく、氷のように冷たい隙間風にさらされて、ヘレンの足は感覚を失った。つま先を小刻みに動かすと、やがて不快なほどちくちくと痛んだ。ベンチは次第に硬く感じられるようになり、チャリティは本に興味をなくして震えながらもたれかかってきた。ヘレンは少女の小さな体をさらにぴったりとショールで包み、膝掛けを持ってくればよかったと思った。それまでいた人々が待合室から出ていき、別の人々がやってきた。ひっきりなしの叫び声や汽笛や列車の騒音に、ヘレンの神経はすり減りはじめた。

誰かがまっすぐ近づいてきて、ヘレンはあわてて顔を上げた。心臓が激しく打っている。ほっとしたことに、アルビオン・ヴァンスではなかった。先ほど切符を売ってくれた、年配の小柄な券売係だ。親切そうな顔で、先端を巻いて蜜蠟で整えた白髪交じりの口ひげが、常にほほえんでいるかのような印象を与えている。

「失礼ですが、奥さん」券売係は穏やかに話しかけてきた。「次のアルトン駅行きに乗られますね？」

ヘレンは「お嬢さん」ではなく「奥さん」と呼ばれたことに一瞬驚き、かすかにうなずいた。だがじきに、ミセス・スミスと名前を告げたことを思い出した。

「あと一時間は出発が遅れます」

ヘレンはぼうぜんとして券売係を見つめた。「理由を訊いてもいいかしら」

「プラットホームの数が足りず、列車を駅の外で待たせたままにしとるのです。特別列車のせいで、予定しとった出発時刻がいくつも遅れてましてて」

さらに一時間も待つなんて。あと一時間もあれば、アルビオン・ヴァンスに見つかってしまう。「知らせてくれてありがとう」

券売係はいっそうやわらかな声で言った。「奥さん、見たところ、ここでお子さん連れはほかにいらっしゃいませんから……もっと居心地のいい待合室へおいでになりませんか？むろん、いつもこんな申し出をするわけじゃありませんが、そちらのお子さんが寒そうなんで……」

「その別の待合室は、この近くなの？」ヘレンは用心してたずねた。

券売係はほほえみ、口ひげがくいっと持ち上がった。「切符売り場の窓口の裏にある事務室です。ここより暖かくて静かですよ。列車を待ちながら、やわらかい椅子で休めます」

たまらなく魅力的な申し出だ。ここより居心地がいいだけではなく、人目につかない場所に引っこんでいられる。「乗り遅れないようにしたいのだけれど」ヘレンは不安げに言った。

「こちらで時計を見張っとります」

「お言葉に甘えるわ」ヘレンはチャリティのショールと帽子の位置を直し、「もっと暖かい別の部屋で待ちましょう」とささやいた。かばんを持ち上げながら、全身のあちこちに小さな痛みが走るのを無視した。ふたりで券売係のあとについて待合室を出て、切符売り場の窓口を通り過ぎ、ドアをひとつ抜けると、いくつもの専用事務室が並んでいた。券売係はいちばん奥の事務室へ向かい、ヘレンのためにドアを開けてくれた。

部屋のなかは快適だった。きれいに整っていて、四方の壁には地図が貼られ、机には時刻

表や本、小冊子が積み重ねてあり、鎧戸《よろいど》の閉まった窓からは主要なプラットホームのひとつが部分的に見える。小さな椅子が机の向こう側に、大きくて座り心地のよさそうな袖椅子が部屋の隅に置かれている。

「こちらでよろしいでしょうか、お嬢様」

「ええ。ありがとう」急に胸騒ぎがしたものの、ヘレンは券売係にほほえんだ。

券売係が事務室を出ていくと、ヘレンはチャリティをくつろがせようと忙しく動いた。布張りの大きな袖椅子にのせ、片側に押しこんだかばんにもたれさせて、ショールをかけてやった。チャリティはたちまち気持ちよさそうに横になった。

ヘレンは窓辺へ行き、せわしないプラットホームを眺めた。

ふと、ある考えが頭に浮かぶ。券売係に「お嬢様《マイ・レディ》」と呼ばれたのでは？

たしかにそうだ。その呼ばれ方に慣れきっているため、聞き流してしまった。けれど、こちらが優遇敬称の持ち主であることは券売係には知りようがないはずだ。本名を明かしていないのだから。

胃が凍りついた。

ヘレンはつかつかとドアへ歩み寄り、開けた。黒服に下向きつばの帽子の男性が入り口をふさいでいる。その帽子には見覚えがあった。そして青い瞳にも。

ステップニー孤児院を出たあとでいやがらせを受けたとき、ヘレンとドクター・ギブソンを助けに来てくれた青年だ。

ヘレンは仰天して彼を見つめ、震え声で問いかけた。「どうしてここに？」

彼はヘレンを安心させるつもりなのか、かすかにほほえんだ。「あなたから目を離さないためです、お嬢様」

ヘレンは大きくため息をついた。「いまから子どもを連れてここを出ます」

「残念ながらそれは無理です」

「どうして？」

「もう少し待っていただきます」

目の前でドアが閉まった。

ヘレンは両のこぶしを握りしめた。激しい怒りを感じる――彼に、この状況に、そしてなにより自分自身に。見知らぬ人を信用してはいけなかった。なんて愚かだったのかしら。涙が込み上げて目がちくちくする。ヘレンは必死で自制心を失うまいとした。深呼吸をひとつしたあと、チャリティをちらりと見た。知らぬ間に眠っている。新しい経験ばかりして疲れたのだろう。

窓辺へ歩み寄り、鎧戸の隙間を広げて八番ホームを見つめた。列車が到着している。切符に記されているのと同じ列車番号だ。遅れてなどいなかったのだ。

恐怖と決意が全身を貫いた。ヘレンは椅子へ向かい、チャリティを抱き上げ、かばんの持ち手をつかんだ。眠っている子どもを入り口まで息を切らして運び、片足でドアを蹴った。

ドアが開き、青年がいぶかしげにヘレンを見た。「なにか必要ですか、お嬢様」

「ええ、ここを出る必要があるわ。わたしの乗る列車がプラットホームに停まっているの」

「もうしばらくお待ちください」

「待てないわ。あなたはどなた？　どうしてこんなことをしているの？」

またしてもドアが閉まり、非常に驚いたことに、鍵までかけられた。ヘレンは絶望して目を閉じた。「ごめんなさい」チャリティの頭に顔を寄せてささやいた。「ごめんなさいね」チャリティを椅子へ戻し、ふたたびくつろがせると、事務室のなかを歩きまわった。

さらに数分が経ち、ドアの外で男たちの声がした。低い声で短い会話が交わされる。

ドアの鍵が開いて誰かが入ってきたとたん、ヘレンはチャリティを守ろうと椅子の前へ移動した。心臓がいやな音をたてて強く打ちはじめると同時に、相手を見上げた。

「リース？」ヘレンはうろたえながらつぶやいた。

リースは事務室のなかへ入ると、黒曜石に似た厳しい瞳でしげしげとヘレンを見た。少し首を傾け、ヘレンの後ろの椅子で眠っている子どもに目をやった。

ヘレンは気がついた。彼からこんなふうに、心底怒りを向けられるのは初めてだ。

相手の沈黙に怖気づき、声を震わせて言った。「ハンプシャー行きの列車に乗らなくてはいけないの」

「次の列車に乗ればいい。いまは、いったいどういう状況なのかを話すんだ」リースは目を細めた。「まずはアルビオン・ヴァンスの娘となにをしているのか、説明してもらおうか」

32

こんなふうに裏をかかれて追いつめられるのは屈辱的だ。とても腹立たしくもある。ヘレンはチャリティをちらりと見た。椅子の上ですやすやと眠っている。「あの子を起こしたくないの。別の場所で話せるかしら」

リースはなにも言わずにヘレンを連れて部屋を出た。片手でうなじをつかまれていざなわれ、ヘレンはとてもいやな気分だった。まるで、なすすべのない子猫が首根っこをつままれて運ばれていくかのようだ。リースの……手下かなにか知らないが、あの青年に見られているのだから、なおさら悔しい。リースは廊下の反対側にある小さな事務室のなかへヘレンを案内し、足を止めて、廊下にいる例の青年にぶっきらぼうに話しかけた。「ランサム。あの子どもに誰も近づけるな」

「承知しました」

今度の部屋は先ほどより小さく、机と椅子と書棚がひとつずつ収まるだけの広さだった。空いている空間のほとんどをリースが占めているように見える。リースは抜け目のない、自信に満ちた表情をしていた。この人は商売敵とテーブルを挟んで向かい合ったときも、こん

な感じなのでしょうね、とヘレンはぼんやり考えた。

逃げるように、机とドアのあいだの壁面に体を寄せた。リースの手につかまれた感覚が、まだうなじに残っている。「廊下にいたあの男の人……あなたの下で働いているの？」

「時折ね」

「わたしを尾行させるために雇ったのね」

「最初はヴァンスを尾行させるために雇ったんだ。やつがいくつかの不正な商取引に関わっていると知らせを受けていたから、だまされまいとしてね。驚いたことに、ヴァンスはレイヴネル・ハウスを訪れたばかりか、翌日博物館でまたきみと会い、ひそかに喋っていたというじゃないか」一瞬、ぞっとするような沈黙が流れた。「ぼくはきみがそれを話そうとしないことに興味を引かれた」

「どうしてあなたからなにか言ってくれなかったの？」ヘレンは反論した。

「きみから話してほしかったからさ。百貨店で過ごしたあの夜、機会は何度でもあったはずだ」

ヘレンはあの夜を思い出して真っ赤になった。紅潮した顔を見て、リースはからかうような表情をしたものの、意地悪く黙っていた。

「でも、わたしは話さなかった」ヘレンは言った。「だからミスター・ランサムに尾行させたのね」

「名案だったようだな」リースは痛烈な皮肉を込めて認めた。「なんといっても、きみとド

クター・ギブソンはイースト・エンドの波止場地帯を夜にほっつき歩くことにしたんだから」

「ドクター・ギブソンが、チャリティはミスター・ヴァンスの子どもだと話したの？」

「いや、ランサムが孤児院の寮母に金を渡して聞き出した。ドクター・ギブソンにはぼくが問いただしたが、追い払われたよ」

「お願い、ドクター・ギブソンを責めないで——あの人は、手伝ってくれないならひとりで行くとわたしに言われて行っただけなの」

それを聞いて、なぜかリースの自制心は崩れたらしい。「なんてことを、ヘレン」リースは顔をそむけた。なにか壊すものはないかと小さな事務室を見まわしているようだ。「ひとりなら行かなかったと言ってくれ。言うんだ。でないとぼくの頭が——」

「ひとりなら行かなかったわ」ヘレンはあわてて応じた。「実際、行かなかった。安全のために、ドクター・ギブソンについてきてもらったの」

リースは恐ろしい目でにらみつけてきた。顔が赤くなっている。「まるでドクター・ギブソンがどんなことでもして守り抜いてくれるかのような口振りだな！　娼婦《しょうふ》や盗人だらけのブッチャー・ロウをきみたちふたりが跳ねまわっていたかと思うと——」

「跳ねまわってなんていなかったわ」ヘレンは怒って否定した。「ほかに方法がなかったから行っただけ。チャリティの無事をどうしても確かめたかったの……無事ではなかったけれど。孤児院はとんでもないところだった。チャリティがあそこにいたのは、誰にも求められ

なかったからよ。でも、わたしは求めているの。心から。あの子をそばに置いて世話をするわ」

リースの怒りがついに爆発した。「くそっ、なぜだ？　きみの子どもじゃないんだぞ！」

「あの子はわたしの妹なの」ヘレンは思わず口走り、もうおしまいだとばかりにすすり泣いた。

リースのブロンズ色の顔から血の気が引いていった。見知らぬ人を見るような目でヘレンを見つめ、机の端にゆっくりと腰かけた。

「ヴァンスとわたしの母は――」ヘレンはさらに何度かしゃくり上げ、やむなく話を中断した。

狭い室内に、ただ静寂だけが流れた。

丸一分が経ってヘレンは感情を抑えられるようになり、ふたたび話しはじめた。「ごめんなさい。あなたに黙っていたのは悪かったわ。でも真実を知ったあと、どう伝えればいいかわからなかったの。本当にごめんなさい」

リースは脱力してぼうっとしたような声をもらした。「いつ知ったんだ？」

ヘレンはすべてを語った。ああ、この話を説明するのはもうたくさん。とうとう最後の告白をするにあたり、ヘレンは死刑宣告を受けた者のように、絶望しつつも毅然としていた。ひと言話すごとにひとつずつ、リースとのつながりをすべて断っていくのはとてもつらかった。けれども肩の荷が下りた気もした。これが終われば、恐れるものはなにもない。

リースはうつむいたまま話に耳を傾け、砕きそうなほど強く両手で机を握りしめていた。

「もう少しだけあなたと一緒にいたかったの」ヘレンは話を締めくくろうとしていた。「婚約を破棄する前に。自分勝手だったわ。すぐにあなたに話すべきだった。わたしはただ――あなたを失うのが死ぬほどつらくて、どうしても――」そこで言葉を止めた。本当のことはいえ、わざとらしく芝居がかって聞こえることにがくぜんとしたのだ。すぐさま、どうにか冷静さを取り戻してつづけた。「あなたはわたしがいなくても生きていける。チャリティは違うわ。こうなったいま、どう考えてもわたしたちは結婚できない。わたしが永久にイングランドを離れるのがいちばんだと思うの」

ヘレンはリースになにか言ってほしかった。こちらを見てほしかった。とりわけ、力を一生懸命押さえつけているような呼吸の仕方をやめてほしかった。まるで、いまにもなにか恐ろしいことが起こりそうな感じがする。

「きみはそう決めたんだな?」リースはうつむいたまま、ようやく口を開いた。

「ええ。チャリティをフランスへ連れていって、面倒を見るつもりよ。あなたはここで自分の人生を歩みつづけて。わたしはここからいなくなるわ。だ……誰にも迷惑をかけないように」

リースは小さすぎる声でひと言つぶやいた。

「えっ?」ヘレンはとまどい、リースの声を聞き取ろうとじりじり前進した。

「やってみろ、と言ったんだ」リースは机から体を離し、驚くべき速さでやってきてヘレン

を囲いこむと、両手のこぶしを壁に叩きつけた。部屋が揺れた。彼はヘレンの驚いた顔をにらみつけた。「ぼくのもとから去ってみろ、そうすればどうなるかわかるさ。フランスでもどこでも行け、あっという間に追いついてやる。ものの五分も経たずにな」ヘレンの瞳を見据えたまま、何度か激しく呼吸した。「ぼくはきみを愛している。きみの父親が悪魔だろうと、どうでもいい。もしきみが望むなら、ぼくの心臓をナイフで刺したっていい。倒れて息を引き取るまで、きみを愛しつづける」

あまりの苦しさに、ヘレンはくずおれてしまいたかった。目の前にあるリースの顔が、涙でかすむ。「あ――あなたはせっかくここまで努力してきたのに、アルビオン・ヴァンスの娘ふたりと暮らすなんてだめよ」少なくともヘレンはこう話したつもりだったが、激しく泣きすぎて、うまく言葉にできたという確信は持てなかった。

「なにがだめかはぼく自身が決める」リースはヘレンを抱き寄せ、顔を近づけた。

ヘレンは弱々しく身をよじって逃れようとしたものの、あごに下りてきたリースの唇が肌を熱く這った。胸板を押してみても、れんが壁を動かそうとするようなものだった。「放して」ヘレンは深い悲しみといらだちを感じて涙を流した。リースはなにも考えずに決断している。でもリースの意志の力、わたしを求めてくれる思いの強さをもってしても、事実を変えることはできない。この人を事実に向き合わせなくては。

リースがヘレンの首に口づけると、あごひげがこすれ、敏感な肌がひりひりした。けれど彼の唇は優しく、喉元の脈打つくぼみにそっと触れてきた。

「あなた、い、言ったでしょう、あいつの子どもはすべて悪魔の子だって」

リースは急に顔を上げた。激しい動揺の色が瞳に浮かんでいる。「きみのことを言ったんじゃない。ぼくがどんなひどいことを口にしようと、絶対にきみのことではない」

「わたしを見るたび、わたしの半分はあいつのものだと思い出すはずよ」

「違う」リースはヘレンの頬に片手を添え、親指で涙をぬぐった。「きみはすべてぼくのものだ」リースの声は低く、震えていた。「きみの髪の一本一本、体のあらゆる部分が、ぼくに愛されるために作られている」

リースがふたたび覆いかぶさってきて、ヘレンはなにか言おうと彼を押し返そうとした。しかし相手は、すっかり興奮した九〇キロ近くはある男性だ。ヘレンはすぐに気をそらされ、言いたかったことを思い出せなくなった。決心がぐらつき、もがく力が弱くなる。とたんにリースが主導権を握って、感じやすい場所をひとつひとつむさぼり、誘惑した。やがてリースが優しくなり、ヘレンの体を探りながら徐々に燃え上がらせると、彼女は彼にもたれかかって声をもらした。リースはヘレンの帽子を留めている小さな櫛を引き抜き、投げ捨てた。両手をヘレンの頭に添えて上向かせ、飢えたように唇を奪った。

「リース」ヘレンはやっとの思いでリースの腕のなかで身をよじり、あえいで言った。「やめて。これではなにも解決しないわ。あなたは自分がどんな約束をしているか、少しも考えていない」

「考える必要はない。ぼくはきみが欲しい」

「それだけですべてがうまくいくわけではないのよ」

「もちろんうまくいくさ」なんとも傲慢で頑固な口調に、ヘレンは言葉を失った。リースはヘレンの開いた唇を見つめた。彼の瞳が徐々に深みを増し、ヘレンの背筋に熱くて冷たい、ぞくりとする感覚が走った。リースはかすれた声で言った。「ぼくがきみなしで生きていけるなどと、よくも言ってくれたな。お仕置きが必要だ、カリアド。何時間もの……」彼は荒々しく唇を重ねた。めまいがするような、露骨なほど官能的なキス。ヘレンの全身を猛烈な速さで血が駆けめぐった。

長い時間が経ったあと、リースは顔を上げて上着のなかへ手を入れ、やわらかな白いハンカチを取り出した。ヘレンがそれで目を拭いて鼻をかむあいだ、彼は片腕で彼女を守り支えるように抱いていた。

「なにを恐れているのか教えてくれ」リースは穏やかに言った。

「醜聞がつきまとうことよ」ヘレンはみじめな口調で応じた。「みんなに陰口を叩かれるわ。意地悪なことや、とびきりひどいことを言われて――」

「ぼくは慣れている」

「わたしはあなたの地位向上に役立つはずだった。なのにもう、そうはならない。チャリティとわたしは――」しゃっくりとともに、またしゃくり上げた。「お荷物よ」

「ぼくの世界では違うよ、カリアド。きみたちの世界でだけだ。社会のごく薄い層のなかだけの話さ」リースは自嘲的な笑みを口元に浮かべた。「ぼくはたかが自尊心のために、その

一員になろうと躍起になっていたんだ。ウェールズ人だって、欲しいものをなんでも手に入れることができると見せつけ、証明するために。でも、いまはそんなこと、どうでもいい。大切なのはきみだけだ」

「チャリティは？」

リースは慎重に表情を消した。「あの子も大切だ」

彼は心からそう思っているわけではない。そう思おうとしているのだ。ヘレンはわかっていた。けれども自分があまりも無理な要求をしていることも承知していた。「チャリティに我慢してくれるだけではだめなの。わたしは冷たくて愛情のない父のもとで育ったから――」そこで言いよどみ、つらくなって唾をのんだ。

「こっちを見てくれ」リースはヘレンのあごを上向かせた。「ぼくはあの子を愛せる、ヘレン」ヘレンが目をそらそうとすると、リースは手に力を込めた。「それほど難しいことじゃない。あの子の半分は、きみの半分とまったく同じなんだから」

「その半分こそ、アルビオン・ヴァンスから来ているのよ」ヘレンは苦々しく言った。「気楽に片づけて、なんでもないと口にできることではないわ」

「カリアド、この件がぼくにとって気楽なものか。だが、ぼくの気持ちを長々と詳しく話し合うのは勘弁してくれ。ぼくは北ウェールズの出身だ。木に石を投げて思いを表現するような土地なんだ。すでにこの半時間で、ぼくはこれまでの人生で最も多くの感情を抱いた。もう限界だ」

「それでもまだ問題は――」

「きみがなにから作られていようと、愛している。すべてを」

リースはいまの言葉でこの話全体を締めくくる気でいるらしい。

「でも――」

「反論はなしだ」リースは優しく言った。「でないとその唇をもっといいことに使うぞ」

「リース、だめ――」

有言実行と言わんばかりにリースの唇がしっかりとヘレンの唇をとらえた。ヘレンは初めのうち、身を硬くして反応を示さずにいた。しかし激しく情熱的にキスを受け、すぐに力なくリースにしがみついた。口づけが深くけだるいものに変わると、彼女は骨が抜けたようになり、やわらかで謎めいた感覚に流されて、夢とも現実ともつかない喜びの深みへと沈んでいった。

どん、どん、どん。ドアを叩く耳障りな音に、ヘレンは喉の奥から抗議の声をもらした。

リースはいらだってうなり、手探りでドアの取っ手をまわした。ヘレンから唇を離し、射貫くようにランサムを見た。ランサムはあからさまに目をそらして立っている。

「つまらん用なら、ただじゃおかないからな」リースが言った。ヘレンはほてった頬をリースの胸にのせた。頭の上で会話が交わされているが、よく聞き取れない。短いため息とともに、リースの胸が動いた。「それならしかたない」リースはしぶしぶヘレンの体をそっとどかし、ひとりで立たせた。ヘレンはしおれたようにぼうぜんとしていた。脚が震えている。

「かわいい人」リースがささやいた。「チャリティを連れてランサムと一緒に行くんだ。ランサムがきみたちをぼくの馬車へ連れていく。少ししたらすぐに馬車で落ち合おう」

「どこへ行くの？」ヘレンは不安になってたずねた。

「片づける用事があってね」

「ミスター・ヴァンスに関わること？　あの男が来ているの？」

リースはヘレンの心配そうな顔をのぞきこみ、笑みを浮かべてキスをした。「ちょっと言ってやるだけだ」

ヘレンは入り口まで行き、リースが断固たる足取りで廊下を歩いていく姿を見つめた。

「本当に、ちょっと言うだけなのかしら」

ランサムはヘレンを横目でちらりと見た。「いまのところはそうでしょう。しかし、もしわたしがミスター・ヴァンスなら……以後、ウィンターボーンと名のつくものとは大陸ひとつ分離れておきますね」


白髪交じりの券売係と少し言葉を交わし、ソブリン金貨を渡してから、リースは八番ホームへ行った。旅客は残らず列車に乗っていて、荷物運搬人たちが最後の荷物を積みこんでいるところだ。

アルビオン・ヴァンスは真っ白に光る髪をフェルト地の山高帽の下からのぞかせていた。制服を着た鉄道員三人――ホーム係員、踏切警手、車掌――とそこに立ち、一等車両のひと

つを身振りで示している。

ヴァンスは三人にヘレンを探させるつもりらしい。落ち着いてゆったり構えた捕食者といった様子で、さらに大きな捕食者に追われているとは思ってもいない。

リースはプラットホームの端で足を止め、考えずにはいられなかった……初めてヘレンと会ったとき、この男が彼女の父親だとわかっていたら、気にしただろうか。

おそらく最初のうちは気にしただろう。確信は持てないが。けれども最終的には、ヘレンの圧倒的な魅力、彼女にいつもかけられる魔法に降参したにちがいない。リースの心のなかでは、見た目が似ていようと、同じ血が流れていようと、受け継いでいる特徴があろうと、ヘレンとヴァンスにはなんのつながりもなかった。ヘレンには善しか存在しない。あの優しく勇敢な精神、あの完璧に混じり合った強さと思いやりは、すべてヘレンのものだ。

ヘレンが昨夜イースト・エンドの貧民窟へ行ったことを思うと、リースはいまだにぞっとした。ランサムから事後報告を受けたとき、ヘレンが無事だとわかっていてさえ、リースはその話を聞いてくずおれそうになった。「本当に彼女は危害を加えられなかったんだな？」とランサムに五、六回たずね、間違いないと保証されてもなお、充分に安心することはできなかった。

この一八時間で、気の毒なヨアン・クルーと、彼がペギーのあとを追ったことについて、これまでよりはるかに理解できるようになった。自分の命を危険にさらしたことで、ぼくの命も危険にさらしたことをヘレンにわからせなくては。ヘレンを失えば、ぼくは破滅する。

生きてはいけまい。

だが、いまヘレンに最も必要なことは、目の前に立っている男から守ってやることだ。リースはアルビオン・ヴァンスを見据えながら、自らの善良で慈悲深い一面が、常に隠そうとしている別の一面にのみこまれていくのを感じた。その一面が生まれたのは、苦しかった少年時代だ。当時は暴力が習慣であり、必要だった。リースは人に伏せておきたい手腕をいくつも持っている……間違いなく、アルビオン・ヴァンスになら喜んで振るえる類のものだ。

リースは四人の男に歩み寄った。ホーム係員が最初にリースに気づき、外套も帽子も手袋も身につけていない、大きな体躯《たいく》で渋面をした見知らぬ人物に不信の目を向けた。その視線を追って、ほかの者たちもこちらを見た。

ヴァンスがリースに気づくと、さまざまな感情が一瞬にして次々と彼の顔をよぎった――驚き、怒り、いらだち、敗北感。

「彼女はこの列車に乗っていない」リースは感情を示さずに告げた。「ぼくのところにいる」

ヴァンスはため息をつき、鉄道員たちのほうを向いた。「きみたちの手をわずらわせる必要はないようだ。自分の仕事に戻ってくれたまえ」

プラットホームから立ち去るにはほかに方法がなかったので、ヴァンスはやむをえずリースと並んで歩いた。

鐘の音がうるさく響き、下り列車が甲高い汽笛を短く二度鳴らした。

「ヘレンには、あのガキは死んだと言えばよかった」ヴァンスはしばらくしてから口を開い

た。「まさかあそこまであれに関心を示すとは。しかし女とはそういうものだ。感情が勝って、正しい判断ができない」

リースはなにも言わなかった。ヴァンスの口からヘレンの名前が出たとたん、この男をつかまえ、素手で関節をはずして骨を折り、線路に放り投げたいという抑えがたいほどの衝動がわきおこったからだ。

「あの子をどうするつもりだ？」ヴァンスは問いかけた。

「孤児のことか？」

「違う。ヘレンだ」

リースは両手のこぶしを握りしめた。彼女の名前を口にするな。「ヘレンとは結婚する」

「いまになってもか？　おやおや。ずいぶん上等な雑種を繁殖させる気なんだな」おもしろがっている口調だった。「そしてわたしの孫たちがおまえの財産を相続するわけだ」

歩道橋の真下まで来たとき、リースは片手でヴァンスの上着の前をつかみ、相手を支柱に押しつけた。

ヴァンスは目を見開き、顔を赤くした。リースの手首をつかみ、うっと声をあげた。

リースは体を近づけ、静かに話しかけた。「ガキのころ、昼を過ぎると親父《おやじ》に肉屋へ働きに行かされた。店主が手を痛めていたから、家畜を切り分ける手伝いを必要としていたんだ。大半の男は当然そんな仕事を嫌う。まず、胃がひっくりかえるからな。だがおれはすぐに学んだ。豚を背骨に沿ってのこぎりで真っ二つにしたり、羊の肋骨《ろっこつ》を切り開いたり、子牛のあ

ご骨を砕いて舌を取り出したりして、平然としていることを」彼はあえて間を置いた。「またおれの妻に連絡しようとしてみろ、子羊の鞍下肉《くらした》そっくりに切り分けてやる。一〇分で終わるが、その前に貴様はどうか殺してくれと頼むはずだ」手の力をゆるめ、軽く押してからヴァンスを解放した。

ヴァンスは上着を整え、敵意と軽蔑を込めた目でリースを見た。「わたしがおまえを恐れると思うか？」

「恐れるべきだ。それどころか、イングランドから出ていったほうがいい。永久に」

「わたしは伯爵位の継承者だぞ、育ちの悪い豚め。わたしを脅して国外に追放できると思うなら、頭がどうかしている」

「いいだろう。おれは貴様がここにいるほうがいい」

「ああ」ヴァンスは皮肉たっぷりに言った。「それならおまえは、わたしを羊の腰肉のように切り分ける光栄に浴せるからな、わかるぞ」

「わかるか？」リースは恐ろしい目でヴァンスをにらんだ。「貴様はウェールズ人を忌み嫌っていると何年も世間に公言してきたな。おれの民族がいかに野蛮で、残忍で、凶暴かと。貴様はその半分もわかっちゃいない。お産の床で死んでいったペギー・クルーの叫び声を、おれは絶対に忘れられない。誰かがペギーの臓器をひとつずつ釣り上げているようだった。いつか近いうちに貴様に試してやろう、ヴァンス。貴様のほうがでかい叫び声をあげるかどうか、確かめようじゃないか」

相手が本気であることを声音から感じ取ったとたん、ヴァンスはうすら笑いをやめ、しまいには心からの恐怖が顔に浮かんだ。目は一点を見つめ、こわばった顔の筋肉が小さくけいれんしている。

「イングランドから出ていけ」リースは静かに忠告した。「さもないと命がうんと短くなるぞ」

33

馬車の外で待っていたランサムと少し言葉を交わしたあと、リースは車室へ入って天井を叩き、御者に出発の合図を出した。ヘレンの隣席に腰を沈めると、彼女は膝に子どもをのせて隅に寄りかかっていた。いつになく乱れた姿をしている。髪はくしゃくしゃで、ぼうぜんとしつつも張りつめた表情だ。

「用事はうまく片づいたの？」ヘレンは不安げにたずねた。

「ああ」リースはヘレンのやわらかな頬をなで、瞳をのぞきこんだ。「もう気を楽にするんだ」彼はささやいた。「きみのことはぼくが守る。あいつにわずらわされることは二度とない」

リースが目をそらさずにいると、ヘレンは眉根を寄せるのをやめ、長い息を吐いた。不安が静かな確信へと徐々に変わっているようだ。「わたしたちをどこへ連れていくの？」馬車は駅を離れ、ウォータールー・ロードを進んでいた。

「どこへ行きたい？」

「どこへでも」ヘレンはためらうことなく言った。「あなたと一緒なら」

リースはその返答に気をよくしてヘレンに唇を重ね、ふたりのあいだで少女がもぞもぞと動くのに気づいた。

身を引いて、わが子として育てると約束した少女を初めてじっくり見た。純真な丸い瞳に、銀色がかった金髪。ヘレンとそっくりだ。おもしろいことに少女はくるりと身を返し、リースを横目で見ながら、自分のものだと言わんばかりにヘレンに抱きついた。その動作で少女の帽子がするりと脱げ、ぼさぼさの短い髪があらわになった。まるでばねつきの剪定《せんてい》ばさみで無造作に切り落としたかのようだ。

「コーク・ストリートの屋敷へ帰って夜まで過ごそう」リースはヘレンに視線を戻した。「今夜三人で特別列車に乗って北ウェールズへ発てるよう手配する」

「駆け落ちするの？」

「そうさ、きみを見守る仕事は休みなしだからな。ぼくにできるのは、きみと結婚して守りつづけるか、あるいは少なくとも一ダースの男を雇ってどこへでも尾行させるかのどちらかだ」リースは片腕を座席の背の上にのせ、ヘレンの耳元の後れ毛を指でもてあそんだ。「レディ・バーウィックとパンドラたちには、手紙で事情を説明すればいい」彼は悔しそうな笑みを浮かべるふりをした。「ついでにトレニアとレイヴネルにも――ぼくがあまりひどい怒りを買わないように言葉を選んでくれ」

「ふたりともわかってくれるわ」ヘレンは穏やかに言い、リースの手に頬をすり寄せた。

リースはもう一度ヘレンにキスをしたかった。が、ヘレンの膝にのった少女が振り向き、

あからさまな興味を示して見つめてきた。

「このひと、だあれ？」

「この人はね……もうすぐわたしの夫になるの」

リースは少女の用心深いまなざしを意識しつつ、上着のなかへ手を入れてペパーミントクリームの缶を取り出した。ひとつつまんで自分の口へ放り入れ、開けたままの缶を少女に差し出した。「お菓子をひとつどうだい、かわいい子《バハン》？」

少女はおそるおそる手を伸ばし、ひと粒取った。かじったとたん、うれしい驚きが顔いっぱいに広がった。

リースは少女の爪に挟まった泥、耳の内側や首のしわにうっすら溜まった垢に気づき、ヘレンに問いかけた。「なぜ誰もこの子をきちんと風呂に入れてやらない？」

ヘレンは静かに答えた。とても心配そうな目をしている。「孤児院で受けた罰のせいで、少し……苦手になったみたい」

どんなことをされて、小さな子どもが入浴を怖がるようになったのだろう。リースは眉をひそめた。「ウーフトゥ」

数秒後、応答するかのような「ウーフトゥ」という声が聞こえた。

リースは完璧に彼の真似をした少女を見下ろし、口元をゆるめた。「泡風呂は試したかい？」ヘレンにたずねた。

「泡風呂？」

「ああ、泡の状態にした石鹸を湯船に浮かべて、遊ぶんだ」

チャリティが初めてリースに話しかけた。「おふろはきらい」

リースはからかうようなまなざしをチャリティに向けた。「温かくて気持ちのいい風呂でもかい？」

「いや」

「花や羊みたいな匂いになりたくないのか？」

「ひつじ」すぐさま返事が返ってきた。

リースはにやりとしそうになるのをこらえ、物で釣る作戦に出た。「おもちゃのパイプで、大きなシャボン玉をふくらませて飛ばしたくないか？」

チャリティはペパーミントクリームの残りをかじりながらうなずいた。

「よし。お湯と石鹸の泡が入った浴槽に座ったら、パイプをあげよう」

チャリティはペパーミントクリームを食べ終えてから言った。「おゆはいや」

「ちょっとだよ、バハン」リースはなだめた。「お湯がないと泡を浮かべられないからね」

上向けた手のひらにもう片方の手のひらをかざし、五センチほどの高さを示した。「たったこれだけだ」

少女は考えこむような目でリースを見ると、そろそろと両手を伸ばし、リースの両手を外からぎゅっと押して近づけた。

リースは笑い声をあげた。「生まれながらの交渉上手だな」

ヘレンはあっけにとられた表情でふたりのやり取りを見つめていた。

驚いたことに、チャリティはヘレンの膝から腰を浮かせ、用心しながらリースの上半身に触れた。リースはじっとしたまま、くつろいでいた。「ぼくのポケットを探ろうというんじゃないだろうな？」チャリティはリースが上着のなかに手を入れてきたので、彼は少し心配そうな口調でたずねた。チャリティはリースが止めてこないとわかるや、上着のポケットのなかを探りはじめ、ペパーミントクリームの缶を見つけて取り出した。「いまはあとひとつだけだぞ」リースは注意した。「お菓子を食べすぎると虫歯になるからな」チャリティは白い粒をひとつ取り、缶を閉めてリースに返した。どの動きも繊細できっちりしている。

リースは少女をじっくりと見た。この小さな人間が、じつに大きな変化を彼の人生にもたらすはずだ。チャリティ。ウェールズ人にとっては必ずしも発音しやすいわけではない名前だ。しかも昨今では、慈善《チャリティ》や忍耐《ペイシェンス》など、宗教的美徳を示す名前は救貧院や孤児院でつけられることが多く、施設にいたことを暗示する傾向が強まっている。そうした名前であっても、恵まれた家庭で育った少女なら汚名を着せられることはないだろう。だが実際に孤児だった者は、自らの生まれを生涯思い出すことになる。

ウィンターボーン家の娘に、誇りが傷つくような名前を持たせるなどもってのほかだ。

「ウェールズでは普通、女の子にチャリティという名前はつけない」リースは言った。「きみのことは、ちょっと響きが似た別の名前で呼びたい」

チャリティは期待を込めた目でリースを見つめた。

「カリス。〝愛されっ子〟という意味だ。気に入ったかい？」

少女はうなずき、リースの膝に座って、彼をすっかり驚かせた。猫ほどの重さしかない。リースはあっという間に受け入れられたことにとまどいと動揺を感じつつ、少女にしっかり腰を下ろさせた。「カリス・ウィンターボーン。いい名前だろう？」ヘレンをちらりと見ると、彼女の瞳はうるんでいた。「気に入らなければ、なんでもきみの好きな名前――」

「美しいわ」ヘレンは涙を流してほほえんだ。「本当に」手を伸ばしてリースの顔をそっとなで、彼に体をすり寄せた。

屋敷に着くまでずっと、ヘレンもカリスも、リースに寄りかかっていた……そして、すべてが調和していた。

34

「ファーンズビー、ぼくは駆け落ちする」

自分の屋敷でヘレンとカリスを落ち着かせたあと、リースは即座に執務室へやってきて、緊急の打ち合わせをするために個人秘書を呼んだ。

いましがたの発言は、驚くほど冷静に受け止められた。ミセス・ファーンズビーは眼鏡のずれを直した以外、なんの反応も見せなかった。「いつ、どこへでしょうか」

「今夜、北ウエールズへ」

それでも遅いくらいだ。自分の裁量でいつでも挙式できるようになったいま、リースは早くすませたくてたまらなかった。やけに頭がくらくらして、いまにもおかしなことをしてしまいそうだ。

その感覚から、昨夏の終わりごろの、ある日の午後を思い出した。トム・セヴェリンと仲間の何人かと一緒にパブで飲んでいたときのことだ。数滴のラム酒を残して放置してあった白目製のカップに、窓から飛んできた蜂たちが止まるのを皆で眺めていた。蜂たちはラム酒をがぶがぶと飲んですっかり酔っ払い、ふらふらと飛び立とうとするも、あてどなくぐるぐ

るとまわって、一匹はカップの底で仰向けにひっくりかえった。リースもほかの者たちも大笑いした。なにせ自分たちは次々と酒を飲んでいながら、まったく酔っていなかったのだから。

いまリースは、あの蜂たちの気持ちが手に取るようにわかり、当時よりはるかに同情していた。愛には男を変える力がある。上下に旋回する、酔いどれの蜂でしかない状態に。

「特別結婚許可証でご結婚なさるおつもりでしたら、問題があるかもしれません」

どういうことだ、とリースはミセス・ファーンズビーに目顔で問いかけた。

「わたくしの知る限りでは、大主教が特別結婚許可証を付与なさるのは有爵者、下院議員、枢密顧問官、裁判官だけです。レディ・ヘレンがお持ちなのは優遇敬称のみですから、資格者でいらっしゃるかどうか。いまからお調べします」

「もし必要なら、特例を設けろと大主教に言うんだ。こちらに借りがあることを思い出させろ」

「どんな借りですか」

「言わなくても向こうはわかる」リースはいても立ってもいられず、机の周りを行ったり来たりした。「ぼくの専用客車でカナーヴォンまで行く。ロイヤルホテルの特別室を少なくとも一週間手配してくれ」

「ミスター・クインシーもお連れになりますか？」

「ああ、それから同行させる侍女もひとり見つけてくれ」

今度ばかりはミセス・ファーンズビーも困り顔をした。「ミスター・ウィンターボーン、侍女など簡単に見つかるものではありません。手順というものがあるんです——新聞に求人広告を出し——面接をして——推薦状に目を通し——」

「ファーンズビー、ここで雇っている何百人もの女性従業員から、淑女の髪を整え、ドレスのボタンを留められる人間をひとり見つけることができないのか?」

「侍女の仕事はそれよりもう少しあるかと思います」ミセス・ファーンズビーは冷ややかに言った。「とはいえ、誰か見つけます」

「ついでに、子守りも雇ってほしい」

ミセス・ファーンズビーはメモを取る手を止めた。「子守りも」ぼうぜんと復唱した。

「ああ、四歳の女の子も連れていくんだ。それから、その子に服とおもちゃも必要だ。販売員にまかせるといい」

「承知しました」

「あと、レディ・ヘレンにも新しい服がいる。それはミセス・アレンビーにまかせてくれ。レディ・ヘレンがとにかく黒以外を着ている姿をぼくが見たがっていると伝えるように」リースは指で机を叩き、考えこんだ。「花嫁衣装まで頼むのは無茶だろうか……」

「ミスター・ウィンターボーン」ミセス・ファーンズビーは大声で呼びかけた。「これをすべて今夜までに用意できると、本当にお思いですか?」

「ファーンズビー、昼食で時間を無駄にしなければ、まだ一日の大半が残っているだろう」

相手が反論しかけたところで、リースは言った。「特別列車の手配はぼくがする」

「残りのすべてはどうなさるんです?」リースが大股で執務室を出ていこうとすると、ミセス・ファーンズビーは後ろから呼び止めた。「花は？　ケーキは？　それから——」

「細かいことでわずらわせないでくれ」リースは肩越しに返した。「すべてまかせる」


「では、友情復活だな」トム・セヴェリンは五階にある自分の執務室で満足そうに言い、ブロンズを使った大きな机に両脚をのせた。

「欲しいものがあるからというだけの理由だ」リースは告げた。「きみに好意を持っているからではない」

「ぼくは友達に好かれなくてもかまわん」セヴェリンは断言した。「それどころか、好かれないほうがいい」

リースはにやりとしそうになるのをぐっとこらえた。「その友情は、きみがこちらの願いを実際にかなえるかどうかにかかっている」彼は念を押した。

セヴェリンは片手を上げた。「ちょっと待て」そして声を張り上げた。「バーナビー！　頼んだ情報は？」

「こちらです」セヴェリンの個人秘書が書類の束を手に、あわてて執務室へ入ってきた。ずんぐりした男で、服はしわくちゃ、髪はもつれた巻き毛の塊から一部が飛び出している。彼は書類を慎重に机の上に置いた。「これまでに見つけた四つの専用駅です。五つ目は確認が

取れるのを待っています」

秘書が急いで立ち去ると、セヴェリンは書類を手に取って選り分けた。「これなんかどうだ?」書類をリースに手渡した。「小さな専用駅で、グレートウェスタン鉄道の路線とつながる専用線がある。そこからカナーヴォンまで特別列車を走らせよう。駅舎は二階建てで、出発前に旅客をもてなすための応接室を備えている。人混みも切符も待ち時間もなし。業務部長がじきじきに確認して、きみの専用客車をわが社の最上級列車に接続させる。牽引《けんいん》するのは最新式機関車だ。使用人用個室のある客車もつけよう」

リースは笑みを浮かべ、書類をざっと見てからセヴェリンに返した。「これほど急な依頼でこのすべてを提供できる男は、イングランド広しといえどもほかにいまい」

「イングランドにはあとふたりいる」セヴェリンは謙遜した。「だがぼくと違って、きみに結婚祝いとして贈りはしないはずだ」

「ありがとう、トム」

「バーナビー」セヴェリンが呼ぶと、秘書はすっ飛んできた。セヴェリンは彼に先ほどの書類を渡した。「この駅だ。すべて今夜までに用意しろ。ウィンターボーンの専用客車が到着したら、氷と新鮮な水を積んであるか確認するように」

「承知しました」バーナビーは激しくうなずき、駆け出していった。

セヴェリンはリースに詮索のまなざしを向けた。「料理屋へ行って昼食をとらないか? あるいは、せめてここでウィスキーでもどうだ?」

リースは残念そうに首を振った。「いまはやることが多すぎる。ウェールズから戻ったら会おう」ふと、そのころ自分は既婚者になっているのだという思いが頭をよぎった。自分のベッドに毎晩ヘレンがいて、毎朝ふたりで朝食を食べる……つかの間、白昼夢にわれを忘れ、彼女との普通の生活を想像した。その数々の小さな喜びを、当たり前のこととはけっして思うまい。

「いいとも」青緑色の瞳は、親しみと好奇心に満ちていた。顔にあたる光の角度で、右目がいつも以上に緑に輝いて見える。「その笑顔や上機嫌には、どうもまだ慣れん。きみは一度だって陽気な男じゃなかったのに」

「陽気ではない……本気なんだ」

セヴェリンは思索にふけりつつほほえみ、ふたりは立ち上がって握手をした。「いいものなんだろうな」セヴェリンは考えこむように言った。「なんらかの心を持つというのは」

リースがウィンターボーン百貨店に戻ると、事務員の大半が、バーナビーに匹敵する猛烈な速さで飛びまわっていた。販売員たちや裁縫師の助手たちは積み上げた白い箱やひと抱えの衣類をリースの執務室へ運び、社交事務担当秘書のミス・エデヴァンは詳細な梱包《こんぽう》明細書を作成している。うまくいっているようだな。リースは満足げに観察した。ファーンズビーを見つけて、進捗をたずねよう。

ファーンズビーの机へ向かうと、すぐ前をドクター・ハヴロックが歩いていることに気が

ついた。初老の男はトレーを運んでいて、そこには銀のふたつき皿、冷たいレモン水の入ったグラス、蕾が美しく開きかけた薔薇を活けた一輪挿しがのっている。

「ハヴロック?」

ライオンのたてがみそっくりの頭が振り向き、ドクター・ハヴロックは肩越しにリースを見た。「ウィンターボーンか」ぶっきらぼうな声だ。

「それは誰に?」リースは問いかけた。

「おまえさんにではない」ドクター・ハヴロックはミセス・ファーンズビーの机にトレーを置いた。「おまえさんはここに嵐を巻き起こしたそうだな。全事務員とほかに三つの部署を休む間もなく働かせているとか。いつもながら、全部の導火線にいっぺんに火をつけたらしい。なぜそれほど大あわてで駆け落ちしなきゃならん?」

「のんびり駆け落ちする話はあまり聞かないが」リースは指摘した。

「親が追いかけてくるか? 恋敵が結婚式を邪魔しに来るか? いや——せっかち者の花婿が待ちきれんだけだ。働きすぎの秘書に昼めしの時間もやれんくらいな!」

ちょうどそのとき、ミセス・ファーンズビーが自分の机に戻ってきた。彼女はまずリースに目を向けた。「社長、臨時雇いの侍女が見つかりました。仕立て服売り場にいる、ミセス・アレンビーの助手のひとりです。ミセス・アレンビーはレディ・ヘレンと寸法の似たお客様から受けた注文のうち、完成ずみのドレスを少なくとも二着直しています。そのお客様には、さらに高価なデザインのドレスと無料で交換するという条件で同意いただきました。

子守りについては、ミス・エデヴァンに妹がいて、喜んでおふた方に同行し、そのお子さんのお世話をすると……」ミセス・ファーンズビーの声が小さくなっていった。すぐそばにもうひとり男性が立っていることに気づいたのだ。「ドクター・ハヴロック。なにか問題でも？」

「いいや、ミセス・ファーンズビー」ドクター・ハヴロックが答えた。「だが、あんたがきちんと栄養をとらんなら、なにか問題が起こるだろう。とりわけ、ウィンターボーンが設定した過酷な進行速度で働いていればな」彼はミセス・ファーンズビーを机の前へ導き、座るよう促した。

「わたしに昼食を持ってきてくださったの？」ミセス・ファーンズビーはとまどった様子でたずね、トレーにかぶせられたリンネルのナプキンを取って膝に置いた。

「ああ」ドクター・ハヴロックはミセス・ファーンズビーを盗み見て、反応をうかがった。相手の喜びようを確認したとたん、勝ち誇ったように瞳を一瞬光らせたものの、また憤慨して即座に隠した。「ウィンターボーンにまかせていたら、あんたはすぐに神経衰弱と栄養不良の状態で医務室へ運ばれてくるはずだ。しかしこっちはいま抱えている患者だけで手いっぱいでな」彼は銀のふたを取り、最も見ばえがするように薔薇の向きを変えた。

「おなかがぺこぺこだわ」ミセス・ファーンズビーは弱々しく言った。まるでフォークを持ち上げる力も出せないかのようだ。「一緒にいていただけるかしら、ドクター・ハヴロック」

「ぜひそうしよう」ドクター・ハヴロックは熱を込めて返事をした。「ウィンターボーンが

あんたを一五分休ませるのを、この目で確認するためにな」

リースはしぶしぶといった口調を装った。「いいだろう、ファーンズビー。食事をしてかまわない。だがそれは、ハヴロックがどうしてもと言うからだ」背を向ける前にミセス・ファーンズビーと一瞬視線を交わすと、彼女の瞳がきらりと光った。

35

リースの専用客車は、貫通幌《ほろ》を挟むふたつの長い車両で構成されていた。すばらしい内装で、ブロンズ色の絹のフラシ天を張った豪華な椅子が備わり、床にはカットベルベットの絨毯が敷きつめられている。窓から幅広く景色を見渡せる居間や、マホガニーの伸縮テーブルを置いた食堂もある。リースとヘレンは第一車両で浴室つきの大きな寝室を使い、チャリティ――いえ、カリス、とヘレンは心のなかで訂正した――は第二車両にふた部屋ある小さめの寝室のひとつを、子守りと一緒に使う予定だ。

ヘレンは最初、列車のなかで自分と離れて眠るのを、カリスが不安がるのではないかと心配した。ところが少女は、リースの社交事務担当秘書の妹、アナ・エデヴァンにすぐさまなついた。アナはかわいらしく陽気で、四人の弟妹の子育てを手伝った経験の持ち主だ。皆で乗車するなり、新品のおもちゃや本が集められた自分たちの部屋へカリスを連れていった。ライラック色の絹のドレスを着た磁器人形やノアの方舟の模型など、さまざまな遊び道具にカリスはぼうぜんとし、どうすればいいのかわからない様子だった。床に座ると、着色された木彫りの動物たちを、壊れ物を扱うようにそっと触った。

石鹸の泡を湯に浮かべるというリースの提案が見事に成功したおかげで、いまやカリスは全身の入浴をすませ、清潔な甘い香りをただよわせていた。スカートの箱ひだの裾に小さなリボンの薔薇飾りがついた、薔薇色のドレスに身を包んでいる。

「一一時だわ」ヘレンはアナに告げた。「カリスをすぐに寝かさないと。長い一日だったのに、少ししかお昼寝させていないの」

「ねたくない」カリスがいやがった。

「お嬢様にベッドで本を読んでお聞かせします」アナが言った。「お気に入りの物語を教えていただきましたから……ええと……『赤ずきん』でしたっけ？」

「『さんびきのくま』」カリスは床に座ったままで訂正した。

アナは聞こえなかったふりをした。「『ルンペルシュティルツヒェン』だったかも……」

カリスは立ち上がってアナのスカートにしがみついた。「さんびきのくま」

「三匹の子豚、ですって？」アナはさっとカリスを抱き上げ、一緒にベッドに転がった。

カリスはくすくす笑いながら横たわった。「くま、くま、くーま！」

あの子の笑い声はどんな音楽より美しいわ、とヘレンは思った。

侍女やクインシー、従僕、調理場のメイドなど、ウィンターボーン家に同行する残りの人員は、専用客車のはるか後ろ、ミスター・セヴェリンから提供された壮麗な客車で宿泊する。

「あなたがミスター・セヴェリンとの友情を復活させて、とてもうれしいわ」ヘレンはふたりの専用個室を歩きまわり、足を止めて金箔貼りの壁灯に見とれた。そして、人気のある詩

を引用した。「〝許せ！　それよりたしかに自ら報いとなる徳はなし〟」

「ああ」リースはそっけなく応じた。「無料の機関車のように」

「それだけがミスター・セヴェリンを許した理由ではなかったはずよ」

リースはヘレンを引き寄せ、首に口づけた。「カリアド、ぼくが高潔さと美徳を秘めた男だと思いこもうとしているのか？　その考えをすぐに変えてみせよう」

リースの片手がスカートの後ろへすっと移動し、ヘレンは抵抗して身をよじった。いま着ている既成服の旅行用ドレスは、ミセス・アレンビーの助手のひとりが少し直してくれたおかげで、うまく体に合っていた。水色の絹とカシミアでできた簡素なデザインで、粋で小さなウエスト丈の上着がついている。バッスルはなく、スカートは生地が後方へぴたりと寄せられ、体の線があらわだ。さらに裾まできれいにひだを描き、大きくて装飾的なリボンが臀部の高い位置で結ばれていた。困ったことに、リースはそのリボンをそっとしておいてくれない。魅了されているらしい。ヘレンが背を向けるたび、彼はリボンと戯れるのだ。

「リース、やめて！」

「こうせずにはいられないんだ。手招きしてくるんだよ」

「ドレスについているリボンを見るのは、初めてじゃないでしょう」

「でもここについてはいなかった。きみのドレスでもなかったし」リースはしぶしぶヘレンを放し、懐中時計を取り出した。「もう列車が出発していてもいいはずだ。五分遅れている」

「あなたはなにを急いでいるの？」ヘレンはたずねた。

「ベッドさ」簡明な答えが返ってきた。

ヘレンは笑みを浮かべ、つま先立ちになってリースの頬に短くキスをした。「わたしたちはこれから一生、夜を一緒に過ごせるのよ」

「ああ、だがすでにあまりにも多くの夜を過ごし損ねた」

ヘレンは体の向きを変えて身をかがめ、床に置いてあった自分の小さな旅行かばんを持ち上げた。と同時に、服地の破れる音がした。

背を起こしてスカートの後部に目をやらなくても、なにが起こったかわかった。だらりと垂れたリボンは、縫いつけてあった部分が少なくとも半分取れていた。

ヘレンの怒ったまなざしを見て、リースは決まり悪そうな顔をした。りんごを盗んでつかまった男子生徒と変わらない。「きみが腰をかがめるとは思わなかったんだ」

「侍女にこれを見られたとき、なんて言えばいいの?」

リースはしばし考えて提案した。「悲しや?」

不本意にも、ヘレンはおかしさに唇を震わせた。

突然、出発を知らせる汽笛の音が短く二度響き、列車はあっという間に前進していた。ハンプシャーへの往復に乗った急行列車より速度が遅くて振動や揺れが少ないので、快適な乗り心地だ。明かりや建物や道路から列車が遠ざかり、夜の闇へ入っていくと、いつになく長くてくたびれる一日を終えた乗客たちは寝室へ引っこみはじめた。

リースは別の車室へ行き、侍女がヘレンの就寝準備を手伝いにやってきた。

「ドレスのリボンがほどけてしまったの」ヘレンは彼女の服を集めている最中の侍女に言った。「なにかに引っかかってしまって」その「なにか」が、好奇心が強くて男らしい手であることは説明しなくていいだろう。

「明日までに繕っておきます、お嬢様」

寝室の折りたたみ扉の裏に立つと、新しいナイトドレスを侍女に手渡された。両手のなかの薄くてなめらかな生地を見て、問いかけた。「これで全部？」

「はい、お嬢様。ミセス・アレンビーがお嬢様のために選びました。お気に召しましたか？」

「まあ、これは……素敵」ヘレンはナイトドレスを寝室の小さなランプの光にかざし、その白い絹地が透けていることに気がついた。襟ぐりが深く開き、体を覆う部分が少なすぎるため、ナイトドレスとしての目的を果たそうともしていない。ヘレンは頬を赤らめながら頭からナイトドレスをかぶり、体を滑る絹のひやりとした感触にはっと息をのんだ。

「お手伝いしましょうか、お嬢様」

「いえ、けっこうよ」ヘレンはあわてて断った。こんな衣類に身を包んでいては、半裸も同然だ。「もう休むわ。おやすみなさい」

ベッドに入り、やわらかなシーツとキルトの下にもぐったとたん、心地よさに吐息をついた。全身がくたびれている。列車のゆるやかな揺れに、心がなごんだ。くつろいで横たわり、半分目を閉じた。

折りたたみ扉が引かれ、引きしまった黒い人影が視界を横切った。ヘレンは仰向けになり、

片腕を頭の上でゆるく曲げた。

リースはヘレンに覆いかぶさるように立ち、ゆっくりとシャツを脱いだ。やわらかな光が、上半身のたくましい筋肉を浮かび上がらせる。リースは上掛けをそっとめくり、ヘレンを見るなりじれったそうなまなざしをした。手を伸ばし、広げた指先を繊細な絹地に這わせながらヘレンを愛撫した。「美しくいとしい人」彼はかすれた声で言った。

ランプが消され、ヘレンはナイトドレスをそろそろと脱がされた。暗闇のなかで動くものが、優しく体に触れてくる……熱く濡れた唇と舌先がさまざまな場所を行き来し、ヘレンを震わせた。指と舌でからかい、こすり、息を吹きかけながら、リースがヘレンの脚のあいだの茂みと戯れると、しまいに彼女はすっかり慎みを忘れて大きく脚を広げた。彼は秘めやかな場所に向かって優しく笑い、舌でぐるぐると渦を描いてみだらに誘った。

ヘレンは歌うように甘く低い声をもらし、リースのなめらかな髪に両手を差し入れた。彼の両手はヘレンの全身をさまよい、肌を這う指先が彼女の興奮を高めていく。親指と人差し指で乳首を挟み、太腿のあいだにしびれるような快感をもたらす唇とリズムを合わせてつねった。

これ以上待てなくなったところでリースはヘレンに覆いかぶさり、ずっしりした自分のもので満足げに入り口を押し広げ、深々と突いて彼女のなかへ入った。列車がふたりを絶妙に揺らしている。そのわずかな振動に、ヘレンの感覚は鋭さを増した。ヘレンの内側がなすすべもなく締めつけはじめたとたん、リースは彼女のあらゆる欲求を感じ取り、その秘めやか

なリズムに従った。ヘレンが手探りでリースの唇を探すと、彼は口づけてくれた。奥深くまで収まったリースはヘレンを内外から愛撫し、歓喜であふれさせていく。ヘレンはついにそのときを迎え、リースを持ち上げそうなほど高く腰を上げた。震えながら彼の背中を優しくなで下ろし、「さあ」とささやいた。「わたしのなかで解き放って」

リースは低い声をもらし、その言葉に従った。力強くひと突きして自らの熱をヘレンのなかへそそぎこみ、永遠に放すまいとするかのように、彼女をぎゅっと抱きしめた。

カナーヴォンのロイヤルホテルはジョージ王朝様式の風格ある三階建ての建物だ。リースがこの北ウェールズの港町へヘレンを連れてきたかったのは、生まれ故郷サンベリスに近いからでもあるが、おおかたの理由は、情趣あふれる土地の魅力を楽しんでもらえそうだと思ったからだ。絵になる廃墟、深い緑の谷、たくさんの滝や池や湖のあるこの場所では、神話やおとぎ話の世界へ簡単に入りこめる。ごつごつした岩峰が特徴のスノードン山は、登ってひと晩眠った者は、正気を失うか詩人になって下りてくると言い伝えられている。

ミセス・ファーンズビーの周到な計画のおかげで、ここまでの旅程は完璧だった。リースとヘレンは到着するなり、ロイヤルホテルの広々とした特別室へ案内された。カリスと子守り用のつづき部屋もついていた。ほかの使用人たちも優美な部屋へ案内され、とても喜んでいるらしい。

結婚式の執り行いは地元の教会の牧師が引き受けた。場所はホテルから歩いてすぐの丘に

ある、古い礼拝堂の遺構だ。白やピンクの花々の飾りつけが大量に荷車で運ばれたその礼拝堂へは、小道を歩き、小さな橋を渡れば行ける。丘の頂上からはカナーヴォンの城、町、山、そして紺碧《こんぺき》にきらめくアイルランド海が見晴らせる。

一行が到着した日の翌朝、この時期にしては珍しく、空は雲もなく澄み渡っていた。予定では、ホテルの裏に張り出した石造りのテラスに皆で集まり、礼拝堂へ徒歩で向かって、挙式後、豪華な朝食をとりに戻ってくることになっている。

リースは燕尾《えんび》服に明るい色のネクタイという礼服姿で、ホテル一階の温室でひとり待っていた。ヘレンとここで落ち合ってから、ほかの人々に加わる予定だ。懐中時計を取り出したいのをこらえ、無理矢理辛抱して待った。いまから一時間分をすでにすんだことにできるなら、一万ポンド払ってもいい。そうすれば、ヘレンはもう自分の妻になっている。

そのとき、背後からさらさらと衣ずれの音が聞こえてきた。

振りかえると、ヘレンが立っていた。その身を包んでいるのは、上品に光る薄絹を重ねてレースで縁取った白いドレスだ。ほっそりした体にぴたりと張りつき、腰のくびれをあらわにするために生地を後ろに寄せたスカートが、なだらかに流れ落ちている。レースと小粒の真珠を縫いつけた薄くて白いヴェールを上げ、ヘレンはリースにほほえみかけた。この世のものとは思えぬ美しさ。朝靄《あさもや》のなかから現れた虹のように淡くて繊細だ。リースは胸を片手で押さえた。飛び出しそうなほど心臓が激しく打っている。

「きみの花嫁衣装が用意できたとは知らなかった」やっとの思いで口を開いた。

「ミセス・アレンビーが奇跡を起こしたみたい。ロンドンへ戻ったら、ぜひ本人に話を訊いてみるわ」

「きみはとても美しい、ぼくは……」ヘレンを見つめるうち、リースは言葉を失った。「きみは本当にぼくのものか？」

ヘレンは笑みを浮かべてリースに歩み寄った。「法律を除くあらゆる点で」

「その一点をすぐに正そう」リースはささやき、ヘレンに顔を近づけた。

ヘレンは首を振り、リースの唇に人差し指でそっと触れた。「誓いをすませてからよ」ヘレンの瞳は輝いていた。「次のキスは、夫としたいの」

「やれやれ」彼は心底から言った。「ぼくほど結婚式をすませたがった男もいないだろうな」

ヘレンの笑顔が苦笑いになった。「ホテルの外にいる人だかりを見た？」

リースは首を振り、かすかに眉根を寄せた。

「わたしたちには、思っていた以上におおぜいの参列客がいるみたい。リース・ウィンターボーン本人がここで挙式すると知ったホテルの宿泊客や町の住民が全員、礼拝堂まで勝手についてくるらしいわ。北ウェールズでは、近隣の人たちがみんなで結婚式に出席するのが習わしですってね」

リースはうめいた。「追い払うのは無理だ。すまない。かまわないか、カリアド？」

「もちろんよ。むしろ、みんなが畏敬の念を持ってあなたを見つめる光景が楽しみだわ」

「みんなが見つめるのはぼくじゃない」リースは断言した。彼がポケットに手を入れ、なめ

らかな白い石を手のひらにのせて見せると、ヘレンはにっこりした。

「誓いの石？」

「昨日ぼくたちが散歩していたときに、カリスが見つけた」

「言うことなしね。式のあと、どこへ投げましょうか」

「きみが決めてくれ」リースはポケットに石を戻した。「アイルランド海はあっちで……」彼は指差した。「メナイ海峡はこっち……あるいは、ウェールズにいくらでもある、きれいな湖へ行ってもいい。アーサー王伝説に登場する魔法の剣、エクスカリバーが投げ入れられたという湖も知っている」

ヘレンはその話に目を輝かせた。だが次の瞬間、なにかを思い出したらしく、困った顔をした。

「今朝気がついたの。わたしには引き渡し役がいないって」

リースはヘレンに顔を近づけて額を触れ合わせ、ムーンストーン色に輝く瞳に見とれた。

「なによりも大切な人、きみには引き渡し役など必要ない。きみ自身の意志でぼくのところへ来てくれ。ありのままのぼくを愛してほしい……ぼくがありのままのきみを愛するように……そうすればぼくたちの絆は、星々が輝きを失うまでつづく」

「それならできるわ」ヘレンはささやいた。

リースはゆっくりと顔を離し、ヘレンにほほえみかけた。「じゃあ、おいで、カリアド。結婚式を挙げよう。男にはこれ以上妻のキスを待てないんだ」

エピローグ

半年後

「……するとパンドラが言ったの。もしボードゲームが成功するとわかったら、社交シーズンの催しにはいっさい出席しないって」ヘレンはバニラの花に手際よく人工授粉しながら話していた。「レディ・バーウィックに、迷える羊みたいに次々と舞踏会へ連れまわされるのはごめんです、なんて話したのよ」

リースはれんがの柱に背をもたせ、笑みを浮かべてヘレンをけだるげに眺めていた。彼の姿はとても素敵だった。延々と列をなすランのなかで、リースの存在は不釣り合いなほど男っぽい。「レディ・バーウィックの反応は？」

「もちろん、大変お怒りになったわ。でも、またふたりが口論を始める前に、デヴォンが指摘したの。パンドラは特許を申請したばかりだから、承認されたかどうかがわかる前に社交シーズンが始まっているだろうって。だからパンドラは、たとえカサンドラに付き合うためだけでも、舞踏会や晩餐会にいくつか行ったほうがいいというわけ」

「トレニアの言うとおりだ。ボードゲームを出すには、特許を申請して印刷業者に図案を持ちこむ以外にもまだまだすることがある。パンドラが本気で賭けに出るつもりなら、うちの陳列台にボードゲームを置くまでに少なくとも一年はかかるよ」

「あら、パンドラはかなり本気よ」ヘレンは苦笑した。

今朝、カリスとレイヴネル・ハウスを訪れ、戻ってきたところだった。ケイトリンの生まれたばかりの息子、ウィリアムに会いに行ったのだ。彼は健康ですくすくと成長中だった。カリスは生後二週間の乳児に夢中になり、しばらくのあいだ彼に甘い声で話しかけていた。やがてパンドラが言葉巧みにカリスを誘ってボードゲームの試作品で遊ばせると、少女はパンドラのゲームを大いに気に入った。「お買い物だいすき」という名のそのゲームは、さまざまな売り場が並ぶマス目を代用硬貨に一周させながら、商品の絵が描かれた札を集めて遊ぶ。パンドラの強い主張により、このゲームは道徳的価値や教訓を学ぶものではなく、娯楽のためだけに作られていた。

「あのね」ヘレンは考えこむように言った。「パンドラのゲームはとてもよく売れそうな気がするの。今朝、レディ・バーウィックとカリスはとても楽しそうに遊んでいたのよ。美しく緻密に描かれた、傘やら靴やらの商品札を集めていくところがお気に入りみたい」

「なにかを手に入れたがるのは人の性だからな」リースは淡々とした口調で言った。「たしかに、パンドラのゲームは売れる」

「どれくらい？」ヘレンはつまようじを使って花粉を花の柱頭へ移した。

リースはふっと笑った。「ぼくは予言者ではないよ、カリアド」

「いいえ、あなたは予言者よ。この分野をよくご存じだもの」ヘレンは最後のバニラの人工授粉を終えてつまようじを置き、期待を込めた目でリースを振りかえった。

「パンドラはひと財産築くはずだ」リースは応じた。「未開拓の市場だし、商品は石板刷りで大量生産できる。そしてきみが指摘したように、幅広い層に訴える魅力があるゲームだ」

ヘレンは笑みを浮かべたものの、内心ではとまどっていた。妹のひたむきな努力と才能が報われてほしいとは思う。けれども自ら生活の糧を得て独立しようとするパンドラが、どの男性からも愛を受け取らないと決めているらしいことが心配なのだ。誰かと人生を分かち合うことに対して、どうしてパンドラはあれほどかたくなになるのだろう？

「それでパンドラが幸せになれるといいわ」ヘレンは言った。

リースは組んでいた腕を解き、ヘレンにゆっくり近づいた。熟れたレモン色をした九月の温かな光が温室のガラス越しに降りそそぎ、黒褐色の髪を滑った。「経験から言えば」リースはヘレンのウエストを両手でつかんだ。「最初のうち、パンドラは成功して大喜びする。だがやがて孤独を感じ、人生には金を得るよりも大切なことがあると気づくはずだ」

ヘレンはほほえみながらリースの首に両腕をまわした。「わたしと出会う前、あなたは孤独だったの？」

夫はじっと見下ろしてきた。熱を秘めた、甘いまなざし。「そうさ、あらゆる男と同じく、魂の片割れを失ったまま日々を生きようとしていた」リースはヘレンに顔を寄せ、互いの唇

を何度も軽く触れ合わせた。キスは徐々に強さを増し、やがて深く激しくなった。「ベッドへ行こう」唇が離れた瞬間、リースはささやいた。

片手で胸をつかまれるのを感じ、ヘレンは目を見開いた。「昼食の時間よ」

「きみがぼくの昼食だ」リースが身をかがめてもう一度キスすると、ヘレンは息を切らして笑いながら彼の腕のなかで身をよじった。

「無理よ……だめ、本当に……これからガレット・ギブソンと会ってお茶を飲むの」

「ドクター・ギブソンとはこのあいだもお茶を飲んだだろう」リースはヘレンの首に口づけた。「ぼくのほうがきみを必要としている」

「じつはお茶のために会うわけではないの。つまり、お茶は飲むでしょうけど、訪ねる目的はほかにあるということ。ほら、その……」ヘレンは口ごもり、頰を赤らめて曖昧につづけた。「診察を……してもらいたくて」

リースはぎょっとして急に顔を上げ、険しい顔で訊いた。「具合がよくないのか、カリアド?」

夫がすぐさま心配してくれたことにヘレンは感激し、なだめる手つきで彼のうなじをなでた。「具合はいいわ」

リースはヘレンを熱心に眺めまわした。「だったらなぜ――」ある考えが浮かんだらしく、絶句した。そして話し方を忘れたかのように、口を何度も開けては閉じた。

ヘレンはリースのあぜんとした反応をかなり楽しんでいた。「ドクター・ギブソンに確定

してもらうまで、まだわからないわ」張りのある黒髪に指をからませた。「でも次の春には、ウィンターボーン家は家族がひとり増えそうよ」

リースはヘレンを抱き寄せて覆いかぶさり、彼女の首から肩にかけてのやわらかな曲線に顔をうずめた。彼の声は震えていた。「ヘレン。ヘレン、最愛の人……ぼくはなにをしてやれる？　きみはなにをしてほしい？　こんなに硬い床に立っていていいのか？　コルセットをつけているな――赤ん坊がつぶれないか？」

「まだまだ大丈夫よ」ヘレンはほほえましい気持ちで答え、リースが身震いしたのに気づいて少し驚いた。「心配しないで。わたし、この新しい仕事を必ず立派にこなしてみせるから。赤ちゃんもわたしも、強くて健康でいるわ」

リースは体を引いてヘレンの顔を間近で見た。ペパーミントのさわやかな息が、ヘレンの唇に吹きつけられた。「そうでないと困る」かすれ声だった。「きみはぼくのすべてなんだ、カリアド。ぼくの鼓動は、きみの鼓動のこだまでしかない」

「まかせておいて、最愛のあなた」ヘレンはつま先立って唇をそっと重ねた。「だって……わたしはウィンターボーン家の一員だもの」

作者による覚書

当時のファッションを調べるなかで（ヒストリカル・ロマンスを執筆するとき、いつも大変楽しんでいる作業です）、一九世紀後半にはバッスルの流行期が二度あったことを知りました。まず一八七〇～七五年に流行したバッスルは、藁《わら》または馬の毛が詰めこまれた大きな袋でできていたそうです。ソファのクッションをお尻の周りにくくりつけているような着用感だったのではないでしょうか。それから数年間、バッスルは姿を消し、スカートはとても幅が狭くなって、女性服は極力ほっそりした縦長のシルエットが好まれました。「自然な形」の時代と称されていますが、それでもコルセットをつけなくてはさまにならないことを考えると、その呼び方には異議を唱えたいところです。もっとも、一八八三～八九年に復活した仰々しい新型バッスルよりはましだったでしょう。その大きくなったバッスルは以前より軽く、気の毒な着用者が椅子に座れるように折りたたみ可能な設計だったとはいえ、やはりあまり着心地よくなさそうです！

炭酸水が入った瓶が魚雷型をしていた（一八〇九年にウィリアム・ハミルトンが特許を取得）のは、横向きに保管させることで、コルク栓が乾燥・収縮してガス抜けするのを防ぐた

めです。また、通常上質のガラスで作られたシャンパンの瓶とは違い、炭酸水の瓶に使われた安いガラスは、炭酸を含む液体の圧力で粉砕しやすかったのですが、魚雷型の構造は、底が平らな構造より頑丈でした。

ドクター・ギブソンには、ドクター・エリザベス・ガレット・アンダーソンに敬意を表してガレットというファースト・ネームをつけました。ドクター・アンダーソンはイングランドで初めて内科医および外科医の資格を得た女性です。一八七三年にドクター・アンダーソンが英国医師会に入会したあと、男性ばかりで構成されていた医師会がこれ以上女性を入会させないことを票決したため、彼女は一九年間、唯一の女性会員でした。最終的にはオールドバラの町長に選ばれ、イングランド初の女性町長まで務めました。

最後に、本書で使用したウェールズ語の単語や語句の意味を少し紹介します。

バハン――かわいい人
カリアド――いとしい人、愛する人
イエシ・マウル――やれやれ、なんてことだ
ホイル・ヴァウル・アム・ナウル――じゃあまた
ディオルフ・イ・ズィウ――ありがたい
ドゥ・イン・ダ・ガリ・ディ――愛している
オワイン・グリンドゥール――ウェールズの統治者であり、ウェールズ独立運動の大立者。

プリンス・オブ・ウェールズ（ウェールズを統べる者の意）を称した最後のウェールズ人。一三四九年ごろ〜一四一六年ごろの人物。

アイステズヴォッド——ウェールズの文芸、音楽、踊り、芝居を楽しむ祭典

ウィンターボーンのペパーミントクリーム

ヴィクトリア朝で愛されたお菓子、ペパーミントクリームに関する資料は読んだものの、販売されているものは見つけられませんでした。悲しや！

しかしわたしは娘とふたりでさまざまなレシピを試し、そのうちのひとつをちょっぴり変更して、ついには最も簡単でおいしいレシピにたどり着きました。ほとんどのレシピでは本物の卵白を必要としますが、わたしたちは乾燥卵白を使ったことで、さらによい（そして安全性も高い）ものを作ることができたのです。

乾燥卵白は食料品店の製菓材料売り場に置かれています。ペパーミントが苦手な方は、好みのフレーバーを代用するといいでしょう。バニラとの相性は抜群です！

材料
粉砂糖1カップ（240ミリリットル）
乾燥卵白大さじ1
塩ひとつまみ
ペパーミント・エッセンス小さじ1（濃いめが好みならもっと）
牛乳大さじ1

作り方
1. 粉砂糖と乾燥卵白を混ぜてからペパーミント・エッセンスと牛乳を加え、工作用粘土の硬さになるまでスプーンでこねます。粉っぽい場合は少し牛乳を足す必要があるかもしれません。ただし、加えるのは一度に数滴だけ。
2. 生地を小さなビー玉大に丸め、別に用意した粉砂糖のなかで転がします（一般的には、これを平らにつぶすか、伸ばした生地を型抜きするレシピが多い）。そしてワックスペーパーの上に置き、最低15分間乾かします。このとき、娘とわたしは粉砂糖のなかでもう一度転がして「粉まみれ」のかわいい見た目にするのが好きですが、しなくてもかまいません。
3. 愛する人とキスをして、ウィンターボーン流のさわやかな息をお試しあれ！

訳者あとがき

レイヴネル家シリーズ第二部『ヘレネのはじめての恋（原題Marrying Winterborne）』をお届けします。第一部の『アテナに愛の誓いを』では、突然爵位を継ぐことになったデヴォン・レイヴネルが、ハンプシャーの屋敷の再建に奮闘しつつ、亡き先代伯爵の妻ケイトリンと恋に落ちていく様子が描かれました。

本作のヒロインはデヴォンのいとこであるレイヴネル家の三姉妹の長女、ヘレンです。前作では百貨店経営者のリース・ウィンターボーンと出会い、婚約したものの、自分の意志をうまく主張できないままでした。そしてあっという間に婚約が破談になってヘレンが悲嘆に暮れる場面で物語が終わったため、つづきが気になった方も多くいらっしゃったのではないでしょうか。本作はその一週間後、ヘレンがひとりでリースに会いに行き、ふたたび婚約しようとするところから始まります。世間から隔てられ、誰からも注目されずに育ったヒロインと、幼いころから懸命に働き、独力で成功を収めたヒーロー。あらゆる点で対照的なふたりは最初から激しく惹かれ合いながらも、それぞれ自信のなさや劣等感を抱えているがゆえ、互いのことをよくわかっていません。心を開くことを学んでいっそう気持ちを深め、やっと

結婚に向かって進みはじめるのですが、思わぬ秘密が明らかになって……。

このシリーズの舞台は一八七六年のイギリスです。前回はハンプシャーののどかな田園地帯が中心でしたが、今回はヴィクトリア朝の雰囲気を存分に味わえるロンドンでドラマがくり広げられます。世間知らずでおどおどしたヒロインが何度も勇気を出して強さを身につけ、それでいて優しさや純真さを失わずに成長する様子は、多くの女性の共感を呼ぶでしょう。しかしそれだけではなく、作者のリサ・クレイパスがあるインタビューで語っている言葉を借りれば、伯爵令嬢のヒロインとウェールズ出身のヒーローという組み合わせが不思議な化学反応を引き起こし、物語をぐいぐいと引っ張っていきます。前半ではリースの、後半ではヘレンの切なさに浸って心揺さぶられると同時に、クレイパスならではの甘く美しい表現もご堪能ください。ヘレンとリースのとびきり純粋で濃厚な愛の物語を楽しんでいただければ幸いです。

ところでリースの出身地ウェールズは、グレートブリテン島の南西部に位置する地域です。美しい景観や魅力あふれる歴史、詩歌を愛する民族で知られていますが、長いあいだ隣のイングランドに抑圧されていました。イングランド人にはまったく理解できないことからウェールズ語は野蛮な言語とされ、当時の英国政府は英語教育を押しつけました。ウェールズ語で話した生徒に、「ウェールズ語禁止」と書かれた罰札を首から下げさせていた小学校もあったようです。二〇世紀に入るとウェールズ語話者の数はぐんと減少し、一九八〇年代には

全人口の一八・九パーセントまで落ちこんだものの、存続運動の甲斐あって、現在ではイギリス政府の協力も受け、回復傾向を見せています。
ハサウェイ家シリーズでロマを描いたときと同様に、ウェールズのロマンティックな歴史や文化だけではなく、そんな苦い経験も織りこんでいるところがクレイパス作品の魅力のひとつですね。
また、本作で新たに登場した個性豊かな人物たちのなかでも、最も興味深いのはなんといってもドクター・ギブソン。覚書で少し紹介されているように、モデルとなった人物は当時大変勇敢に女性の社会進出の道を切り開いた医師、エリザベス・ガレット・アンダーソンです。アンダーソンの経歴はギブソンの設定にいくつも組みこまれています。ロマンス作家としてますます成熟してきたクレイパスが、自分らしく生きようと奮闘する女性たちの姿をどのように描いているかにも注目です。

さて、クレイパスファンの方ならお気づきのとおり、レイヴネル家シリーズも、おなじみの舞台、ハンプシャーから始まりました。時代は壁の花シリーズからほぼ一世代後です。というわけで、次回は懐かしい顔に会えるかもしれません。ヒロインはヘレンの妹のひとり、パンドラです。型破りな彼女がどんな恋をするのか、どうぞご期待ください。

二〇一七年一一月

ライムブックス

ヘレネのはじめての恋《こい》

著　者　リサ・クレイパス
訳　者　小林由果《こばやしゆうか》

2017年12月20日　初版第一刷発行

発行人　成瀬雅人
発行所　株式会社原書房
〒160-0022東京都新宿区新宿1-25-13
電話・代表03-3354-0685　http://www.harashobo.co.jp
振替・00150-6-151594
カバーデザイン　松山はるみ
印刷所　図書印刷株式会社

落丁・乱丁本はお取替えいたします。
定価は、カバーに表示してあります。
 ISBN978-4-562-06505-9　Printed in Japan

Marrying Winterborne
by Lisa Kleypas

ヘレネのはじめての恋

リサ・クレイパス
小林由果[訳]

ライムブックス